文学论丛

The Starry Heavens

English Renaissance Poetry and Traditional Cosmology

历史的星空

文艺复兴时期英国诗歌与西方传统宇宙论

胡家峦 著

北京大学出版社
PEKING UNIVERSITY PRESS

图书在版编目(CIP)数据

历史的星空：文艺复兴时期英国诗歌与西方传统宇宙论／胡家峦著. —北京：北京大学出版社，2018. 9

（文学论丛）

ISBN 978-7-301-27199-5

Ⅰ. ①历… Ⅱ. ①胡… Ⅲ. ①宇宙学—影响—诗歌—英国—中世纪 Ⅳ. ①I561.072

中国版本图书馆 CIP 数据核字(2016)第 122891 号

书　　名	历史的星空——文艺复兴时期英国诗歌与西方传统宇宙论 LISHI DE XINGKONG
著作责任者	胡家峦　著
责任编辑	郝妮娜　张文定
标准书号	ISBN 978-7-301-27199-5
出版发行	北京大学出版社
地　　址	北京市海淀区成府路 205 号　100871
网　　址	http://www.pup.cn　　新浪微博：@北京大学出版社
电子信箱	bdhnn2011@126.com
电　　话	邮购部 62752015　发行部 62750672　编辑部 62759634
印 刷 者	北京大学印刷厂
经 销 者	新华书店
	720 毫米 ×1020 毫米　16 开本　17 印张　310 千字 2018 年 9 月第 1 版　2018 年 9 月第 1 次印刷
定　　价	49.00 元

序

写“教育”，必然要写到“人”。因为，教育就是人，人就是教育，二者是不可断裂的整体。然而，写“人”，历来是最随心所欲而又最谨小慎微的事。众所周知，人无完人！若是我的笔尖上，悬挂的都是些完美无瑕的人，那么，这些人便会成为童话世界里的传说，而绝不是现实世界里的缩影。怎奈，世间的人，又永远是喜听好话，忌听坏话的。每每听了关于自己的“坏话”，便会结下了永久的心结。而我，我是最怕结“结”的人。世态炎凉，生命苦短，如若再外加上一些不必要的心结，人的生活就会变得更加艰辛和无奈起来。由此，我是以最谨慎的笔触，来刻意描写一个现实可观的世界。让它既不喧哗张扬又不消沉压抑，既妙趣横生又真实可信。让与它有缘的人，能够恰到好处地窥视到大千世界的一角，进而了解到中文教学在当今时代中的那份惊天动地的隆重。

对我个人来说，我的每一本书，都是无比珍贵的！因为它是我将生命簸动，用心淘洗后留在篮中的谷粒；它是我将情感揉碎，静心拼凑后留在篮中的银花；它是我将心扉划破，倾心甄选后留在篮中的玉叶。然而，我又深深地知道，一本书的出版，就如同一个人的诞生，一经抛入世间，必然会面临着一个众说纷纭的命运！对此，我一贯是坦然自如的。因为我的写作，永远不是为了取悦他人、名满天下、流芳千古；而只是为了锁住记忆、梳理思维、安顿自我。

数十年后再回首，生命的印记中永远会存留着育英的丽影，直到天荒地老，于是，我便安然。

目 录

Contents

自　序

自公元前6世纪古希腊的毕达哥拉斯哲学起，后经柏拉图、亚里士多德的发展，直到公元2世纪的托勒密天文学，形成了西方最古老的宇宙论，常被称为“毕达哥拉斯—托勒密宇宙论”或“亚里士多德—托勒密宇宙论”。到了中世纪，神学家托马斯·阿奎那又把基督教观念融入亚里士多德—托勒密宇宙论之中，进一步发展了这一古老的宇宙论。文艺复兴时期的英国诗人们继承了这笔丰厚的文化遗产，并在他们的作品中加以广泛运用，从而为英国诗歌增添了丰富的营养和巨大的活力，使之充满艺术的魅力，放射出哲理的光辉。这一古老的宇宙论直到17世纪上半叶，都在英国思想中占有压倒的地位，它的影响甚至波及18世纪上半叶的英国诗坛，直到哥白尼学说最后站稳脚跟为止。总之，经过长期的发展，这一传统宇宙论融会了历代的科学、哲学、神学、伦理学和文学艺术等各种成分，几乎包罗万象，丰富多彩，形成了一个庞大的完整的体系。

从传统宇宙论的角度来阅读和研究文艺复兴时期英国文学，大多会发现这样的事实，即卓越的诗人总是力图以自己独特的方式来反映传统的宇宙模式，并赋予源自宇宙的各种意象以某种哲理、神学思想、道德涵义或价值观念。应当承认，从这种角度进行阅读和研究的途径，与20世纪某些文学理论所提出的研究方法迥然不同。艾布拉姆斯比较全面地提出了文学批评四大要素的理论。这些要素包括：一、作品；二、宇宙；三、作家；四、读者。[①]的确，文学研究总是离不开这几个要素的。新批评派单纯地强调文学作品，认为文学研究的对象是诗的“本体”，因此主张既要斩断文

① 艾布拉姆斯《镜与灯》，第5—6页。

学作品与作者的联系，又要斩断文学作品与读者的联系。换言之，就是要消除文森特和比尔兹利所说的“两个迷误”：“意图迷误”（intentional fallacy）和“感受迷误”（affective fallacy）。他们指出，文本、意义、文学这些基本概念并不是外在的客体，它们都是读者经验的产物，因而只存在于读者的心目之中。[①] 据此，斯坦利·费什认为“文本的客观性不过是一种幻想”[②]。然而，从西方传统宇宙论的角度来研究文学作品的方法却侧重于探讨作品、宇宙和作者之间的关系，而读者则应当尽可能地领会作者的意图。它涉及艾布拉姆斯所提及的四大要素，也就是说，除了深入钻研文学作品之外，读者不仅要把作品紧密地联系于它们所反映的宇宙，还要把作品紧密地联系于作者的宇宙观，从而力图接近作者的意图。我们或许会发现，这种研究方法其实是相当传统的，也是国内外许多前辈学者曾经一再尝试过的。在今天看来，尽管出现了众多新的文学批评理论，但在研究文艺复兴时期英国文学方面，从西方传统宇宙论的角度来加以探讨，仍不失为一种十分有效的研究途径。之所以如此，是因为文艺复兴时期英国诗人大多遵循“摹仿自然”的诗学，而摹仿自然实质上就是摹仿宇宙。在这种诗学指导下，诗人们在创作之前就已经有了自己的“意图”，他们的作品不过是这种意图的具体表现而已。因此，不难做出这样的推论，即文艺复兴时期英国诗人的成功作品必然是诗人在主观上尽力摹仿宇宙、而在实践上也成功地摹仿了宇宙的诗歌。在这个意义上，可以说，伟大的诗人都是天文学诗人。

文艺复兴时期的英国诗坛绚丽多彩，群星荟萃，涌现出一批享誉世界的杰出诗人，如斯宾塞、莎士比亚、多恩和弥尔顿等。在研读这些诗人的作品时，我们随时随地都可能遇到从他们那个时代所构想的宇宙图景中摄取的纷繁多样的宇宙意象。对于这些意象，如果我们不是轻易地放过，而是加以深入的分析和探讨，那么我们就会清晰地看到，这类意象不只是简单地作为装饰弥漫于文艺复兴时期英国的诗歌作品，而且在整个诗歌的内容和形式、主题和结构上也往往成为这些作品的不可或缺的有机组成部分。值得注意的是，文艺复兴时期英国诗人距离我们似乎已很遥远，他们心目中的宇宙也早已被新的科学所彻底推翻，成了历史的遗迹。因此，对于今天生活在科学高度发达的现代社会中的读者来说，要完全了解他们当

---

① 参见张隆溪《二十世纪西方文论述评》，第39—43页。

② S. E. Fish, “Literature in the Reader: Affective Stylistics”, in J. P. Tompkins, ed., *Reader－Response Criticism*, p. 82.

时对宇宙的看法不是一件轻而易举的事。然而，如果对西方传统宇宙论没有足够的了解，就很难透彻地领会他们所采用的宇宙意象的内涵及其在诗歌中的作用，从而也就很难准确地把握作品的内容和形式，或深入地挖掘作品的主题和结构。在这个意义上，研究西方传统宇宙论及其在文艺复兴时期英国诗歌中的具体表现无疑是很有必要的，它将给我们提供一把可以用来开启文艺复兴时期英国诗歌宝库大门的钥匙。

本书不打算全面系统地研讨西方传统宇宙论及其在文艺复兴时期英国诗歌中的运用，只想就这个传统宇宙论的某些主要方面做一点综合性研究，这种研究可能对理解和欣赏文艺复兴时期英国诗歌有所裨益。本书包括三个部分：一、历史的星空，概述西方传统宇宙论的历史发展和主要内容，描述文艺复兴时期英国诗人心目中的宇宙图景，以及当时英国诗歌中一些广为采用的宇宙意象和象征；二、通过对上述常见的宇宙意象和象征在诗歌中的各种具体运用和表现的研究，探讨文艺复兴时期英国诗人心目中的宇宙观；三、根据文艺复兴时期英国诗人对宇宙的总体概念，阐述英国诗人所普遍遵循的某些重要的诗学原则，如诗人的摹仿和创造、宇宙的对应体系、诗人的小宇宙，以及寓教于乐的教育功用，等等。书中适当地附加若干有助于读者理解的插图和图表，以供参考。书中所引的译文和译诗，凡注明译者的，均出自书后“主要参考文献”中列出的有关译著、编著或专著。凡未注明译者的，均为作者自译。本书第二部分有些是过去曾在国内某些学术刊物上发表的论文，经过一定的增删和修改，收入本书。这些论文既有内在的联系，又独自成篇，可以相互参照。

由于西方传统宇宙论经历了漫长的发展过程，其内容几乎无所不包，且又博大精深，将其作为专题研究恐怕就已涉及极为广泛的领域，而试图把这种宇宙论运用于文学的研究则更是难上加难了。在进行这项研究的过程中，作者常有力不从心之感。但是，既然把文艺复兴时期英国诗歌作为自己的主要研究方向，这项研究无论如何是无法回避的，只好将这一难题坚持做下去，终于撰成此书。在写作过程中，美国哥伦比亚大学英语系 Anne Prescott 教授和康奈尔大学英语系 Carol Kaske 教授曾给予热情的鼓励和指导，加拿大渥太华大学英语系 David Jeffrey 教授提供了可贵的资料。国内外许多朋友为我搜集和复印了大量的参考书。北京大学出版社张文定副总编认真审阅了全部书稿。尤其是资助本书出版的北京市哲学社会科学理论著作出版基金办公室对书稿提出了宝贵的建议。在此一并表示由衷的感谢。

谨将此书奉献给读者，不足或谬误之处，深望同仁和读者不吝赐教。

胡家峦

2000年8月　北京

引　　言

文艺复兴时期英国诗人兼批评家锡德尼（1554—1586）在他的《为诗辩护》一文中说到“诗歌的行星般的音乐”。这话究竟意味着什么？一方面，它指出诗歌应当富有音乐性，即诗歌应当像音乐那样以音量来衡量，也就是以诗行中的音节数来衡量。另一方面，它又暗示诗歌应当反映行星的音乐，即西方传统宇宙论中被看作是宇宙和谐象征的天体音乐。[①]这在一定程度上说明了诗歌和宇宙之间有着密切的联系，而且诗歌应当摹仿宇宙。

文艺复兴时期诗人们普遍倡导“摹仿自然”说。然而，什么是“自然”？C. S. 刘易斯指出，“自然”可能是最古老的概念之一，但文学作品中所描述的“自然女神”却是最年轻的女神。[②]在古希腊神话中实际上并没有这样一位女神。自然“母亲”是人们思想中意识到的形象，而大地“母亲”则颇为不同，她是一种直观的形象。从直观上说，与“天”相对的“地”应当具有统一性。但这种统一性是否就是“自然”？自然的概念来源于古希腊苏格拉底（公元前469—前399）以前的自然哲学家们。他们首先有了这样的想法，即他们在自己周围所看到的纷繁多样的现象都可以作为单一的事物来谈论，或用一个单一的名称“自然”来概括。后来的思想家们便接过了这个名称及其具有的统一性的含义。凡是被称为“自然”的事物都能够通过具体的拟人形象来加以表现。这种拟人形象既可以视为一种修辞色彩，又可以看作是一位女神。这就是为什么在处于神话状态的思想消失很久以后，才出现自然女神的形象。总之，只有在人们开始对周围

① S. K. Heninger, Jr., *Touches of Sweet Harmony*, p. 3.

② C. S. Lewis, *The Discarded Image*, p. 37.

的现象加以抽象的概括之后才可能产生自然的概念，而只有在产生自然的概念之后才可能出现自然女神的形象。[1]但是，后来的那些哲学家们有时并非用自然这一术语来包括一切事物。譬如，亚里士多德（公元前384？—前322）所说的自然仅指有形宇宙中的月下世界或地界。结果，自然的概念就出人意外地有可能产生出与之相对的另一种清晰的超自然的概念。亚里士多德心目中的神就是超自然，属于概念宇宙。根据亚里士多德的观点，有形宇宙分为两个区域，一是地界，一是天界。前者指地球，即变化无常的、称为“自然”的较低级区域；后者则指地球以外的空间，即称为“天”的较高级区域。因此，亚里士多德把“自然”和“天”作为两个事物来谈论。[2] 但丁（1265—1321）在《神曲·天堂篇》（第二十八章）中描绘贝雅特丽齐带他从地球向上升腾，穿过八重天，进入水晶天（或原动天），这时他向上看见一个“强烈的光点”。贝雅特丽齐对他解释说：“从这一点悬着天和一切自然。”显然，那“强烈的光点”指光辉夺目的天堂，从天堂悬挂下来的“天”指可见的天体世界，而“一切自然”则指人类居住的地球。但是，到了文艺复兴时期的英国，自然的概念似乎并不十分确定，它在狭义上指人类生活其中的世界或地球，而在广义上则指包括地球在内的整个宇宙。[3]也就是说，自然即宇宙。

传统上所说的宇宙是肉眼可见的有形宇宙，它体现了等级、秩序与和谐。上面提及的天体音乐就是宇宙普遍和谐的象征。天体音乐的说法源自公元前6世纪的希腊哲学家毕达哥拉斯，他认为诸天体在运行中产生了一种美妙的音乐。天体音乐的说法意味着宇宙不仅是可以看见的，而且也是可以听见的。不仅如此，在有形宇宙之外，还有既听不见又看不见、只能用理性去加以理解的概念宇宙，这就是后来柏拉图（公元前427—前347）所说的理念世界。此外，宇宙不仅仅是空间的概念，也包含时间的概念，因为宇宙是一个“时空连续体”（time - space continuum），或四维宇宙。

宇宙包含的上述各层含义在文艺复兴时期英国诗歌中都以不同的方式得到直接或间接的反映。这与当时的诗人们所倡导的“摹仿”（mimesis）说有密切关系。这种摹仿说至少可以上溯到柏拉图。柏拉图认为有三种世界，即理念世界、感性的现实世界和艺术世界。艺术世界是对现实世界的摹仿，而现实世界又是对理性世界的摹仿。因此，艺术作品与理性世界隔

---

① C. S. Lewis, *The Discarded Image*, pp. 37—38.

② Ibid., p. 4. 另见赵敦华《西方哲学通史》（第一卷），第197页。

③ M. H. Nicolson, *The Breaking of the Circle*, pp. 27—28.

着三层，是“摹本的摹本”“影子的影子”①。不管怎么说，这种观点就意味着艺术家的作品乃是对神的创造物——宇宙——的摹仿。亚里士多德也把诗歌界定为摹仿。但是，他所说的摹仿与柏拉图所说的摹仿不同。亚里士多德认为，艺术家才是创造因，他的摹仿活动其实就是创造活动。② 对照来看，柏拉图把终极现实置于超然的理念世界，由此推论，诗人可以把概念世界中某些具有持久意义的理念带到有形世界中来。亚里士多德把终极现实置于现实的有形世界，由此推论，诗人可以从他周围的事物中构筑普遍的概念。这两种背道而驰的观点作为哲学思想是互不相容的。但是，诗人们却能够把它们加以综合。文艺复兴时期的诗学成功地把这两种关于终极现实的观念调和起来，甚至融为一体。英国批评家乔治·普顿南（约1529—1591）的一段描述充分表现了这种综合，他说：诗人们“首先在生成与可朽的事物中观察一切自然因果关系，并从这里上升去寻找天上的过程和影响，再进而深入地认识神圣的本质”（《英国诗歌艺术》）。在这里，“生成与可朽的事物”一语暗指亚里士多德的变化世界，而“神圣的本质”一语则暗指柏拉图的理念世界。锡德尼指出，诗人不同于历史学家和哲学家，因为诗人对现实的描绘既不是有限的历史事实，也不是精微深奥的哲学抽象，而是摹仿生活。如果说现实生活是不完美的、短暂的“黄铜世界”，那么它通过诗人的想象就可以转变为一个完美的“黄金世界”（《为诗辩护》）。这种“黄金世界”乃是诗人心目中所追求的真理。诗人可能以描绘某些与实际生活无关的经验开始，也可能以描述柏拉图理念世界中的原型理念开始，并把这些抽象的经验和理念转化为有形世界中的可感形式，但无论怎样，他都是在描述他所追求的真理。总之，按照锡德尼的看法，诗人不是摹仿表面的或零乱的现实，而是摹仿现实的本质。他把芜杂混乱的材料加以整合，把它们安排得秩序井然，使之成为对于完美宇宙的描绘。在这个意义上，犹如上帝是造物主，诗人也是一个创造者。他摹仿上帝创世的行动，在较小的规模上创造了他自己的诗歌小世界或小宇宙。

诗人们对宇宙的摹仿涉及托勒密宇宙的方方面面。譬如，对宇宙空间结构的摹仿。但丁的《神曲》是文学中摹仿宇宙的杰作，其中以中世纪被基督教化了的托勒密宇宙结构为框架，描绘了诗人穿越宇宙空间的旅行，这种空间表现了14世纪基督徒所构想的宇宙。诗人随着贝雅特丽齐，首先

---

① 朱光潜《西方美学史》（上卷），第44—47页。

② 同上书，第70页。

从地球表面出发，逐渐下降到地下，经过与上界九重天相对应的地狱九圈，然后抵达处于宇宙中心最适合魔鬼及其追随者居住的最低贱、最腐朽的区域。随后，诗人又从地球另一端返回地球表面。在那里，他看见炼狱的山丘，这山丘的根基立于地球上，它的顶端则耸入上面的大气区域。通过炼狱之后，诗人又穿过气层与火层，上升到天体区域。最后，他穿过各重天，与住在每一重天的精灵相继交谈，直到最终看见天堂中上帝的宝座。显而易见，《神曲》的空间结构借鉴了托勒密天文体系。这种空间结构是富有象征意义的，它反映了人类的希望和命运。人处于从地球中心直到天堂中心的中间位置：一方面，人生活在地球表面上，接近地球的卑贱而腐朽的中心，但另一方面，人从地球表面也可以仰望到天体世界。人生活在不安定的状态之中，既接近地狱，又处于无所不在的上帝的视界之内。根据传统的宇宙意象"存在之链"的概念，人处于动物和天使之间，他既具有肉体和灵魂，又具有情感和理性，是物质世界和精神世界的联结环，具有双重性质。人所具有的这种双重性和他在宇宙中所处的中间位置都加强了基督教思想中人必须在善和恶之间、在天堂和地狱之间进行选择的意味，这是一种极富戏剧性的选择：他可以追随肉体而下降到地球那腐朽的中心——地狱，也可以追随灵魂而逐步向上穿过各重精神领域抵达上帝的寓所——天堂。总体来看，《神曲》的空间结构体现了宇宙的秩序、等级与和谐。格兰金特指出，在《神曲》中，"一切主题中最广泛的主题，即人类的罪恶和拯救的主题，与宇宙的伟大设计相协调"①。

英国诗人弥尔顿（1608—1674）在他的伟大史诗《失乐园》里也同样采用了托勒密宇宙的空间结构。但是，《失乐园》的宇宙与但丁的宇宙不同。在但丁笔下，地狱位于地球的中心，而在弥尔顿笔下，地狱距天堂相当于地球距天堂的三倍远（见《失乐园》第1卷，第71—74行），也就是说地狱远离地球。弥尔顿认为，"如果整个世界都将最终毁灭于大火，那么由此可以断定，地狱若位于地球的中心，它就必然同其周围的世界共命运；这是万劫不复的灵魂最期盼不过的一种圆满结局了。"②或许就是基于这样的考虑，弥尔顿才使地狱远离地球的。尽管如此，弥尔顿描绘人类堕落的人间舞台仍然是一个独特的、稳定的、处于宇宙中心位置的体系。因此，和《神曲》一样，《失乐园》的空间结构以不尽相同的方式表明了宇

① C. H. Grandgent, *Discourses on Dante*, p. 93.

② M. Y. Hughes, ed., *John Milton: Complete Poems and Major Prose*, p. 182.

宙的秩序和等级。诗中有四个区域，顶端是上帝、圣子和众天使居住的“天堂”，往下是“混沌”，其间悬挂着由一根金链从天堂垂下来的新创造的世界；底端是撒旦和反叛天使们被打入其中的地狱。这四个区域不是截然分开、互不相通的。善、恶天使、圣子以及“罪恶”和“死亡”，都在各个区域上下穿行，虽然有所限制。M. Y. 休斯借鉴了一幅富于想象的、具有鲜明立体感的宇宙图来说明《失乐园》的空间结构。的确，这幅图与弥尔顿所构想的宇宙空间颇为相似（见图 1）。图的顶端是圆形的天堂，天堂中央耸立着一座高山，山的上部绕着一圈光环，象征光辉的上帝；圆形代表天国之城的城墙，标明东（E）、南（N）、西（W）、北（N）方向，只有西边的城墙有一座可以进出天堂的城门。城门下方垂下一条链子，链子下端挂着宇宙。可以想象，大天使执行上帝的指令，由此进入宇宙，穿过各星体领域，到达处于宇宙中心的地球，最后抵达位于地球中心的乐园，随后又由同一途径返回天堂。图的底部是一片火海地狱。在地狱和宇宙之间是混沌。宇宙左边伸出一座大桥，桥的左端往下与地狱相连。撒旦由地狱出发，通过混沌，进入宇宙，穿过各星体领域，到达处于宇宙中心的地球，最后抵达位于地球中心的乐园。《失乐园》的空间结构尽管在某些细节上与此不尽相同，但其基本的空间布局却是十分相像的。这种空间结构富有深刻的寓意：大天使和撒旦都可以穿过各重天体领域到达地球上的乐园，从而暗示在乐园里同时存在着善于恶，而人类则处于善、恶之间，既有堕入地狱的危险，又有获得拯救的希望。因此，和《神曲》一样，《失乐园》也充分表现了“一切主题中最广泛的主题，即人类的罪恶和拯救的主题”，而这个主题也同样“与宇宙的伟大设计相协调”。

对于《神曲》和《失乐园》采用托勒密宇宙结构的象征意义，吉列斯比说得十分透彻：

> 在但丁的作品中，我们第一次看到了人类灵魂的旅行。这位西方诗人用第一人称叙述了他到罪恶深渊的游历，他在地球的中心遇见撒旦，随后迂回穿过炼狱飞升到上帝那里。探求的诗人循着以罪恶为中心的轨道，经过撒旦——亦即堕落的原型人物——的身旁，下落到地狱的中心，但其目的却是为了重新获得天堂。按照文艺复兴时期的科学、文化和宗教改革精神，巴洛克诗人约翰·弥尔顿在《失乐园》和《复乐园》中重新描述了这种模式，把它作为人类发展的“传记”。①

① 吉列斯比《欧洲小说的演化》，第 57—58 页。

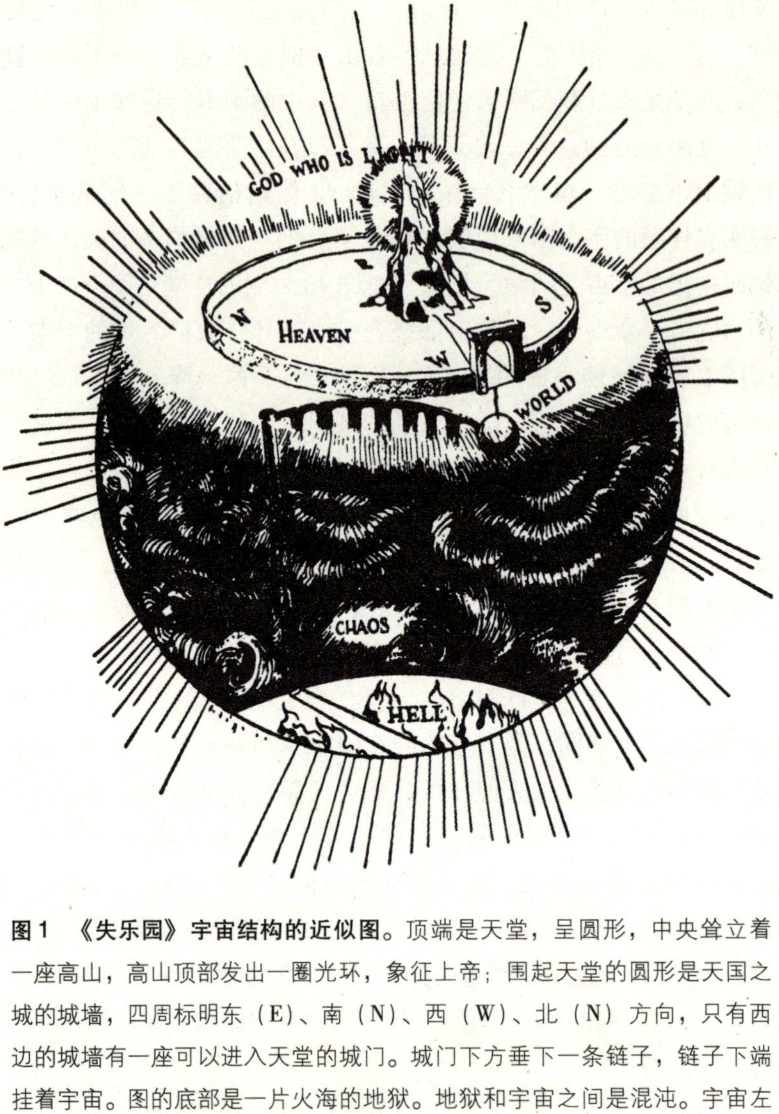

图1 《失乐园》宇宙结构的近似图。顶端是天堂，呈圆形，中央耸立着一座高山，高山顶部发出一圈光环，象征上帝；围起天堂的圆形是天国之城的城墙，四周标明东（E）、南（N）、西（W）、北（N）方向，只有西边的城墙有一座可以进入天堂的城门。城门下方垂下一条链子，链子下端挂着宇宙。图的底部是一片火海的地狱。地狱和宇宙之间是混沌。宇宙左边是一座大桥，桥的左端向下直通地狱。（Hughes，1985：180）

但是，按照毕达哥拉斯派的理论，宇宙在根本上说是数的概念，天体的运动服从数的关系。此外，按照柏拉图的观点，宇宙也包含时间：神除了使有形宇宙扩展为三维空间之外，还给它以时间的维度。这就意味着在神将他的原型理念加以有形扩展的同时，就有了时间。17 世纪荷兰哲学家塞拉里乌在《大宇宙的和谐》一书中对此做了十分清晰的说明：“至高无上的神是第一位数学家。他既创造了空间，又创造了时间，并把有形宇宙安置在时空之中。"[①]因此，宇宙既是数的结构，又是一个时空连续体。这样，摹仿宇宙就不只是单纯地摹仿宇宙的空间，而且也包含对宇宙的数以及按数运行的时间的摹仿。对于时间和数的运用在斯宾塞（约1552—1599）的诗歌中表现得尤为明显。仅以斯宾塞的《爱情小诗》和《祝婚曲》为例。《爱情小诗》包括89首十四行诗，描述了斯宾塞向一位名叫伊丽莎白·博伊尔的年轻女子求爱的过程。在这个组诗出版时，后面附有诗人庆祝自己婚礼的诗篇《祝婚曲》。在《爱情小诗》中，我们可以察觉到时间的推移：从一年的元旦（第4首）开始，经过四旬斋（第22首）、岁暮（第66首），直到翌年元旦（第62首）、复活节（第68首）及以后，求爱大约经历了一年多的时间，从而增强了诗中时间的主旨。《祝婚曲》具有更为独特而精巧的数和时间的结构。我们只要提及该诗的几个简单事实就足以说明这一点：一、全诗由24个诗节构成；二、诗中有365个长诗行；三、在第17节，夜幕降临，而迭句开始变化；四、诗人在用词、意象和思想方面试图确立第1—12节和第13—24节之间的一种平行对照。正如海厄特所指出的，全诗24个诗节象征一昼夜24小时，暗示婚礼当天时间的推移。前16节叙述白昼活动，后8节描写夜晚情景。不仅如此，对于24个诗节的不同划分也暗示各个季节，如前16节暗示夏至，后8节暗示冬至，而第1—12节和第13—24节这两个相互对照的平行系列则分别代表春分和秋分。最后，365个长诗行又与一年365天相应。显而易见，这种数的象征结构增强了时间的主旨。[②]在这里，我们可以发现两重涵义：一方面，宇宙是数的构成，天体的运动服从数学关系，因此诗中的数的安排本身就象征宇宙的运动秩序和节奏；另一方面，时间同样服从数学关系，按数运行。一年的运行轨迹表明直线的时间，而一年的终结又意味着新的一年的开始，这样周而复始，又表明循环的时间。直线时间和循环时间包含了宇宙时间的全部概念。直线时间是短暂的，而循环时间则意味着永恒。斯宾塞强调时间的主旨，意在表明婚礼本身虽是现实生活中短暂的事件，但通过神圣婚姻的结合却有可能达到永恒，获得宇宙般无尽的欢乐。总之，数和时间都可以成为宇宙的象征，而诗人们也往往采用数和时间的意象来反映传统的宇宙。

文艺复兴时期英国诗人大多主张罗马诗人贺拉斯（公元前65—前8）

---

① 见 S. K. Heninger, Jr., *Touches of Sweet Harmony*, pp. 214—215.

② A. K. Hieatte, *Short Time's Monument*, 见 note on 98—102.

提出的“寓教于乐”的观点。锡德尼指出，诗歌的目的在于“教育和怡情悦性”。诗歌的摹仿不过是一种手段，其最直接的目的是使人愉悦，而其最终目的则是给人以教导。所谓“正确的诗人”都是如此，他们“摹仿的目的是给人以愉悦和教导，而给人以愉悦就是要人们把握住善。没有愉悦，人们就会像躲避陌路人那样离开善而去”（《为诗辩护》）。斯宾塞的《仙后》继承了中世纪传奇和寓言的手法，通过曲折离奇的传奇形式，描绘了仙国骑士的冒险探求活动，又通过说教性的寓言手法，描绘了人应具备的各种基本品德。斯宾塞说他写作《仙后》，就旨在“用美德和善行来塑造和锻炼高贵和纯洁的人”（《作者书翰》[①]）。弥尔顿则强调诗人的任务是“在一个伟大的民族中培育、滋养品德和社会文明的种子”（《论教会机构必须反对主教制》第二卷）。在某种意义上，文艺复兴运动本身就是“一场广泛的教育运动”，而文艺复兴时期的作家几乎没有不对教育问题发生兴趣的。“有的用文学形式，有的撰专著，有的用游记形式，有的用乌托邦形式，表达他们的教育理想。”[②] 在这个时期的英国，大学教育的课程一般都包括算术、几何、天文和音乐。在这场教育运动中，古老的传统宇宙论无疑被认为是一部很好的教科书。它表明人在宇宙中的位置，突出以神为中心的思想，肯定理性，侧重精神因素，强调人的崇高，以及天体（大宇宙）对人（小宇宙）的影响等等，这些都有助于文艺复兴时期诗人和作家表达他们对人的完美形象的追求，对社会和谐理想的憧憬，对美好生活的向往。如上所述，但丁的《神曲》和弥尔顿的《失乐园》都表现了托勒密天文学的宏伟结构，而通过这种结构的描绘，反映了人类灵魂的游历，表现了对于完美品德和崇高精神的追求。同样，在约翰·多恩（1572—1631）的诗歌和莎士比亚（1564—1616）的戏剧和诗歌中，也都大量借鉴了托勒密天文学中的意象、象征和结构，表达了各种象征性的含义。

应当提及的是，对宇宙的摹仿实际上也有其深厚的社会现实基础，它与16和17世纪的地理大发现密切相关。接二连三的航海探索和新的地理发现所引起的轰动不能不成为诗人关注的对象。多恩的《早安》一诗是个很好的例子，它从一个侧面说明了当时的诗人对这些事件的兴趣。在该诗中，他的主旨是要说明精神之爱的本质，试图阐明爱和欲之间的对立和区

---

① 《作者书翰》是斯宾塞在《仙后》1590年版中附于长诗之前的一种书翰体“序言”，阐述了他创作该长诗的目的和方法。但在《仙后》1596年版中却取消了这篇“序言”。

② 杨周翰《十七世纪英国文学》，第175—176页。

别，但在第二节诗中却采用了地理大发现的意象：“向我们苏醒的灵魂道声早安吧，现在，他们相互凝视，并不是出于恐惧，而是因为爱抑制了对其他景象的爱，把一个小小的房间变成了整个的寰宇。”诗人告诉我们，爱具有强大的力量，它可以遏制情侣中任何一方可能侧目旁视的一切潜在的意识或愿望。因此，一间小小的卧室就似乎全然隔绝了外部世界：真纯的爱不仅使恋人们摒弃了对任何其他人或事物的爱，也使他们根本无视世俗生活中一切正常的活动。在这个意义上，他们似乎失去了一个现实世界。然而，由于他们相互的爱已把一个“小小的房间”变成了一个无边无际的“寰宇”，他们便又获得了整个世界。因此，他们不必像“航海发现家”那样再去寻求什么“新的世界”了。诗人说：

让航海发现家去把新的世界探索，
让地图绘出其他的世界，多而又多，
让我们拥有一个世界；各是一个，也融为一个。

（第 12—14 行）

在这里，“航海者”的意象就具有丰富的内涵。它暗示，为了真纯的爱而失去世界并非憾事。按照毕达哥拉斯的看法，人体本身不就是一个小宇宙或“小世界”？因此，地理上的世界虽然失去了，但因两个情侣各自都是一个完整的世界，所以他们每一个也都拥有对方的世界，而且他们两个世界的融合还使他们每人都获得一个完整的世界。不仅如此，“航海发现家”的意象也暗示恋人们的极度幸福和满足。在多恩那个时代，最激动人心的事件莫过于发现新的世界了。当时的现实世界充满了传奇般的航海冒险和光辉业绩，接连不断的地理发现令人惊奇不已，欣喜若狂，但这种“喧嚣与骚动”较之恋人们内心的宁静与欢乐，几乎是微不足道的。对于失去这样的世界，诗人毫不惋惜；相反，他宣称：让那些航海发现家们“前去新的世界”吧，让世人在地图上去寻找“多而又多”的“其他的世界”吧，他和她的恋人只需要“拥有一个世界；各是一个，也融为一个”。总之，通过航海发现家的意象，诗人告诉我们：真纯的情侣们排除了一切世俗杂念，他们的爱是不同凡俗的。具体来说就是，文艺复兴时期人们探索新世界的好奇和热情，象征（肉体）欲的特征；激动不安，思绪不定，而（精神）爱则表现为内心平静，情感稳定，它导致一种为世俗恋人所无法获得的完全的满足。这种比喻体现了多恩作为玄学派诗人的奇思妙喻。但是，归根结底，这样的比喻显然是建立在摹仿宇宙的基础之上的。

随着海上贸易的迅速发展，航海事业的突飞猛进，以及新大陆的发现，人们对于知识的追求也日益强烈。克里斯托弗·马洛（1564—1593）在他的剧作《帖木耳大帝》（第一部）中通过帖木耳之口用最强音宣告人类的雄心：

大自然用来制造人的四种元素，
在我们身上打仗争霸，
教导我们人人要树立雄心。
我们的灵魂有能力认识
世界的雄奇结构，
测出每种行星的途径，
不断寻求无限知识，
永在的行动，犹如不停的星体，
驱使我们折磨自己，永不休息，
直到取得最丰硕的果子，
完美的愉快，唯一的乐事，
一顶甜美成熟的人间王冠。

（第二幕第七场，第18—29行，王佐良译）

马洛在《浮士德博士的悲剧》中也表现了同样的思想。剧中的魔术师浮士德说："在固定的两极之间的万物，都将听从我的指挥。皇帝和国王只在他们各自的领域中受到遵从，他们也不能呼风唤雨；而他（魔术师）的领域则远远超过这些，一直延伸到人的思想所能及的远方"。（第一幕第一场）后来，浮士德为了追求无止境的知识，竟不惜把自己的灵魂出卖给魔鬼。

数十年后，年轻的弥尔顿在剑桥大学读书时所写的题为《第七篇演说》的习作中同样表明了求知的渴望：

掌握住宇宙苍穹和全部星辰的奥秘，大气的全部运动和变化的规律，掌握住那些使愚昧无知的人惊慑的隆隆雷声和火焰般的彗星的奥秘，能了解风的转变和从陆地与大海上升的云气；能识辨植物与矿物的潜能，了解一切生物的本性与感觉（如果可能的话），了解人体微妙的结构，以及使之保持健康的方法，然后更进一步去了解灵魂的神力，掌握我们所能掌握的有关我们所谓的家神、魂魄和护身神——这将是多么了不起啊！……当我们把一切知识都掌握了，人的精神就不

再被关闭在这所黑暗的牢房里了，而是高飞远翔充斥宇宙，以其天神般的伟大气魄，充塞到宇宙以外的空间。（杨周翰译，下同）

接着，他还专门提及“任思想翱翔于各国历史地理之间”，以了解各个国家、各个民族、各座城市，以达到“增长智慧和是非感”。他写道：

任思想翱翔于各国历史地理之间，观察列国、各种族、各都市及诸民众之变化，增长智慧与是非感，乐莫大焉。诸位，这无异是亲身经历世界历史的每一阶段，与岁月同寿。我们既向前看到我国未来声誉之荣，又能将生命向后伸延到我们出世以前的时代，向吝啬的命运之神讨索不朽。

这些气势磅礴的精彩描述，充分表达了弥尔顿和他的同时代人对知识的强烈追求，其中既包括对人和人类社会的了解，也包括对整个宇宙的认识。从这个角度来看，文艺复兴时期英国诗人们对传统宇宙论的关注，以及把它运用于自己的诗歌作品之中的兴趣，就不足为奇了。因此，研究他们的诗歌作品，通过这种研究来探讨他们的宇宙观，并从中发现他们对宇宙的反映和摹仿的共同途径，总结出某种诗学原则，反过来再以这种诗学原则指导我们今天对文艺复兴时期英国诗人及其作品的研究，应当是一个很有意义的课题。

第一章　历史的星空

（一）亚里士多德—托勒密宇宙论

英语中的“宇宙”（cosmos）一词源于希腊文（kóσμos），原意为“秩序”和“装饰”。公元前6世纪的希腊哲学家毕达哥拉斯首先采用这个词来指形状匀称和谐、具有界限的宇宙；与之相对的则是无形的、无限的混沌。传统的希腊宇宙论强调宇宙的秩序、有限性和持久性。这一宇宙论统治了西方思想几乎长达两千余年，直到17世纪中叶被新兴的哥白尼学说所推翻。传统宇宙论侧重从大宇宙和小宇宙（人）的角度来阐明一切存在的构成以及它们相互之间的关系。在西方，对于这种宇宙论的描述始终是相互一致的。这些论述主要来源于几部重要的经典著作，其中最重要的是柏拉图的《蒂迈欧篇》（*Timaeus*），它描述了世界的创造以及大宇宙和小宇宙的关系；亚里士多德的《天体论》（*On the Heavens*）、《物理论》（*Physics*）、《形而上学》（*Metaphysics*）、《产生与腐朽论》（*On Generation and Corruption*）和《灵魂论》（*On the Soul*），这些著作描述了对运动、作用、生成、腐朽、稳定和变化的观念。亚里士多德从运动规律出发，认为万物皆倾向宇宙的中心，到达地球便静止不动。这在很大程度上促成了“地球中心”说，又称“地心说”“地静说”或“天动说”。其他经典作家也对这一传统宇宙论做出了贡献，如托勒密（2世纪）在天文学方面，古希腊医生希波克拉底（公元前460？—前360？）和迦伦（130？—200？）在医学方面，斯特拉波（公元前63？—公元21？）在地理学方面，以及普林尼（23—79）在自然史方面的贡献等。①

但是，在这些作家中，应当特别提及的是亚历山大里亚时期的天文学家托勒密。他是希腊文化最伟大、也是压轴的代表人物之一，他以亚里士多德宇宙论为基础，进行了一次天文学的综合研究，写成了《至大论》等十三部著作，但流传下来的只有下面十种：

《至大论》(*Almagest*)
《实用天文表》(*Handy Tables*)
《行星假说》(*Planetary Hypotheses*)
《恒星之象》(*Phases of the Fixed Stars*)
《四书》(*Tetrabiblos*)
《地理学》(*Geography*)
《光学》(*Optics*)
《日晷学》(*Analemma*)
《平球论》(*Planisphaerium*)
《和谐论》(*Harmonics*)

托勒密从天文学角度确定了“以地球为中心”的宇宙结构。至此，从毕达哥拉斯起，经柏拉图和亚里士多德，一直到托勒密，形成了一套体系完整的宇宙论。人们通常称之为“毕达哥拉斯—托勒密宇宙论”或“亚里士多德—托勒密宇宙论”。

欧洲进入中世纪以后，这一传统宇宙论通过百科全书编纂家和评论家们留传了下来。譬如，卡尔齐丢斯（鼎盛期约在公元300年）的《评蒂迈欧篇》、马克罗比乌斯（5世纪）的《评西庇阿之梦》和波埃修（约480—524）的《哲学的安慰》等。亚里士多德关于逻辑的著作虽然被波埃修译成拉丁文，但他的科学著述一般都很难得到，直至12世纪和13世纪，亚里士多德的著述才大部分被译成拉丁文，有些还是希腊人的阿拉伯语译文。从13世纪起，亚里士多德的学说被阿奎那（1225—1274）加以基督教化，被公认为是哲学的权威。在16和17世纪，英国的大学仍然把亚里士多德的著述作为科学教学的基础。而流行的百科全书如《巴特曼论巴索勒缪》以及拉普里莫达耶的《法兰西学院》等也有助于这一传统的传播。至于托勒密的天文学著述，其传播情况是相当曲折的。首先，阿拔斯王朝

① I. Rivers, *Classical and Christian Ideas in English Renaissance Poetry*, p. 68.

第七代哈里发在位期间创设了智慧馆，由伊斯哈克（？—910）等人把托勒密的《至大论》遗本译为叙利亚语和阿拉伯语。阿尔—法尔加尼（9世纪）又据此写出了通俗读物《天文学基础》。到了12世纪，出生于意大利克雷莫纳的盖拉尔多（？—1187）在西班牙的托莱多把大量阿拉伯语文献译为拉丁语，其中包括托勒密的《至大论》。[①] 英国数学家、天文学家萨克罗博斯科（？—1258）又参考了《至大论》等书，写出了欧洲标准的天文学教科书《天球论》，在1472至1547年间，约出了六十余版。[②] 在从中世纪到现代的过渡时期中，它在各大学和一般知识界中广为阅读，甚至在民间也广为流传。乔叟（约1340—1400）的《坎特伯雷故事集》中描写了一个牛津的穷书生，他不讲究穿着，“宁可在床头堆起二十卷亚里士多德的哲理书，红的、黑的装订”（“总引”），而且他的床头架子上的确陈列着“托勒密关于天文学的宏论和其他大小书本，他所用的观象仪，计数的算盘”等等（《磨坊主的故事》）。[③] 甚至没有受过教育的巴斯妇也口口声声地提到托勒密，尽管她对托勒密的书籍恐怕一无所知。譬如，她说道：“谁若不能把旁人做前车之鉴，旁人便会把他做前车之鉴了；这句话是托勒密讲的，读他的天文学论著就知道了。”她又说：“那位聪明的星象学家托勒密先生，他在书中写着这样的名句：他若不管谁在世上称霸，他的学问就算是到了家。”（《巴斯妇的故事》开场语）虽然这些似乎都是牛头不对马嘴的话，但是却更能说明托勒密这个名字在当时的英国几乎是妇孺皆知了。

托勒密的生平鲜为人知。对他的了解大多来自他本人的著述，以及后来作家（有些是阿拉伯人）著述中的零章片断。他出生在埃及的托勒梅，活到78岁高龄。他自己曾经说到他是在亚历山大里亚进行天文观测的，因此人们认为他在亚历山大里亚居住。不过，也有人说他曾在卡诺浦斯进行过长达四十年之久的天文观测，而卡诺浦斯距亚历山大里亚约十五英里。据说他在卡诺浦斯的神庙中还竖了一块“还愿石碑”，上面刻着他的学说的基本原理。由于他在《至大论》中记载的最早观测是在公元127年，最晚的观测是在公元151年，可以确定，他的生活时期约在公元100至178年间，这就意味着他的一生占了公元2世纪四分之三以上的时间，经历了图拉真时期（约98—117）、哈德良时期（117—138）、安敦尼时期

① 樊洪业《耶稣会士与中国科学》，第16—17页。

② M. Magnusson, ed., *Chambers Biographical Dictionary*, p. 1284.

③ 译文引自方重译《坎特伯雷故事集》，下同。个别地方略有改动。

(138—161) 和奥里略时期 (161—180)。①

中世纪大学人文学科的课程包括七门，简称“七艺”(Seven Liberal Arts)。前三科 (*Trivium*) 是文法、修辞、逻辑，学完获学士学位；后四科 (*Quadrivium*) 是算术、几何、音乐、天文，学完获硕士学位；然后，再选修法学、医学、神学三科中的任何一科，毕业后，获博士学位，具有晋升教授的资格。到了文艺复兴时期，大学教育十分重视哲学和天文学。譬如，早期剑桥大学就规定，学生在前三年须学拉丁文或英语修辞、逻辑和哲学，完成这些课程后才能获学士学位；随后的三年须学绘画、天文和古希腊语言文学和哲学。②可以看到，天文学是一门重要的必修课程。值得一提的是，构成后四科的算术、几何、音乐和天文这四门课程乍看起来似乎彼此毫无关联，但实际上这种课程设置自有其合理的成分，因为它们相互之间有着内在的密切联系。首先，算术是数的科学。派认为，数先于事物而存在，是构成事物的基本单元，因而也是万物的原则。按照他们的观点，数与几何结构相对应：1 是点，2 是线，3 是面，4 是体。也就是说，由两点产生线，由三点产生面，由四点产生金字塔形和角锥形，从而产生了第一个立体或空间的形状，也是有形宇宙的雏形。这就表明从算术领域进入了几何学领域。不仅如此，数也是音乐的基础，因为不同的数的比例构成不同的音调。最后，把数与形的研究运用于星体的运行便构成了天文学。当然，文艺复兴时期的天文学无疑是指托勒密天文学。

就托勒密天文学本身而言，它是一个相当错综复杂的庞大体系。但是，就其基本构成来说，它又是简明易懂的。根据托勒密天文体系，宇宙被一种有秩序的、和谐的循环运动所支配，整个宇宙是完美的、有限的空间。地球处于宇宙的中心，固定不动，外围有数重透明的天，分别包含围着地球绕行的七颗行星和恒星，每一重天都有其自身的特殊运动。这就是有形宇宙。然而，古希腊哲学家们在这有形宇宙之外，还想象有神的存在，这又构成了概念宇宙。中世纪和文艺复兴时期的作家把古希腊哲学、神话与传说等众多因素揉进了亚里士多德—托勒密宇宙论，而基督教神学家如奥古斯丁 (354—430)、阿奎那和司各脱 (约 1265—1308) 等又给它增添了基督教思想，从而使亚里士多德—托勒密宇宙论变成基督教化了的宇宙观。基督教化的亚里士多德—托勒密宇宙论鲜明地突出尘世和天国之

---

① 详见 F. E Robbin 的 *Tetrabiblos* 英译本“序”。

② H. Shire, *A Preface to Spenser*, pp. 14—15.

间的根本对立：尘世以生成和腐朽、流动、变化和不稳定为特征；天国以持久、秩序和永恒为特征。不过，亚里士多德认为宇宙是始终存在的观点却与《旧约·创世记》中关于创世的描述相抵触，因此往往遭到摈弃，而柏拉图的创世神话则不相同。柏拉图认为，宇宙是“永恒之神的设计”，是神创造了一个完美而永恒的“圆球形的宇宙”。[①]这种观点自然是可以为基督教神学家所吸收和借鉴的。神学家和基督教诗人有时还在地球的中心增添了基督教观念中的地狱（如但丁的《神曲》）。但是，在希腊传统和基督教传统之间，有些矛盾之处似乎根本无法得到圆满的解决。譬如，根据希腊传统，在宇宙生成之前就有先存的混沌或无序的物质，而根据基督教传统，宇宙完全是上帝从虚空中创造出来的。在这两种传统之间始终存在着某种张力。[②]

毕达哥拉斯认为，天体中每一天体都发出一个音调，各个音调汇合在一起便产生了和谐的音乐，即天体音乐。柏拉图继承了毕达哥拉斯的这种理论，在《理想国》中描绘了坐在八个天体上的八个塞壬（sirens）的合唱。[③] 但这种理论后来受到亚里士多德的否定，亚里士多德在《天体论》中说道：

> 在有些思想家看来，如此巨大的天体在运行时不可避免地会产生一种声音：即使地球上的物体也是这样……对于日月以及为数众多、体积庞大的星体来说，它们全都以惊人的速度旋转，因此不产生超乎一切的巨大响声是不可想象的……为了辨明我们谁都没有注意到这种声音的困难，那些思想家们解释说，这种声音是我们一生下来就与我们同在的，因而没有一种相对的沉寂来显示它……现在，我再说一遍，这种理论……不可能是真实的。[④]

然而，通过马克罗比乌斯的宣传，这种理论却与亚里士多德所说的“不动的推动者”或支配每一天体的神灵融合在一起。柏拉图的八个塞壬后来转换为九位缪斯，最终又转换为九级天使。因此，天使的合唱既与毕达哥拉斯和柏拉图的天体音乐相联系，又与亚里士多德的神灵相联系。波埃修在《论音乐》中阐述了在天体音乐和尘世音乐之间的对应关系。他认为，天

---

① Plato, *Timaeus* 33B—34B.

② I. Rivers, *Classical and Christian Ideas in English Renaissance Poetry*, p. 69.

③ Plato, *Republic* 616C—617B.

④ 引自 I. Rivers, *Classical and Christian Ideas in English Renaissance Poetry*, p. 78.

体音乐是听不见的，但这种和谐既适用于乐器音乐，又适用于人的和谐的生活。文艺复兴时期的诗人们还常用天体音乐来说明国家和社会中的等级和秩序。

作为两种截然不同的音乐类型，天体音乐和尘世音乐之间的相互对应象征不同层面上的宇宙，这一点有助于说明传统宇宙论的一个极其重要的方面。尘世音乐和天体音乐的区分可以表达某种悲观的看法，即月下世界的不完美性是不可改变的。但是，比较乐观的看法可以强调大宇宙和人（小宇宙）之间的关系，以及各级存在之间的相互作用。因此，包含可感世界和概念世界的整个宇宙也可以想象为一系列从最低级到最高级的存在逐步上升的等级，通常称之为存在之链。

作为小宇宙的人在存在之链上处于中心的位置。文艺复兴时期意大利哲学家米兰多拉（1463—1494）说：

> 真的，正如上帝之为上帝，不仅是因为他理解万物，而且是因为他在自身里集中并统一了万物真正本质的全部完美性，人之为人（虽然有所不同，……否则他就不是上帝的形象，而是上帝了），也是因为他集中了世界的一切本质，并将其联系于他自身的完美性。对于任何其他的生物，无论是天使，还是天上的或有感觉的生物，我们都不能这样说。上帝与人的区别是，上帝作为万物的起源包含一切事物，而人则作为万物的中心包含万物。因此，万物在上帝身上比在自身上具有更好的印记，而在人身上，较低级的东西便具有更崇高的印痕，较高级的东西则退化。①

人体结构与大宇宙结构相似。人的肉体和灵魂与可感世界和概念世界对应，表明人的两重性。他既与物质世界联系，又与精神世界联系，从而成为物质世界和精神世界的联结环。按照亚里士多德的观点，人的灵魂有三重，即植物灵魂、动物灵魂和理性灵魂。“三重灵魂”说表明在人身上也体现了宇宙的存在之链。总之，传统宇宙论不仅具有美学上的重要性，而且具有宗教伦理意义。人处于宇宙的中心位置是一个悖论：一方面，人是不完美的，倾向于尘世，他意识到尘世和天国之间有着两种不同的存在，但另一方面，他也知道宇宙是为他而创造的，只要他适当地运用自己天赋的品质，他就有达到天国的希望。这种宗教道德的内涵也使人们对传统宇

---

① 引自 I. Rivers, *Classical and Christian Ideas in English Renaissance Poetry*, p. 82.

宙论长期抱着坚信不疑的态度。

哥白尼（1473—1543）在1535年就宣布了他的发现，并在1543年发表了他的《天体运转论》。在后来的七十年间，第谷（1546—1601）做出了详细的观察，提出了他自己的天文体系，即太阳仍旧绕着地球旋转，而其他行星则绕着太阳旋转。第谷的重要性在于他观察到彗星的运动（到这时为止都被认为是月下世界的现象），并从中得出结论：亚里士多德所认为的持久不变的天体其实和地球一样，也是变化的，而且可以不做圆形运动。此外，第谷还否定了各个天体都朝向地球这个中心的观点，他认为天体是在真空中旋转的。伽利略（1564—1642）进一步证明了地界和天界之间的区分。他在具有深远影响的《星体的信使》（1610）中记载了他如何通过新发明的望远镜观察天体，并发现月亮表面并不是完美无瑕的，而是显露出和地球表面一样的不规则，而且宇宙间也有肉眼看不见的星星，这些星星构成了银河，而木星还有四颗“月亮”围绕着它旋转。开普勒（1571—1630）利用第谷的观察，最终表明行星的运行并不像传统宇宙论所说的那样呈现为圆形，而且还有日食的现象。他假设，各行星之所以能保持在各自的轨道内，是由于磁力吸引的缘故。但是，开普勒设想的宇宙在许多方面都是保守的。他赞同柏拉图在《蒂迈欧篇》中提出的看法，认为宇宙的结构以几何与音乐比例为基础；此外，他还反驳了关于宇宙的无限性和世界多元性的理论。①

然而，天主教会对哥白尼学说是极端仇视的，因为哥白尼的日心说与《圣经》相抵触。譬如，《圣经》中说：

> （约书亚）向神祷告说：“让太阳停在基甸，让月亮停在亚雅！”太阳果然停住，月亮也不转动，直到以色列人复了仇。……那天，太阳停留在天的正中，没有匆匆地西沉约一整天。（《旧约·约书亚记》第10章第12—14节）
>
> 主掌权为王，他以威严为袍，
> 身上所穿的，腰间所束的，全是权能。
> 他奠定了尘寰，大地就不得动摇！（《旧约·诗篇》第93篇第1节）
>
> 一代过去，一代又来，但大地却永远长存。

① I. Rivers, *Classical and Christian Ideas in English Renaissance Poetry*, p. 73.

太阳升起，太阳落下；

匆匆赶回原处，又重新升起。(《旧约·传道书》第1章第4—5节)

因此，哥白尼学说在1616年受到谴责，而伽利略在发表了《关于两大世界体系的谈话》(1632)之后，也被迫放弃自己的主张，并遭到软禁。许多新教和天主教神学家都对哥白尼学说持反对态度，譬如，加尔文(1509—1564)在《评〈创世记〉》中就首先引用了《旧约·诗篇》第93篇中的诗行："他奠定了尘寰，大地就不得动摇！"紧接着便说："有谁胆敢把哥白尼的权威置于圣灵之上?"①总之，当时的神学家们认为，新的宇宙论把地球从宇宙的中心位置上移走，这既否定了尘世和天国之间的区别，也否定了基督教关于人在神的创世中占有特殊地位的观点。

在文艺复兴时期的英国，托勒密天文学在人们的头脑中仍然是根深蒂固的。在斯宾塞和莎士比亚时期，有一位理性主义者布伦德维尔对哥白尼学说做出了如下的反应，他在《习作》(1594)中写道：

有些人否定地球位于宇宙的中心，有些人还肯定认为地球是运动的，哥白尼也如此认为，……他肯定地球在旋转，太阳站在天空的中心，固定不动；他借助这些虚假推测，作出了较过去更真确的演算，表明天体的运动和旋转：……但是，托勒密、亚里士多德以及其他老作家都肯定地球处于中心位置，而且固定不动……并曾以不必在此重复的理由加以证明过。我们认为没有人会怀疑这一点，尤其是《圣经》肯定，地球的基础打得极其稳固，任何时候它也是不会移动的。②

一个多世纪以后，据说有一位博学之士仍然在为地球的静止不动而进行争辩。他说，他"把绝对不动的地球置于宇宙的中央"，因此他是"完全摈弃哥白尼体系"的。③显而易见，这时的人们没有放弃古老的托勒密天文学的思想准备。早在1611年，约翰·多恩就似乎承认哥白尼学说可能是"正确"的。他对哥白尼派说道："你们的那些观点很可能是正确的……(无论如何，它们现在)正慢慢地钻进人们的脑海之中。"(《圣依纳爵，他的秘密会议》)但是，他又感到哥白尼学说对基督教伦理道德十分有害。他在勉强接受了地球有可能运行这种观点的同一年，就在"表现这整个世界的脆弱和腐朽"的诗歌《世界的解剖：第一周年》中，描绘了他对新的

① C. S. Lewis, *The Descarded Image*, p. 192.

② 引自 H. Shire. *A Preface to Spenser*, pp. 68—69.

③ S. K. Heninger, Jr., *Touches of Sweet Harmony*, p. 122.

天文学所感到的惴惴不安的心情。他这样写道：

新哲学使所有的一切都受到怀疑，
火元素被完全扑灭，没有了痕迹；
丢失了太阳，和地球，没人能靠
智慧来指引自己到哪儿去寻找。
人们随意便承认这世界已耗完，
而与此同时，又在苍穹上，行星间，
寻找众多的新世界；眼看这世界
分崩离析，再一次化成了碎屑。
它支离破碎，消失了一切连续性；
相互的支撑和关系，均消失殆尽；
君臣与父子，成了被遗忘的事物，
因为每个人都以为自己不得不
变成凤凰，除了他自己之外，
不会再有他那种品类的存在。

（第 205—218 行）

在这节诗中，多恩告诉人们，由于哥白尼（以及第谷、开普勒和伽利略等人）的新哲学的出现，传统宇宙中许多必要的构成因素都消失了，譬如月下世界最外一圈的火就“被完全扑灭”了。不仅如此，在伽利略发明望远镜之后，人们就开始“在苍穹上，行星间，寻找众多的新世界”，也就是人们在推测，宇宙中除了人类居住的世界之外是否还有可能存在着其他的世界。这种思想实际上是把一个有限的空间视为无限的空间，因而使许多人感到忐忑不安。最后，这个世界“分崩离析”“支离破碎”了，消失了一个整体中各部分之间的相互支撑，消失了一切“君臣”和“父子”的“关系”。结果，人人都以为自己变成了一只“凤凰”，因为传说中的凤凰是独自存在的，或者说在一个时期内世上只有一只凤凰。这就暗示，由于失去了一切“关系”，每个人都以为自己就是他那种“品类”的唯一的存在了。

在这以后，大约过了五十六年，当科学家们大多已基本接受地动说的观点并承认地球是一颗行星时，在弥尔顿看来，哥白尼学说仍然对基督教伦理道德构成威胁。然而，和多恩一样，弥尔顿也认为哥白尼的发现很可能是正确的。他在《失乐园》第八卷中描绘了拉斐尔大天使和亚当的对话，其中用了大量篇幅来讲述关于托勒密宇宙和哥白尼宇宙这两个新旧对立的天文体系。但是，究竟“是统帅天空的太阳从地上升起呢，还是地球从太阳上升起？是太阳从东方开始奔他的火焰路呢，还是地球从西方静静地稳步前去”（第160—163行）？拉斐尔警告亚当说：“要放谦卑、聪明些，只需思想有关你和你活着的事，别梦想其他世界。”（第172—174行）弥尔顿显然不愿意在新旧两个体系的辩论中表明自己的态度。正如拉斐尔对亚当所说的：

> 天体像是一本神的书放在你面前，
> 在那上面可以读到他的神奇作品，
> 知道他的季节、年、月、日、时。
> 想求得这个知识，只要判断正确，
> 说天动或地动，都无关重要；
>
> （第八卷，第67—71行，朱维之译）

诚然，弥尔顿在《失乐园》中还曾提到伽利略的“望远镜”：他把撒旦的圆盾比作“那个突斯冈的大师在黄昏时分于飞索尔山顶，或瓦达诺山谷，用望远镜探望到的有新地和河山，满布斑纹的月轮”（第一卷，第287—291行）。但是，托马斯·库恩认为，由于《失乐园》的主题是“向世人昭示天道的公正”（第一卷，第26行），弥尔顿又不得不采用传统的托勒密宇宙结构作为框架。①实际上，弥尔顿和他的同时代人一样，对一切科学的态度都是闪烁其词的，或“模棱两可”的。从他在剑桥大学读书时所写的《第三篇演说》起，直到他在《失乐园》中通过拉斐尔大天使之口规劝人们不要把追求科学知识作为目的为止，他的态度始终没有变化。舒尔茨指出，弥尔顿称颂科学，认为科学丰富了人类生活，但又使科学从属于哲学和神学。②

有些人试图做出某种妥协，上面提及的第谷的设想就是一例。约翰·斯万在《世界的镜子》（1635）一书中所描绘的一幅第谷天文体系图常被认为是具有权威性的。③按照这幅第谷天文体系图，地球仍被稳固地放在宇宙的中心，他仍使月亮和太阳围绕地球这个中心旋转，但又让太阳尽可能地接近宇宙的中心，而其他行星则围绕着太阳旋转（见图2）。但是，

---

① T. S. Kuhn, *The Copernican Revolution*, p. 194.

② H. Schultz, *Forbidden Knowledge*, pp. 35—41.

③ 如J. Hollander在*The Untuning of the Sky*中，M. Y. Hughes在*John Milton*中，都采用此图来说明第谷天文体系。

即使从传统宇宙论的角度来看，这种理论也是不合情理的，因为金星、火星、水星必将穿过太阳的轨道，而天体轨道通常又被认为是“有形的物质”，由“无所不在的上帝”以“灵的速度”推动运转的（《失乐园》第八卷，第108—110行）。

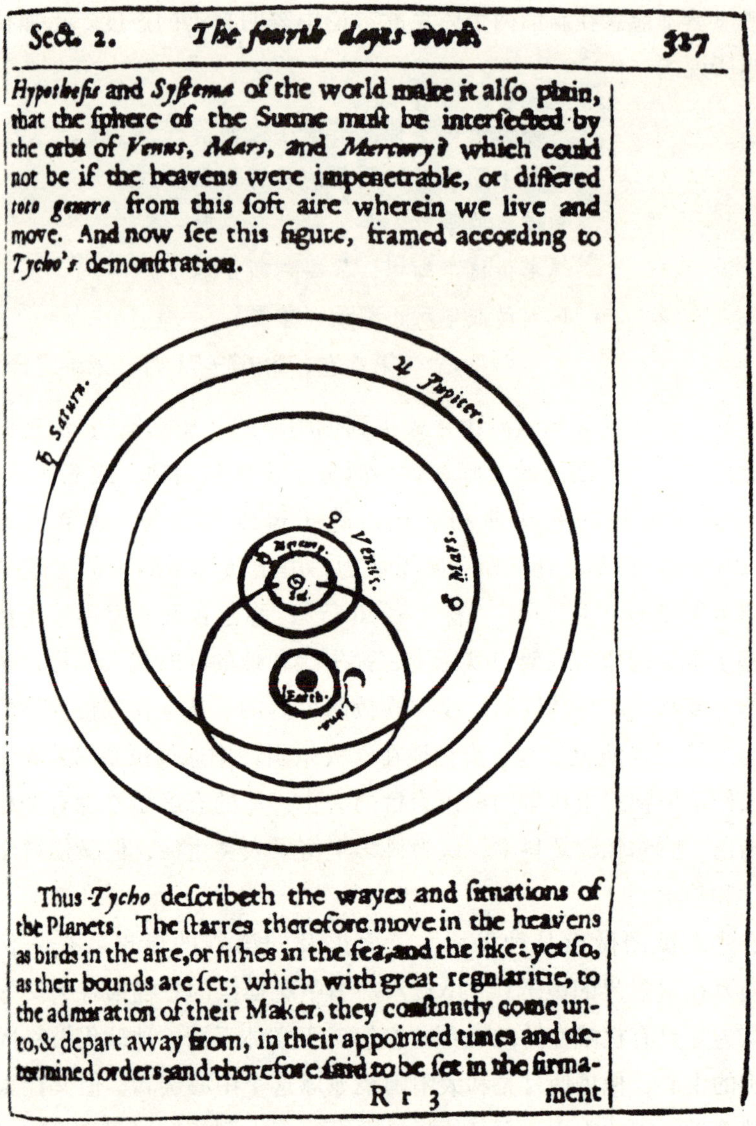
Sect. 2. *The fourth dayes worke.* 327

Hypothesis and *Systema* of the world make it also plain, that the sphere of the Sunne must be intersected by the orbe of *Venus*, *Mars*, and *Mercury*? which could not be if the heavens were impenetrable, or differed *toto genere* from this soft aire wherein we live and move. And now see this figure, framed according to *Tycho's* demonstration.

Thus *Tycho* describeth the wayes and situations of the Planets. The starres therefore move in the heavens as birds in the aire, or fishes in the sea, and the like: yet so, as their bounds are set; which with great regularitie, to the admiration of their Maker, they constantly come unto, & depart away from, in their appointed times and determined orders; and therefore said to be set in the firmament

Rr 3

图2　第谷天文体系。地球仍然位于天体的中心，月亮和太阳按照古老的托勒密宇宙体系围绕地球旋转，其他五颗行星（水星、金星、火星、木星、土星）则围绕太阳放置。［John Swan，*Speculun Mundi*（1655），in Hughes，1985：191］

诚然，哥白尼宇宙论引起了各种不同的反应，但在英国，就整体而言，在科学和神学两方面对哥白尼学说的反应往往都是比较正面的，因此最终也是比较富于成效的。譬如，罗伯特·雷科德（Robert Recorde，约1512—1558）、托马斯·迪格斯（Thomas Digges，约1546—1595）、约翰·迪伊（John Dee，约1527—1608）和威廉·吉尔伯特（William Gilbert，1540—1603）等英国科学家们都是哥白尼学说的支持者。总体上说，哥白尼宇宙论之所以能够成功地推翻亚里士多德宇宙论，主要有两个原因。一个原因是人们对亚里士多德的理论抱着敌视的态度，而与此同时，人文主义者又导致毕达哥拉斯和柏拉图理论的复兴：哥白尼本人就把他的体系看作是毕达哥拉斯体系。另一个原因是出现了以弗朗西斯·培根（1561—1626）为主要代表的反对亚里士多德理论的倾向。培根注重实验，强调科学应为人类的利益而在控制自然方面发挥作用。他在《新工具》（1620）中提出了功利主义的纲领，又在乌托邦小说《新大西岛》（1627）中描绘了理想的科学社团，这种设想随着1662年英国皇家学会的成立而最终得到了实现。从宗教角度来看，亚里士多德关于有限宇宙的理论到17世纪末已被基本否定，但这并没有被看作是破坏了上帝的秩序和人的伦理道德。恰恰相反，它不仅扩大了上帝的力量，把上帝看作是一个无限的、不可知的宇宙的创造者，而且也把人的注意力集中在自我的认识上。剑桥大学柏拉图主义者亨利·莫尔（1614—1687）就曾热情地阐述过上帝就是无所不在的无限的宇宙。①

从本质上说，托勒密天文体系是从古代希腊人直到文艺复兴时期人们想象的产物。这一想象的宇宙构成了一种原型，在哲学和神学意义上都具有丰富而深刻的内涵，提供了几乎无穷无尽的象征和意象，而且富于诗意，因此成为诗人灵感的源泉之一。在弥尔顿之后，18世纪的蒲柏、19世纪的浪漫主义诗人，直到20世纪的叶芝和T. S. 艾略特等，也都在不同程度上借鉴了旧的托勒密天文学来说明某种生活的哲理。即使在科学高度发展的今天，我们不还是习以为常地说“旭日东升”和“夕阳西下”，不仍然是在无意之中把我们居住的地球当作“中心”，而一切天体都似乎在围绕着我们旋转的？这是一种自然的感觉，也是一种富于诗意的想象。在这个意义上，我们可以说，亚里士多德—托勒密宇宙不过是一种观念化的宇宙，或者说，是一种人为的构成，主观的抽象，或人类想象的虚构。在

---

① I. Rivers, *Classical and Christian Ideas in English Renaissance Poetry*, pp. 73—74.

今天看来，托勒密天文学并非正确的科学，而是一种富于诗意的神话。它本身就可以被看成是一首宏伟壮丽的诗篇。

（二）文艺复兴时期宇宙图景

根据托勒密天文学，宇宙空间主要指有形宇宙。有形宇宙包括两个区域：天体区和基本区。天体区又称月上世界，这里有七颗行星和恒星。基本区指月亮天下方的区域，又称月下世界，这里有人类居住的地球。天体区加基本区构成有形宇宙的整个框架。但是，哲学家和神学家在这框架外面又加上一个无形的宇宙，即神的寓所，这里是肉眼看不见的，只能通过“理性的眼睛”才能看到，所以又称概念宇宙。总体来说，宇宙包括有形宇宙和概念宇宙。

有形宇宙指肉眼可见的空间。根据托勒密天文学，宇宙呈圆形，地球也呈圆形，它处于宇宙的中心，静止不动。托勒密说：“天空是圆形的，并做圆形运动；从整体上看，地球显然也是圆形的；在位置上，它处于天空的中间，很像天的中心；在大小和距离方面，它形成了点与恒星天之比；它没有从一处到另一处的运动。”①在地球外围，有七颗行星，构成七重天。七颗行星再往外是恒星天。这样，地球外围共有八重天，由近及远的顺序是：月亮天、水星天、金星天、太阳天、火星天、木星天、土星天、恒星天。托勒密说：“我们看到几乎所有最初的天文学家都一致认为，所有天体都比恒星天距地球近，也都比月亮距地球远，有三重天（较外的行星天）比其他（两颗行星）和太阳离地球要远，土星最远，木星其次，木星下面是火星。但是，至于金星天和水星天，我们看到有些最早的天文学家们……的继承者把它们置于太阳天之上。”②这里所说的较早的天文学家们的“继承者”当中可能也包括柏拉图。柏拉图在《理想国》中说，从天上悬垂下来一根链条，链条底端伸出了“创造神”的纺锤，在这纺锤上旋转着八个锭盘，由大到小，一个套一个。这八个锭盘就代表八重天。柏拉图这样写道：“最大的（恒星天）闪烁发光，第七个（太阳）最亮；第八个（月亮）因反射第七个的光而有色彩；第二个和第五个（土星和水星）颜色相同，比前一个稍黄；第三个（金星）光度最白；第四个（火

① Ptolemy, *The Almagest*, I. 3.

② Ibid., IX. 1.

星）稍红；第六个（木星）的白光次于第三个。”①按照柏拉图的说法，各重天到地球的距离由远及近的顺序是：恒星天、土星天、金星天、火星天、水星天、太阳天、月亮天。这与托勒密的顺序有所不同。根据托勒密天文体系，各重天到地球的距离由远及近的顺序是：恒星天、土星天、木星天、太阳天、金星天、水星天、月亮天。对照来看，可以发现，柏拉图对行星顺序的描述与托勒密的描述有所不同。在他的顺序中，金星天和水星天都被置于太阳天之上。显然，托勒密的顺序是对过去的修正。

至于在七行星天之上的恒星天，也就是亚里士多德所说的“第一推动者”，它是一个限定的圆，包含着我们现在所说的恒星。托勒密对恒星的“恒”作了如下的解释：“这些星体明显地保持（它们各自星座的）结构不变，同时相互之间也保持同样的距离，因此称之为‘恒’是十分正确的。”② J. C. 伊德在解释托勒密天文学中恒星天的“恒”时，认为有三种理由：一、恒星天中的恒星数目不变；二、恒星相互之间的相对距离恒定不变；三、恒星天中的各恒星到地球这个中心的距离相等。③

七颗恒星都围绕地球旋转，它们的运动是由恒星天的运动带动的。恒星天的运动方向与七颗行星的运动方向相反。前者由东向西运动，后者由西向东运动。托勒密说：“天空有两种不同的运动。其中之一是带动一切由东向西的运动……。另一种是各重天所做的与第一种运动相反的运动。”④他又说：“全部所谓的恒星相互都保持同样的位置，并参与同样的运动。但是，恒星天也做本身的运动，与宇宙旋转的方向相反。”⑤这种观点与柏拉图和亚里士多德的看法相同。上面提及的柏拉图的“纺锤”，整体上都做同样的运动，但是，“当整体按一个方向旋转时，七个套在里面的圆盘却按另一个方向缓慢运动”。亚里士多德则认为，七颗行星各有自身的运动，但都是被“第一重天”（即恒星天）每24小时一次的统一旋转所带动的。他还认为，第一重天只有从东向西旋转才能把运动传送到里面几重天，推动它们朝相反的方向运动。

根据亚里士多德，七颗行星绕地球旋转一周的时间各不相同。J. C. 伊德对此做了精确的计算。他列出下表：⑥

---

① Plato, *Republic* 616C—617B.

② Ptolemy, *The Almagest*, VII. 1.

③ J. C. Eade, *The Forgotten Sky*, p. 14.

④ Ptolemy, *The Almagest*, I. 8.

⑤ Ibid., VII. 2.

⑥ J. C. Eade, *The Forgotten Sky*, p. 22.

土星	30 年
木星	12 年
火星	2 年
太阳	$365\frac{1}{4}$天
金星	348 天
水星	339 天
月亮	29 天

后来的人们在恒星天外面加上了“宇宙的外壳”，即原动天，各天体的运行是由原动天推动的，于是恒星天也包含在其他各重天之中，和其他天体一样由西向东运动。还有的人们在原动天和恒星天之间加上了一重水晶天。不过，但丁《神曲》中的水晶天等同于原动天。不管怎么说，原动天始终由东向西旋转，旋转一周需 24 小时。其他各重天都由西向东旋转，旋转一周的时间也各不相同。譬如，根据 16 世纪的一幅宇宙图，月亮天旋转一周需 28 天，水星天需 1 年，金星天需 1 年，火星天需 2 年，木星天需 12 年，土星天需 30 年，恒星天需 1，000 年，水晶天需 49，000 年。[①]

总之，宇宙的运动主要包括以下方面：首先，神把力量或运动传到原动天，使之旋转，原动天的旋转带动恒星天，恒星天带动土星天，依次类推，直到月亮天。其次，原动天从东向西旋转，旋转一圈 24 小时，即一天一夜。对于由东向西旋转的原动天推动其他行星朝相反方向旋转的情况，乔叟是了如指掌的。《坎特伯雷故事集》中的律师在讲述他那个悲剧性的爱情故事时，就曾提及这一点：“啊，残酷的原动天体，你在自转中由东而西地急转，永远推动着万象。”（《律师的故事》）

在古希腊和古罗马，七颗行星各有不同的名称。这从下表中可以看出：

星名	希腊名	罗马名
土星	Cronos	Saturn
木星	Zeus	Jupiter；Jove
火星	Ares	Mars

① S. K. Heninger，Jr.，*Touches of Sweet Harmony*，pp. 122—124. 该书第 123 页附有一幅托勒密宇宙图，取自 Johann Eck（Augsburg，1519）编 Aristotle，*Libri de caelo*. IIII. et al. 从圆形宇宙的中心向外，依次是四种元素、七行星天、恒星天、水晶天、原动天和神的寓所。图中不仅标明各颗行星的旋转周期，而且还标明各颗行星在旋转中发出（天体音乐）的音调。图的左角上写着“毕达哥拉斯的八弦琴，土（指地球）奏最低音”。

太阳	Apollo	Apollo；Sol
金星	Aphrodite	Venus
水星	Hermes	Mercury
月亮	Artemis	Diana；Luna

但是，最为通用的是罗马名称。这些行星名称与希腊、罗马神话中的神祇联系在一起，每一颗行星都与一个神祇对应：

土星：Saturn（萨图恩），农神；先前也是罗马人的主神，后来让位于朱庇特。

木星：Jupiter（朱庇特），主神，相当于希腊神话中的宙斯；同时也是光明之神、护军之神、胜利之神。

火星：Mars（马耳斯），战神。

太阳：Apollo（阿波罗），太阳神；为男性美的理想偶像；是主管光明、青春、音乐、诗歌、预言等之神。

金星：Venus（维纳斯），爱与美之神。

水星：Mercury（墨丘利），旅客、商人、甚至盗贼的保护神，又是诸神的使者。

月亮：Diana（狄安娜），月亮女神；也是狩猎女神。

不仅如此，各颗行星也都被赋予诸神的特点、司职、性格和性别。对此，英国人类学家 E. B. 泰勒（1832—1917）曾作过这样的论述："把著名的神的名字分配给各个行星，因此，诸行星就具有了与神同名的特性。例如水星跟旅行、商业和盗贼发生了联系，金星跟爱情有联系，火星跟战争有关，木星与力量和'健爽'有联系。"①在有些古老的历书中，七颗行星都被加以拟人化，并与神祇和一周的日子对应。海伦·夏尔曾经提及 15 世纪法国一位神学家的一本书，书名为《牧羊人的堆肥与历书》（1493），其中既包含日历，又有增进人的身心健康的教诲。这本书后来被译成英语，在 16 世纪的英国数次再版。在该书的插图中可以清楚地看到，土星（萨图恩，星期六）是个老者，一手杵着拐杖，一手举着镰刀。他的特点是年迈体衰和变化无常，并象征时间的流逝。太阳（阿波罗，星期日）头戴王冠，一手持权杖，一手捧书册，暗示与诗歌的联系。他的象征是黄道十二宫中的狮子宫，暗示王室的狮子。金星（维纳斯，星期五）一手持镜，象

① E. B. 泰勒《原始文化》，连树声译，上海文艺出版社 1992 年，第 139 页。

征情妇和妓女，一手拿着一根长着果实累累的枝条，象征繁衍与丰饶。她的象征是黄道十二宫中的金牛宫，代表春天，而繁茂的枝叶和天平象征丰收的时节。月亮（狄安娜，星期一）携带新月形的号角以及野草荆棘，她的象征是黄道十二宫中的天蟹宫，暗示理智，等等（见图3）。总之，这些行星的拟人形象手中所持的武器、标志、工具或象征通常都是有规定的：[①]

土星：老者，杵着拐杖，手持镰刀。

木星：猎人，手持剑矢和杖。

火星：武士，披甲戴盔，手持利剑和军旗。

太阳：老者，头戴王冠，手持王笏，以及书册（因为阿波罗与诗歌相联系）。

金星：裸体美女，手持镜子（情妇和妓女的标志），还有象征繁衍、丰饶的果树枝。

水星：男子，手持囊袋和两条缠在一起的蛇。

月亮：裸体女子，手持号角与火把。

斯宾塞在《仙后》“变化章”中描绘了一位名叫“变化”的女巨人，她到主神宙斯的宫廷，要求对世界拥有最高的统治权。她认为，宇宙万物都处于不断变化之中，因此应由她这位女巨人“变化”来统治。然而，她最终宣告失败，因为变化本身就是有形世界的永恒法则，所以“变化”归根到底受制于“永恒”。在这个女巨人描绘各星体的变化时，她采用了古典神话中神祇的名称，把各星体拟人化。她用月神铿提亚（与狄安娜等同）代表月亮，诸神的使者墨丘利代表水星，爱神维纳斯代表金星，日神福玻斯（与阿波罗等同）代表太阳，战神马耳斯代表火星，农神萨图恩代表土星，主神朱夫（即朱庇特）代表木星。七颗行星的顺序完全与托勒密天文系统相同，而且各颗行星的名称也都暗示该行星具有相关神祇的性质。女巨人“变化”说道：

首先，关于她，她是要说的第一位，
　　那美丽的铿提亚，你们众神使她
　　成为朱夫的情人，她在铿托斯
　　山上（她就以山名取名）长大：
　　她生为凡胎，不管你怎样虚夸；

---

① H. Shire, *A Preface to Spencer*, pp. 66—67.

图3　拟人化的七颗行星及其性质和黄道十二宫的象征（Guy Marchand, *Le Compost et kanlendrier des bergiers*［1493］, in Shire, 1978: 66）

　　　　而且，她的脸庞和面容每一天
　　　　都有不同的形态，日日变化，
　　　　时而亮，时而暗，时而弯，时而又圆：
就像月下人常说的那样变化不断。

“随后是墨丘利，虽然他显得不那样

变换光泽，仿佛是始终如一；
但是他年年都在变更着航向，
而且不久前还远离正常的轨迹：
维纳斯，那美的典型，也是如此，
尽管她彻夜明亮，到白日却暗淡；
独自发出光辉的，唯有福玻斯，
但他在途中也常被日食遮暗，
使茫茫黑暗的世界充满恐惧和忧患。”

“现在是马耳斯，那变化最大的勇士：
有时，他丝毫都不遵守规矩，
似乎把自己的航道全然迷失，
根本超出了自己惯常的领域；
就连那些观星者见到它也惊遽
万分，诅咒他们说谎的卜书：
严峻的萨图恩爵士也往往抑郁
他严肃的面容，镇定乖戾的面目：
这些都走着许多曲曲折折的弯路。”

“但朱夫爵士呵，唯有你坚定不移，
你曾经宣称，你主宰其他一切，
你是否不会作出这样的偏离？
请让我问你这一点而不受指责：
你在哪儿出生？有人说克里特，
有人说忒拜，众说纷纭不一样；
但无论他们提出什么推测，
他们都同意你是出生在世上，
降生在这个世界，并非其他的地方。”

（第七章，第50—53节）

托勒密认为，宇宙间有四种可感的基本素质，即热、冷、干、湿。热、湿素质是能育的，积极的，万物皆因之而聚合与增加；冷、干素质是破坏性的，消极的，万物皆因之而分离，受到破坏。[①]四种素质两两组合，

---

① Ptolemy, *Tetrabiblos*, I. 5.

形成热湿，热干、冷湿、冷干四种组合，产生不同的影响。各颗行星都具有不同的素质，因而也都向地球传送着所谓的“影响”（influence），影响在该行星下出生的人的性情。譬如，土星具有冷干素质，主忧郁、愁闷；木星具有热湿素质，主激情；火星和太阳具有热干素质，主暴烈、易怒；金星和月亮具有冷湿素质，主麻痹、冷淡；水星则具有热湿和冷干两种素质，对人产生不同的影响。列表如下：

土星	冷干	主忧郁、愁闷
木星	热湿	主激情
火星	热干	主暴烈、易怒
太阳	热干	主暴烈、易怒
金星	冷湿	主麻痹、冷淡
水星	热湿、冷干	兼主激情、忧郁
月亮	冷湿	主麻痹、冷淡①

各行星对人产生的不同影响涉及星占学的主题。托勒密在《四书》中关于星体对人的体貌和性情的影响作过详细的描述。譬如：出生在土星上升时的人，肤黑，富有活力，长黑色卷发，有胸毛，眼睛匀称，身材中等，气质为过度冷湿；出生在火星上升时的人，面色白皙红润，高大有力，灰眼睛，头发厚密，有些卷曲，气质为热干；出生在金星上升时的人，身材匀称优美，具有女性特质，体态丰满，眼睛亮丽，气质为热湿，等等。但是，在各行星降落时出生的人又有不同的体貌和性情。譬如，在土星降落时出生的人，肤黑，身材矮小苗条，直头发，体态优美，黑眼睛，气质大多为冷干；而在火星降落时出生的人，面色红润，中等身材，小眼睛，肤毛少，黄头发，气质为过干，等等。②历史上的星占学是个十分复杂的课题，这里不多赘述。

这种星占学的理论无疑带有迷信色彩。C. S. 刘易斯指出，中世纪基督教会对盛行于中世纪的星占学是持否定态度的，但他们所反对的不过是基于星占学的预言、星象决定论，以及鼓励人们膜拜行星的习俗而已。一般来说，正统的神学家却可以接受这样的理论，即行星能对尘世的事件和人的心理产生影响，尤其能对植物和砂石产生影响。对于基督教诗人来说，他们并未由于相信行星对人的影响而相信异教的神祇。但事实上，天空中

---

① J. C. Eade, *The Forgotten Sky*, p. 66.

② Ptolemy, *Tetrabiblos*, III. 11.

可见的星体、星体的影响和诸神等这些因素往往融为一体，对他们的思想和心理产生作用。刘易斯还就西方诗歌中有关各颗行星对人的影响的大量描绘作了归纳和说明，他的结论可以概括如下：

土星：产生铅；主忧郁、灾难。

木星：产生锡；国王；主欢乐。

火星：产生铁；战神；主尚武。

太阳：产生金；主智慧；属神学家和哲学家领域。

金星：产生铜；主美丽、爱情。

水星：产生水银；主行旅，也主学问，甚至主文学。

月亮：产生银；主漫游，也主神志恍惚。①

如果对此有所了解的话，那就不难理解乔叟在《坎特伯雷故事集》中是怎样运用星占学和神祇的特征来说明人物性格的。譬如，巴斯妇说："我的情肠属维纳斯（金星），我的心田属马耳斯（火星）。维纳斯使我放荡，马耳斯使我坚忍。"巴斯妇又说："墨丘利和维纳斯的子孙，行为是恰巧相反的；墨丘利爱智慧学识，维纳斯爱奢靡淫逸。因为两方性情不同，彼此就褒贬互异了。在鱼星座里墨丘利（水星）被压，维纳斯（金星）上升；而墨丘利上升时，维纳斯就降落。"（《巴斯妇的故事》）巴斯妇对星占学的说法虽然听起来似是而非，但可以发现，她所提到的金星、火星和水星，都与相关神祇的性格有关，同时也巧妙地暗示出她本人的性格。

这里还应当提及星占学上的黄道十二宫。七颗行星的周围，还有众多星体。黄道所经过那片环状天区称作黄道带。黄道带又常被称作"月道"，沿月道排列的星座有十二个，即黄道十二宫。七颗行星各自统治自己的天区，构成"三宫一体"。此外，黄道十二宫既与七颗行星对应，又与一年的各个季节和月份对应。列表如下：

中文名（月份）	拉丁名	英文名
白羊宫（三月）	Aries	Ram
金牛宫（四月）	Taurus	Bull
双子宫（五月）	Gemini	Twins
巨蟹宫（六月）	Cancer	Crab
狮子宫（七月）	Leo	Lion

① C. S. Lewis, *The Discarded Image*, pp. 102—109.

室女宫（八月）	Virgo	Virgin
天称宫（九月）	Libra	Scales
天蝎宫（十月）	Scorpio	Scorpio
人马宫（十一月）	Sagittarius	Archer
摩羯宫（十二月）	Capricorn	Goat
宝瓶宫（一月）	Aquarius	Water - Carrier
双鱼宫（二月）	Pisces	Fishes

乔叟在《坎特伯雷故事集》中往往采用太阳穿过黄道十二宫的运行情况来表示季节或月份。譬如，诗人在“总引”的一开头就说，“四月的甘霖渗透了三月枯竭的根须”，而这时正是“青春的太阳已转过半边白羊宫座”的时节；在《商人的故事》中，又说“日神福玻斯正在双子宫座，离开他在巨蟹宫座的俯角不远”，这里大约指五月下旬。在《自由农的故事》中，诗人在描绘十二月寒霜季节时，又说“太阳在盛夏的倾斜度能射出金黄的光辉来，可是这时它却衰老了，颜色像黄铜一般；它落进了冬至的摩羯宫中，可以说是暗淡无光了”。在《侍从的故事》中描绘肯纳西时，说她“像清晨的太阳一样红亮，它已推进了白羊宫四度”，可以推测，这里大约指三月初。斯宾塞在《牧人月历》中，匠心独运地把每个月份的牧歌都与黄道十二宫一一对应，并以此增强诗的主旨。譬如，《十一月牧歌》中包含一首优美的挽歌。十一月是属于自然界中死亡的季节，处于黄道十二宫中的人马宫之下，受致人于死命的弓箭手“人马”的管辖。因此，这首挽歌是放在宇宙循环运动的恰当位置上的。此外，附在原诗前的插图中，背景左方有一座教堂和送葬行列，暗示十一月有基督教为死者祈祷的万灵节。所有这些都融为一体，加强了这首牧歌中“挽歌”的哀婉情调。在《祝婚曲》中，斯宾塞又告诉我们，从夏至的时候起，太阳就开始“一天天逐渐下落，一旦他（太阳）离开身后的那颗巨蟹星，他的光和热就会有所减弱”（第 15 节）。巨蟹星在双子宫和狮子宫之间，按儒略历计算，这里当指六月下旬。

有形宇宙的基本区指从月亮天到地球之间的区域，又称月下世界，即尘世。在月下世界，万物都是由土、水、气、火四种元素构成的。罗马诗人奥维德在《变形记》的开篇说道：“属火的轻元素上升而为天穹，在最高的所在觅到了自己的安身之处。其次，就其轻重和位置而言，轮到空气。大地比这些都重，它的元素粗大，因此它自身的分量就使它落到底下。回转游动的水在最低的地方，把坚实的陆地包围住。”（第一章）按照托勒密天文学，地球是土，土的外围是气，气的外围是火。斯宾塞在《仙后》“变化章”中描写了女巨人“变化”向上的飞升，她首先经过气层，随后是火层，然后到达月亮天：

现在，她叫整个的大地都听
　　她的吩咐，屈从于她的威力，
　　在她野心勃勃的思想中，她决心
　　试着把最高天庭的王国攫取，
　　将朱夫挤走，并剥夺他的权力。
　　她首先通过一片大气的空间，
　　又经过火的领域，稀薄无比，
　　火没抵抗，也不曾将她阻拦，
而是欣然准备好通道，讨她的喜欢。

从那里，她接着登上圆形的月亮天，
　　永恒光辉的铿提亚在那里统治，
　　她径直来到灿烂辉煌的宫殿，
　　宫殿全部由一排星辰装饰，
　　她走进银制的大门（门边有一
　　白发的老人坐着，沙漏持手中，
　　名叫“时间”），不管他是否乐意：
　　他还没阻止，她就已登上最高层，
铿提亚坐在那里，她从不站着不动。

（第六章，第7—8节）

此外，多恩为悼念一位名叫伊丽莎白·德鲁里的14岁少女的夭折，先后写了两首较长的诗篇：《世界的解剖：第一周年》和《灵魂的进程：第二周年》。这两首诗都是对于死亡的沉思，在内容上可以相互补充。在后一首诗中，多恩描写伊丽莎白的灵魂升天的情景：她在穿过大气层飞升月亮天时，速度很快，以致她还没有察觉自己是否经过了一个“火层”：

她没有感觉，也没有渴望知道，
大气在其中间的区域里是浓是淡；
至于火的元素，她也不知道，
她是否经过了这种火的地段。

（第191—194行）

实际上，在有些著述中，气层和月亮天之间的火层已被取消。

上面提及的奥维德的观点源自毕达哥拉斯。据奥维德的叙述，最早提出四种元素的是毕达哥拉斯。毕达哥拉斯说："在永恒的宇宙之中有四种元素。其中两种，土和水，因为有重量，所以沉落到下面；另外两种，气和比气还纯的火，因为没有重量，若再没有阻挡，便升到上面。这些元素虽然隔离不远，但是彼此相生相成。土若溶解，就会稀薄，变成水；再稀薄，便由水变成风、气。气已经很稀薄，若再失去它的重量，便跃而成火，升到最高的地方。反之亦然。火若凝聚即成浊气，浊气变为水，水若紧缩，就化硬成土了。"（《变形记》第十五章）因此，土因最重，处于底部，向上是水、气、火。自下而上是：土—水—气—火；自上而下是：火—气—水—土。在古老的托勒密宇宙图中，四种元素往往分为四层来描绘，如果把这种宇宙图横向地平分为两个半圆形，那么只要观察上面的半圆形就不难发现，土因最重而被置于底部，向上依次是：水、气、火（参见图5）。莎士比亚在他的十四行诗中写到："我是土和水做成的，这样，我只得用叹息来伺候无聊的闲空；……除了泪如雨，两者的悲哀的标记。"（第44首）诗人无法飞到他爱友的身边，因为他的肉体是土和水做成的，而这两个元素只能给他泪水。但紧接着在下一首诗中，他又写道：

> 我另外两个元素，轻风和净火，
> 不论我待在哪里，都跟在你身旁；
> 这些出席的缺席者，来去得灵活，
> 风乃是我的思想；火，我的渴望。
> 只要这两个灵活的元素离开我
> 到你那儿作温柔的爱的使者，
> 我这四元素的生命，只剩了两个，
> 就沉向死亡，因为被忧伤所压迫。
>
> （第45首，屠岸译）

诗人说他的另外两个元素风与火，是他的思想和渴望，都跟在他爱友身边。这两个元素是轻的，离了他，他就只剩下两个重元素土与水了，于是他就要下沉，因忧伤而沉向死亡。

亚里士多德认为，四种元素是由宇宙间的冷、热、干、湿四种素质构成的。[1]也就是说，四种元素的构成是根据四种素质的四种可能的组合：热干、热湿、冷干、冷湿。在四种素质中，热与冷、干与湿是对立物，而在四种元素中，水与火、土与气是对立物。对立物既互相排斥又互相联系。因此，由于四种素质的相互作用，四种元素也同样相互排斥又相互联系，从而发生相互转化的现象。在恩培多克勒（约公元前495—前435）看来，四种元素之间的关系取决于原初的“爱”和“恨”，它们之间的相互排斥是由于“原初的恨”而趋向分裂的缘故，它们之间的相互联系是由于“原初的爱”而趋向结合的缘故。[2]不管怎么说，四种元素中的土具有冷干素质，水具有冷湿素质，气具有热湿素质，火具有热干素质。土与火共有干的素质，火与气共有热的素质，气与水共有湿的素质，水与土共有冷的素质。S. K. 亨宁格指出，如果按照四种素质之间的关系将四种元素联结在一起，就会形成一个呈现为圆形图案的体系（见图4）。在这个圆形图案中，可以明显地看到对立物被置于相对的位置，而各组对立物其实也都是自然界中的对立物：火与水，土与气，干与湿，热与冷。因此，各组对立物之间都有一种趋于破坏这种体系的外向冲力，即恩培多克勒所说的原初的“恨”。但凭借它们共享的素质，四种元素之间又具有一种使这种体系保持静态平衡的力量，即恩培多克勒所说的原初的“爱”。在这同一体系中，每一种元素都与其他任何一种元素发生直接的关系。譬如，土通过共享的“冷”而与水相联系，通过共享的“干”而与火相联系，通过其对立物而与气相联系。

图4　四种元素的相互关系图（根据 Heninger，1974：163）

---

① P. H. Kocher, *Science and Religion in Elizabethan England*, p. 146.

② 参见赵敦华《西方哲学通史》（第一卷），第38—39页。

对于四种元素之间既相互冲突、又结为一体的现象，斯宾塞在《仙后》中作了十分清晰的描述：

所有这四种元素（它们是构建
　　整个世界和一切生物的根基）
　　都在千变万化，如我们所见：
　　但它们（通过其他神妙的设计）
　　相互变换，失去固有的内力；
　　火变气，气变成水，清澈明亮，
　　水又变成土：但是，水抗击
　　火，气与水相逼，互不相让：
却都溶汇在一起，就像是一体那样。

（第七卷，第25节）

克里斯托弗·马洛（1564—1593）在《帖木耳大帝》（第一部）中描绘了四种元素在帖木耳体内的迅速变化和激烈冲突，以此暗示他将在“大宇宙”中“争霸”的雄心壮志：

大自然用来制造人的四种元素，
在我们身上打仗争霸，
教导我们人人要树立雄心。
我们的灵魂有能力认识
世界的雄伟结构，
测出每种行星的途径，
不断寻求无限知识，
永在行动，犹如不停的星体，
驱使我们折磨自己，永不休息，
直到取得最丰硕的果子，
完美的愉快，唯一的乐事，
一顶甜美成熟的人间王冠。

（第二幕第七场，第18—29行，王佐良译）

恩培多克勒则根据四种元素由于恨而分裂、由于爱而结合的理论，在他的《论自然》中采用拟人手法来描写四种元素之间的相互排斥和相互联系：

朱庇特白皙，朱诺赐予生命，
随后是乌黑的普路托，纷争之神；

涅斯提斯则用腐蚀的泪水
充满人的眼睛，不断增添我们的伤悲。①

在这节诗中，恩培多克勒运用了古典神话中的神祇来代表四种元素。他用主神朱庇特代表火，用天后朱诺代表土，用冥王普路托代表气，②用海中女神涅斯提斯代表水。斯宾塞在《仙后》中也沿用这种拟人手法暗示四种元素，如司掌“大气”的朱诺，司掌“天空之火”的家室女神维斯塔，司掌“大地”的丰饶女神俄普斯，司掌“海洋”的海神尼普顿（第七卷第二章，第26节）。弥尔顿在《失乐园》中把亚当喻为朱庇特，把夏娃喻为朱诺。亚当亲吻夏娃，犹如朱庇特“满布云雾”笼罩着“五月繁花”那样地亲吻朱诺。朱庇特是天空的主神，而天后朱诺则是“空气”，是风雨的泉源，因而从中可以长出“五月繁花”（第四卷，第497—501行）。

这种拟人手法为诗人们把四种元素加以神化的传统开创了先河。诗人们还把四种元素的素质赋予代表该元素的神祇，后来的诗人又把某种元素与某种动物联系在一起，如用蝾螈代表火，用变色蜥蜴（变色龙）代表气，用鲟鱼代表水，用鼹鼠代表土。③这一传统始于中世纪动物寓言，到了文艺复兴时期仍持续发展。弥尔顿在《幽思的人》中有一段这样的描写：

让他讲解地、水、火、风
都藏有什么样子的精灵，
以及精灵和或四行行星
都是怎样气运相通。

（第93—96行，殷宝书译）

这种描写也是符合传统的，因为人们通常认为四种元素中住着四级不同的精灵，而精灵又被认为司掌着各行星。

在月下世界，万物都是不断变化的，而在月上世界，所有天体都是不变的，永恒的。为什么会如此？通常有两种解释。第一种解释是根据柏拉图的观点，即认为四种元素在月上世界和在月下世界这两个区域混合的状况不同：在月上世界，四种元素混合得十分均匀，而在月下世界则混合得

---

① 引自 S. K. Heninger, Jr., *Touches of Sweet Harmony*, p. 170.

② 至于冥王普路托代表“大气”的问题，可以与阿普莱乌斯（Apuleius，公元2世纪）的观点有关，他认为魔鬼居住在地球和以太之间的区域，即大气之中，参见 C. S. Lewis, *The Discarded Image*, p. 41.

③ S. K. Heninger, Jr., *Touches of Sweet Harmony*, p. 177.

很不均匀。还有一种说法就是，认为气在月下世界是浓重而浑浊的，在月上世界是清纯明净的，离地球愈远，大气愈清纯，愈明亮。卡克斯顿这样说："空气日夜闪耀光辉，持续不断，是那样明亮，假如一个人居住在那个部分，他就能看见一切，看见一个又一个事物，可以看到地球，从一端到另一端，比一个人在地球这里看到的更多，更明亮，地球不过是一英尺长短而已。"①第二种解释是根据亚里士多德的观点，这也是更为普遍的看法，即认为月上世界的天体是由以太（ether）构成的，而以太既不是四种元素之一，又不是四种元素的任何一种组合，而是第五种元素（quintessence）。上述两种解释其实并没有本质上的区别。因为不管怎么说，月上世界都是不变化的，超然的，神秘的，也不会出现任何新的现象。

按照托勒密天文学，地球本身是浑浊的，越到其中心就越浑浊。地球被认为是宇宙的污水坑，是宇宙中藏污纳垢的场所。蒂里亚德引用弗朗西斯一世时代（1515—1547）一个法国人的话说，地球"是如此的腐朽、败坏，充满各种罪恶和令人憎恶的东西，它仿佛是一个接受了所有世界和所有时代的全部污秽和清除物的地方"②。

上面所说的天体和地球只是可见的、具有实体的宇宙。也就是说，天文学家根据直观的天文观测和演算得出的宇宙结构。但是，天文观测导致了深奥的玄学、甚至神学的思考。哲学家们都试图从可见宇宙中的运动形式以及在运动中的相互关系来找出规律和原则，说明宇宙是一个和谐的整体，并力图发现神圣的宇宙设计。奥维德记述了毕达哥拉斯的观点："尽管天路遥远，但是他心目中总放着个'神'的念头；大凡自然界中凡眼看见的一切，他就用心眼去汲取。……他演说大宇宙的草创，事物的成因，事物的性质。他解释神是什么；……星体的运转如何；以及人类知识所不能解释的一切。"（《变形记》第十章）柏拉图进一步认为，更高的天文学是"抽象的科学"。他说：

> 我们所见的星空是在可见的底子上，因此，它虽是最美丽、最完美的可见事物，但必须被认为远逊于绝对迅速和绝对缓慢的真正运动，这些运动相互关联，各有其真正的数和真正的形式。这些只有通过理性和理智而不是视觉才能领悟。③

---

① E. M. W. Tillyard, *The Elizabethan World Picture*, p. 35.

② Ibid., p. 36.

③ Plato, *Republic* 529C—D.

在柏拉图看来，在可见的星体之外还存在着一个抽象的宇宙。他认为，客观现实世界并不是真实世界，只有理念世界才是真实世界，而客观现实世界不过是理念世界的摹本或幻象。根据这种观点，可见的宇宙虽美，但不可见的宇宙更美。这是最高的真实，也就是理念世界。只有通过理性思考才能领悟那种理念世界。现实的宇宙只是理念世界的具体表现形式。柏拉图的这种理念世界也就是概念世界或神的寓所。

总之，传统的宇宙观既包括可见的宇宙，又包括概念的宇宙。众多天文学家、哲学家和神学家都为托勒密天文体系增添了丰富的内容。

根据公元9世纪拜占庭主教福提乌斯的记述，毕达哥拉斯学派认为宇宙有12重天。福提乌斯这样写道：毕达哥拉斯确认

> 宇宙只有12重天。距中心最远的是太空，按亚里士多德所说，这里居住着最高的神和其他诸神……或按柏拉图所说：这里是理念的所在。随后是七颗行星：土星、木星、火星、太阳、金星、水星和月亮。行星下面是四种元素：火、气、水、土。太空是12重天的推动力。据说靠它越近越好，越能持久，离它越远越不能持久。这种秩序向下一直延伸到月亮天；但在月下世界，就很少有秩序了。因此，我们的星球必然包含着一切邪恶的东西，因为它是整个宇宙的污水坑。它是居于低处的那些事物的必然的污水池。①

福提乌斯的描绘十分细致地说明了柏拉图、亚里士多德、托勒密的宇宙构成。太空也就是柏拉图所说的“理念世界”，亚里士多德所说的“第一重天”，或托勒密所说的“恒星天”。不过，通常都不把月下世界的四种元素又分为四重天。因此，一般说来，除地球之外，宇宙应有八重天，即：七行星天加恒星天。

有一位署名为马尼留斯的作者撰写了一本《天球论》的著述，由爱德华·舍伯恩于1675年译成英语。该书附有一幅“最古老”的托勒密宇宙图，其中表明在恒星天之外还有一个原动天。②按照舍伯恩对这幅宇宙图的解释，月下世界的土、水、风、火统称为基本区，不包括在星体世界内。星体世界包括下列部分：首先是七颗行星，其中太阳居中，犹如君王，统辖其他六颗行星。太阳上方的火星、木星和土星称为优等行星；太阳下方的金星、水星和月亮称为劣等行星。其次，最远的是恒星天，有人称之为

---

① 引自 S. K. Heninger, Jr., *Touches of Sweet Harmony*, p. 120.

② Ibid., p. 121.

太空。最后，在恒星天外面是“原动天”，是由坚硬物质构成的“宇宙的外壳”。这样，宇宙就有九重天，由地球向外的顺序依次是：七行星天、恒星天、原动天。

中世纪神学家在恒星天和原动天之间又加上一重水晶天，这就构成了十重天，达到“十”这个圆满的数目。因此，恒星天是第八重天，水晶天是第九重天，原动天是第十重天。但在但丁的《神曲》中，水晶天等同于原动天，属第九重天；第十重天是上帝的寓所。水晶天的每个分子都希望轮流地接触上帝的寓所，因此水晶天有眩晕的运动，这种运动又牵引了别的天，所以水晶天又名“原动天”，是旋转速度“最快的天”（《天堂篇》第 27 章）。水晶天是由水晶般透明的水构成的，它的作用是平衡黄道的振动，弥尔顿在《失乐园》中称之为“权衡黄道振动均势的水晶天”（第三卷，第 485—486 行）。多恩在《告别辞，莫哭泣》一诗中对哭泣的女友说道：“这个世界，由于你注下来的水，淹没了我的天堂。”在这里，“这个世界”指诗人的泪珠，“我的天堂”指女方。诗人的意思是说，他的每一滴泪珠都变成了一个世界，直到女方的眼泪掺和着他的眼泪，把他的世界（即他的眼泪）淹没了。显然，多恩采用了水晶天的意象，第九重天全是水，天溶解了，水就倾注下来。

除了在恒星天和原动天之间加上一重水晶天之外，中世纪神学家又把原动天外面的最高天或神的寓所转变为上帝和天使的寓所或天堂。

对于上述的宇宙图景，我们可以借用一幅传统的托勒密宇宙图作为参考。该图见于 16 世纪彼得·阿庇安的《宇宙志》（1539）一书（见图 5）。图中将宇宙划分为十四圈，以地球（包括土和水）为中心，向外是由气和火构成的两圈，所有这些后来都被统称为月下世界，而自月亮天开始的其余各重天则属于月上世界。到了文艺复兴时期，人们认为月上世界共有十一重天，由内向外首先是七行星天（月亮天、水星天、金星天、太阳天、火星天、木星天、土星天），第八重为恒星天，第九重为水晶天，第十重为原动天，第十一重为天府，即神的寓所，或上帝和天使居住的天堂，而包括地球在内的整个宇宙都是由上帝按照神圣的宏伟设计创造出来的。

但丁在《神曲》中采用十重天的结构。虽然他增添了一重水晶天，但他把水晶天等同于原动天，因此诗中的天体结构仍然是十重天，地球当然还是处于宇宙的中心位置。据 G. 霍姆斯的归纳，但丁《天堂篇》中的

图5　托勒密宇宙图。由中心向外：中心一圈是地球，土和水；第二圈是风；第三圈是火；这是月下世界。第四圈是月亮天（Lvna）；第五圈是水星天（Mercvrii）；第六圈是金星天（Veneris）；第七圈是太阳天（Solis）；第八圈是火星天（Martis）；第九圈是木星天（Iovis）；第十圈是土星天（Satvrni）；第十一圈是恒星天（Firmamentu）；第十二圈是水晶天（Cristallinum）；第十三圈是原动天（Primu Mobile）。这是宇宙的星体世界。最外的一圈是天府，是神的寓所（Empirevm Habitacvivm），属于概念世界。（Peter Apian；*Cosmographia*［1539］，in Koyre，1957，7）

“天”可以列表如下：①

天　层	基本论题
最高天	天堂

① 引自江晓原《历史上的星占学》，第184页。

水晶天	天使
恒星天	神学的美德
土星天	深思的生活
木星天	正义
火星天	但丁生平
太阳天	创造与智慧
金星天	星辰之作用
水星天	罗马帝国
月亮天	月球阴影

斯宾塞的《四首赞歌》包括《尘世之爱》《尘世之美》《天堂之爱》《天堂之美》等四首诗篇。从第一首到第四首，诗人从尘世到天堂、自下而上地详尽描绘了这种传统的宇宙图景：他自地球（土）升登，首先看到尘世间的万物，然后穿过水、气、火三层。接着上行，又穿过七行星天和恒星天。在这些可见的星体之后，诗人写道：

天堂多美呵，幸福的灵魂在其中
充分地享有着幸福，快乐无边，
他们始终瞻望着那光辉的面孔，
那面孔具有神圣而永恒的庄严；
更美的是那个地方，空中的理念
排列成行，柏拉图对之倾心，
还有为神所激发的纯洁的精灵。

但更美的是那天庭，那里统治着
最高的权势，强而有力的权势，
他们在崇高的保护之下包括
所有人世的皇家政权和王子；
更美的是那皇家的得座天使
以及天国的治权，坐在上面，
所有尘世的管理从那里发源。

但美得多的是那些光辉的基路伯
他们全都以金色的羽翼装潢，
还有撒拉弗，燃烧着永恒之火，
从他们脸上射出火红的光芒；

但比这两者更美，更加辉煌，
是天使和大天使，他们服侍
上帝，既没有休息，也没有终止。
（《天堂之美》，第78—98行）

在上面三节诗中，诗人首先描绘了柏拉图的理念世界（“空中的理念排列成行，柏拉图对之倾心”）。接着是亚里士多德的神的寓所（“为神所激发的纯洁的精灵”），这里都是肉眼看不见的星体。最后是基督教的天堂（“服侍上帝”的各级“天使和大天使”等）。显而易见，理念世界、神的寓所和天堂都是指概念世界。

弥尔顿在《失乐园》中也借用托勒密天文体系来做全诗的空间结构。他首先指出，太阳和月亮是同其他“五颗”行星一样的行星（第十卷，第651—658行）。当拉斐尔天使从天堂降到人间时，他先穿过恒星天，随后穿过七行星天（第五卷，第268—270行）。另一方面，诸天使自地球向外飞去时，经过各重天，其顺序也一目了然：

他们通过七星天，通过“恒星天”，
通过那权衡黄道振动均势的
“水晶天”，并且还通过“原动天”。
（第三卷，第481—483行，朱维之译）

因此，在《失乐园》中，宇宙有十一重天，即七行星天、恒星天、水晶天、原动天、天堂。不过弥尔顿可能于无意之中在宇宙的外壳原动天外面又误加了一层“水晶海”：神“把这世界建造在水晶般的汪洋大海中，宁静地环绕着的水面上”（第七卷，第271—272行）。

综上所述，在不同情况下，传统的宇宙可以包括八重天，或九重天，或十重天，或十一重天。但是，新柏拉图主义者拉普里莫达耶提出了“三重宇宙”说，即最高世界、天体世界和基本世界。对此，他表述得简明扼要：

博学而可敬的古人认为宇宙（是）一，也是三重……因为有最高世界，即牧师们所说的天使世界，或哲学家们所说的理 念世界：（柏拉图说）这个世界从未得到过足够的颂赞。其次是天体世界，它处于第一个世界之后；最后的第三个则是我们居住其中的、月亮天下方的基本世界。[1]

---

① 引自 S. K. Heninger, Jr., *Touches of Sweet Harmony*, pp. 341—342.

显而易见，拉普里莫达耶所说的“最高世界”就是概念宇宙，包括柏拉图的理念世界，或亚里士多德的神的世界，或基督教的天堂；“天体世界”包括七行星天、恒星天、水晶天或原动天，“基本世界”指由土、水、气、火四种元素组成的月下世界。

（三） 宇宙意象与英国诗歌

亚里士多德—托勒密宇宙论为文艺复兴时期英国诗人提供了众多的意象，这些意象涉及宇宙的方方面面，譬如：宇宙的结构，宇宙的等级、秩序与和谐，宇宙的运动及其原动力，宇宙的时间，以及宇宙的数的构成。源自传统宇宙的意象不仅在诗歌理论上，而且也在诗歌实践上都对文艺复兴时期英国诗人产生了极其广泛的影响。无怪乎某些作为宇宙象征的常见意象和隐喻渗透于这一时期诗人们的众多作品之中。诚然，从西方诗歌领域的总体上来看，文艺复兴时期英国诗人笔下的众多宇宙意象并不是他们自己的发明，而是对历史上早已被广为运用的古老意象的继承和借鉴。但是，他们却以新颖独特的方式运用那些古老的意象来表达他们在诗学、科学、神学、伦理学等各方面的新思想和新观念。他们对宇宙意象的广泛运用，大大促进了英国新诗的繁荣，有助于开创一个史无前例的诗歌发展阶段。

源自传统宇宙论的某些常见意象似乎紧紧地攫住了英国诗人的想象。

按照亚里士多德—托勒密宇宙的构成，有形宇宙的主要特征是圆形。位于宇宙中心的、静止不动的地球是圆形，地球外围的所有星体都是圆形，各重天也一圈套着一圈地环绕地球做圆形运动。天圆，地圆，天地万物都是圆。柏拉图说，神以自身的形象创造宇宙，把它做成了圆形，这是所有形体中“最完美、最自我相似的形体”。[①]这就意味着宇宙是创造神的自我形象，是无所不包、无所不在、亘古长在之神的象征。毋庸置疑，圆形是传统宇宙结构中占支配地位的形状。文艺复兴时期的英国诗人大多是以圆形对世界上的一切进行观察和思考的。因此，世间万物都可能成为宇宙的象征。

在英国诗歌中，弥尔顿的鸿篇巨制《失乐园》的空间结构以托勒密宇宙为框架，这是一个大圆。但是，英国诗歌中隐含的小型的圆则不计其

---

① Plato，*Timaeus* 33B—34B.

数。安德鲁·马维尔（1621—1678）从一颗小小的“露珠”中窥见传统上被认为是圆形的灵魂，甚至整个的宇宙（《一滴露珠》）。马维尔还曾描述过逃亡到美洲大陆的清教徒，他们经过百慕大群岛时，看到岛上果树成荫，树上悬挂着闪光的“橙子”，如同夜色中的“金色灯盏”，而在“石榴”中密封着璀璨的“珍珠”，香甜可口的“无花果”，脚下遍地的“瓜果”，还有珍贵的“苹果”，被海水冲上海岸的“龙涎香”，甚至岸上的岩石也仿佛构成一座“神庙”（《百慕大群岛》）。所有这些瓜果、珍珠、灯盏、神庙和岛屿实际上都是圆形的暗示，说明他们所到之处是一个象征天国欢乐的神赐的宝地。

如果说这些都是可见的“圆”，那么无数的“圆”则深藏在诗中，隐而不露。约翰·多恩的《病中赞上帝》一诗就是如此。据说这首诗是多恩在1632年身患重病期间写的，[①]诗中描述了他濒临死亡时的心理状态和自我冥想。由于这首诗比较晦涩难解，我们不妨多说几句。诗的开场十分突兀，但可以想象：诗人重病不起，感到他即将进入“神圣的寓所”（天堂），床前围着一群医生：

医生们由于他们的爱而变成
　　宇宙志学者，我是他们的地图，
平躺在这张床上；他们向我表明
　　这是我西南的发现，
　　穿过发烧海峡，将死在海峡旁边。

（第2节）

床前的医生们出于“爱”而仔细诊断着他的病情，但在诗人眼中，他们却成了正在细心观察的“宇宙志学者”。“宇宙志学者”的内涵是不言而喻的：人是小宇宙或小世界。不过，诗人紧接着说明，当他“平躺”在病床上时，他并不是一个小世界，而是一幅世界“平面地图”。那些“宇宙志学者”在他这幅展开的“平面地图”上看到，他即将做出“西南的发现”。“南”是热带，暗示热病；“西”是日落的地方，象征死亡。“西南”则是两者的结合：诗人将通过这场热病而走向死亡。这也就是所谓“西南

① 据《多恩传》作者沃尔顿说，这首诗标志着多恩文学生涯的终结，因为这是他于1631年辞世前八天所写的最后一篇诗作。但当代学者们认为本诗更可能写于1632年，那时多恩也患了一场重病，病延续了一个多月，濒于死亡。正是这场重病感发他写作了以身体的疾病为由或比喻来反省自己思想和信仰，以及探讨怎样治愈自己精神重病的散文作品《突变引起的诚念》。

的发现”。由于热病而死亡的含义在下一行诗中说得更为明确，诗人将“穿过发烧海峡”，驶向一个新世界，驶向死亡。“海峡”一词在英语中是straits，但straits还有另一层意义，即肉体的痛苦。因此，straits这个词是一语双关的。一方面，它把诗人的重病与肉体上的痛苦联系在一起，所以“发烧海峡”也就是热病的痛苦。另一方面，它又使诗人能以发展一系列与地理探索有关的意象。从这个角度来看，“西南的发现”又暗指葡萄牙航海家麦哲伦沿西南航线探险时所发现的麦哲伦海峡。正如麦哲伦穿过南美大陆与火地岛之间风急浪高的海峡继续向西航行、最后（在菲律宾）死去那样，诗人也将穿过“发烧海峡”（热病的痛苦）驶向他的“西方”（死亡）。接着，诗人写道：

我欣喜，在那些海峡中我看到了我的西方；
　虽然激流从没送任何人归来，
但西方会给我们什么伤害？正如西和东
　在平面地图（我就是一幅）上相合，
　死亡也触及复活。

（第3节）

虽然那些“海峡”的“激流从没送任何人归来”，但诗人却充满自信地问道：“西方会给我什么伤害？”他把“西方”（死亡）只是看作他将穿过那些海峡前往“东方”（复活）的必经之地。“东方”不仅是多恩那个时代许多探险家实际正在寻找的地方，也是许多基督徒梦寐以求的地方。的确，“东方”一词是意味深长的，它使人想到气象万千的日出，而日出又往往被视为复活的象征。因此，“东方”尤其与基督相联系。诗人深信，尽管人们看到他的肉体行将死亡，而死亡与永生之间又似乎相隔着无限的距离，就像一幅平面地图上“西和东”两个极端那样遥遥相对，但是，又如平面地图一旦贴到球体上，“西和东”就必然相互吻合一般，“死亡也触及复活”——两者相互联结，它们不过是一个完整的发展过程中两个连续的阶段而已。“复活”意味着进入一个新世界，进入永生的乐园。但是，乐园究竟位于何方？诗人问道：

我的归宿是太平洋？还是
　东方宝地？或耶路撒冷？
阿尼安，麦哲伦，直布罗陀，
　所有海峡，只有海峡，是通途，

无论那里是雅弗还是含或闪的住处。

（第4节）

乐园的所在地不外是挪亚的三个儿子雅弗、含和闪的住处。相传雅弗的后代住在欧洲，含的后代住在亚洲，闪的后代住在非洲。欧、亚、非三大州是发现新大陆之前人们所确认的整个世界，也就是人类可居住的全部陆地，其余部分均为海洋。“阿尼安”海峡（白令海峡）在亚洲，直布罗陀海峡在欧洲，麦哲伦海峡在非洲（除欧、亚两洲外，其余陆地当时均被视为非洲）。这些就是通往世界各地的海峡。因此，乐园（“我的归宿”）无论是在“太平洋”“耶路撒冷”，或是“东方宝地”，都只有穿过海峡才能抵达。耐人寻味的是，这些地名都各自具有天国极乐的内涵。“太平洋”中的“太平”二字暗示天国的宁静，“洋”往往被认为与《新约·启示录》（第15章第2节）中的“玻璃海”相联系，“玻璃海”又常被用来隐喻上帝：上帝是无限广阔的海洋，是每个灵魂沉没其间而又必将从中升起的平静的海洋。“耶路撒冷”意味着遍地皆是珍珠宝石的“天国之城”。“东方宝地”则暗指东印度群岛，象征一种地上乐园，因而又与圣城耶路撒冷相联系。所有这些意象都表明诗人前往的乐园无论位于世间何处，都充满天国的欢乐。因此，诗人联想到耶稣被钉十字架的受难地就位于传说中的乐园旧址：

我们认为，乐园与髑髅地，
　　基督的十字架与亚当的树同在一处，
看，主呵，看两个亚当在我身上相遇；
　　既然第一个亚当的汗包住了我的脸，
　　愿第二个亚当的血把我的灵魂绕缠。

（第5节）

相传乐园坐落在一座山上，那里有亚当的禁树；髑髅地也坐落在山上，那里有基督的十字架——传统上也被说成是一棵树；诗人实际上是把这两座山和两棵树加以对照的。前面所说的山和树，即乐园和禁树，给人类带来了死亡；后面所说的山和树，即髑髅地和十字架，则象征复活。由于两座山和两棵树“同在一处”，它们之间的对照也就突出了死亡与复活之间的联系。然而，无论是死亡还是复活，都同样体现于人——亚当：第一个亚当是人类的始祖，他因堕落而给世间带来死亡；第二个亚当是作为人子的基督，他由于为人类赎罪而复活。因此，前者暗示死亡，后者象征复活。诗人似乎分享了两个亚当的基本特征，他仿佛成了第三种类型的亚当，因为两个亚当将在他身上“相遇”——死亡与复活将在他身上融合：他将同时经历肉体的死亡和精神的永生。随后，诗人又把自己因热病而渗出的“汗”与象征亚当因其原罪而招致痛苦死亡的“汗”相等同。这就意味着，因为第一个亚当的“汗”（死亡）包住了他的“脸”（肉体），所以他才能祈愿第二个亚当的“血”（复活）把他的“灵魂”绕缠。也就是说，他此刻的病痛和将临的死亡是对他本身带有亚当原罪的正义惩罚；但另一方面，正由于他受到了这一惩罚，并接受了基督的救赎，他也就能够企望获得复活与永生了。总之，诗人通过两个亚当、两种汗水，以及肉体与灵魂的对照，暗示出死亡与复活之间不可分割的联系。

纵观全诗，其中隐含着众多的圆形意象，譬如：宇宙志学者审视着诗人这个“小宇宙”，而这个小宇宙又仿佛是一幅“地图”；当这幅地图粘贴到球体上时，“西和东”便两端“相合”；汗水“包住”诗人的“脸”；血“缠绕”着诗人的“灵魂”；两个亚当在诗人身上“相遇”，等等。这些都暗示出一个又一个圆。然而，所有这些圆都是用来说明本诗的主题：“死亡也触及复活”。“死亡—复活”意味着“活—死—活”的模式，其本身就是一个象征完美和永恒的圆。

我们稍后还将探讨多恩的另一首诗《告别辞：莫伤悲》中的“圆规”意象。圆规可能是一个最为典型的宇宙象征。圆规画出的整圆，既有圆心，又有圆周，传统上是完美和永恒的象征。同时，圆规画圆的轨迹也暗示宇宙万物的不断变化和运动，其中既包括直线运动（半径的伸展和缩短），也包含圆形运动（沿着圆周的运动）。换言之，“圆规”不仅可以表现静态的宇宙，也可以表现动态的宇宙。因此，这个意象最能表现传统宇宙论中关于哲学、神学、伦理学等多方面的内涵。

就静态的宇宙而言，还有一个常用的宇宙象征，即传统上所说的“巨大的存在之链”。在文学中，这个意象的原型可以上溯到荷马史诗《伊利昂记》第八卷中所描绘的宙斯的“金链”。宙斯的那根金链把大地与天庭紧紧地拴在一起，后来就被看作是宇宙秩序、等级与和谐的象征。在英国诗歌中，对存在之链的描绘可以说从乔叟起一直持续到蒲柏（1688—1744）文学生涯的结束。甚至比蒲柏年轻的诗人詹姆斯·汤姆森（1700—1748）在他的《四季》中，仍然描写那古老的“存在之链”：

有没有人见过
那强固的存在之链，它逐步下降，

从无限的完满，一直到阴郁
虚空的那荒凉深渊的边缘！
惊呆的思想从那里转身后撤，畏缩不前？

存在之链的意象表明，宇宙万物的存在是井然有序的，万物都遵循秩序和等级。这种静止图景既表现了纵向的宇宙，又表现了横向的宇宙。从垂直方向来看，存在之链的顶端与神相连，随后自上而下依次是天使、人、动物、植物，最后是无生命的砂石，表现了宇宙的丰富性和多元性。从水平方向来看，每一等级的存在也具有无穷的品类，同样表现了宇宙的丰富性和多元性。因此，无论是从垂直方向抑或是从水平方向观察，存在之链都可以体现宇宙的多元一体和对立统一的概念，因此常被用来表现哲学、神学、社会学、伦理学和文学艺术等各方面的象征性内涵。这种存在之链，乔叟称之为“美丽的锁链”，斯宾塞和弥尔顿称之为“金链”，培根称之为“自然的阶梯”。不仅如此，《圣经》中的巴别塔（《旧约·创世纪》第28章第12节），以及类似于链条或梯子等物，都可视为存在之链的变形，甚至盘旋曲折、升向山顶庙宇的石阶也常被看作是沿着存在之链向更高境界攀登的一种精神追求的象征。然而，存在之链也可以转换成向水平方向的延伸，在文艺复兴时期文学中表现为一系列探索活动或一连串冒险事件，如《仙后》第一卷中红十字骑士的游侠活动。他从仙国出发，跟乌娜前往她的故国去拯救她那被恶龙困扰的父母，一路上与巨蛇、巫师、妖女、巨人、怪兽等奋力战斗。在此过程中，他因自身的不成熟而历经挫折和失败，堕入“骄傲之宫”，后经“神圣之宫”，受到灵魂的洗礼，使自身的品德臻于完美，最终战胜了恶龙。这种情节的逐步发展，在某种意义上，同样表现了沿着如同一环套着一环的存在之链向更高境界攀登的精神追求。

就动态的宇宙而言，又出现了与上述圆形意象密切联系的“宇宙之舞”的传统意象。这个意象尤其暗示宇宙的运动和变化，它把天地万物组织起来，构成一种富有节奏的运动模式。根据亚里士多德的观点，月下世界的万物都处于“生成—腐朽”的变化过程之中。万物都由其对立物“生成”，随后又“腐朽”为其对立物。因此，这种“生成—腐朽”的过程是一种持久的循环往复的过程，暗示世间万物的运动和变化都呈现为圆形。这种运动和变化是以四种元素互相斗争又互相转换的现象为基础的。法国哲学家拉普里莫达耶在《法兰西学院》中曾以拟人手法对此做了生动的描绘，他写道：

> 四种元素由于它们具有相互联系的物质而和谐一致……因此，四种元素（他们每个都似乎有两只手，彼此手拉着手）仿佛在跳着圆舞。①

除了四种元素的循环变化外，在文艺复兴时期诗歌中还可以发现类似的描绘，如天体朝着太阳运动，大海朝着月亮运动，天使绕着上帝运动，人的思想和灵魂围绕上帝运动，甚至草木流泉、飞禽走兽都朝着造物主运动等等。这些都可以视为暗示宇宙之舞的意象。这种意象在莎士比亚的戏剧和诗歌中，在斯宾塞的《仙后》和其他小诗中，在多恩的诗歌中，以及在弥尔顿的《失乐园》中，几乎俯拾即是。以马维尔的《花园》一诗为例。对于这首诗歌虽然有多种阐释，但从传统宇宙论的角度来看，诗中第九节，也就是最后一节，采用了一个暗示宇宙运动的意象，即太阳穿过黄道十二宫的运行。这种运行实际上也是“宇宙之舞”的一种形式：

> 多才多艺的园丁用鲜花和碧草
> 把一座新日晷勾画得多么美好；
> 在这儿，趋于温和的太阳从上空
> 沿着芬芳的黄道十二宫追奔；
> 还有那勤劳的蜜蜂，一面工作，
> 一面像我们一样计算着它的时刻。
> 如此甜美健康的时辰，只除
> 用碧草与鲜花计算，别无他途！

（杨周翰译）

可以看到，诗中既描绘了一般都呈现为圆形的花园，而这座花园又被喻为“用碧草与鲜花”来计算时间的圆形日晷，上空更有太阳沿着以“芬芳的”花草构成的“黄道十二宫”飞快地“追奔”。太阳沿着黄道十二宫旋转的意象尤其表明宇宙的多元统一的概念。但是，这些意象究竟说明什么？从传统宇宙论的角度来看，这最后一节诗中计算时间的“日晷”和“太阳”穿过“黄道十二宫”运行的意象，都暗示这座花园受到时间的制约，而受到时间制约的任何事物都是可朽的，短暂的，不完美的。因此，诗人实际上暗示，本诗前面描绘的所谓理想的“乐园”在现实世界中是没有的，只有通过沉思才能抵达。

---

① 引自 S. K. Heninger, Jr., *Touches of Sweet Harmony*, p. 176.

与“宇宙之舞”密切相关的是“天体音乐”的意象。天体音乐之说源自毕达哥拉斯学派。他们认为“天上诸星体在遵照一定轨道运动之中，也产生一种和谐的音乐”①。柏拉图则进一步想象，每个天体上坐着一个塞壬，八重天上共有八个塞壬，她们每个唱一个音调，合在一起便构成美妙的天体音乐。这种观点曾遭到亚里士多德的摈弃。但是，天体音乐的说法通过中世纪波埃修等人对音乐所作的众多论述而更广为流传。波埃修的论述成为文艺复兴时期思想家和诗人们的权威性依据。他把音乐分为三种类型：

> 有三种音乐。第一种是宇宙的音乐（*musica mundana*），第二种是人的音乐（*musica humana*），第三种是某些乐器产生的音乐（*musica instrumentis constituta*）。……第一种音乐，即宇宙音乐，是人们在天上的那些事物中，或在四种元素的结构中，或在季节的变化中，都可以最好地观察到的……现在来谈人通过对自己本性的审视而理解的人的音乐。因为有什么能把理性的存在与肉体的存在联系起来，除了有某种和谐……它似乎把高低音调仔细谐调，以产生一致的和声？……第三种音乐被认为是寓于某些乐器之中的。还是由于诸如弦的张力，或由于吹奏……或由于某种打击而产生的。②

这三种音乐的意象在文艺复兴时期英国诗歌中盛行一时，屡见不鲜，尤其渗透于诸如斯宾塞、莎士比亚、多恩和弥尔顿等诗人的作品之中。以亚布拉罕·考利（1618—1667）《大卫记》中的一节诗为例：

> 这是上帝的诗篇，这世界的新作，
> 它在初稿中是那样原始而粗拙；
> 难以驾驭的各部分不知有对应，
> 相互干扰的运动导致无艺术的战争；
> 它们被永恒的心灵中那充满诗意的
> 思想带进了数，以及确定的规则。
> 他选择水和气来把高音奏出，
> 又让土奏低音，火奏最高音部，
> 他轻快地弹击活跃灵敏的月亮，
> 严肃而柔和地把土星的琴弦触响。

① 朱光潜《西方美学史》（上卷），第33页。

② Boethius, *The Principles of Music* I ii. 引自 I. Rivers, *Classical and Christian Ideas in English Renaissance Poetry*, pp. 78—79.

直线运动，圆形运动，快慢运动，
以及长短运动，都混合交融，
和谐地按这种艺术形象，欢跳
这最合礼仪、最有节奏的舞蹈。
这就是音乐……①

传统的宇宙意象被认为既体现了对立统一的概念，又体现了多元一体的概念。圆的意象，存在之链的意象，宇宙之舞的意象，都表明宇宙是一个和谐的整体，它井然有序，不仅美丽，而且和谐。因此，源于毕达哥拉斯学派的天体音乐常被视为所有这一切内涵的综合，是宇宙普遍和谐的象征。在这个意义上，天体音乐的意象最能充分地表达文艺复兴时期英国诗人所追求的最高理想——人体各部分与灵魂之间的和谐，乃至整个国家的和谐。莎士比亚在《威尼斯商人》中说到人体的和谐，“凡是灵魂里没有音乐的人”是“不可信任”的（第五幕第一场）。在《亨利五世》中，他又说到国家的和谐：

一个国家，虽然可以区分高等、低等、更低等的人，
但需要靠大家协力同心，才能保持，
才能具有完满而自然的节奏，像音乐一样。
（第一幕第二场，第180—182行，杨周翰译）

对于社会普遍和谐的理想是现实的需要。这可以说明各种音乐意象为什么受到文艺复兴时期英国诗人的青睐。

在柏拉图看来，宇宙的原动力是创造神。在亚里士多德看来，是“第一推动者”。中世纪神学家阿奎那认为：万物来自上帝；上帝不仅是它们存在的基础，也是它们力求与之重新联合的至善。上帝作为“第一推动者”，驱使万物对他的渴望。因此，“爱是一切因果关系的最深刻的源泉”。②归根到底，是神爱的力量推动世间万象的运动。爱是宇宙的普遍原则。正如但丁在《神曲·天堂篇》的结尾处所说，“是爱也，动太阳而移群星”。

文艺复兴时期英国诗人写出了大量爱情诗。一般来说，爱情诗可分两支，一支描写世俗之爱，另一支把爱情精神化，甚至神圣化，宗教化。但

---

① 引自 I. Rivers, *Classical and Christian Ideas in English Renaissance Poetry*, p. 82.

② B. Willey, *The Seventeenth Century Background*, p. 13.

这两支也不能完全分开，文艺复兴时期诗人可以把这两者结合在一起。他们认为，人间的男女之爱是上帝之爱的摹本，也是通向上帝之爱的第一层阶梯。[1]这一时期的诗人们经常借助古典神话中的爱神形象。根据柏拉图在《会饮篇》中通过鲍萨尼阿斯之口发表的看法，古典神话中实际上有两个维纳斯。其中一个是荷马在《伊利昂记》（第五卷）中所描述的维纳斯，她是宙斯和狄俄涅（多多那预言神谕的女神）的女儿。另一个是赫西俄德在《神谱》（第176—206行）中所描述的维纳斯：克罗诺斯（即罗马神话中的萨图恩）拿着长镰刀阉割了他的父亲乌拉诺斯，把他的睾丸扔进大海，漂流了很长时间，在其周围扩展了一个白色的泡沫，从泡沫里长出了爱神维纳斯。这个维纳斯是乌拉诺斯的女儿，但没有母亲。“母亲”一词在拉丁文中是*mater*（mother），与拉丁文中的“物质”一词*materia*（matter）相联系。因此，有“母亲”意味着与物质领域相联系，没有“母亲”则意味着与非物质领域相联系。在这个意义上，前一个有“母亲”的维纳斯被称为尘世的维纳斯，后一个无“母亲”的维纳斯被称为天堂的维纳斯。前者象征世俗之爱，后者象征圣洁的精神之爱。此外也有两个小爱神丘比特，一个是尘世维纳斯的儿子，另一个是天堂维纳斯的儿子。[2]但是，基督教诗人如赫伯特（1593—1633）虽然仅仅歌颂基督之爱或上帝之爱，却也大量采用了古典神话中的意象。实际上，表现爱情的意象是多种多样的，绝非三言两语所能概括。

值得一提的是，文艺复兴时期的英国诗人，尤其是玄学派诗人，往往采用源自宇宙的各种意象来描绘爱情，无论是世俗之爱，还是精神之爱或上帝之爱。譬如，马维尔在《爱的定义》一诗中就采用了这类意象来表现爱情的主题。诗人说，他的爱诞生于“失望”之中，但他认为，只有通过失望才能认识到无法满足的爱具有怎样的巨大力量。诗人说，命运之神在他和他的恋人之间插入了“几根铁楔”，并强令把他们分别放到地球的南北两极。有趣的是，这个意象暗示：当世间万物围绕地球的两个极心旋转时，整个爱的世界也围绕着这一对情侣转动，虽然他们永无相逢的希望：

除非旋转的天宇坍塌，
地球发起一阵痉挛，
世界挤压成一个扁盘，

---

① 杨周翰《十七世纪英国文学》，第200—201页。

② E. Panofski, *Studies in Iconology*, pp. 142—143.

我们才能相聚团圆。
像自由线，虚伪的爱也会
在每一角度相见，
但是我们的爱，是平行线，
绝不会相交，虽然伸入无限。

（李力、余石屹译）

这个意象表现了一对情侣战胜“命运”的奇迹，它暗示爱的巨大力量其实可以把圆形的地球压成扁平的薄盘，这样两极就能重合。但他们的爱是精神之爱，与“虚伪的爱”不同。“虚伪的爱”如同“自由线”，在每一角度都可能相交，而这一对精神情侣的爱则像两条“平行线”，虽然永不可能相交，却可以持续不断地伸向“无限”，伸向永恒。

在宇宙的意象之中当然还包括时间的意象。根据传统宇宙论，神不仅给宇宙以空间的维度，也给宇宙以时间的维度。亚里士多德认为，时间是间断性和连续性的统一。时间的间断性表现为“现在”的前后之分，连续性表现为“现在”的均匀延续。[①]因此，从“现在”来观察，向后延伸是“过去”，向前延伸是“未来”。这种时间呈现为有始有终的直线时间。但是，亚里士多德还认为，时间和运动一样永恒，两者都是无始无终的连续系列。[②]也就是说，和运动一样，时间也是循环往复、周而复始的。这是一种与直线时间相对而言的循环时间。时间具有双重含义：一是短暂，另一是永恒。以太阳、月亮与星体的运转所测量的时间是通常所说的“时间”，如小时、日、周、月、年。按多恩的说法，这些都是“时间的碎布”（《日出》）。无始无终的时间就是永恒。在文艺复兴时期，诗人们常把时间拟人化，如罗伯特·赫里克（1591—1674）称之为“时间老人”：

趁你有可能，快采摘含苞的玫瑰，
时间老人总在飞跑；
今天还在向你微笑的蓓蕾，
明天就会死掉。

（《摘花需及时》，杨周翰译）

这数行诗强调时间的短暂。短暂的时间在马维尔诗中就表现为“日

① 赵敦华《西方哲学通史》（第一卷），第194页。
② 同上书。

晷”的意象，暗示现实世界受到时间的制约（《花园》）。约翰·马斯顿（1576—1634）却把时间形容为口中咬着自己尾巴的“蛇”，弯曲成一个“圆”（《历史教师》），成为永恒的象征。斯宾塞称时间为“敌人”，因为他挥动“镰刀”毁坏一切美好的花草（《仙后》第三卷第六章，第39节），而莎士比亚则说谁也敌不过“时间的镰刀”（十四行诗第12首）。“镰刀”的意象尤其暗示时间的摧毁力量：只有破坏旧的事物，才能创造新的事物。然而，时间的短暂及其巨大的摧毁力量都激起人们战胜时间的强烈愿望。诗人们坚信，人必须通过一切努力达到永恒，因为只有永恒才能战胜时间。

在探讨源自传统宇宙的意象时，我们还必须提及数和几何图形的象征。根据毕达哥拉斯学派的观点，数是宇宙的构成原则。按照柏拉图的说法，数是存在于创造神头脑中的理念。创造神把数刻印在物质上便创造了宇宙：两点成线，三点成面，四点成体，从而扩展为整个的宇宙空间。因此，文艺复兴时期的英国诗人们运用数作为摹仿宇宙的一种手段是司空见惯的。从西方古典文学传统和圣经传统中流传下来的就有许多已经确立的数组，如三数一组的三位一体，四数一组的四种元素、四种体液、人生四个时期等等。不仅如此，诗人们还常用数来安排诗行或诗节，以加强诗的主旨。譬如，处于中心位置的诗行往往十分重要，可以暗示诗的中心思想。数的安排甚至在全诗的构架中也具有举足轻重的作用，就像在斯宾塞的《牧人月历》和《仙后》中，以及在弥尔顿的《失乐园》中那样。数可以表现多种多样的内涵和象征意义，如五代表正义，八代表复活，十代表完美，诸如此类。

文艺复兴时期的英国诗人们继承了这种传统，他们有时采用正方形、圆形、三角形等几何图形来描绘人体，并将这些图形与宇宙中相似的形状加以类比。斯宾塞在《仙后》第二卷中用“阿尔玛城堡”来暗喻人体是个典型的例子。根据斯宾塞的描绘，头颅是“圆形”，身体是“正方形”，叉开的双腿是“三角形”（第九章，第22节）。在这里，圆形代表灵魂，也是宇宙的象征；正方形代表四种体液，也是四种元素的象征；而三角形象征不完美的肉体。我们下面还将对此进一步加以探讨，这里不再赘述。不过，在某些传统中，人们还可以改变人体的轮廓，将其扭曲为不同的几何图形。譬如，假使双腿按可能的角度向外岔开，手臂与身体形成45度角向外伸出，那么这种形状就像一个圆。假使双腿并在一起，而手臂又按可能的角度向上伸展，那么整个人体的轮廓就像一个倒置的等边三角形。假使双臂和双腿都尽量按可能的角度向外伸展，那么整个形状就像一个正方形。这种几何图形与正常的身躯极为不同。在这种传统中，头颅是圆形，圆形下方是一系列方形，包括胸脯、腹部、前腿和下肢。①

实际上，我们已经涉及天人对应的问题。据公元 9 世纪拜占庭辞典编纂家福提乌斯的记述，天人对应的观点可以追溯到毕达哥拉斯，他把人说成是“大宇宙的缩影”②。小宇宙（人）与大宇宙之间的类比是极其重要的。在很大程度上，这是西方传统宇宙论的基本论题。利奥纳德·巴坎指出：根据西方的文明，“研究人就是研究宇宙，认识宇宙就是认识自我”③。其实，这也就是蒲柏所说的，“人的恰当研究是人”（《论人·书翰之二》）。不足为奇的是，在文艺复兴时期英国诗歌中，表现小宇宙和大宇宙对应的意象多如牛毛。譬如，人体充满了圆形意象：头颅、脸庞、眼睛、泪珠。亨利·莫尔甚至看到核桃都联想到人的头颅，认为“核桃含有人头的整个外形特征。绿色的外部与头骨相符，由它构成（分泌）的盐分对头骨的伤口尤其有好处，就像核桃仁对与它相似的脑子有好处一样”④。人的灵魂也是圆形，借用柏拉图的话来说，它是世界灵魂的摹本，而世界灵魂就是圆形。不仅如此，人体也表现了存在之链的意象：人的灵魂有三重，植物灵魂、动物灵魂和理性灵魂，这与宇宙中的植物、动物和理性相应。如上所述，人体也有人的音乐，肉体和灵魂之间的和谐导致和谐的人的音乐，不然则相反。人体中也充满了舞蹈，这是宇宙之舞在人体内的反映。人这个小宇宙更有时间的维度。人的生命受到时间的制约，因此小宇宙是有限的。但最重要的是，人体由四种体液构成，与大宇宙的四种元素相应。不过，这只是人的物质构成，因此人的肉体是可朽的。人还有理性，即不朽的精神性，它像大宇宙中的星体那样，由以太构成。总之，根据传统宇宙论，人在存在之链上，处于物质世界和精神世界的中间位置，他把两者联系在一起，成为两个世界的联结环。这一点充分表达了人文主义者对人的伟大的歌颂。人能够在精神上穿越宇宙各重天的旅行，飞升到天国的无形境界。

人体的意象渗透于英国文学和思想之中。在人体中可以看到，一方面，人的精神性或人的无所不包的整个状况证明了人的无限性。但另一方

---

① L. Barkan, *Nature's Work of Art*, p. 127.

② S. K. Heninger, Jr., *Touches of Sweet Harmony*, p. 191.

③ L. Barkan, *Nature's Work of Art*, p. 8.

④ Ibid., p. 41.

面，人体又是有限的，它受到制约，而且终有一死。然而，当人体真正成为大宇宙的缩影时，当人体作为小宇宙而充满一切无限性的暗示时，人体的意象就可以同时表现人的无限性和局限性。克里斯托弗·马洛在《帖木耳大帝》（第一部）中通过梅诺丰之口赞美帖木耳的雄伟身躯：帖木耳

长得身材高大，魁伟挺拔，
犹如他向着神明升腾的欲望，
四肢粗大，筋肉结实有力，
宽阔的双肩可以扛得住
老阿特拉斯的重负。[①]在他男子汉的
眉宇间，放着比世界更昂贵的珍珠，
在那里，通过至高无上的神奇艺术，
镶嵌着他那看透一切的视觉工具，
它们那火焰般的圆圈几乎
包围起各重天中的天体，
引导他的脚步和行动走向宝座，
那里端坐着身穿皇袍的光荣。
他因心底的热情而脸色苍白，
他渴望君王的地位，嗜好武功，
高耸的眉头皱起预示着死亡，
而眉宇舒展则意味着和好与生命。
眼睛周围挂着瑚珀般的簇簇卷发，
像凶猛的赫拉克勒斯的一样，
天国的来风喜欢在那里戏耍，
使卷发以放荡的威严舞蹈。
他的长臂和长指，结实有力，
象征勇敢和过度的力量——
每一部都匀称均衡，就像那个
使全世界屈服于帖木耳的人。

（第二幕第一场，第7—30行）

这个英雄的躯体似乎能够征服整个世界，因为在各种具体的意象之中，我

① 阿特拉斯（Atlas）是希腊神话中的提坦神族之一神，因参与反叛主神宙斯而被罚以双肩擎天。

们都可以看到宇宙的某种无限性。譬如，帖木耳的头颅是整个地球，他能够像阿特拉斯扛住苍穹那样把地球扛在肩上；不仅如此，他的头颅又仿佛等同于整个广阔的星体世界。所有这些宇宙的意象都暗示他具有主宰世界命运的巨大潜力。可以说，由于他没有真正地“研究宇宙”，并“认识自我”，最后只能以悲剧性的结局告终。但是，不管怎么说，在帖木耳的躯体上反映出普罗米修斯般的雄伟，而这正是英国文艺复兴初期的诗人们所着力描绘的“巨人形象”。

人是一个小宇宙，人生活在其中的社会也是一个小宇宙。因此，对人的研究也必然导致对社会的研究。文艺复兴时期的英国诗人们常用人体来隐喻“国家”或“政治上的统一体”（body politic）。在西方古典传统中，这种隐喻是屡见不鲜的。塞内加（约公元前4—公元65）对人体和国家之间所作的一段类比颇具代表性，他这样写道：

> 损害自己的国家是一种罪恶；其结果也损害了同胞——因为同胞是国家的一部分，如果我们尊重整体，那么各部分都是神圣的——所以损害任何人也都是一种罪恶，因为他是你在更大范围的国家之中的同胞。如果手想伤害脚，或者眼睛想伤害手，那会怎样呢？如同身体的所有肢体要和谐相处，因为各肢体都不受伤害是对整体有好处的，人类也同样应当使个人免受伤害，因为人人生来都应享有友情生活的，而只有相互保护，热爱社会的各个部分，社会才能不受伤害。①

实际上，这种隐喻也见于基督教传统。譬如，《圣经》上有一段用“身体的比喻”来描绘教会的组织：

> 一个身体有许多肢体器官，而肢体器官虽然数目众多，但连接起来却成为一个完整的身体；教会也要这样。因此，教会中不论是犹太人或异族人、奴仆或自由人，都借着圣灵的洗礼连成一体，都接受了同一位圣灵。
>
> 人的身体，并非只有单一肢体，而是由许多个肢体组合而成的。如果脚说：“我不属于身体，因为我不是手。”难道脚这样说就不属于身体了吗？如果耳朵说：“我也不属于身体，因为我不是眼睛。”难道耳朵就真的不属于身体吗？假如一个身体就是一只大眼睛的话，哪里有听觉呢？又假如身体就是一只大耳朵，哪里有嗅觉呢？

---

① 引自 L. Barkan, *Nature's Work of Art*, p. 66.

> 神随着己意，巧妙地将肢体器官一一置放在身体的各部位。如果肢体个别地存在，又怎能构成一个完整的身体呢？让我们记得：肢体虽多，身体却只有一个。眼睛不能对手说："我不需要你。"头也不能对脚说："我不需要你。"
>
> 看来似乎是软弱的肢体，事实上更是不可或缺。我们以为不雅观的肢体，就越应该加以美化；至于本来雅观的肢体，就无此需要了。你们看：神将身体各部妥善地安排，使那些不甚光彩的肢体得着更多的照顾和美化！这样，身体各部不但不会产生嫌隙，且能和谐地互相照应。如果一个肢体受伤损，其他的就会同感疼痛；如果一个肢体得荣耀，所有的肢体也一样要同乐。（《新约·哥林多前书》第12章第12—26节）

文艺复兴时期英国诗人加强了这种类比，赋予它以新的意义。斯宾塞、莎士比亚、本·琼生（约1572—1637）等人都曾以各自不同的方式采用人体意象来隐喻国家。譬如，莎士比亚在《科里奥拉纳斯》一剧中花费了很长的篇幅来描述这一隐喻。我们在此只要引证剧中一个次要角色所说的话就一目了然了：

> 那戴着王冠的头，那视察一切的眼睛，那运筹决策的心，那手臂，我们的士兵，那腿，我们的坐骑，那舌头，我们的吹号人。
>
> （第一幕第一场，朱生豪译）

综上所述，象征宇宙的诗歌意象是纷繁多样、举不胜举的，但我们提及的若干意象应该是最为常见、也是最为重要的。蒂利亚德认为，英国伊丽莎白时代诗人们主要借助于三个意象来反映宇宙的秩序：一根链条，一系列层次的对应，一个舞蹈。[①]这就是说，一是隐喻静态宇宙的存在之链；二是以存在之链为基础的宇宙对应体系；三是隐喻动态宇宙的宇宙之舞。这三者密切相关，它们从不同的角度反映了宇宙的等级和秩序。应当注意的是，尽管存在之链体现了静态的宇宙，但它也是静中有动的，存在之链上的位移就表明了这一点。此外，象征宇宙原动力的爱神意象也极为重要，因为宇宙的原动力往往被用来隐喻君王的统治，而在16世纪的英国，所谓宇宙的原动力就指伊丽莎白女王及其王室。不仅如此，在基督教传统中，宇宙的原动力指上帝。尤其应当补充说明的是，天体音乐的意象恐怕

---

① E. M. W. Tillyard, *The Elizabethan World Picture*, p. 25.

最能表现宇宙的等级、秩序与和谐，因而也最能表现文艺复兴时期英国诗人的理想。由于宇宙的和谐包含社会的和谐，而社会的和谐又建立在等级和秩序的基础上，所以在文艺复兴时期的英国，天体音乐具有明显的社会现实意义。换言之，天体音乐对人具有教育作用，它鼓励人们追求完美的品德，教导人们维护国家的秩序，并努力为社会做出卓越的贡献。为此，就必须宣扬爱的力量。爱是和谐的基础，没有爱就没有和谐，和谐就是爱所要达到的目的。总之，爱是联合一切的手段，和谐是最终目的。仅就“天体音乐”和“爱”的意象来说，两者往往相辅相成。归根结底，爱与和谐是文艺复兴时期英国诗人所追求的最高理想。

第二章　英国诗人宇宙观

（一） 圆规："终止在出发的地点"

1611年冬，约翰·特鲁里爵士出使巴黎，临行前写了《告别辞：莫伤悲》一诗赠妻，全诗九节，最后三节采用"圆规"的意象来表现一对情侣圆满的精神之爱，说明他们的两个灵魂融为一体，不可分离。多恩采用圆规意象的那三节诗是这样写的：

我们的灵魂即便是两个，
　　那也与圆规的两只脚相同，
你的灵魂是圆心脚，没有任何
　　动的迹象，另只脚移了，它才动。

这只脚虽然在中心坐定，
　　如果另只脚渐渐远离，
它便倾斜着身子侧耳细听，
　　待到另只脚归返，它就直立。

对于我，你就是这样，我像另只脚，
　　必须倾斜着身子转圈，
你坚定，我的圆才能画得好，
　　我才能终止在出发的地点。

这个圆规意象被公认是玄学派诗人最负盛名的奇思妙喻（conceit）。女方是圆心脚，"在中心坐定"，男方是圆周脚，倾斜着身子围着中心"转圈”。前者暗示女方的坚贞不渝，后者也以同样的忠贞爱她。“你坚定，我的圆才能画得好”，表明完美的爱情是双方共同努力的结果。这样，一对精神情侣虽然即将分离，但他们心心相印，精神融合，犹如圆规的两只脚，紧紧相连。值得注意的是，这三节诗还与开头一节诗具有内在的联系：

有德之人逝世，十分安详，
　　对自己的灵魂轻轻说，走，
这时候，一些悲伤的亲友讲，
　　他的气息已断，有些说，还没有。

这个开头似乎十分突兀，但细想一下，其含义也很清楚。诗人把一对精神情侣的离别喻为死亡，即生离如同死别。但对死亡有两种不同的态度：“有德之人”关注的是“灵魂”，因此镇定“安详”地面对死亡；而“悲伤的亲友”关注的只是肉体（“气息”），因此惶惶不安，以致争辩着“气息”是否已断。诗人以此来劝慰对方“莫伤悲”：他们对待离别应像“有德之人”对待灵魂归天那样，镇定安详，默无声息，不应像“悲伤的亲友”那样惶惶不安地叹息、哭泣。然而，值得注意的是，诗人把离别喻为死亡，而死亡又意味着另一种“离别”，即离别今生，进入来世。这就形成了一种“离别—死亡—离别”的模式，仿佛绕了一圈，画了一个圆。这个隐含的圆和最后一节中圆规所画的圆前后呼应，形成对照。在这个意义上，全诗以圆开始，以圆结束，正是“终止在出发的地点”，完成了自身的圆。当然，这还远非事情的全部，因为它具有更为深层的多重含义：圆在这里不仅暗示精神之爱的圆满，而且由此也象征灵魂的完美和生命的永恒。但是，不管怎么说，所有这些寓意都源自“圆规”这个意象。

多恩不仅在诗歌中，而且在他的《拉丁布道文》中也常用圆规意象。譬如，他用这意象来解释复活的问题，他说，基督确立了复活的模式，复活构成了上帝的圆。上帝首先创造了亚当的肉体，因此人的肉体是上帝“圆规”的另一只脚落在上面的起点，随后上帝把圆规转了一圈，又落在人的肉体上，在复活中使之荣耀。又如，他还用圆规意象来解释今生和来世的不同，他说，尘世的生活是用“圆规”逐步画出一个从点到点的圆；来世的生活是已经印好的圆，一开始就是一个无穷无尽的、完美的圆。总之，圆规的意象似乎紧紧攫住了多恩的想象。然而，尽管多恩可能是把圆规意象引进英国诗中的第一位诗人，但就此意象本身而言，却绝非是他的独创。与他同时代的本·琼生似乎同样喜爱圆规的意象。他称多恩的外祖父海伍德为警句作者，并说海伍德的“象征”是一副“圆规”，这副圆规的“一只脚置于中心，另一只脚断折了；*deest quod duceret orbem*”（缺少了可以画圆的东西）（《与德拉蒙德的谈话》）。在致英国著名律师约翰·塞尔顿（1584—1654）的诗中，他又说塞尔顿“待在家里，观察着所有的国家；如同圆规，一只脚静止不动地站在中心，用宇宙的知识来填满”他的“圆”（《致约翰·塞尔顿先生书》）。琼生还把“完美”的拟人化形象描绘为“手持一个金制圆规，正画着圆形”，并说这是为人们所熟悉的“美”的象征（《美》）。约瑟夫·霍尔（1574—1656）也采用过圆规意象。霍尔说，一颗虔诚的心灵不能没有基督徒的慷慨之手，即“博爱”和“忠诚”，它们构成一付完美的“圆规”，可以达到基督徒心灵的真正纬度。随后他解释道，“忠诚是一只脚，定在中心不动，博爱则沿着仁慈的圆周运行”，这两只脚是从来不曾、而且也绝不能分开的（《书信集》第二卷第一章）。意大利诗人瓜里尼（1538—1612）还把自己比作一副“圆规”。他说，他把一只脚固定在神——他的中心——那里，另一只脚则受命运车轮的支配，不由自主地围绕着神旋转（《情歌》第46首）。据有些注家考证，圆规的意象早已见于11世纪末波斯诗人奥马尔·哈亚姆（约1048—约1122）的《柔巴依集》（旧译为《鲁拜集》），后来才传入欧洲。[①]哈亚姆采用圆规意象的那首诗如下：

你同我都是一个圆规的形骸——
虽有两只脚却只有一个脑袋；
当圆弧的中心我们一旦确定，
两个脚尖我们就并它在一块。[②]

对照来看，多恩的上述几节诗和哈亚姆的这首诗的确如出一辙。不过，在哈亚姆之前，罗马诗人奥维德（公元前43—公元17）就似乎早已描绘过圆规的意象：代达罗斯的妹妹的孩子“发明过一件东西，他用两根铁棍，一头连在一起，再把两棍分开，一棍站住不动，另一棍便能画出一个圆来”（《变形记》第八章）。尽管如此，我们还可以把圆规的意象上溯到基督教的

---

① 王佐良、李赋宁等编《英国文学名篇选注》，第249页。

② 引自黄杲炘译哈亚姆《柔巴依集》，第51页。“柔巴依”这个名称源于阿拉伯语，意为“四行诗”。但一般都认为这种诗体出自波斯和塔吉克的民间口头创作，并由波斯—塔吉克文学奠基人鲁达基（858—941）定型。这种诗体出现于9—10世纪，在11世纪中叶达到鼎盛时期。波斯天文学家、数学家兼诗人奥马尔·哈亚姆是创作“柔巴依”的最重要的诗人。

《圣经》。《圣经》中有这样几句话："他（指神）立高天，我在那里。他在渊面周围，放上圆规。"（《旧约·箴言》第8章第27节）显然，根据基督教传统，神原来是用圆规设计宇宙、并完成创世这一壮举的。无怪乎中世纪和文艺复兴时期西方流传着这样的格言，"神以几何学原理工作。"对于用圆规创世的神话，弥尔顿在《失乐园》中作了更为具体的描绘：

> 他手拿金制的双脚圆规，
> 是神的永恒仓库所备，
> 做为规划宇宙万物时用的。
> 他以一脚为中心，另一脚
> 则在幽暗茫茫的大渊上旋转了一周，
> ……
> 天神就这样创造了天和地。
>
> （第七卷，第224—232行，朱维之译）

既然宇宙是用圆规创造的，它自然呈现为圆形。这与公元2世纪希腊天文学家托勒密所描述的圆形宇宙一致。根据托勒密天文学，宇宙共有八重天，即七行星天加恒星天。到了中世纪，基督教神学家们在恒星天外面又加上水晶天和原动天（宇宙的外壳），从而构成"十"这个圆满的数目。然而，这只不过是可见的宇宙。在哲学家和神学家们看来，在那些可见的星体之外，还存在着一种抽象的、概念的宇宙。正如柏拉图所说，星空"虽是最美丽、最完美的可见事物"，但远比这些可见事物更美丽、更完美的却是"只有通过理性和理智而不是视觉才能领悟"的事物。也就是说，可见的宇宙虽美，但不可见的宇宙更美，这是最高的现实，即理念世界。客观现实世界不过是理念世界的摹本，只有通过理性的思考才能领悟那种理念世界。柏拉图的理念世界很容易就被转变成了"神"或"上帝与天使"的寓所。这样，到了文艺复兴时期，宇宙总共有了十一重天：最外面的是上帝和天使寓所的无限空间，即无形的宇宙；而有形的宇宙则包括十重天。各重天都围绕地球这一中心旋转，实际上也就构成了一个"圆规"意象。我们先前曾经提及柏拉图的观点，即神以自身的形象创造了宇宙，并把它做成圆形，这是所有形体中"最完美、最自我相似的形体"。但是，柏拉图还说了如下一段话：

> 这是永恒之神的设计，他给即将产生之神以一个平滑而又连续不断的表面，从中心到各个方向都等距，并使它成为一个完整的实体，

它的各个构成部分也都是完整的实体。神把灵魂放在中心，并使灵魂扩散到整个实体，把它包住。于是神建立了一个圆球形的宇宙，作圆形运动。①

亚里士多德认为，动力因有两种，一种是固定不动的，另一种是推动它者、本身又被推动的欲念。他说，“在车轮上，有一点必须固定，必须由它开始运动。”②不难看出，在这些观念之中都隐含着圆规的意象。

圆规意象至少涉及三个主要方面：圆形、圆形运动和中心。

“圆”究竟具有什么属性呢？首先，圆是无始无终的；其次，圆周线上的任何一点到中心的距离相等；第三，倘若把圆周线当作直线距离考虑，那么它就包括最大的面积。③这些属性综合起来便构成了神的形象，因为神不仅是“无始无终”“亘古长在”“无所不包”的，而且也是一个没有圆周之圆的中心，而这个中心又是“无所不在”的。正如约翰·海登在《世界的和谐》中所说，有些哲学家“把神界定为一个光球，一个圆，它的中心无所不在，而任何地方也没有它的圆周线。这种描述当然不可能有其他意思，无非是说神的本质是无所不在的，具有那些令人钦羡的属性，即无限性以及绝对完美的善、知识和力量”④。因此，“圆”是神的象征，是统一、完美和永恒的象征，而神“自身的形象”就体现在他所创造的圆形宇宙之中。

中世纪哲学家认为，人类的一切创造都是仿照宇宙的圆形模式。譬如，耶路撒冷城当时被认为是处于北半球圆形大陆的中心，因此该城建成了圆形，城中心是圆形圣殿，圣殿的中心放置了一块瓮形石，表明这是“世界的中心”。英国14世纪作家曼德维尔在他的《约翰·曼德维尔爵士之书》(1366) 中曾经写道，世界的中心是由耶路撒冷圣墓中神殿里的一块石制“小圆规”标明的；那块石头的放置之处正是亚利马太的约瑟⑤把耶稣的尸体从十字架上取下来放好、并为之清洗伤口的地方，从而表明人是世界的中心。不仅如此，曼德维尔还观察到，圣墓的圆形被重现于世界其他各地的神殿设计之中，那些神殿不过是对“真正的”耶路撒冷神殿的一种摹仿罢了。他说：“可以想象这样的图案，有一个大圆，大圆的中心

---

① Plato, *Timaeus* 33B—34B.

② Aristotle, *De Anima* III. x. 引自 R. D. 希克斯英译本，剑桥大学出版社，1907 年。

③ S. K. Heninger, Jr. , *Touches of Sweet Harmony*, p. 111.

④ Ibid. , pp. 141—142.

⑤ 亚利马太的约瑟是耶稣的一个门徒。在耶稣被钉十字架后，他去见彼拉多，要领取耶稣的尸体。领了遗体后，就把它用新的细麻布裹好，安葬在新近他为自己凿成的墓穴里。参见《马太福音》第 27 章第 57—60 节。

又有一个小圆……大圆代表苍穹，小圆代表地球。”[1]在他看来，这种建筑模式均是天国之城新耶路撒冷的摹本。斯宾塞在《仙后》第四卷中所描绘的“维纳斯神殿”可以说就是这种宇宙模式的再现。诗中写道，维纳斯女神是生殖、繁衍和丰饶的象征，她的神殿坐落在一个圆形岛屿的中央（第十章，第6、21节），神殿内有“一百根大理石圆柱”和“一百座神坛”（第十章，第37—38节），而这些圆柱和神坛又都围绕在神殿中央一座闪光的神坛四周，在这神坛上则站立着美丽的女神维纳斯，她的目光向四方不断放射出影响（第十章，第46—47节）。不难看出，这里隐含着圆和中心的意象。斯宾塞的这个例子可以阐明文艺复兴时期诗人们所崇尚的“摹仿自然”说的一个重要方面，即认为诗人是创造者，但由于他本身也是一个以神的形象创造出来的小宇宙，他的创造不过是一种小规模的重复行为，是对神的创世行动的一种摹仿而已。因此，他的作品必然是以创造出来的宇宙为模式，而神圣的宇宙则是一切形式的源泉。

对于文艺复兴时期的人们来说，宇宙是神为人而创造的。神不仅以自身的形象创造了大宇宙，还以自身的形象创造了小宇宙（人）。大宇宙和小宇宙有很多相似之处：物质世界中有四种元素，人体内则有四种体液；宇宙有精神世界，人则有理性灵魂，与神相通。这一点是极其重要的，因为它大大提高了人的地位和尊严。至于人的灵魂，在柏拉图看来它是“世界灵魂”的摹本，在新柏拉图主义观念中它则是起源于或发射自世界灵魂。因此，和神一样，灵魂也是由圆来象征的。斯宾塞在《仙后》第二卷中说到“阿尔玛城堡”的建构时有如下一段十分奇特的描绘：

> 它的构架似乎部分是圆形的，
> 　　部分是三角形，哦，神圣的作品；
> 　　最前和最后的部分就是这两个，
> 　　一个不完美，终会腐朽，属阴，
> 　　另一个永不腐朽，很完美，属阳性，
> 　　作为基础的正方形，处在中间，
> 　　按七和九的比例，分配均匀；
> 　　九是设置在天空上面的圆，
> 一切汇成了一个音域，美妙而委婉。
>
> （第九章，第22节）

① 见 J. G. Demaray, *Cosmos and Epic Representation*, pp. 102—103.

实际上，这座城堡的设计暗示一个人体结构。圆形代表灵魂，三角形代表肉体（头和双腿构成三角），两者之间的方形代表人体内的四种体液。此外，灵魂是“形式”，属于阳性，肉体是“物质”，属于阴性。“七”和“九”则分别代表人体的两个部分：前者指与七颗行星对应的、分成七部分的头脑，后者指与九级天使对应的人的灵魂。[①]如果说斯宾塞在这里采用了寓言手法把灵魂形容为“圆形的”，那么多恩在《挽歌：致哈林顿勋爵》一诗中就径直把灵魂与圆等同了：“哦，灵魂，哦，圆呵，你为何这样快就终止，你的生与死，在你里面闭合?”

在鲁卡·帕乔利看来，[②]人体仿佛既在描绘着几何图形，又包含着几何图形。所有这些形状都根据几何特征被赋予道德的内涵。帕乔利认为，在人的形体中，头和躯干的关系最为重要。他根据头与国王、头与上帝等等之间的传统联系来加以解释，把头说成是躯干的统治者，而把躯体说成是城堡。因此，头和躯干就构成“两个最主要的形象，没有它们就不可能创造任何事物”。换言之，“一个是圆周呈现为整圆的形象，这种形象具有最大可能的容量……另一个是正方形”。圆形的几何特征使它包含比其他图形更多的空间，而当人们不是根据任何特定的哲学思想、而是根据极度完美的象征来看待人体时，正方形也很重要。传统上认为，圆形内接一个方形的图案是意味深长的。方形由四点构成，代表冷、热、干、湿四种基本素质，这些素质又按四种可能的组合（冷干、冷湿、热干、热湿）而组成四种元素，从而构成了世间万物，构成了有形的宇宙。因此，方形可以代表四种元素、四种体液、一年四季、人生四个时期，等等。总之，方形是物质世界或肉体的象征。至于圆形，它代表灵魂和神明，代表无限和永恒，因而是精神世界的象征。由此看来，内接方形的圆说明精神和物质、灵魂和肉体之间的关系，它既可代表包含物质世界和神明世界的宇宙，又可代表具有肉体和灵魂的小宇宙（人）。任何变圆形为方形的企图都意味着把无限变为有限，把精神变为物质。多恩在《菲利普·锡德尼爵士和他的妹妹彭布罗克伯爵夫人翻译（雅歌）颂》一诗的开头说：对于永恒的上帝，没有任何人敢于寻找这么一种新的表现方式，即“变圆形为方形”，把“无角的、无限的”上帝塞进“贫乏才智的角落”里面。安德鲁·马维尔在《阿普尔顿宅邸颂》一诗中也说：“圆形里的方形”在各种意象里都

---

① A. C. Hamilton, ed., *Spenser*: *The Faerie Queene*, II. ix. n22.

② L. Barkan, *Nature's Work of Art*, p. 128.

等同于“人”。另一方面，任何变方形为圆形的企图则意味着把方形的边无限地增多，使不连续变为连续，使物质变为精神，从而达到完美。正如马维尔在同一首诗中所说，“把方形弄成了圆形”。在这个意义上，圆形内接方形的图案表明了精神世界和物质世界相互转化的关系。也就是说，神（圆）是无限的，物（方）是有限的；神无所不包，是一，物是部分，是多元；神是抽象的，物是具体的。然而，无限和有限如何联系？一和多元如何联系？抽象和具体又如何联系？这就必须通过神秘的创造。神创造了有形的宇宙，一创造了多元的世界，无限创造了有限，抽象创造了具体。反过来说就是，由具体可知抽象，由有限可知无限，由多元的世界可知一，由有形的宇宙可知无形的宇宙——神。

文艺复兴时期诗人们似乎习惯于以圆形来思考问题。意大利作家卡斯蒂廖内（1478—1529）的著作《侍臣之书》于1561年由托马斯·霍比爵士译成英语，颇受欢迎。书中的人物本伯先生说了这样一句话，“美来自上帝，像一个圆，善是它的中心。因此，就像没有中心就不可能有圆那样，没有善也就不可能有美。”多恩更是如此，他的短诗《告别辞：哭泣》几乎通篇是圆形意象，如地球、月亮、钱币、泪珠。斯宾塞的史诗《仙后》则在更加广阔的背景上以仙国的首府克勒俄波利斯作为潜在的中心，其周围有一串较小的圆形结构，如“阿尔玛城堡”（第二卷第九章）、“阿多尼斯花园”（第三卷第六章）、“维纳斯神殿”（第四卷第四章）、“伊西斯神殿”（第五卷第七章）等都处于圆形（或圆规、轮盘）的中心。其实，世间有很多物体的形状并非圆形，但文艺复兴时期的作家也总以圆形来思考它们。最典型的例子恐怕是托马斯·布朗（1605—1682）了。他写过一部著作，书名为《居鲁士花园》，又称《古人园林中的五点、菱形、网眼形，从艺术、自然、神秘角度加以考虑》（1658）。居鲁士是公元前6世纪波斯皇帝，他在征服巴比伦后将巴比伦的空中花园装饰一新，树木都栽成“梅花五”格局，正梅花五是方形。扁梅花五是菱形或网眼形。由此类推到古代建筑，如砌石是上面两块、中间一块、下面两块；房屋分成房基、隔墙、门窗、房间、屋顶五部分；房柱有五种格式，等等。此外，还有自然界的众多现象，如星辰和花草都与五有关；房柱有五种格式，等等。此外，还有自然界的众多现象，如星辰和花草都与五有关，即使六角形的蜂窝也可划分为三个菱形，甚至人的皮肤也呈网状。最后布朗以寓有“圆形”含义的方式解释道，“一切事物的开始都是有秩序的，也应当如此结束，然后再这样重新开始，这就是按照秩序的规定者和天国的神秘数学行事。”尤其在评论花瓣和树叶时，他似乎作了总结性的说明：“自然界的高级几何把圆分为五个幅”（radii），[①]而人类的一切创造物也都是摹仿自然而制成的。不管怎么说，布朗把世间众多不同的形状最后都归结于神秘的“圆”。这足以说明圆形意象在文艺复兴时期作家的思想中占有怎样的支配地位。

前面已经提及，圆的意象不只是一种静止状态，它还暗示圆形的运动。在宇宙中，月上世界的天体围绕地球做圆形运动；月下世界的四种元素做直线运动，如火与气向上、水与土向下运动。四种元素做直线运动是由于每种元素都有其“对立物”，而天体做圆形运动则表明它们没有“对立物”。有对立物的东西就必然有产生和朽腐的过程，因为一切产生的事物都是由其对立物产生、随后又朽腐而转变成对立物的。因此，四种元素始终处于变化之中，而做圆形运动的天体则是永不朽腐的。此外，从物质和形式的角度来说，一切可朽事物都是因形式不能完全渗透物质而具有潜能，于是就产生运动。但是，天体由于形式充满了物质的全部潜能而不具有转变为另一种形式的潜能，因此做适合于它们的圆形运动。[②]总之，圆形运动表明事物的不朽性，直线运动表明事物的可朽性。然而，即使由产生到朽腐的这种直线运动本身也是循环往复的，如火变气，气变水，水变土，或逆向变化，总之是不断地循环往复，从而又构成了一种无穷无尽的圆形运动。

宇宙的圆形运动往往用传统的隐喻“宇宙之舞”来加以表现。杜巴塔（1544—1590）在《神圣的周日和工作》中描绘道：冷湿的水，一只手拉着冷干的土，另只手拉着气；湿热的气则一只手拉着（热干的）火，另只手拉着水，犹如乡村姑娘们在五朔节期间围着五月花柱，“伴着风笛的音响，跳起欢快的圆舞”：

> 水，以潮湿和寒冷作武装，
> 一只手把冷干的土拉上；
> 另一只握着气：湿热的气，
> 一手牵着火；一手把水握起：
> 就像乡村姑娘们在五月

---

① 杨周翰《十七世纪英国文学》，第138—140页。

② B. Willey, *The Seventeenth Century Background*, p. 18.

节日里纵情地嬉戏欢跃，
喜洋洋地跳着活泼的圆舞，
伴着风笛的音响，围着五月花柱；
她们手拉着手，第一位通过
中间的那些，紧连着最后一个。①

其实，宇宙之舞是在不同层次上不断重复的。在英国文学中这类例子几乎举不胜举，如弥尔顿描写各星体绕太阳舞蹈，“众星宿按着日、月、年的计数顺序，有节奏地跳着舞蹈而运行，他们从各种不同的运动中，迅速地转向太阳这个万物所喜爱的明灯，或者是受他的磁光吸引而旋转”（《失乐园》第三卷）。在弥尔顿的笔下，大海还随着月亮舞蹈：“大海和各类鱼群摇摇摆摆地跳着莫里斯舞朝月亮运行。”（《科马斯》）不过，约翰·戴维斯（1569—1626）在《管弦乐队》（1596）中早已作过类似的描绘：在岸边奔腾的大海，像腰带一般紧束着陆地的腰身，那大海既懂音乐又懂舞蹈，而且始终把水晶般的目光投向月亮，“当月亮在苍白的天空舞蹈时，他也在这宇宙的中心翩翩起舞”。不仅大海随着月亮舞蹈，而且“衣着华丽的年轻的太阳向大地求婚”时，也随着“天体音乐”，欣喜若狂地“来回旋转”。甚至连石头和植物也参与这种宇宙之舞：芬芳的鲜花听见风的呼啸，便摇晃起她们的身躯，虽然她们的舞蹈没有完美的韵律，但风的音乐却常使她们相互亲吻；而葡萄藤也弯弯曲曲地拥抱着橡树欢跳着“圆舞”。诗人认为，仁慈的自然首先引起万物的爱心，正是爱心促使万物以恰当的秩序舞蹈。② 该诗中描绘的人物珀涅罗珀本身似乎也同样充满了“舞蹈”：

爱神舞蹈在你眨眼的瞬间，
爱神在你的脉搏和血管中舞蹈，
爱神在你缝衣时为你穿针引线，
并使它舞蹈，伴着一千种奇特的曲调，
婉转回旋，而形式依然是老套。③

总之，星体朝着太阳舞蹈，大海随着月亮舞蹈，太阳绕着地球舞蹈，世间一切、甚至包括砂石和植物也都参与这种宇宙之舞，仿佛天地万物都伴着

---

① 引自 S. K. Heminger, Jr., *Touches of Sweet Harmony*, p. 176.
② E. M. W. Tillyard, *The Elizabethan World Picture*, pp. 94—99.
③ Ibid., pp. 97—98.

天体音乐，颂扬伟大的造物主。

人当然也不例外。人间的舞蹈是一种可见的音乐表演形式，它往往被看作是一种可以揭示宇宙秩序和结构的隐喻。据载，1589 年在意大利的佛罗伦萨上演了若干假面舞剧，它们全都以最传统的“理论音乐”为主题。有一位评论家评论说：“只要引用几个标题就足够了：《天体音乐》、《缪斯的竞争》、《阿里昂之歌》、《阿波罗下凡》、《巴克斯下凡》，以及《“节奏”与“和谐”下凡》。其中三个反映宇宙间至高无上的和谐，其他三个表现人间和谐的力量。”[①]中世纪的建筑图式的设计以及民间和宗教仪式活动都常以摹仿天国的歌舞为主旨。基督教堂的窗户大多呈现为玫瑰花式的轮形，而绘在玫瑰轮形窗户上的画面又常暗示某种象征宇宙的圆形运动。譬如，在窗户中央的花形圆雕饰框架内，有的绘着头戴王冠、怀抱圣婴的圣母。在圣母四周，围着寓言式的贞洁女性的形象，她们出现在代表精神纯洁的百合花和象征神圣天国的群星中间，在神爱的宇宙之舞中旋转。[②]有的把耶稣基督绘在玫瑰花的中心，花瓣内侧画着十二使徒，花瓣外侧画着相应的黄道十二宫；而在地下绘着迷宫般图样的地板上或在圣坛旁边实际举行的各种仪式的活动模式中，都是摹仿窗户上那种玫瑰轮形所象征的神圣秩序和运动的。[③]譬如，大教堂里的圆形队列和实际舞蹈都与超然的天堂运动联系在一起。在迪奥尼修斯的“天使”理论影响下，法国圣丹尼斯大教堂教长休格（约 1081—1151）在他的《星座》（约 1146）一书中描述 1144 年 6 月 11 日举行的圣职就职仪式时写道，在大教堂的中殿和圣坛之间，仿佛来自天国的“合唱队”围绕着圣丹尼斯圣殿上部的合唱坛唱着圣歌。休格兴奋地写道：“这种大主教的合唱队是多么壮观，他们身穿白色的法衣，头顶光辉的主教冠，法衣上佩着带有圆形装饰品的贵重饰带，手持权杖，围着接受神恩的人，一圈又一圈地走着，以上帝的名义驱魔。人们如此虔诚地庆祝永恒新郎（基督）的这一婚礼是如此的辉煌，如此的令人赞叹，以致国王和伴随他的显贵都以为看到了一个天国的而非尘世的、神圣的而非凡间的合唱队。”休格还补充说，这个合唱队的歌唱被当作是“天使的而非凡间的歌唱”[④]。克劳德 · F · 梅尼斯特里尔在论及现代芭蕾舞的起源时说：“将音乐和舞蹈用于崇拜仪式，这是基于毕达哥拉斯学派的

① J. Hollander, *The Untuning of the Sky*, p. 194.

② E. M. W. Tillyard, *The Elizabethan World Picture*, p. 116.

③ J. G. Demaray, *Cosmos and Epic Representation*, p. 65.

④ Ibid. , pp. 64—65.

观点，他们认为神是一个数与一种和谐，因此他们崇拜他，并以富有节奏的抑扬顿挫的乐调表明他们相信神确实是如此的。”他还指出，人间的舞蹈和器乐把神的艺术——天体音乐——转化为可见的形式，它们激起了人们崇拜神明的行动。[①]就现实生活而言，文艺复兴时期芭蕾舞中的舞蹈形象都试图揭示宇宙的秩序和美。这样的尝试往往给一出假面剧增添了特殊的内涵，如塞缪尔·丹尼尔（1562—1619）的《十二位女神的幻象》。据说在1604年，在安妮王后[②]和她的侍女们共同表演的这出皇家假面剧中，十二位舞蹈者组成了“圆形、方形和三角形”，并按照“极为罕见的各种各样的比例”运动，而且在结束时还“构成一个圆的造型”。在舞蹈过程中的各种形象的变化都是旨在颂扬“献身于一致与和谐的……和平之殿”的，而最终的圆形则象征完满的结局。这里无疑含有现实的社会意义，因为最终的圆形意象表明每个舞蹈者都按照多元宇宙的变化模式，通过相互的协调和配合，完成了为自己所规定的角色，从而达到了宇宙的终极秩序。这种宇宙之舞也反映在斯宾塞的《仙后》中，他只不过把现实生活中的圆舞移到了仙国首府的一座小山上；在那里，少女们同样按照星体和宇宙的运动模式跳着欢乐的圆舞。宇宙之舞的模式最早见于荷马史诗《伊利昂记》第十八卷中所描绘的“阿喀琉斯之盾”上。火神沃尔坎为阿喀琉斯铸造了一个坚固的大盾牌，用铜、锡、金、银四种金属铸成五层。盾面上绘着大地、海洋、天空、太阳、圆月和诸如昂星团、毕星团、猎户座、大熊座等星座。盾有三重边，最外的是一圈无穷无尽的海溪（宇宙的边缘）。中央绘着两座城市、农田、王室领地。此外，更有一个“舞池”，在这舞池里，青年男女手挽手排成长串，“优美地绕着圆圈，飞速旋转，犹如陶工弯腰试转时的转盘”。这个盾牌引起了翻译荷马史诗的英国诗人乔治·查普曼（约1559—1634）的极大兴趣。查普曼把它视为一面“宇宙之镜”：四种金属暗示四种元素，金代表火，铜代表坚硬的土，锡代表流动的水，银代表污浊金属在冶炼之前产生的气；三重边代表按四星一组分为三组的黄道十二宫，它因太阳的永恒运行而闪光，成为时间的象征，即柏拉图所说的“时间的永恒形象”；少女的舞蹈暗示“宇宙之舞”。周边的海溪犹如

① S. K. Heninger, Jr., *Touches of Sweet Harmony*, p. 387.

② 安妮王后（Queen Anne），指詹姆斯一世的妻子丹麦的安妮（Anne of Denmark，1574—1619）。在1604年1月8日星期日那天晚上，安妮王后和她的十一位侍女在汉普顿宫大厅一起演出了塞缪尔·丹尼尔创作的假面剧《十二位女神的幻象》。她们打扮成古典神话中的女神，在剧中一同翩翩起舞。有关她们舞蹈的某些形式，参见S. K. Heninger, Jr., *Touches of Sweet Harmony*, p. 178.

“水晶墙”，与水晶天对应，成为可感宇宙和概念宇宙的分界。查普曼说，在盾牌上，“天空运转，星辰闪光，大地生花，海洋涨潮，波涛汹涌，城市建成：一城处于幸福甜蜜的和平之中，另一城处于公开战争和伏击的危险之中”。然而，在阐明这一切之前，查普曼首先就强调指出：“阿喀琉斯之盾”暗示“宇宙的圆形”[①]。总之，这一画面不仅充分地表现了人和宇宙的关系，而且人的圆舞也象征宇宙的圆形运动。

在文艺复兴时期，圆形运动常被用来表现当时占主导地位的“再生”或“复活”模式。复活是死而复生，这本身就是一种循环或圆形运动。根据基督教人文主义观点，世间万物都是上帝创造的，因而也都隐含着完美性。它们当初被创造时都是完美的，最终也必将达到完美。造物主是一切运动的根源和归宿，因此万物的运动都呈现为圆形模式。人也必然以一种超然的方式进行圆形运动，力求恢复自身中亚当原本具有的正义性，这种正义性在基督的完美形象中得到充分的体现。人类的堕落使这一运动变成了一个“艰苦的圆”[②]。但是，倘若人能坚持信仰，他就能画出一个完美的整圆，“终止在出发的地点”。弥尔顿的《失乐园》《复乐园》和《力士参孙》都表现了这个主题，即完全依仗上帝以及灵魂中的能力，在神的佑助下获得再生。这个模式在文艺复兴时期是屡见不鲜的，就像《圣经》所说，“已有的事，后必再有。已行的事，后必再行”（《旧约·传道书》，第1章第9节）。复活主题可用多种方式加以表现。有些诗人喜爱采用自然象征，像日落日出（如弥尔顿的《黎西达斯》）、冬去春来或花谢花开（如斯宾塞的《四月牧歌》、乔治·赫伯特的《花朵》）；有些喜爱采用禽鸟意象（如莎士比亚的《凤凰与斑鸠》、亨利·沃恩的《鸡啼》）；还有些喜爱精神游历模式（如亨利·沃恩的《再生》和《退路》）等等，不一而足。

但是，采用精神游历来表现“复活”主题的模式占有重要的地位。德马雷指出，有一种按中世纪“T+O”形地图来描写精神游历是相当典型的。这种地图把耶路撒冷绘在世界的中心，近旁是西乃山。但到10至11世纪时，西乃山被画成一个小三角，处于《出埃及记》所记载的、从红海

---

① S. K. Heninger, Jr., *Touches of Sweet Harmony*, p. 13. 此外，Heninger除了阐明查普曼的观点外，还补充了他本人的看法。他指出：和平之城和战争之城暗示“对立面的调谐”；而且，盾上所绘的耕田、收获葡萄和养牛等场景也暗示“一年四季的循环”。“对立面的调谐”和“一年四季的循环”都是宇宙的意象。

② S. Hawkins, “Mutabilie and the Cycle of the Months” in William Nelson, ed., *Form and Convention in the Poetry of Edmund Spenser*, p. 79.

到耶路撒冷的路线上。当时的世界地图仅包括亚、非、欧三洲：亚洲包括西乃山、死海和耶路撒冷，位于圆形的上部；非洲包括巴比伦（现在的开罗）、尼罗河和红海，位于圆形的右下部；欧洲包括台伯河畔的罗马，位于圆形的左下部。地中海以圣坛状的"T"形把下部分开。直布罗陀海峡位于T形底端较低点上，通向围绕整个圆形陆地的大洋（见图6）。根据《旧约》，以色列人在摩西率领下逃出埃及，最后抵达耶路撒冷。根据《新约》，中心则转到了耶稣布道的罗马。这样就构成了"埃及—耶路撒冷—罗马"的路线或"非洲—亚洲—欧洲"的模式。[①]这种模式不仅暗示精神的再生，而且也表明绕地球转了一圈，画了一个圆。但丁的《神曲》被认为就是遵循这种模式的。到了斯宾塞时代，尽管地图以及宗教观念都发生了重大变化，但他在《仙后》第一卷中描写红十字骑士的精神游历时，基本上仍以寓言手法遵循"埃及—耶路撒冷"的圆形游历模式，虽然那终点已不再是欧洲的罗马，而是象征尘世和天国的新耶路撒冷的英国了。红十字骑士随乌娜走入"错误之林"，杀死一条大蛇；那蛇吐了遍地肮脏东西，犹如尼罗河漫出埃及的山谷，退潮后便留下大堆大堆的泥沙，从中长出了无数可怕的怪物。这个比喻暗含早期教会的传统观念，把世俗的埃及与尼罗河看作是极端丰饶、傲慢和罪恶的象征。红十字骑士离开这个区域，逐步走向最后的精神再生。他遇到诸如伪装的隐士、香客、异教和基督教骑士等各种邪恶的化身，抵制了"骄傲之宫"女主人卢西弗拉的诱惑，并在"神圣之宫"得到精神的恢复。在这里，他登上圣山，知道了通往天国之城的路。最后，他击败恶龙，与乌娜在一座伊甸城堡订婚，接着出发前往天国的"新耶路撒冷"，而这新耶路撒冷既类似于尘世的耶路撒冷又暗示仙后的首府克勒俄波利斯（均与英国伦敦相联系）。[②]

可以发现，文艺复兴时期英国有许多作品都暗含这种圆形的游历模式。托马斯·莫尔（1478—1535）在《乌托邦》中描写了葡萄牙航海家拉斐尔从比利牛斯半岛出发旅行到另一个岛国（即当时几乎仍不为人所知的新大陆）。随后返回葡萄牙，从而构成了从一个半岛（或岛屿）驶向另一个岛屿（或半岛）的循环模式，亦即一种圆形结构。约翰·李利（约1554—1606）在《尤菲绮斯或智慧的剖析》中采用了近似的模式，他把基本故事情节的时间和地点移到了希腊半岛，随后又返回英国。莎士比亚

---

① J. G. Demaray, *Cosmos and Epic Representation*, p. 8.

② Ibid., pp. 122—148.

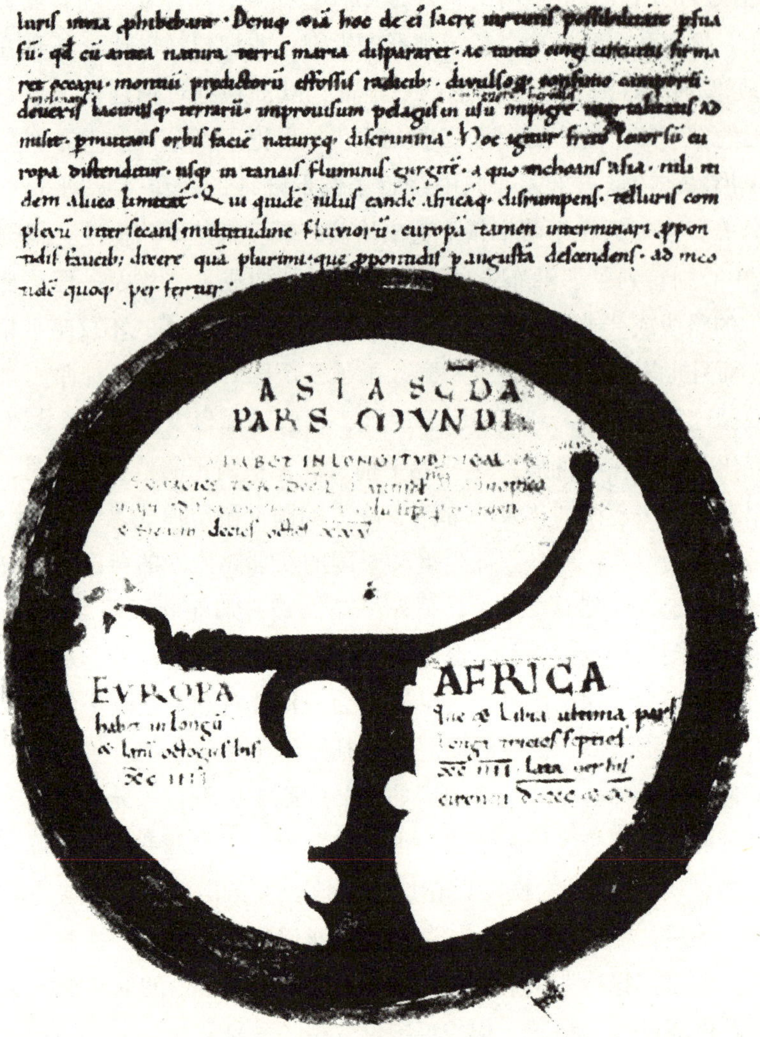

图6　12世纪的一幅“T－O”形世界地图。中央的一个黑点似乎是耶路撒冷，内海被描绘为一个右端向上拱起的T形。T形的上方是亚洲，右下方是非洲，左下方是欧洲。(Demaray，1991：43)

《暴风雨》中的主人公米兰公爵从亚平宁半岛上意大利的米兰出发，遭遇风暴，海上沉船，被洪波冲到一座岛上，在那里建立了乌托邦式的和谐，最后又返回米兰。弗朗西斯·培根未完成的《新大西岛》也采用了前往一个虚构的本塞勒姆岛游历的模式。在这类结构中，斯宾塞的《仙后》也许更具有代表性。这部史诗以仙后格罗丽亚娜和她的宫廷为中心，在每年一度为期十二天的宴会中每天都从宫中派出一位象征一种基本品德的骑士外出除害安良，他们除了从一个岛屿驶向另一个岛屿之外，还从一座城堡走向另一座城堡，或从一处山林溪泉走向另一处山林溪泉，等等。总之，他们从一次冒险活动转向另一次冒险活动，但在完成各自的冒险活动之后又都返回仙国，形成了围绕一个中心的圆形运动。格列斯比评论说，《仙后》的基本情节和情境是：

> 一个主人公或一批主人公从一个冒险活动到另一个冒险活动，从一个岛屿驶向另一个岛屿，从一座城市走到另一座城市。这种基本情节和情境，也见于文艺复兴时期、巴洛克时期、甚至18世纪那些不可胜数的描写探求活动的教诲传奇，不论它们的背景是能够辨认的现在，或是遥远的异国或往古的时代。①

但是，这种循环并不是简单意义上的循环，可以说它是一种首尾并不相接的圆。它隐含着不断的进步和一系列变化，而一切变化都有其终极目的，即追求完美，达到永恒。斯宾塞在《仙后》第三卷第六章中这样来描写“阿多尼斯花园”：在这“乐园的中央”，隆起一个土丘，丘顶上有一座精致的小屋。在这小屋里，象征物质丰饶和天堂之爱的维纳斯女神“占有”着按季节变化死而复生的阿多尼斯（第46节）；他虽然“逃不脱终有一死的命运”，但却“在变化之中获得永恒”（第41节）。在小屋下方的园中，有一位具有变化和永恒“双重性质”的“老守护神”，他给“赤裸的婴孩”穿上永恒的真实“形式”（第31—32节），然后送他们出去旅行，穿越那条呈现为圆形的生命之路。那些婴孩穿上了“形式”的衣服，“再次进入富于变化的世界，直到重返他们当初的出生地，像一个车轮，从老到新地旋转不已”（第33节）。但是，当那些婴孩在生活中像轮子那样旋转而变化时，他们的变化不过是一种“外在的方式”，而“实质上是永恒的，而且永无变化”（第37—38节）。这种“变化—永恒”的主题同样表现在《仙后》第七卷“变化章”里。总之，循环变化将导向永恒。在这个意义上，可以说“永恒”是中心，而“变化”则围绕这个中心旋转不已，形成了一种圆形运动。

由此也可看到“中心”的意象是十分重要的。没有中心就不可能有圆，更谈不上什么圆形运动。但是，围绕中心的圆形运动往往也同时隐含

---

① 吉列斯比《欧洲小说的演化》，第13—14页。

着一种直线运动，即半径的延伸和缩短。譬如，在上面所引多恩的诗里，圆心脚在“中心”坐定，圆周脚“渐渐远离”，待到它“归返”，圆心脚就直立。这里便综合了两种运动：一是圆形运动，但同时也暗示半径的不断伸长，直到画出最大的圆周线，接着半径缩短，圆也随之缩小，直到最后“终止在出发的地点”。诗人的圆在圆周线上当然是既无起点又无终点的，它只是随着半径而做延伸和缩小的运动，最后达到起点和终点的重合。这种重合意味着什么？它意味着达到“永恒”。“永恒”本身就是一个圆，但谁都不可能说清它的半径究竟有多长。正如前面已经提及，“永恒”是一个无限的圆，其中心无所不在，但任何地方又都没有它的圆周线。这种特征只不过说明中心和半径的同时性而已，没有任何有限的圆能够表现“永恒”的无所不包的范围，也没有任何特定的中心能够暗示它自己的无所不在。从现实来看，它只能用一个没有维度、没有面积的点来表示，而这个点同时既是中心又是圆周线，即两者重合。因此，返回“中心”也就意味着返回“永恒”。另一方面，与“永恒”的圆不同，人的圆则是有限的，它的半径受到时间和空间的限制，但它总是倾向于自身的目标，总是朝着完美的中心不断运动。当圆最终闭合，它也就没有了半径的延伸，从而与无限的永恒重合在一起了。因此，灵魂的圆规是以时间开始、以永恒终止的，它总是围绕着中心运动：中心既是它的起点，又是它的终点。①

然而，对于基督教人文主义诗人来说，这个既是起点又是终点的“中心”实际上就是“神”。神不受空间限制，因为他是“无所不包”“无所不在”的；神由于包括一切时间，也就超出了时间之外。在无限时间和直线时间当中，只有后者才能称作“时间”。而前者则是“永恒”。永恒之神既是圆周线又是中心。因此，尽管文艺复兴时期的传统宇宙论认为，地球是宇宙的中心，人是世界的中心，但这不过旨在提高人的地位和尊严、说明人可与神相通而已，并不意味着人等同于神。在宇宙的“存在之链”上，人毕竟是处于天使和兽类之间的，充其量只是神以自身形象创造的“万物的灵长”（《哈姆莱特》第二幕第二场）罢了。归根到底，人是以神为中心的。《圣经》上说，神“在大地的中央施行拯救”（旧约·《诗篇》第74章第12节）。但丁在《新生》中把“爱”描绘为一位天命，他向诗人显现并给自己下了一个神秘的定义：“我是一个圆的中心，与圆周线上的所有部分都有相等的关系；但你却不是如此。”（第十二章）弥尔顿《失

① J. Freccero, “Donne's Compass Image” in ELH30, no. 4 (December 1963).

乐园》中的大天使拉斐尔对亚当说，“神是天的中心，同时又向万物扩展；你在中央接受从诸天发来的光”（第九卷）。因此，正如高级天使日夜围绕上帝旋转那样，人的灵魂也应始终围绕上帝和天使旋转。

从现实世界来看，城镇有中心，神殿有中心，花园有中心，而这一切都被认为是宇宙神圣模式的再现。伊利亚德在分析建筑的中心象征时说道，圣山，即天、地相交之处，是世界的中心；每一神殿或皇宫——延伸而言，每一皇室居住的城市——都可视为一座圣山，因此也是世界的中心；圣城或神殿，由于是世界的中心，也都可视为天、地相交之处。在传统上，神殿被看作是世界的意象，神坛被看作是宇宙本质的再现，这些观念都融进了欧洲基督教的宗教建筑模式之中。[①]其实，文学作品何尝不是如此。诸如圣山的象征，升天的象征，生命树的象征，以及各种“探求中心”的象征，也都同样以众多方式清晰地表现在文学作品里。譬如，希腊神话中描写伊阿宋探求金羊毛的冒险，赫拉克勒斯寻找赫斯珀里底斯看守的金苹果的历程，以及穿过迷宫的艰难；又如亚瑟王传奇中寻找圣杯的故事，《仙后》中各个骑士追求完美品德的冒险活动，以及其他各种探索自我之路的描写，等等。然而，毫无例外的是，通向中心的道路总是迂回曲折、充满艰难险阻的，因为中心乃是一种神圣的区域，一切所谓绝对现实的象征。实质上，一切对于探求活动的描绘都旨在表明：

> 寻找中心是从世俗到神圣、从短暂到永恒、从人到神的过渡。到达中心则意味着神圣化，意味着昨日的存在让位于一个新的、真正的、持久而永恒的生命。[②]

因此，返回中心也就意味着达到灵魂的完美和生命的永恒，犹如画了一个整圆，“终止在出发的地点”。这或许可以说明文艺复兴时期充满理想的诗人们为何对“圆规”的意象如此情有独钟的缘由吧。

（二）金链：“万物的奇妙联结”

斯宾塞的《仙后》原计划写成十二卷，通过十二位仙国骑士的探求活动塑造人的十二种基本品德。第一卷描写红十字骑士（虔诚）受巫师阿奇马戈欺骗，弃乌娜而去，被女巫杜埃莎诱至骄傲之宫，后虽逃离，但虚弱

---

① M. Eliade, *The Myth of the Eternal Return*, p. 15.

② Ibid., p. 18.

不堪，被巨人俘获，关进地牢。适逢亚瑟王子路过，他随乌娜赶去营救，击败巨人，救出了红十字骑士。接着他们结伴前往神圣之宫。这时有两行颂扬亚瑟王子的诗句：

美丽的金链啊，你把各种品德
以爱的方式相互联结在一起。

（第九章，第1节）

金链的意象暗示十二种基本品德通过爱的力量联结在亚瑟王子身上，表明他是完美品德的化身。在第三卷开头，该恩爵士（“节制”）在亚瑟王子陪同下前行，与女扮男装的布里托玛（贞洁）相遇，两人发生误会和冲突，但经亚瑟王子调停，达成了和解，表明节制和贞洁两种品德的联合。而且

亚瑟王子也融入这样的和睦，
联合在那条和谐的金链上面。

（第一章，第12节）

亚瑟王子、该恩、布里托玛以及后来与布里托玛相互救助的红十字骑士结成了坚不可摧的友谊。亚里士多德认为，友谊可分三类：为善、为实用、为快乐。后两者不过是“偶然的”友谊，容易破裂。只有为善的友谊才是真正的友谊，即“德性伴随着德性的亲密联盟”。[①]可以说，仙国骑士与仙国骑士的联合，正是品德与品德的亲密联盟。友谊以品德为基础，而在希腊文中“友谊”的原意就是“爱”。爱把各种品德连为一条“美丽的金链”，结成了人间的和谐。

早在斯宾塞以前，乔叟就曾在《坎特伯雷故事集》中提到过“爱的锁链”：天地的创造者用“爱的锁链”束缚着水与土、火与气，使它们紧紧相连（《武士的故事》）。评论家们认为，这种观点源自乔叟所敬慕的公元5世纪罗马哲学家波埃修。波埃修在《哲学的安慰》中说：“爱把通过神圣的契约而联合起来的人们捆缚在一起。”又说“爱统治大地和海洋，支配天空”。[②]不过，我们还可以上溯到公元前5世纪希腊哲学家恩培多克勒，他认为在产生宇宙万物的四种元素中，水与火、土与气是对立物，它们因恨而相互冲突，倾向分裂，又因爱而彼此联合，结为一体。同时，他又把

---

① 赵敦华《西方哲学通史》（第一卷），第241页。

② R. Kellogg and O. Steele, eds., *Books I and II of The Faerie Queene*, I. ix. nl.

联结万物的爱的力量称作友谊："万物有时是通过友谊凝聚在一起的。"[①]在这个意义上，"爱的锁链"既是人间和谐又是宇宙和谐的象征。

与此对照，斯宾塞还描绘了一种虚假的金链。在《仙后》第二卷中，该恩爵士在财神引领下参观地府，来到财神之女菲洛蒂梅的宫殿，看到她"手持一根大金链"，上接天堂，下达地府，链上每一环都是一步，通向显赫的高位，野心勃勃的人群抓住金链争先恐后地向上攀爬（第七章）。这一金链显然象征社会地位和权力，暗示人世的骚乱与纷争，旨在通过对照突出"和谐的金链"的美与神圣。不仅如此，斯宾塞还借夜神之口提到金链。当女巫杜埃莎请求夜神医治在骄傲之宫被红十字骑士打得昏迷不醒的"无乐"时，夜神无可奈何地说，谁也不能"打碎强有力的必然的锁链，它牢牢地拴在宙斯的永恒宝座上"（第一卷第五章）。诗人在此不过是有意说明夜神对金链的误解罢了，因为真正的金链并不是表明"必然"（或"命运"）遏制一切的力量，而是宇宙和谐的象征。不过，金链与宙斯有关却并未讲错。它最早见于荷马的《伊利昂记》（第八卷）。宙斯为了阻止众神介入特洛亚战争而威胁地说，他们可以"从天上挂下一条金链"，一起拿住下端，无论怎么用力，也绝不能把他宙斯从天上拉下地去。但只要他把上端一拉，就能把众神连同大地和海洋等等都拉到天上来，然后他将把金链拴在俄林波斯山的峰顶，使万物悬宕在半空中。这条金链由于把天、地连在一起，把神、人和万物拴在一处，后来便成为整个宇宙的象征了。实际上，柏拉图也曾描绘过这样的链条："在那光的中间，他们看到天堂的链条顶端从上面悬垂下来：这光是天的带子，它把宇宙的圆球联结起来，如同战船的支柱。"从链条底端伸出"必然的纺锤，纺锤上旋转着所有的旋转物体"[②]。在柏拉图之前，巴门尼德（鼎盛年约在公元前500）在谈到存在的连续性时，就曾经说"存在被巨大的锁链限制得静止不动，无始亦无终"。他用"巨大的锁链"比喻连续的时间，这句话首先肯定存在受时间限制，接着又说存在没有时间上的开端和终端。[③]

除了斯宾塞之外，荷马的金链还获得文艺复兴时期其他作家的青睐。查普曼曾这样描写仪式女神：她头戴群星的王冠，天堂随她降到尘世，垂至地面的长发上悬挂着众神，手中用一条"金链"引领着"宗教"（《赫罗与勒安德耳》）。莎士比亚将金链变化成"达到一切雄图的梯子"（《特

---

① S. K. Heninger, Jr., *Touches of Sweet Harmony*, p. 170.

② Plato, *Republic* 616C—617B.

③ 赵敦华《西方哲学通史》（第一卷），第28页。

洛伊罗斯和克瑞西达》)。稍晚的培根则称金链为“自然之链”,它的“最高一环必定拴在宙斯宝座的脚下”(《知识的推进》)。弥尔顿讲得尤为明确,他用宙斯的金链来象征穿过整个宇宙的神圣设计:“荷马的宙斯从天上悬挂下来的金链”极其精当地表现了“宇宙的和谐”(《第二篇演说》)。他在《失乐园》第二卷中还直接采用了金链意象:撒旦离开地狱前往新创的世界,穿过混沌,“混沌”告诉撒旦说,在天的另一边,

有金链系着另一世界,
就悬挂在我的头上!
(第1004—1005行,朱维之译)

于是撒旦便舒展双翅,飞到天堂的最低一级,向上望见天堂,向下则看到被众星围起、用“金链”悬挂在空中的“这个世界”(第1051—1052行)。显然,这条金链象征整个诗中根据托勒密天体结构描绘的广阔空间,即七颗行星以地球为中心旋转的宇宙模式。英国宇宙志学者莫克森在《天文学和地理》(1665)一书中对此曾作过简要说明:只要用一条铜链或铁链挂下一个代表地球的小金球,并把小金球置于代表星体的一组木圈的中心,就构成星体围绕地球旋转的天体模式。[①]这种模式被认为体现了宇宙的和谐,即等级和秩序。莎士比亚写道,“各重天,七颗行星,以及这个中心都遵循秩序、等级和地位”(《特洛伊罗斯和克瑞西达》第一幕第三场)。托马斯·爱略特(约1490—1546)也说,“万物都有秩序,否则就不能稳定或持久,而如果不包含等级,不根据事物的优劣来评价其高低贵贱,就不能称为秩序”(《统治者》第一章)。后来的蒲柏似乎带着总结意味地写道,“秩序是上天的第一法则”(《论人》第四章)。然而,秩序是从混乱中产生的。《失乐园》中的宇宙原先是根本不成形的块块,“混沌”听从了神的话,广大空间才有了界限;接着“黑暗”逃走,“光明”照耀,“秩序从混乱中产生了出来”(第三卷)。按柏拉图的观点,人间和谐必然以宇宙和谐为原型,或者说是宇宙和谐的摹本。在英国文艺复兴时期,确保和谐的秩序是现实的需要,因而也是文学中常见的主题。不过,正如《失乐园》所表明的,对宇宙秩序的描绘,除了托勒密宇宙的圆形意象外,还有表现宇宙垂直静止图景的金链。宇宙虽有多种表达方式,但一般说来,可用多元一体和对立统一这两个概念加以解释。柏拉图认为,宇宙每个地方

---

① J. G. Demaray, *Cosmos and Epic Representation*, p. 193.

都应该被充满，宇宙中既有众多存在的物种，又有一个富于创造力的完美而无穷的“源泉”①。这些观念不仅表明宇宙的完满性和多元性，而且也暗示一和多的关系。神（源泉）是概念的一，一创造出多，因此无所不包的神既是一又是多，万物在它之中，它在万物之中，把宇宙联结为单一的整体。作为整体的宇宙则是有形的一。因此，概念的一创造了有形的一，而有形的一又包含着多。在后一层意义上，可以说有形的宇宙是从多中产生的一，一制约着多，多元的存在不过是一个大整体中的各个组成部分。这就意味着多元一体的概念。另一方面，宇宙是“不和谐中的和谐”，或对立面的调和，而在这调和之中，对立面既保持各自的特质又在一个稳固的体系中和谐地相互作用。这就意味着对立统一的概念。对立面的调和需要中介，中介作为联结环构成对立面的连续。亚里士多德认为，凡是两个事物“共有同一个界限”，它们就具有连续性。②其实，完满性中就包含着连续性；如果没有连续性，宇宙便会出现真空，就不可能完满。同时，多元一体中也包含着对立统一的概念：前者表明万物最终归结于一，后者则表明多元对立的调和也必将达到最终的一。

宇宙中的多元存在，如天使、人类、动物、植物和金石，都按等级秩序由最高的存在，通过每一种可能的等级逐级下降，直到最低级的无生命的存在，犹如自天上垂下的一条金链，每一级存在都是链上的一环。链上最高级的存在为天使，与顶端的神相连；最低级的存在为金石，与底端的虚空（或混沌）相连。除链上两端外，每一级存在都以最小的区别不同于其上一级和其下一级，或劣于其上一级和优于其下一级。③蒲柏在《论人》中把这条金链称为“存在之链”：

> 广阔的存在之链！你开始自神，
> 从以太到人性，从天使、人、
> 兽、鸟、鱼、虫，到肉眼看不见的东西，
> 望远镜达不到的事物；从无限到你，
> 从你到虚空——如果我们朝优者的力量
> 前进，那么劣者就挺向我们这方；
> 否则，在完满的创造中就留下真空，

---

① 参见 A. O. Lovejoy, *The Great Chain of Being*, pp. 52—54.

② Ibid., p. 55.

③ Ibid., p. 59.

一步中断，巨大的阶梯就将毁崩；
从自然之链上，无论你把哪一环打掉，
第十或第一万环，都同样会打断这链条。

（《论人·书翰之一》，第237—246行）

存在之链实际上表明了宇宙万物的等级和秩序。托马斯·爱略特在《统治者》第一章中这样描绘说：

> 看那构成人体的四种元素，它们是怎样被置于称为各重天的地方，根据它们性质的优劣而有高低之分，也就是说，火是最纯的元素，其中没有任何可朽的东西，所以它的地位最高，高于其他元素。次于火的气是物质最纯的，所以处于第二重天。水有些强固，接近于可朽。其次是土，土是污秽沉重的物质，在所有元素中处于最低处。再看看上帝一般放在他的造物之中的秩序吧，从最劣等或最低贱的东西开始往上……每一种树、草、鸟、兽、鱼，除了它们不同的形状以外，还有（像有些人所说）一种造物主赐予的特殊性质：在一切生物中都有秩序，没有秩序就绝不可能稳定或持久；而如果不包含等级，没有根据有秩序的事物的优劣来评价其高低贵贱，就不可能称为秩序。①

这种观念也见于库萨的尼古拉（1401—1464）的著作之中，他认为只有万物遵循等级和秩序，宇宙才能成为“一体的，完美的，连续的”。他说：

> 一切事物，不管怎样不同，都是联结在一起的。在各种事物中都有高与低的联系，它们在一个共同点上相遇；在各种类型中都可得到这样的一种秩序，即一种类型的最高级与相邻类型里更高一级中的最低级一致，因此宇宙才成了一体的，完美的，连续的。②

多元的存在之所以有等级高低之分，是因为它们具有优劣不同的特质，或因为神赋予它们程度不等的完善性。不管怎么说，金石只有存在，没有生命。与金石相比，植物明显地具有生命，但与动物相比又相对地没有生命。植物只有生长功能；动物既有生长功能又有感觉功能；人除了生长和感觉的功能外，还有理性；天使则是纯精神、纯理性的存在。这些隐

---

① 引自 I. Rivers, *Classical and Christian Ideas in English Renaissance Poetry*, p. 79.

② 引自 A. O. Lovejoy, *The Great Chain of Being*, p. 80.

含着存在之链的观念常以不同形式反映在文艺复兴时期英国诗歌之中。马维尔在《致他的娇羞女友》中说，“植物般的爱情”可以发展，发展得比帝国“还寥廓，还缓慢”。诗人采用“植物般”一词就旨在突出植物的生长功能，以区别于有感觉的动物和有理性的人，从而暗示爱情的没有感觉和理性。莎士比亚在《哈姆莱特》中赞美人是“多么了不起的杰作”，行为上多么像“天使”，智慧上多么像“上帝”，人是“动物的楷模”（第二幕第二场）。毋庸置疑，人被置于动物和天使之间。弥尔顿在《失乐园》第一卷中采用三个连续的明喻描写被打入地狱火海的堕落天使：他们躺在地狱火湖上，如同威劳布洛沙幽谷飘落在溪面的“秋叶”；犹如摩西用魔杖唤起的黑压压一大群“蝗虫”，遮盖了埃及的大地；又像从北方前来消灭罗马文明的蛮族军队。这些明喻按“植物—动物—人”的顺序排列，表明“生长—感觉—理性”的不同功能，暗示堕落天使苏醒的过程，由茫然失神的状态逐渐进入理性的活动，从而预示第二卷中地狱会议上群魔的辩论。在第三卷的“吁请”中，诗人哀叹自己因失明而看不见“春天的百花，或夏日的蔷薇，或羊群，或人的神圣的容颜”。此处又按同样顺序排列，而“神圣的”容颜则暗示人与天使和神的联系。

显然，各级存在虽彼此不同，却又相互联系。如上所述，这种联系必须通过中介，即对立面之间的联结环。因此，在某种意义上，宇宙的统一性须以对立面的存在为必要条件。毕达哥拉斯曾将各种对立关系分为十组，如有限与无限、奇数与偶数、直线与曲线、静与动、方与椭圆等。文学中典型的例子或许是弥尔顿的《失乐园》，其中描绘了一个充满多元对立的宇宙，如善与恶、爱与恨、生与死、光明与黑暗、神子与撒旦、创造与破坏、永恒与短暂、谦卑与骄傲、服从与违抗、秩序与混乱、理性与情感等等。这些对立面纵横交错，相互冲突，但却传达出深层的精神内涵：“黑暗中有光明；我们通过堕落而再生；死亡是生命之门；失明者有‘内在的视力’；上帝从恶中带来善。”①这在总体上表明了所谓“幸运的堕落”的主题，反映出文艺复兴时期占主导地位的“堕落—再生”模式。人的再生虽以信仰坚定为条件，但却以天使作为人和神的中介。中介常可用数字3来表示，因为3=1+多，1和多对立，3则意味着使其达到一致；3有开端、中间和结束，而中间就是中介，它使两端达到和谐。②柏拉图认为，没

① R. Crosman, *Reading Paradise Lost*, p. 21.

② H. Shire, *A Preface to Spenser*, p. 77.

有第三个事物，仅靠两个事物的结合是不可能的，“必须有某种使两者结合的联结物”[①]。卡尔齐丢斯在柏拉图著述中发现3的模式反复出现，如理想国中有哲学家、武士、普通人三个等级，灵魂中有理性、激情、欲望三个要素。[②]托马斯·爱略特甚至在描绘舞蹈时也强调3的内涵：一切舞蹈的第一步称为honour（原意“尊敬”），暗示一切行动的开始都是表达对上帝的崇敬；第二步是数字2，舞蹈中称为brawl（原意“争吵”），表明舞步的快、慢；两者虽然“对立”，但从中却出现了称作maturity（原意“成熟”）的第三步，这三步便暗示一种卓越的品质，它意味着快、慢的调谐，两端之间的“中介”（《统治者》第一卷）。总之，存在之链上任何相连的三个环都可视为两端通过中介达到统一的象征，无数的环便因此而得以环环相扣，连续不断。

具体来看，据亚里士多德的观点，从植物到动物的过渡是连续的，如某些水栖形式很难说清它们究竟是动物还是植物，因为它们都附在岩石上，一旦离开岩石就会死亡。[③]他还按其他标准举出许多例证来说明这种连续性。譬如，按居住领域划分动物，有陆地动物、空中动物和水栖动物。但又不能把一切动物都按此划分，如海豹在某种意义上既是陆地动物又是水栖动物；蝙蝠是陆地动物和空中动物的中介。至于哺乳动物，不能说它不是四足就是仅由人代表的两足，因为“猿猴具有人和四足动物的双重性质”[④]。希腊神话中的人首马身、蛇发女身和女面鸟等怪物可以说是想象中人和动物之间的联系吧。总之，从植物到动物、从动物到人，其间都有某种中介，否则存在之链就会中断。赫伯特的《神意》中的几行诗是颇具代表性的：

> 生物并不是跳跃，它们表明一次盛宴，
> 你所有的宾客相互紧挨地坐着，一个不缺。
> 青蛙同鱼、兽相连，蝙蝠同鸟、兽相连；
> 海绵有感觉又无感觉；矿石同土和植物相接。

诗人试图说明，青蛙处于鱼和兽之间，蝙蝠处于鸟和兽之间，海绵处于有感觉和无感觉的存在之间，矿石处于植物和土之间，这最后一点有可能基

---

① Plato, *Timaeus* 31B—C.

② Plato, *Timaeus* 31—C.

③ 见 A. O. Lovejoy, *The Geat Chain of Being*, p. 56.

④ Ibid., p. 57.

于民间传说，即矿石也是可以“生长”的。这几行诗充分说明了当时人们对连续性的关注。

宇宙的连续性在对存在之链作横向的观察中可能看得更为清晰。阿奎那认为，自然是呈现在人们眼前的“万物的奇妙联结”，较高级中的最低级总是与校低级中的最高级相连。他指出，横向来看，每一级存在也都是多元的。金石有不同类型和等级，植物也是如此，依次类推，直至最高的存在。以石头为例，它们不仅在美的方面，而且在活力上都有等级差别。①尼默修斯也说，各种石头具有不同特质，如磁石因能够吸铁又能粘住铁而远胜于其他石头。②此外，人们在传统上还认为，红宝石高于黄玉，金高于铜，火高于水。在植物中，橡树高于荆丛。动物可分三级：首先是具有触觉、但无听觉和运动的，如贝和树上的寄生虫；其次是具有触觉和运动、但无听觉的，如蚂蚁；最后是具有全部触觉、听觉和运动的较高级动物，如犬马之类。③因此，马高于蚁，蚁高于树上的寄生虫。最低级的动物与植物相近，较高级的动物与人相近。物质达到最高等级，即在人身上，便化为精神。人体具有相等的物质性和精神性，而达到肉体之上的最低一级就是灵魂。灵魂处于天使等级的底端，即理性存在中的最低部分。因此，人是“肉体和非肉体之间的边界线”④。根据亚里士多德，作为小宇宙的人有三重灵魂，这本身就包含着存在之链的意象：人有植物灵魂，具有生长和繁衍功能，他与动物共有感觉灵魂，与天使共有理性灵魂。前两者使人与物质世界联系，后者使人与天使和神联系。多恩在《告别辞：关于窗上我的名字》中说，“我所有的灵魂”都置于“你的天堂中（只有在你里面我才能理解，观察和生长）”。“所有的灵魂”就是指分别支配理解、观察和生长能力的理性灵魂、动物灵魂和植物灵魂。在《圣露西节之夜》中，多恩又写道，他若是人，就该有理性灵魂，知道自己是人；若是兽，就该有动物灵魂，可以进行某种选择；若是植物，就该有植物灵魂，可以吸收养分；即便是没有灵魂的矿石，也可以具有引力和斥力。弥尔顿在《失乐园》第五卷中采用了树的意象来描写人的肉体和灵魂的联系：“植物从根上生出较轻的绿茎，再从绿茎上迸出更轻盈的叶子，最后开出烂漫圆满的花朵，放出飘渺的香气。”根、茎、叶、花、香气，由重到轻，由有形到

---

① A. O. Lovejoy, *The Great Chain of Being*, p. 79.

② E. M. W. Tillyard, *The Elizabethan World Picture*, pp. 75—76.

③ Ibid. , p. 25.

④ A. O. Lovejoy, *The Great Chain of Being*, p. 79.

无形，表明由物质到精神、由肉体到灵魂的上升过程。随后描写人体对食物消化过程的一节诗就明显地包含着存在之链的意象：

花和果，
人类的滋养品，也逐步上升，
沿着阶梯，上升到生物，到动物，
到万物的灵长，给以生命和感觉，
想象和理解，灵魂从中接受理性。

（第五卷，第482—487行，朱维之译）

人通过灵魂而接近纯理性的天使。天使也有不同等级。按公元6世纪初神学家狄奥尼修斯的分类，天使有三等，每一等又分三级，共九级天使。最高一等的三级包括撒拉弗、基路伯和宝座，中间一等的三级包括治权、德性和权势，最低一等的三级包括王国、天使长和天使。列表如下：

中文名	英文名
撒拉弗	Seraphs
基路伯	Cherubs
宝座	Thrones
治权	Dominations
德性	Virtues
权势	Powers
王国	Principalities
天使长	Archangels
天使	Angels

显然，最高级包括撒拉弗和基路伯；最低级包括天使长和天使。每一等天使包括三级，其中的中间一级是其他两级的联结环，而三等天使中的中间一等又是其他两等的联结环。因此，按照这种分类，最高级天使围绕上帝旋转；只有最低级天使才直接向人运动，构成人和天使等级之间的联结环；中间的一等既围绕上帝运动，又下到尘世执行上帝的使命。根据《圣经》，下到尘世通知马利亚她将从圣灵怀孕的是天使长加百列（《新约·路加福音》第1章第26—38节）即倒数第二级天使。但丁的《神曲》是严格遵照上述分类的（《天堂篇》第二十八章）。分为三等的九级天使既与三位一体相应，又与托勒密宇宙的九重天相应，如撒拉弗主宰原动天，基路伯主宰恒星天，依次类推，直到最低级的天使主宰月亮天。莎士比亚

写道："你所看见的每一颗微小的星体，都会在运行中发出天使般的歌声，永远朝着嫩眼的基路伯歌唱"（《威尼斯商人》第五幕第一场）。莎士比亚想象恒星天中的群星都朝着歌唱，而基路伯正是主宰恒星天的最高级天使。不过，狄奥尼修斯的分类在文艺复兴时期已不再被严格遵守了。《失乐园》中虽提到九级天使，但天使长却处于最高位置，高于撒拉弗和基路伯。

前面已经提及，金链意象表达了文艺复兴时期人们对宇宙和谐的理想，对社会秩序与人间友爱的憧憬，其中也蕴含着道德伦理和宗教观念。万物皆因存在之链而获得尊严。各级存在没有一级是多余的，它们相互依存，构成一体。无论"把哪一环打掉"，都将使链"毁崩"。赫尔福德的戴维斯（约1565—约1618）说，"最高的造物需要最低的造物，最荣耀的造物也为最低的造物服务"。不仅如此，每一级造物虽在某一决定性的特质上优于其下一级，但在另一特质上又可能是低劣的。植物虽无感觉，却具有吸收养分的能力。动物强壮有力，欲望强烈，在这一点上超过人。人具有学习能力，而这则是完美无缺的天使所不具备的。[①]即使岩石也可显露出神性，它不可压缩，不受伤害，可与时间抗衡，因而与千禧年相联系。雷石从天而降，珍珠来自深海，其形状和来源都可看作是神力或宗教力量的象征。[②]但是，存在之链尤其提高了人的地位和尊严。人处于链上的中心位置，他由肉体和灵魂构成，把物质世界和精神世界结合在单一的实体中，提供了尘世和天国之间交流的媒介。

然而，人的中心位置又暗示一种悖论：人是不完美的，而且总向尘世倾斜；但他意识到尘世与天国的区别，也知道宇宙为他而创造，只要正确运用神赐的精神力量，就可以逐步达到完美而升登天国。这在存在之链所表明的宇宙秩序方面得到充分的体现：一方面，神沿着存在之链向下构成宇宙的下降秩序，它意味着由精神领域向物质领域下降，即神的光辉（神恩或善）通过各种造物极其细微地逐级下降，通过各级造物渗透于人。在诗歌中，神常被喻为阳光、甘霖，人常被比作花草树木。沃恩写道，犹如雨水使大地松软，他也用泪水软化自己的心田，并企望神最终愿意"在雨后赐予阳光"（《阵雨》）。约翰·班扬（1628—1688）也写道："多少神恩的阵雨，多少天堂的甘霖，多少次上帝之城的银溪流过这些根须，使你结

---

① E. M. W. Tillyard, *The Elizabethan World Picture*, pp. 27—28.

② M. Eliade, *The Myth of Eternal Return*, p. 4.

出果实。”（《光秃的无花果树》）另一方面，神沿着存在之链的下降也构成人向神的上升之路，即宇宙的上升秩序，它意味着由物质领域向精神领域上升，尤其是人通过对各级造物的沉思而到达神那里。《失乐园》中有多种运动，但最高的运动就是神向下朝他的造物以及造物向上朝神的运动，这整个设计象征性地反映在亚当和夏娃的晨颂之中（第五卷）：日月星辰、风雨云霭、草木流泉、鸟兽虫鱼，不断升沉起落、行走爬动、飞翔滑行，一切都溶进了、并颂扬着神圣的宇宙和谐；而人则通过对自然界各种造物的沉思逐步上升到神。正如拉斐尔大天使所说，人应当

以自然的阶梯，
静观被造物，从中心到周围，
一步步向上攀登，接近于神。
（第五卷，第509—512行，朱维之译）

“自然的阶梯”是存在之链的另一种表达方式。但丁在《天堂篇》（第三十二章）中描绘了“神圣的阶梯”：圣母站在“幸福者的玫瑰”最外一圈顶端的中央，右边是圣彼得和圣约翰，左边是亚当和摩西。在圣母下方通向“玫瑰”中心的“神圣的阶梯”上依次坐着她的祖先：首先是夏娃，接着是希伯来妇女拉结、撒拉、利百加、犹滴和路得。据说13世纪初一座教堂的轮形窗中间有一片毛玻璃，上面画着一位手持王室权杖的妇女，从头到脚被一个九级梯子分成两半。这九级梯子可能暗喻王室祖先，或九重天，或九级天使。不过，无论它象征什么等级秩序，其总体设计与但丁的“神圣的阶梯”不无相似之处。[①]中世纪有一幅西乃山地图，西乃山位于中心，左方中央是死海，右方是红海。山坡上筑有通向神明的台阶，站在阶上的人分别代表各种德行与罪恶，如仁慈、贪婪、贪食、骄傲、纵欲和忏悔。在中世纪，操不同语言的香客常从西乃山脚下的圣卡瑟琳修道院出发，结队而行，共同攀登圣山的台阶。山顶上有摩西教堂，通往教堂的路上有三千四百余级石阶，被称为“天国的梯子”，攀登这些石阶成了中世纪精神游历的象征。但丁在《天堂篇》（第九章）中提到意大利的维尔纳山。这座山上有圣方济各隐居的山洞，通往山洞的路筑成一条狭长的石阶，被称为“天堂的阶梯”，攀登这些石阶则是中世纪方济各教徒精神游历的象征。[②]不难看出，攀登台阶的上升之路变成了精神游历模式。《诗

① J. G. Demaray, *Cosmos and Epic Representation*, pp. 73—74.

② Ibid., p. 31.

篇》中有一部分称为"上行之诗"，即登圣殿时的"升阶歌"（第120—134首），[1]而《诗篇》总体又可分为三组，表明"忏悔—发展—完美"的精神历程。[2]《仙后》中仙国骑士追求完美品德的探求活动，以及赫伯特的《神殿》和克拉肖的《通向神殿的台阶》等，都反映了一步步攀登台阶的精神游历模式。

精神游历模式也就是波那文都（1221—1274）所说的沉思之路。他认为《圣经》和大自然是显现上帝的两本书，并主张依靠《圣经》的启示来观察和沉思大自然。托马斯·布朗也这样说，"世界上有两本书，一本是上帝写的，另一本是上帝的仆人——大自然"（《医生的宗教》）。多恩等诗人除沉思《圣经》外，也沉思大自然中各级造物，并把它们喻为飞升天国的神秘阶梯。沃恩坚信，只有通过对各级造物的深刻认识，才能最好地了解神。他对植物沉思："每一株树，每一棵草，每一朵花，都是神的智慧和力量的影子。"（《规则与教导》）他对动物沉思，如对雄鸡的冥想。他相信雄鸡身上隐埋着"阳光的种子"，太阳对它具有磁石般的吸引力，因而使它渴望太阳，在日出前高声啼鸣，由此又联想到人的灵魂（神播在人体内的种子）和神（太阳）的关系（《鸡啼》）。他在《数日前的散步》一诗中还思考那"有用的、明净的元素"（水），认为它是生命泉的象征，隐含深邃的意义；在他看来，万物都是神的面罩和景象：

在这些面罩和景象中，
　　我可以看见你神圣的道路，
并沿着那隐秘的阶梯，攀登到
　　露出你曙光的那一天，
你存在于一切事物中，虽然看不见。

然而，沃恩并非按照存在之链上的等级，由最低造物逐级地沿着"隐秘的阶梯"攀登，而是超越某些等级、直接飞升天国的。事实上，许多诗人都是如此。严格说来，存在之链上的每一级都是一个台阶，每一级又有不同等级，也都是一个台阶，只有逐级上升才符合规律，倘若超越诸多等级而直接飞升到神，似乎违背了宇宙的完满性和多元性原则。不过，正如洛夫乔伊所指出的，诗人们在这里侧重的是一，而不是多。[3]

---

① 文庸《圣经蠡测》，第83页。
② B. Lewalski, *Protestant Poetics and Seventeenth - Century Religious Lyric*, p. 50.
③ A. O. Lovejoy, *The Great Chain of Being*, p. 92.

值得注意的是，各级造物在存在之链上所处的位置是可以转移的。正如意大利学园的皮科（1463—1494）所说，人“有堕落到低一级的野兽般的生命形式的力量”。[1]斯宾塞在《仙后》第二卷中描写女妖喀耳刻（Circe），她用魔法把她所有毫无节制的淫荡情人都变成了兽形。该恩爵士的旅伴对该恩说：

> …… 他们外表是兽实是人，
> 这女巫把他们变成兽的模样，
> 她往日的情人（因她而兽欲激增）
> 都被变成了不同的可怕形象，
> 根据他们同样的可怕思想。
>
> （第十二章，第 85 节）

该恩认为这是不节制的放荡生活造成的可悲下场，并希望香客把他们再还原为人的形体。但那些兽类恢复人形后却大骂香客，怪他把他们变回人形。该恩说，那些人由于不节制，早已忘记了他们生命初期的卓越品质，丧失了理性，因此变形为野兽。但是，人降为兽格，却是以存在之链上的位置为基础的。除斯宾塞之外，弥尔顿也借鉴了荷马诗中的喀耳刻形象，他写道：“谁不知道喀耳刻，那太阳的女儿[2]，不管谁尝了她魔杯中的酒，就失去直立的形状，而倒下变成匍匐在地的猪。”（《科马斯》）有趣的是，蒂利亚德还曾引用意大利作品《杰利的喀耳刻》为例。该书于 1548 年出版，译成英语。其中描绘了尤利西斯的接二连三的努力，他想通过喀耳刻的魔法把他的伙伴由兽形还原成人形。喀耳刻同意了。这整部作品就是以存在之链为基础的，兽的变形问题完全取决于它们在链上所处的位置。尤利西斯首先从牡蛎（原先是个渔夫）开始，而牡蛎是最低级的动物，因此成功的机会极小。他接着按动物的等级一一试验，最后成功地把兽中之王大象还原为人形。这种变形是严格遵照存在之链上的等级的。[3]

存在之链为文艺复兴时期诗人们提供了一项重大的美学原则，即各级造物相互对应的隐喻。每一级造物的多元模式都是重复其他各级造物的多元模式的。金石的多元性重复植物的模式，植物的多元性重复动物的模式，依次类推，直到无所不包的上帝。这就形成了各级造物之间的对应体

---

① E. Cassirer, *The Renaissance Philosophy of Man*, pp. 244—245.

② 喀耳刻是希腊神话中太阳神赫利俄斯（Helios）和海洋女神珀耳塞（Perse）的女儿。

③ E. M. W. Tillyard, *The Elizabethan World Picture*, p. 26.

系。横向一级中某一位置上的存在和另一级横向的相应位置上的另一存在具有共性。譬如，冷、热、干、湿四种素质的不同结合产生出四种元素；四种元素与四种体液对应；这又扩展到与一年四季对应；还可扩展到与四年龄段、四大风向，以及按“三宫一体”分为四组的黄道十二宫对应等等，以致无穷。这种模式尤其显示了奇妙地联结万物的力量，反映出宇宙多元一体的模式，知道其中之一便可知道整体，从特殊性中可以看到普遍性，从物质世界中可以看到精神世界，从多中可以看到一。

根据这种对应体系，每一级存在中占支配地位的“首领”，如四种元素中的火，石中的钻石，金属中的金银，花中的玫瑰，树中的橡树，果中的石榴或苹果，兽中的狮或象，鸟中的鹰，鱼中的鲸或海豚，人中的王，星体中的太阳，天使中的撒拉弗，三位一体中的上帝，以及肢体中的头颅，品德中的正义等等，[①]自然是相互对应的。因此，不足为奇的是，莎士比亚《理查二世》中的波林布罗克等人带有讽刺意味地把理查二世比作四种元素中的“火”、七颗行星中的“太阳”、人中的“国王”，他的眼睛像鸟中的“鹰”一样明亮（第三幕第三场）。在《特洛伊罗斯和克瑞西达》中，尤利西斯特别描述了国王与太阳的对应：

因此灿烂的行星太阳
显赫地高踞于宝座，四周环绕着
其他的行星，它治理一切的目光
纠正凶星的不吉的影响，
犹如一位国王颁布的律令。

（第一幕第三场）

这个比喻不仅将可感世界和概念世界联系起来，而且在这两个层次上都很适合。一方面，如同太阳位于七颗行星的中心，国王也处于朝臣的中心，并像太阳一样具有无比的光辉和支配的力量。另一方面，它也包含概念意义：在柏拉图看来，太阳具有真、善、美的概念；在基督徒看来，它具有神性和神意的概念；在亚里士多德看来，它具有仁慈的宇宙控制力的概念。尤利西斯把国王喻为太阳，表明社会小宇宙和天体大宇宙的对应，旨在从天体领域的角度来说明人间极其必要、却被忽视的社会秩序。再以《仙后》第一卷中对骄傲之宫的描绘为例：

---

① E. M. W. Tillyard, *The Elizabethan World Picture*, p. 27.

一座堂皇的宫殿，由方砖建筑，
技艺精湛地砌成，不用灰浆，
宫墙高耸，但毫不厚实坚固，
一片片金箔遍处展现在墙上，
比纯净透亮的天空更加辉煌。
还有巍然耸立的楼塔一座座，
以及高处许多美丽的画廊，
不计其数的窗镛，悦人的香闺；
楼顶上还有一个计算时辰的日晷。

（第四章，第4节）

这里首先是视觉意象。高墙、金箔、楼塔构成一座堂皇的宫殿。但细看之下，高墙并不坚固，技艺精湛的建筑家不用灰浆；璀璨的金箔虽产生感官之美，但这种炫耀不适合人，因为人不可与天堂的光辉相比；高塔暗示人的骄傲，犹如巴别塔构成对天堂的威胁。画廊也不稳固，即使窗镛和闺阁也同样具有诱人的欺骗性。尤其是，在这一派金碧辉煌之中，楼顶凸现出一个日晷，暗示这座宫殿受时间限制，终将朽腐，不过是受时间裁决之人所崇拜的对象。因此，这一建筑既可视为有限宇宙的象征，又可视为小宇宙（人）的象征。小宇宙和大宇宙对应，因为两者都受时间限制。进一步看，由于恶是天堂之善的对立面，或是对它的否定，骄傲作为恶的一种也是天堂之善的对立面。对立面可由其对立面暗示出来。因此骄傲之宫的可感意象如同镜子倒映出天国之善的概念，即从可感世界推知概念世界，从尘世推知天堂，从骄傲推知天堂之善。

存在之链所体现的多元一体概念表明部分和整体的关系，这对文艺复兴时期文学的主题和形式产生了重大影响。成功的诗歌也是部分和整体的完美结合，从而构成与大宇宙对应的诗歌小宇宙。典型的例子当数斯宾塞的《牧人月历》和《仙后》。《牧人月历》中的十二首牧歌与一年十二个月对应，这里既有月份之间的季候差异，又有人类极为不同的活动，整体上既展现出上帝创造的多元性和完满性，又展现出人类生活的多元性和完满性，最终达到各部分的统一。诗中可以发现三个层次：首先是理念世界中神的原型理念，其次是月上世界中可见的星体运行模式，再次是月下世界中人的日常活动。诗中把理念世界的涵义融入月上世界，再融入尘世（逆向也是如此），犹如一条金链从天堂悬垂下来，人被放在链上的适当位置，作为精神世界和物质世界的中介。而且，诗中富有象征意义的月历形式不仅表现了横向的多元，也表现了纵向的多元。对斯宾塞同时代人来说，月历形式由于隐含着按月份进行的直线运动和年复一年的循环运动而成为一种公认的宇宙象征。本文开头已经说明，《仙后》原计划写成十二卷，每卷描写一位仙国骑士的冒险，每个骑士代表一种品德，但这都是部分的品德，它们只有像金链那样联为一体，才能构成善的完满生活，才能充分体现诗人的宗旨："用美德和善行来塑造和锻炼高贵纯洁的人"。亚瑟王子身上集中了十二种品德，是完美品德的化身。他穿过每一卷诗书，在关键时刻协助其他骑士战斗，救援每一骑士，从而维护了该骑士所代表的品德。亚瑟王子将成为具有完美女性品质的仙后的配偶。他前去寻找仙后是诗中最高的探求，超过所有其他骑士的冒险活动。他最后在第十二卷末尾宣布的与仙后的结合，也超过其他骑士及其女友的结合。仙后的宫廷是最大的整体。十二位骑士从仙后的宫廷陆续外出冒险，最后又返回仙后的宫廷，各对情侣在宇宙般无穷欢乐的神圣婚姻中联合在一起。总之，全书十二个部分描绘十二种相似的探求活动，这些活动通过亚瑟王子的探求活动而融为一个和谐的整体。诗歌的整体胜过其中的任何部分，甚至胜过所有部分的总和。这种模式在文艺复兴时期文学中占有压倒性的地位。正如 S. K. 亨宁格所说，这种模式不仅适用于斯宾塞的《牧人月历》和《仙后》，而且

> 也适用于锡德尼的《阿卡狄亚》，适用于莎士比亚的许多戏剧（尤其是《爱的徒劳》和《仲夏夜之梦》），适用于多恩的《周年》，适用于弥尔顿的《失乐园》。它也适用于锡德尼的《爱星人和星》，以及大多数十四行组诗。[①]

总之，宇宙的整体和部分的关系，或一和多的关系，实质上说明了精神世界和物质世界的关系。人的优越正在于他能够直接在物质和精神两个层次上获得体验。因此，诗歌也应力图把物质与精神联系起来。人不仅超过自然中较低的等级，在某种意义上也超过天使。天使仅仅局限于精神领域，只能通过人在物质领域发生作用。但诗人却可以通过自己的艺术再现宇宙。艺术是人类理性的产物，也是人类最高的成就。如果说文艺复兴时期诗人们强调理性高于神赐的一切其他赠品，那么诗歌就无疑是人类在艺术领域中所取得的最高成就。"伟大的诗人是天文诗人"这种说法，实质

---

① S. K. Heninger, Jr. , *Touches of Sweet Harmony*, p. 392.

上暗示诗歌和宇宙的联系，说明伟大的诗歌乃是对宇宙的摹仿。在这方面，奇妙地联结万物的金链为文艺复兴时期诗人们提供了一种最佳的意象。

（三）天体音乐：铁匠与第一位作曲家

威廉·布莱克（1757—1827）在他著名的《老虎》一诗中，以惊人的想象，对万能的造物主作了如此奇绝的描绘：他时而展翅凌空，时而潜入海底，接着又手持“铁锤”和“铁链”，站在“熔炉”边，在“铁砧”上打造着老虎躯体的各个部件，如：像火一般发光的“眼睛”“心脏的筋肉”，以及“脚爪”和“脑髓”，最后创造出一只气吞万里而又神秘莫测的老虎。显然，这万能的造物主无异于一个超然的“铁匠”形象。诗中有这样一节描绘：

> 什么样铁链？什么样铁锤？
> 什么样熔炉里炼你的脑髓？
> 什么样铁砧？什么样猛劲？
> 一下子掐住了骇人的雷霆？
>
> （飞白译）

至于创造出来的那只老虎究竟意味着什么，论家众说纷纭，本文并不打算对此加以探讨。但是，不管怎么说，就全诗而言，音义的结合达到了完美的境地。节奏铿锵有力，给人以深刻印象，读起来仿佛可以真切地听见铁锤打在铁砧上发出的叮当悦耳之声。无怪乎人们称之为“铁砧式的音乐”（anvil music）。

的确，铁匠与音乐是有密切联系的，而且这种联系在西方还是最为古老的传统之一。据说，古希腊哲学家毕达哥拉斯是最早发现音乐的人。公元5世纪罗马作家马克罗比乌斯对此曾作过一段记述：毕达哥拉斯推测各天体在按一定轨道围绕地球运行时必会产生一种和谐的音乐，而世间的声音都是源于天体的，并由永存于天空的神圣理性调节，但是他又无法对此加以证实，因而深感苦恼。有一天，他偶然经过一家铁匠铺，听见铁锤打铁发出高低不同却又十分规则的音响，后来通过反复试验，发现这不是由于铁匠用力的大小，而是由于铁锤重量的不同所致。他记下了能够产生和谐音响的那些铁锤的不同重量，随后以相同比例的重量附加在羊肠和牛筋上再作试验，又产生了同样的和谐。于是他选择了那些可以产生和谐音响的数。有人说毕达哥拉斯遇见的铁匠是四个，也有人说是五个，但那第五个铁锤因打出不和谐的音响而被取消；总之，他称了四个铁锤的重量，得到四个数。不过也有人说那第五个铁锤被另一个替换，并且又增加了第六个，这样就得到了六个数。①后来，当弦乐器按这些数来调节时，就产生了动听的音乐。斯宾塞在《仙后》第四卷中描绘了一座“忧伤之宫”，宫中的主人“忧伤”是个铁匠，他开的铁匠铺里雇佣了“六个”铁匠，手持重量不同的铁锤。诗中的描写如下：

他的身边有六个仆人在工作，
他们围成了一圈，站在铁砧旁，
手持巨大的铁锤，不停地干活，
一锤接一锤，重重地打在铁砧上：
六个大汉，一个比一个强壮；
他们按确定的量，彼此不一般；
他们手中握着的铁锤也这样，
像组钟，按大小排列，秩序井然，
最后的那个大汉，超过了第一个很远。

（第五章，第36节）

这一描绘显然是以毕达哥拉斯进行的铁锤试验的传说为依据的。按马克罗比乌斯所载，毕达哥拉斯在发现铁锤产生的和谐音响之后，便确认了宇宙中存在着所谓的“天体音乐”。但是，中世纪神学家们却把希腊人心目中这位音乐的最初发现者转变为基督教传说中该隐的后代犹八（Jubal），认为犹八才是“弹琴吹箫的祖师”（《旧约·创世记》第4章第21节）。马维尔就持这种观点，他说，“犹八首先使杂乱的音调和谐一致”（《音乐的王国》）。另一方面，那些神学家因为相信有关毕达哥拉斯铁锤试验的传说不过是《圣经》真理的讹传，所以又把毕达哥拉斯的故事套在了犹八的异母兄弟土八（Tubal）身上，而土八就是“铸造铜铁利器”的（《旧约·创世记》第4章第22节），常被看作是铜匠和铁匠的祖师。正如西班牙神学家和辞典编纂家塞尔维亚的伊西多（约560—636）所述，“摩西说，音乐

① J. M. Steadman, “The ‘Inharmonious Blacdsmith’: Spenser and the Pythagoras Legend” in PMLA (vol. 79, 1964), pp. 664—665. 根据Steadman所说，毕达哥拉斯得到的那四个数是6、8、9、12；那六个数是4、6、8、9、12、16。

艺术的发现者是大洪水之前该隐的后代土八。但是希腊人则认为是毕达哥拉斯偶然发现了这门艺术的起源，它来自铁锤敲击的音响，来自弦线的张力”。[①]当然，伊西多还提及其他的音乐发现者，如底比斯人利诺斯，以及泽托斯和安菲翁等。不过上述两种说法都是广为流传的，而且同样表明音乐的发现与铁匠有直接关系。

罗马哲学家波埃修把音乐分为三种，他称第一种为“宇宙的音乐”，并说：“迅速的天体在运转过程中怎么能寂静无声呢?”伊西多也赞同这种观点，他说：“没有任何事物是没有音乐的；因为宇宙就被说成是由一种和谐的声音构成的，而天空就在那和谐的音调中旋转。”[②]这种音乐即毕达哥拉斯所说的天体音乐。音乐有耳朵可以听见的，也有听不见、只能用头脑理解的；天体音乐属于后者。一切可以听见的音乐都源出于它，并以它为原型。对于这种天体音乐，柏拉图在《理想国》里曾作过一番富于想象的描绘：

> 在每一圈上面都有一位塞壬，随着旋转，哼着一个单一的音调。八位塞壬一起就形成了一种和谐的音乐；在周围，在距离相等的地方，还有另外三位构成一组，其中每一位都坐在宝座上：这些是命运女神，“必然”的女儿，她们身穿白袍，头戴花冠，名叫拉刻西斯、克罗托和阿特罗玻斯，她们伴着塞壬们的音乐歌唱——拉刻西斯歌唱过去，克罗托歌唱现在，阿特罗玻斯歌唱未来。[③]

显然，宇宙的八重天（七行星天加恒星天）都围绕“必然”（Necessity）的纺锤旋转，每重天上坐着一个女歌手塞壬，因此共有八个塞壬，而每个塞壬都用一个单一的音调歌唱，于是八个塞壬的歌声汇成了美妙和谐的音乐。根据毕达哥拉斯和柏拉图关于天体音乐的想象，人们又试图给每重天以一种特定的音调。罗马作家普林尼（23—79）在《世界史》中对此曾作过极其细致的描述，他说：

> 毕达哥拉斯有时采用音乐术语，称地球到月亮的线间是一个音调，并说从月亮到水星的线间是半个音调，从水星到金星的线间是一个音调，从金星到太阳是一个音调，从太阳到火星也是一个音调，即与从地球到月亮一样。从火星到木星是半个音调，这种和谐被称为音

---

① 见 S. K. Heninger, *Touches of Sweet Harmony*, p. 101.

② 见 E. M. W. Tillyard, *The Elizabethan World Picture*, p. 94.

③ Plato, *Republic* 616C—617B.

域，也就是和谐一致的状态，即完美的音乐。①

按照普林尼的这个说法，由于从月亮到水星的线间和从火星到木星的线间都是“半个音调”，因此共有七个音调。

后来，柏拉图的八个塞壬又与较早的希腊神话传统中的九位文艺女神“缪斯”联系在一起，于是缪斯就代替了塞壬来齐奏天体音乐。希腊作家普鲁塔克（46—120）说，比柏拉图的八个塞壬更为古老的传统告诉我们，坐在各天体上的有九位缪斯，那“第九位缪斯”离开了其他的缪斯，“坐在地球上”，以便让其余的缪斯“心绪宁静，不致走错轨道，制造麻烦，引起不平衡”。②这就是说，位于宇宙中心的地球静止不动，奏出天体音乐中最低的音调，以保持天体体系的稳固，并使其他天体不致出轨。后来的哲学家和神学家对于这种天体音乐表现出特殊的兴趣，并作了不厌其详的分析，构成了一个相当完整的体系。按照希腊神话传统，九位缪斯各有不同的司职领域，如克利欧（Clio）司历史，卡利俄珀（Caliope）司史诗，塔利亚（Thalia）司喜剧，忒耳普西科瑞（Therpsichore）司歌舞，梅尔坡墨涅（Melponene）司悲剧，厄拉托（Erato）司爱情诗，欧忒耳珀（Euterpe）司抒情诗，坡林尼亚（Polynmnia）司宗教诗或哑剧，乌拉尼亚（Urania）司天文，等等。这九位缪斯都是太阳神阿波罗的侍者，组成了他的歌唱队，而作为首领的阿波罗总管音乐和诗歌。不仅如此，还有人把不同的缪斯赋予各个天体，如地球的缪斯是塔利亚；月亮天的缪斯是克利欧；水星天的缪斯是卡利俄珀，金星天的缪斯是忒耳普西科瑞，太阳天的缪斯是梅尔坡墨涅，火星天的缪斯是厄拉托，木星天的缪斯是欧忒耳珀，土星天的缪斯是坡林尼亚，恒星天的缪斯是乌拉尼亚。各缪斯的名称、司职领域和主管的星体列表如下：

缪斯	司　职	星　体
乌拉尼亚（Urania）	天文	恒星天
坡林尼亚（Polynmnia）	宗教诗、哑剧	土星天
欧忒耳珀（Euterpe）	抒情诗	木星天
厄拉托（Erato）	爱情诗	火星天
梅尔坡墨涅（Melpomene）	悲剧	太阳天
忒耳普西科瑞（Therpsichore）	歌舞	金星天

① 引自 S. K. Heninger，Jr.，*Touches of Sweet Harmony*，p. 179.

② Ibid.，p. 180.

卡利俄珀（Caliope）	史诗	水星天
克利欧（Clio）	历史	月亮天
塔利亚（Thalia）	喜剧	地球

此外，按照古希腊流行的三种音乐，即音调哀婉的吕底亚式音乐、音调简单严肃的多里斯式音乐和音调激昂的佛律癸亚式音乐，人们除了给各天体以不同的音调之外，还把古希腊那些不同的音乐调式分别赋予各个天体，如：从地球到月亮奏副多里斯式，从月亮到水星奏副吕底亚式，从水星到金星奏副佛律癸亚式，从金星到太阳奏多里斯式，从太阳到火星奏佛律癸亚式，从火星到木星奏吕底亚式，从木星到土星奏混合吕底亚式，恒星天奏超混合吕底亚式。[①]然而，尽管各缪斯、各行星、各调式彼此不同，但是全部汇成一体，就奏出美妙和谐的天体音乐。

到了文艺复兴时期，中世纪的这些传统得到了进一步的继承和发展。不过，自斯宾塞以后，缪斯的声誉似乎日益下降。如果说斯宾塞还曾亲切地称她们为“甜蜜的缪斯小姐”，那么为时不久，本·琼生就颇为不恭地称她们为“狄斯比斯狂女”了。后来，弥尔顿更贬之为“空幻的梦”。诚然，在《失乐园》第七卷一开头，弥尔顿曾吁请恒星天中司天文的缪斯乌拉尼亚：

乌拉尼亚啊，从天上降临吧！
如果您的名号没有叫错的话，
我将随着您神圣的声音，
比天马柏伽索的翅膀飞得
更高，超越俄林波斯山。
我呼吁的是意义，不是名号。
您不属于九位缪斯，也不住在
老俄林波斯山上，而是天生的，
在群山出现，泉水喷涌以前，
您就和永恒的“智慧”交游，
智慧是您的姊妹，您曾在
全能的天父面前和她嬉戏，
天父爱听您的绝妙歌词。

（第1—12行，朱维之译[②]）

① S. K. Heninger, Jr., *Touches of Sweet Harmony*, p. 182.
② 译诗中的神名和山名略有改动。

但是，紧接着弥尔顿又明确地告诉读者，他呼唤的“是意义，不是名号”，因为乌拉尼亚在这里已“不属于九位缪斯”，而是“天生”的，她早在创世之前就和她的姐妹“永恒的智慧”交游，跟随在全能的天父面前嬉戏，天父爱听她们的“绝妙歌词”。显然，弥尔顿所吁请的并不是乌拉尼亚这个名字，而是她的名字所包含的意义，即“与上帝创造宇宙时所运用的神圣智慧相似的一种精神力量”①。其实，在弥尔顿之前，法国诗人杜巴塔就已在他的基督教史诗《神圣的周日和工作》中第一次向乌拉尼亚吁请，并把这位缪斯“基督教化”了。

因此，这时更为常见的是，基督教的九级天使代替了希腊神话中的九位缪斯来齐奏天体音乐。戈弗雷·古德曼认为，天体的运行极其复杂，因而必然是由神灵指导的，而“神灵实际上就是天使”；乔治·黑克维尔也说“天体是由天使推动的”②。因此，坐在天体上的不再是塞壬和缪斯，而是天使了。莎士比亚写道，“看那天庭密密地镶嵌着闪闪发光的金片；你所看见的每一颗微小的星体，都会在运行中发出天命般的歌声”（《威尼斯商人》第五幕第一场）。弥尔顿把天体音乐与天使音乐融会在一起：“晶莹的天体呀，请响起箫鼓，……演奏你白银般的新声，节拍铿锵，透彻太清，鼓动霄汉间的风琴，形成低沉的和鸣。让你回环九重的乐歌，与天使们所弹唱的交响乐曲调和。”（《圣诞晨歌》）有时，弥尔顿也把塞壬和天使联系在一起，让两者共同奏起神妙的天体音乐。譬如，他把“诗句”和“歌声”比作两位“塞壬”，她们在上帝的宝座之前不停地歌吟，圣徒和天使们也都高声唱和，而大天使基路伯则“带头发起了磅礴的大合唱，拨弹起永恒的金色丝弦的大竖琴”（《闻庄严音乐有感》）。

宇宙间冷、热、干、湿四种基本素质按照四种可能的组合（热干、热湿、冷干、冷湿）而构成四种元素，四种元素又构成世间万物。甚至连这四种元素的运动也被形容为是在不断地舞蹈、歌唱，也成了天体音乐的一部分。前面已经提及，杜巴塔对既相互联系又相互冲突、各具特质的四种元素作过生动的拟人化描绘：冷湿的水，一只手拉着冷干的土，另只手拉着气；湿热的气一只手拉着（热干的）火，另只手拉着水，犹如乡村姑娘们在五朔节期间围着五月柱，“伴着风笛的音响，跳起欢快的圆舞”（《神圣的周日和工作》）。不仅如此，四种元素还发出各不相同的音调。亚伯拉

① D. Daiches, *Milton: Paradise Lost*, p. 48.

② 见 E. M. W. Tillyard, *The Elizabethan World Picture*, p. 44.

罕·考利（1618—1667）写道：“神为水和气选择了中音，让土唱低音，火奏高音”；此外，神还给“活跃的月亮”以“快速的音调”，给“土星的丝弦”以“庄严、柔和的音调”；各种运动或呈直线，或呈圆形，其长短、快慢也各不相同，但“全部混合交织在一起，步履平稳，宛如跳着富有节奏的舞蹈”，而“这就是音乐”（《大卫记》）。弥尔顿甚至还吁请四种元素齐声歌唱，颂扬伟大的造物主：“气、水、火等元素呵，你们是自然腹中最初孕育的，相互结合，变成了种种形相，永久地循环往复，千变万化，温和而滋养着万汇的元素，要唱出变化无穷、万古常新的赞歌来，颂扬我们伟大的造物主。”（《失乐园》第五卷）

世间万物都参与这种天体音乐。在基督教诗人笔下，犹如塞壬围着“必然”、缪斯围着主神宙斯那样，不仅天使们围着上帝歌唱，而且世间万物也都对伟大的造物主歌唱。正如弥尔顿所说，“万物赞美神”（《失乐园》第五卷）；无论人们是在醒时或是睡时，都有“不可见的千百灵物”在地上行走，昼夜瞻仰着神的伟大功绩而“赞叹不止”，人们常可听见在悬崖或茂林山坡上的“回声”，响彻夜空，“天上的声音，或独唱，或互相应和，歌颂伟大的造物主”（《失乐园》第四卷）。亨利·沃恩也喜爱描绘同样的情景：他在清晨看见“活跃的世界”醒来，并听见一种“圣歌”，音调响亮，回旋曲折，那“上涨的风，下落的泉，鸟兽与世间万物都对主敬拜祝颂”，一切就这样投入了“圣乐”和“秩序”，即“大自然伟大和谐的乐声”（《晨望》）。

英国医生和神秘主义者罗伯特·弗拉德（1574—1637）把宇宙分成三个部分：一是九级天使的寓所，二是七行星天和恒星天，三是四种元素的世界，即尘世。据此，他在《两个世界的历史》（1617）一书中用一个单弦琴来表现天体音乐。在这琴瑟的上方，是神的一只手，它从云端伸出来调谐琴弦，弦的上端音调最高，与九级天使对应；中间部分与七颗行星对应；下端音调逐步降低，与四种元素对应，其中的土奏最低音。整个天体音乐分成两个主要音域，即物质音域和形式音域。从四种元素中的土到七颗行星中的太阳属于物质音域，从太阳到九级天使的最高级构成形式音域。这样，音调自下而上逐步升高，相反则逐步降低。换言之，自下而上意味着物质性减少，精神性增加，自上而下则意味着精神性减少，物质性增加（见图7）。对此，弗拉德又用两个交叉的狭长三角形来表示：一个三角形称为“概念金字塔”（*Pyramis Formalis*），其底部以四种元素中的土为基础，顶端与神接近，表明自下而上物质性的减少，精神性的增加；另一

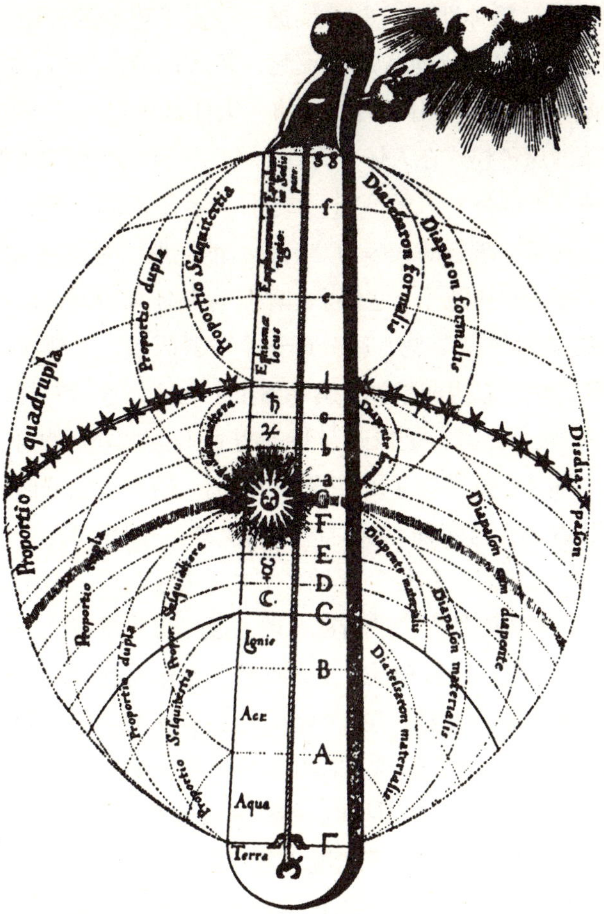

图7　天体音乐。从宇宙最低级到最高级，上帝的手从云中伸出来调节音调。单弦琴上共有14个音程，产生15个音调。从底部起，首先是四种元素（土、水、气、火），接着是七颗行星（月亮、水星、金星、太阳、火星、木星、土星）和恒星天，最后是三个等级的天使。物质音域从地球一直伸向太阳天；概念音域从太阳天伸向顶部的皇天。这两个音域合成双重音域。在每个音域中，第四和第五个都在图中标明。物质第四音域从底部穿过四种元素。物质第五音域从火层伸向太阳天。概念第四音域从太阳天伸向恒星天，包括火星、木星和土星。概念第五音域从恒星天伸向皇天。在单弦琴旁边的字母标明适当的音调，音程则用全调或半调标明。左边所标的是数学比例。（Robert Fludd，*Utriuspue Cosmi Historia*［1617］，in Hollander，1961）

个是倒三角形，称为“物质金字塔”（*Pyramis Materialis*），其底部与神接近，而顶端直抵四种元素中的土，与概念金字塔的底部相接，表明自上而下物质性的增加，精神性的减少。[1]根据这种富于想象的描绘，一根琴弦把物质宇宙和概念宇宙紧紧地联系在一起，并通过神的调节，宇宙间各种不同的音调便融为一体，奏出和谐一致的“天体音乐”。

天体音乐的这种模式在人体中得到生动的再现。按照波埃修对音乐的划分，那第二种音乐就是“人的音乐”。这种音乐是任何人只要“通过对自己本性的审视”就可以理解的，因为“有什么能把理性的存在与肉体的存在联系起来，除了有某种和谐……它似乎把高低音调仔细谐调，以产生一致的和声？”弗拉德把人体按头、胸、腹分成三个主要区域，头部属于理性区，包括神灵、神的光辉、思想或精神；胸部属于中间区，这里有与太阳对应的心脏，因此又称“心灵区”，是情感与精神得到平衡之处；腹部（直到阴部）属于基本区，与生殖和情欲有关。据此，他把人的音乐也分成三个音域：首先是“物质”音域，与四种元素对应；其次是“中间”音域，与九重天对应；中间音域上面则是“精神”音域，与九级天使对应。由于九级天使又分成三个等级，与九级天使对应的精神音域也进一步分成三级，第一级是纯思想，或神的思想；其次是纯理性，这是推动思想运动的原动力；最后是理性灵魂中的思想或理性。[2]显然，在人的音乐中，灵魂的音乐音调最高，最富于精神性。柏拉图认为，人的灵魂是以和谐的世界灵魂为原型的。因此，和世界灵魂一样，人的灵魂也应当是和谐的，充满音乐的。正如莎士比亚所说，凡是灵魂“没有音乐”的人，不能被“美妙音乐的和声”打动的人，就必然会干诸如背叛、暴动、掠夺之类的罪恶勾当，其精神活动像黑夜一样迟钝，其情感像地狱一样阴暗，因此“千万不可信任这种人”（《威尼斯商人》第五幕第一场）。多恩赞同“古人”的观点，认为灵魂是由“和谐的音乐”构成的（《世界的解剖》）。赫伯特也写道，“主呵，把我放在你的乐师当中；给我可怜的芦笛一个音调吧”（《雇佣》）。他还说，当神对他的祈祷保持沉默时，他的心碎了，无法看见自己的“灵魂”，因为它既没有了“音调”，又没有了“琴弦”（《否定》）。马维尔还表明人的音乐与天体音乐的关系。他说，“学习清纯领域中的一种音乐，使这尘世的音乐和天上的音乐调谐”（《阿普尔顿庄园颂》），暗示灵魂中有音乐的人才可以和天体音乐融合。弥尔顿则强调“正直的灵魂”应把圣诗和虔诚的赞歌“不住口地高声吟咏”（《闻庄严音乐有感》）。

---

① S. K. Heninger, Jr., *Touches of Sweet Harmony*, pp. 184—186.

② Ibid., p. 184.

至于波埃修所说的第三种音乐，它存在于某些乐器当中，也就是“器乐”。他说，器乐是“由于诸如弦的张力，或由于吹奏……或由于某种打击而产生的”。他认为器乐具有两种作用，一种是当人的内心失去和谐时，它能够调节内心的和谐，并有助于恢复其和谐。另一种是它具有道德伦理作用，即人的本性可以为优美的音乐调式所安慰，或为相反的调式所激动。因此，音乐可以增强或减弱心灵中的情感，影响心灵的和谐。在西方不同的传统中都有这样的例证。譬如，《圣经》里说，大卫曾抚琴而歌，以安慰扫罗的痛苦：“恶魔临到扫罗身上的时候，大卫就拿琴用手而弹，扫罗便舒畅爽快，恶魔离了他。”（《旧约·撒母耳记上》第16章第23节）又如，斯宾塞采用希腊神话中俄耳甫斯的形象，说他弹起竖琴，平息了阿尔戈船英雄们的争吵（《爱情小诗》第44首）；莎士比亚描绘俄耳甫斯如何用箫管使万物起舞，他那“甜蜜的音乐”可以消除“极度的忧伤”和“心灵的悲哀”（《亨利八世》，第三幕第一场）；弥尔顿则描绘俄耳甫斯的音乐如何打动冥王普路托的心，同意放走他的妻子欧律狄克（《快乐的人》；《幽思的人》）。此外，德莱顿（1631—1700）在《亚历山大大帝的宴会或音乐的力量》一诗中还描绘了乐师蒂莫修斯的音乐如何激起亚历山大大帝的各种情感，使他时而纵饮狂欢，时而因酒神的乐曲而燃起战争狂热，接着又因歌颂爱情的乐曲而由怜悯转向情爱，随后又因复仇女神的乐曲而和士兵们一样燃起复仇情绪，充分表现了器乐的巨大力量。

上述三种音乐在文艺复兴时期英国诗歌中往往被融为一体。多恩的《病中赞上帝我的上帝》一诗是这样开头的：

我即将来到这神圣的寓所，
　　同你的天使歌唱队永在一起，
我将成为你的音乐，我来时，
　　我在这门口把我的乐器协调，
我必须在这里作事前的思考。

诗人感到自己因病重而即将抵达生命的终点，他不仅将参加天堂的合唱，而且他本身也将成为天堂音乐的一部分。天国的音乐是和谐的，但他的灵魂却因经历了肉体的生活而变得不和谐了。因此，在进入天堂之前必须重新获得和谐，即内心的平静。“把我的乐器协调”意味着“恢复内心的平静”，以做好进入天堂的准备。“乐器”是灵魂的象征，灵魂在本质上是和谐的，因而常被喻为音调和谐的竖琴。正是在这个意义上，诗人把自己的灵魂说成是一种弦乐器，他必须加以调谐才能适合“天使歌唱队”那欢乐而宁静的歌唱。不难看出，在这节诗中，“器乐”“人体音乐”（灵魂）和“天体音乐”（天使合唱队）都融会在一起了。这样的例子还见于托马斯·布朗的《医生的宗教》一书，其中有一段浅显易懂的描写，不妨引来作为参考：

> 凡有和谐、秩序或调和之处，就有音乐：至今我们都可以保持天体音乐；那些很有秩序的运动和正常的步调，虽未发出耳朵可听见的声音，但却发出一个可理解的、最充满和谐的音调，凡是（体液）混合得和谐的人都因和谐而欢乐，这种和谐使我深深怀疑那些声称反对一切教堂音乐的脑袋是否匀称。就我本人而言，不仅由于我的顺从，而且由于我特殊的思想模式，我拥抱和谐：即使庸俗的酒店音乐——它使这个人快活，使那个人疯狂——也在我内心引发出一阵深深的虔诚，以及对第一位作曲家的深思冥想。其中有一种象形文字式的隐秘的教诲：诸如整个世界的可听见的和谐，在上帝耳中发出可理解的声音。我将会像柏拉图那样说道，灵魂不是和谐，而是和声，最近似于音乐的交响乐。所以有些人，他们的体液——灵魂的构成物——混合均匀，因此他们是天生的诗人，虽然人人都自然地倾向于音乐。
>
> （第二卷第九章）

在这里，布朗把听不见而只能用智力去理解的天体音乐和灵魂音乐同可听见的器乐（教堂音乐、酒店音乐）之间的关系说得十分清楚，并把它们融为一体。

据波菲利（233—305）说，毕达哥拉斯是唯一听见过天体音乐的人。①这一说法后来广为流传。弥尔顿在他剑桥大学时的习作《论天体音乐》中揉进了基督教道德观念，认为毕达哥拉斯之所以能听见天体音乐，是因为要么他原本就是一位善良的守护神或天上的居民，遵照众神的命令下凡，向人的思想灌输神圣的知识，使他们回忆起“正义”，要么他至少是一位“具有各种品德的人，无愧于和同他相似的神明结合，并享有天国的友伴”，因此喜爱他的众神允许他领悟自然中“最神圣的奥秘”。另一方面，《圣经》上说，人类曾有两次听见过天体音乐。一次是在上帝创世的时候：“它（大地）的根基是什么东西支撑的？当晨星歌唱，天使欢呼的时候，

---

① S. K. Heninger, Jr., *Touches of Sweet Harmony*, p. 100.

是谁安放它的奠基石？”（《旧约·约伯记》第38章第6—7节）另一次是在基督诞生的时候：“霎时间，一大队天军出现，和天使们一同赞美神。”（《新约·路加福音》第2章第13节）但是，人类后来再也听不见那种天体音乐了。对此又有两种隐含着道德寓意的解释。新柏拉图主义者认为这是由于人的灵魂被封闭在肉体之中的缘故。莎士比亚显然持有这种观点。他写道：“当这腐朽的泥身衣服紧紧地包住灵魂时，我们就听不见它。”（《威尼斯商人》第五幕第一场）但基督教诗人则认为这是由于人的原罪或堕落的缘故。戈弗里·古德曼在论及宇宙朽腐的《人类的堕落》（1616）中说，所有的被造物都参与一种伟大的和谐，这种和谐只是被人类破坏了。他写道：“啁啾的小鸟（鹪鹩和知更鸟）唱中音部；金翅雀和夜莺唱最高音部；画眉和鸫鸟唱次中音部；咩咩吼叫着的四足兽类唱低音部……只有人，由于是野蛮而残忍的生物，没有确定的音调……他的乐器是作为他残忍标志的死物的内脏，以及他狂欢闹饮后的残羹剩饭。”①弥尔顿也说，“我们听不见这种和谐的音乐，似乎是盗火者普罗米修斯粗暴无理的结果，不仅给人类带来了众多灾难，而且也剥夺了我们永远不准享有的那种幸福，只要我们陷入罪恶，并因我们的兽欲而被野兽化。我们的精神，如珀耳修斯所说，向地下倾斜，在每一天体成分中都有缺陷，那么我们怎能对天国的声音敏感呢？”他接着又说，倘若我们的灵魂“像毕达哥拉斯那样纯洁、忠贞、洁白”，那么我们的耳际就会“震响着、充满着那旋转天体的崇高而美妙的音乐”（《第二篇演说》）。

根据传统的看法，音乐的根本作用在于它能够调谐所有对立的事物，使其共存于同一个相互关联的体系之中。因此，音乐被界定为一种“对立物的恰当组合”，或“多元的统一”②。在音乐之中存在着万物的一致性。音乐把有形宇宙或感知宇宙（地球、七行星天、恒星天）与无形宇宙或概念宇宙（天使和上帝的寓所）联系起来；把物质与精神、具体与抽象联系起来；把世间万物联系起来，把存在之链上的人（小宇宙）与天体（大宇宙）联系起来，也把人与动物和植物联系起来；把人的肉体与灵魂联系起来。总之，音乐被认为是一种宇宙的原则，永恒的力量，它渗透一切，联结一切，把多元的世界构成一个和谐的整体。在这个意义上，天体音乐是宇宙秩序与和谐的象征，也是一切音乐的原型，它再现于器乐之中，再现

---

① 见 J. Hollander, *The Untuning of the Sky*, p. 127.

② S. K. Heninger, Jr. *Touches of Sweet Harmony*, p. 104.

于人体、尤其是灵魂之中。德莱顿在他的《1687 年圣赛西利亚日之歌》一诗中对此似乎作了一个极好的总结：

这个宇宙结构
从天上的音乐起首。
当自然还在一堆
散乱的元素下面
抬不起头
就从天外传来了悦耳的声音
起来，你们这些连死者都不如的东西！
一霎时冷、热、干、湿、
各就各位，
都服从了音乐的威力。
这个宇宙结构
从音乐，从天上的音乐起奏，
它从和谐到和谐，
通过全部音符的领域，
把整个音符归结于人。

（第 1—15 行，张君川译）

音乐是一种普遍的宇宙原则，英国作家托马斯·斯坦利（1625—1678）在他的《哲学史》中就径直把音乐喻为“宇宙中的贵族统治”，因为具体来说，世界的和谐意味着“一座城市的良好管理”或“一个家庭中的温和节制”①。因此，不足为奇的是，文艺复兴时期的诗人们常用音乐的意象来表达他们对于人间友爱、社会和谐的渴望与追求。譬如，莎士比亚把一个家庭中父母兄弟、妻子儿女等各个成员之间的和谐关系比作一张琴，只要各条琴弦相互应和，配合一致，就可奏出美妙的音乐，齐唱一支“动听的歌”（第 8 首十四行诗），也就是保持和谐的关系。莎士比亚还认为，在一个国家里，君臣之间、贵族之间、臣民之间都应保持和谐的关系，保持各自的等级和地位，共同维护社会秩序，不能尔虞我诈，争斗不止，而要齐心协力地保卫和治理国家。他说，一个国家，其成员虽有高低尊卑之分，等级不同，但只有依靠全体齐心协力，才能维持，才能具有完

① 见 S. K. Heninger, Jr.，*Touches of Sweet Harmony*，p. 104.

美自然的节奏，“像音乐一样”（《亨利五世》第一幕第二场）。斯宾塞常用希腊神话中的美惠三女神来象征宇宙或国家的和谐，她们围着伊丽莎（即伊丽莎白女王）欢歌起舞，并把她说成是“第四位女神”，以此歌颂伊丽莎白女王统一国家和治理国家、使国家繁荣昌盛的功绩（《四月牧歌》）。马维尔则用希腊神话中安菲翁的形象[1]来歌颂克伦威尔的政绩：犹如安菲翁吹起箫管，使粗糙的石头井然有序地跳起舞蹈，自动结合，创造了伟大的工程，兴建了一座“和谐的城市”底比斯，克伦威尔也弹奏起“支配一切的乐器”，使共和国内不同等级的人各就各位，从而建立了令人惊异的“秩序与和谐”（《克伦威尔政府一周年颂》）。

文艺复兴时期英国诗人们对于政治、社会的和谐理想，以及对于个人完美品德的追求，还往往表现为对古典传统中黄金时代的憧憬，或对基督教传统中伊甸园的追求。在对黄金时代的各种描绘中，诗人们常用的意象之一是牧人的乐园“阿卡狄亚”或牧人的和谐国度，诗中常把乐园与外部世界加以对照，表现对现实世界诱惑的抵制，或反映善、恶之间的张力等，如锡德尼的《阿卡狄亚》、斯宾塞的《牧人月历》、本·琼生描写乡村田园的诗歌和弥尔顿的《阿卡狄亚》。对伊甸园的向往则往往暗喻对个人完美道德品质的执着追求，如《仙后》第一卷对红十字骑士探求活动采取了返回伊甸园的游历模式。他之所以能最终战胜恶龙，是因为他首先战胜了自己，达到个人品德的完美。此外，伊甸园也意味着好基督徒的生活。在弥尔顿的史诗中，失去的乐园既是一个具体的地方，又是一种思想状态；而复得的乐园只是后者。乐园之山已被大洪水冲掉，是永远也找不回来的了；新的地上乐园，正如迈克尔天使所说，将隐匿在人的内心里。[2]然而，无论是阿卡狄亚还是伊甸园的和谐，一般都与音乐有密切关系。弥尔顿在《阿卡狄亚》一诗中就描绘了“塞壬”的甜蜜歌唱，那不稳定的大自然遵照她们的节奏，“随天体音乐有规律地运行”。一般来说，阿卡狄亚与山林牧野的潘神联系更为密切。潘神象征自然，是宇宙之神。罗马诗人维吉尔把潘神描绘为羊群的保护神，他创造了牧笛，并善于吹奏，胜过阿波罗；因此也常被说成是山林水泽的仙女歌队的领唱。他的音乐象征宇宙的和谐，或牧人国度的美好，暗示理想的黄金时代。不过，在基督徒看来，

---

① 安菲翁（Amphion）是希腊神话中著名的神秘主义音乐家之一，善弹七弦琴。在他成为底比斯国王、重新修建该城期间，他弹起了七弦琴，大批石头由于被他的琴声打动，自己移动起来，砌成了城墙。

② I. Rivers, *Classical and Christian Ideas in English Renaissance Poetry*, pp. 9—12.

异教的黄金时代乃是摩西的伊甸园的摹本，或者说，黄金时代是所有异教徒转而相信上帝的时代。据说在耶稣被钉十字架时，一个水手突然高呼“大潘死了”。从此以后，俄林波斯山的众神倾倒，神谕不灵。这样，潘神之死迎来了一个新的时代，即基督教时代。[1]因此，象征黄金时代的阿卡狄亚同象征基督教理想的伊甸园，基督是宇宙之神。潘神是牧羊之神，基督是宇宙之神；在伊甸园，基督是宇宙之神。潘神是牧羊之神，基督也是保护羊群不受野狼（撒旦）伤害的“好牧人”。正如E. K. 在为斯宾塞《牧人月历》“五月牧歌”写的评注中所说，基督“称自己是伟大的好牧人。这名称最正确地……适用于他，因为潘神意味着一切，或无所不在，这只是主耶稣”。和潘神一样，基督也是宇宙音乐与和谐的象征。前面已经提及，弗拉德用一根单弦琴来说明宇宙音乐，他把这根琴弦按宇宙各构成部分的不同等级由下往上分成不同的音域或音调，而琴瑟的上方则是上帝的一只手从云端伸出来调谐琴弦。赫伯特在《亚伦》一诗中直接用“音乐”意象来暗喻基督。他自比为《出埃及记》中那专门服侍神的祭司亚伦。亚伦有一套礼服，包括礼冠、胸牌、外袍等，而外袍下端挂着许多金铃。诗中，赫伯特不仅把基督比作他的头、心、胸和礼袍，也比作他“唯一的音乐”：犹如铃舌撞击金铃发出音乐，基督也敲响他内心的音乐，从而除掉了他灵魂中的“老亚当”，使他获得再生；他说，他的教义乃是“受基督调谐”的。赫伯特把基督喻为他“唯一的音乐”，也就是说，基督象征最神圣的音乐，是世间一切音乐的原型。这与托马斯·布朗所说的意思其实并无二致，即基督（或上帝）是“第一位作曲家”。

回头再来看看本文开头所引布莱克的那几行诗句，我们或许可以作这样的比较：诗中的铁匠是创造者，他手抡铁锤，按照自己的设计，在一片叮当敲击的和谐乐音中，把铁块打成了他所设想的模式（老虎）。犹如铁匠，神也按照自己的设计，把形式（或理念）刻印在物质上，把它铸造成他所设想的模式——各种发出神秘和谐的乐音的旋转天体，即秩序井然、光辉完美的宇宙。就像但丁在《神曲》中所说的那样：“一如铁匠主持他的铁锤，同样，诸圣轮的运动和德必须由于诸幸福的原动者；那放着许多美丽的光的天，他从最高智慧而旋转，而取得印象。”（《天堂篇》第二章）换句话说就是，铁锤按铁匠的心意（智慧）而把印象铸于铁块；所有天体也按上帝的心意（最

---

① 伊丽莎白·布朗宁（Elizabeth Browning，1806—1861）在她的《大潘》一诗中对这一神话做过生动的描绘。

高智慧）或天使的指挥而运动，而放光——并发出神秘的天体音乐。因此，铁匠在铿锵悦耳的“铁砧式的音乐”中创造出自己想要铸造的物件，上帝也在神秘甜美的“天体音乐”中创造出自己想要铸造的和谐宇宙。在这个意义上，如果说人间的铁匠是尘世上的“第一位作曲家”，创作了可听见的音乐，那么超然的铁匠上帝便是宇宙间“第一位作曲家”，创作了人们听不见的天体音乐。倘若要区分这两者的不同，我们不妨借用济慈（1795—1821）《希腊古瓮颂》里的两行著名诗句来加以说明：

听见的乐声虽好，但听不见的乐声更美。

在今天看来，那“更美”的“听不见的乐声”不过是一种主观的虚构、神话的想象罢了。然而，这虚构的神话本身，就其蕴蓄的哲理而言，不也是一支充满诗意、内涵丰富的甜美乐曲？的确，这一神话是文艺复兴时期英国诗人们灵感的主要源泉，它集中地表现了他们对社会和谐的理想，对崇高品德的追求，对美好生活的向往。

（四） 爱：“动太阳而移群星”

希腊神话中的小爱神丘比特是一个为人们所谙熟的形象：一个裸体的小男孩，长着翅膀，到处飞翔，手持弓箭，被他的箭簇射中者必堕入情网。譬如，斯宾塞在《爱情小诗》中描写女郎的美貌时就窥见了这种形象的小爱神：

在她闪动的目光里，我可以看见
一大批长着小翅膀飞翔的爱神，
射出致命的箭簇，火红闪亮，
飞向每一个鲁莽观望的路人。

（第16首）

诗人显然暗示这位女郎的美貌的神圣性，并警告那些“路人”不要心动邪念，否则难免遭殃。不过，诗人在《祝婚曲》中描绘婚日当晚即将歇息的新娘时似乎又窥见了另一种并未身背弓箭的小爱神：

成百个长着翅膀的丘比特，
像羽色斑斓的飞鸽，
围绕着你的床榻盘旋飞行。

（第20节）

虽然两个小爱神形象看来有所不同，但都同样是美丽可爱的。

乔叟在《坎特伯雷故事集》中描绘维纳斯女神时写道，她的头上有“白鸽飞翔”，身前站着她的儿子丘比特，他就像常见的那样，“肩上有两只翅膀”，“手中拿着一副弓箭，箭头非常锋利明亮”。然而，出人意料的是，这个丘比特却有一个不同的特点：他的“眼睛是瞎的”（《武士的故事》）。不仅如此，乔叟在《好女人的故事》中也告诉我们：“所有的人都说，丘比特是瞎子。”与乔叟同时代的英国诗人利德盖特（约1370—1451）曾将一部书名为《爱的痛苦》的著作译成英语，译本中也有这样的说法：有人特别强调地指出，小爱神什么都不懂，他“像木石一样眼瞎”。

怎么会把小爱神丘比特说成是瞎子？厄文·帕诺夫斯基专就这一问题进行了详细的考证，证明小爱神的这种“瞎子”形象原来也是一个十分古老的传统。[①]罗马挽歌诗人普罗佩尔修（约公元前48—前15）在他的一首挽歌中不仅描绘了丘比特的形象，而且对他的特点也作了寓言性的解释。普罗佩尔修说：丘比特那孩子般的外貌象征情人们“毫无意义”的行为，他的双翅代表爱的不稳定性，他的箭簇暗示爱对人的心灵带来不可医治的伤痛。后来的人们在丘比特的这些属性上又增加上瞎眼的特点。托马森·封·泽克莱尔在他的一首教诲诗中作过这样的描绘：爱说，“我是瞎子，我也使人变成瞎子”。丘比特之所以被描绘为裸体，是因为他“剥夺了人们的所有衣物、良知和智慧”。他之所以被描绘为瞎子，一方面是因为他无所不在，他“既降临穷人，也降临富人，既降临丑者，也降临美者”，另一方面也因为人们被他弄瞎了眼睛，尤其是对某个人或某种事物充满强烈之爱的人是眼睛最瞎不过的。因此，有些画家们把丘比特的眼睛蒙上绷带，就是为了强调这样的事实，即堕入情网的人往往身不由己，由于为狂热的情感所引导而不知走向何处，不分青红皂白，完全失去了判断力。莎士比亚《皆大欢喜》中的人物罗莎琳说得非常生动：“维纳斯的那个坏蛋私生子，那个因为忧郁而感孕，因为冲动而受胎，因为疯狂而诞生的；那个瞎眼的坏孩子，因为自己没有眼睛而把每个人的眼睛都欺蒙了的。”（第四幕第一场）其实，斯宾塞在《仙后》中就已把爱神说成是瞎子了。布里托玛偷看他父亲的魔镜，结果在镜中窥见了一位英俊的骑士，便爱上了他，遂女扮男装，出门远游，去寻找他那个既不知姓名又不知身在何处的心上人。这样，斯宾塞写道：

---

① 参见 E. Panofsky, *Studies in Iconology*, pp. 95—128.

她驱马前行，第一次去从事冒险，
寻找她爱人，由瞎眼的爱神作向导。

（第四卷第五章，第29节）

她不休息，马不停蹄地前行，
寻遍一切国度和最偏远的地主，
遵照她那位瞎眼客人的导引。

（第三卷第四章，第6节）

这种瞎眼的小爱神的形象早先在托马斯·怀亚特（1502？—1542）的《别了，爱》一诗中也曾经有所暗示。诗人对爱说：他将永别所有爱的法则，而爱神那上了诱饵的钩子再也不能把他缠住。他接着又说：他曾走上“绝路”，不知回头。“绝路”一语，诗人用的是 blind error，这一短语很难译成汉语，因为它似乎一语双关：一方面，它暗示爱是一条走不通的（blind）歧途（error = a devious course），另一方面，则指瞎眼的（blind）爱神使人在爱的道路上盲目徘徊（error = wandering），也就是说“为狂热的情感所引导而不知走向何处”，完全“失去了判断力”。可以看到，诗人采用隐喻的手法来描写这种瞎眼的爱神形象。最后，诗人对通常形象的爱神说道：

别了，去把年轻的心儿搅荡，
在我这里，你不再能自称权威；
对懒散的年轻人把你的本领发挥，
将你的利箭耗费在他们身上。

丘比特由于瞎眼而常与一群可怕的形象结帮成伙，如黑夜、不忠、死神和命运之神。在这群形象中，他尤其与死神和命运之神相联系。丘比特、死神和命运之神这三个形象在直接和间接的意义上都是瞎子，都象征不开化的思想状态，也暗示盲目者的无光明形式：他们乱击乱砍，全然不考虑年龄、社会地位和个人优点。因此，小爱神、死神和命运之神往往代表三种盲目的巨大力量，使人类随着他们荒唐的指令舞蹈。莎士比亚《理查二世》中的粪特说：“我这一盏油干焰冷的灯，早已在无边的黑夜里熄灭，我这径寸的残烛早已烧尽，瞎眼的死神再也不让我看见我的儿子了。”（第一幕第三场）

丘比特的上述形象都是肉体之爱的象征。在西方古典诗歌中，罗马说教诗人卢克来修（约公元前99—前55）把爱歌颂为一种最强有力的、无所不在的力量，但他只是把这种力量想象为自然的原则，而不是形而上的原则，这种原则仅仅渗透于物质世界，而非超越物质世界之上。在抒情诗中，爱被描绘为最强烈的人类情感，它不仅使人获得幸福，也使人备受折磨，不仅施与生命，又致人死命。约翰·利弗指出，在中世纪，对英国人来说，人的“本性和精神基本上是相互对立”的。[①]在中世纪英国诗歌中，诗人或是避而不谈肉体之爱，或是用道德伦理来加以抵制。譬如，13 世纪的长诗《猫头鹰和夜莺》描写精神和感官之间富有寓意的辩论，但最终甚至连夜莺也赞同爱情“不过是一丝气息，来也匆匆，去也匆匆”。尽管这首诗的背景是夏日的乡间，四处充满阳光，一片鸟语花香，但却总是让人无法忘却冬日的严寒和饥饿。14 世纪流传于英国的传奇《高文爵士和绿衣骑士》基本上是描写骑士抵制爱情诱惑和经受考验的故事，主人公的荣誉与其说依赖于坚毅精神，不如说取决于高尚纯洁的道德品质。乔叟在他最严肃的诗歌《特洛伊罗斯和克瑞西达》中也是描写美女的堕落和勇士的死亡，从而把意大利诗人薄伽丘（1313—1375）的《菲洛斯特拉托》中那充满激情的传奇故事变成了对典雅爱情的谴责。至于朗格兰（约 1332—约 1400）的长篇寓言诗《农夫皮尔斯的梦幻》，它所关注的乃是社会和道德问题，对于爱情似乎不屑一顾。

但是，用瞎眼的丘比特来暗示肉体之爱的形象并不是为人们所普遍接受的。16 世纪有一位彼特拉克评论家很不赞成这种形象。他认为，小爱神的视觉器官看上去应令人愉快，假如他的眼睛不美，而是瞎子，人们就必然提出异议，“因为爱的原则就是美，而美的事物应是光辉明丽的，可以看得见的”。因此，丘比特又被描绘为一种相反的形象：长着双翼，衣着华丽，头戴花冠，有时坐在宝座上，是爱情城堡的主人，有时坐在花园里的树顶上。他手持火炬，或两支投枪，但更为常见的是手持两张弓，一张弓由白木或象牙制成，另一张由铅制成。每张弓都有相配的箭：金色的箭引起爱，铅制的箭消除爱。不仅如此，小爱神由于他的美丽而常被比作“天使”[②]，从而进入了超然的神圣领域，成为精神之爱的象征。

实际上，早在 12 世纪，神学家们就把感官之爱加以神秘化，并把他们的宗教热忱集中在圣母玛利亚身上，开创了盛行于中世纪的圣母崇拜之风。众多宗教作品都以圣母显圣为主要情节，并将圣母视为一种精神象

① J. W. Lever, *The Elizabethan Love Sonnet*, p. 135.

② E. Panofsky, *Studies in Iconology*, p. 102.

征。譬如，西班牙诗人贝尔塞奥（约1180—约1246）将圣母喻为一片静谧而繁茂的芳草地（《圣母显圣记》“前言”）。由此可见，关于感官之爱的概念逐渐被精神化，并被注入女性崇拜的神圣形象之中。中世纪骑士传奇中描绘的“典雅爱情”①似乎把骑士和领主之间的关系转变成骑士为其爱慕的贵妇服务的关系。传奇中的骑士为其崇拜的贵妇而忠心服务，为爱情冒险，并以此作为骑士的最高荣誉。在13和14世纪流行于法国和英国的“亚瑟王传奇”系列中，著名的《朗斯洛》就描绘了亚瑟王的妻子桂内维尔和显赫的骑士朗斯洛之间的爱情故事。描绘典雅爱情的诗人们认为骑士对贵妇的隶属关系是超越婚姻的或婚姻之外的一种理想，这在一定程度上也表现了把爱情精神化的倾向。尽管典雅爱情的模式力求超越肉体的限制，但是对血肉之躯的过度之爱，不管如何地加以理想化，都无法避免失败的结局，因为它的对象毕竟是人，而人是脆弱的，可朽的，终将一死的。根据普雷明格编《诗歌和诗学百科全书》中有关典雅爱情的阐述，法国的传统观念包含如下几点：首先，爱是一种崇高的热情，它导致被追求的女子的理想化，以及追求者的卓越品德。其次，女子占有高于求爱者的崇高地位，而求爱者在生活的各个领域都接受她的权威，服从她的要求，并谦卑地为她服务。最后，她在心灵和肉体上的美驱使求爱者寻求与她的联合。②然而，这却似乎形成了一个明显的悖论：一方面，爱是偶像崇拜式的，不合法的，私通的，但另一方面，爱又是使人崇高的。后来，C. S. 刘易斯把典雅爱情界定为这样几个方面：谦卑、礼貌、私通和爱的宗教。因此，典雅爱情不可能最终导致婚姻的结局，而那种炽烈的爱是邪恶的。③但是，欧文·辛格认为，中世纪法国行吟诗人在他们的诗歌中表现出一种抑制情欲的倾向，他们把私通排除在纯真的爱情之外。④辛格似乎在总结各种意见之后，对典雅爱情重新作了界定。他提出如下五点，即：一、男女之间的性爱是某种极好的东西，是值得为之奋斗的理想；二、爱既能使被爱者变得崇高，也能使求爱者变得崇高；三、性爱是一种伦理的和美学的成就，它不能被降低为仅仅是力比度的冲动；四、爱具有礼貌和追求的属性，但不一定与婚姻制度相联系；五、爱是一种强烈的、炽热的关系，它

---

① Amour corutois，即courtly love。这一术语可能最初于1883年出现在法国中世纪文化研究学者Gaston Paris（1839—1903）论述法国文化的著作中。后来，英国的C. S. Lewis在*The Allegory of Love*（1936）中进一步阐述了有关典雅爱情的概念。

② 详见A. Preminger, ed. *Princeton Encyclopedia of Poetry and Poetics*.

③ C. S. Lewis, *The Allegory of Love*, p. 2.

④ I. Singer, *The Nature of Love*, vol. 2. p. 21.

确立了男女之间神圣的一体性。①尽管众说纷纭，但我们从这些阐述中可以发现，中世纪骑士传奇对典雅爱情的描绘在某种程度上反映了把爱情理想化、精神化的倾向。

这种倾向也见于中世纪其他类型的作品。譬如，13 世纪法国城市文学的代表作《玫瑰传奇》运用寓言手法将情感拟人化，采用了一朵神秘的玫瑰来象征真实的女子。意大利“温柔的新体”诗创始人圭尼泽利（1240—1276）更把女子变成纯洁完美的天使。他认为女子是上帝派到凡间的天使，她能使追求她的男子升华到理想的崇高境界。随后，但丁把他青年时代所钟情的女子贝雅特丽齐描绘为从天国下凡显示奇迹的天使（《新生》），后来又把她说成是带领他游历天堂的导引（《神曲》）。在但丁的笔下，贝雅特丽齐可被看作是诸如启示、忠实、神恩、经院神学、教会和柏拉图哲学等某种超然原则的象征。

但是，文艺复兴时期的诗人既不全然否定肉体之爱，也不把爱情全然理想化、精神化。他们把两者结合在一起。14 世纪意大利诗人彼特拉克（1304—1374）就表现了这种倾向。他描绘的劳拉不再是单纯的偶像式人物，而是一个实实在在、有血有肉的人，她既具有形体之美，又具有心灵之美，既立足于尘世，又是一种象征。因此，她越是被颂扬为一种理念，越是被描绘为分享基督荣耀的圣徒，她就越是能够成为一个被热烈爱慕的女子。这就表明，肉体之爱与精神之爱并不是水火不相容的，两者虽然不同，却又是相互联系的。

但丁和彼特拉克都同样对文艺复兴时期英国诗人产生了重大影响。但是，在某种程度上，彼特拉克的影响较之但丁或许更大。英国诗人们大多认为，肉体之爱是一种欲望，但并非所有的欲望都是爱。他们并不否定肉体之爱，但更加强调精神之爱的崇高。在没有与理性的力量联系起来之前，欲望只是一种自然的冲动，就像引起植物生长或砂石坠落的盲目的自然力那样。只有欲望在理性的指导下意识到某种终极目标的时候，这种欲望才配称得上是爱。而这一终极目标就是从“美”中显示出来的神圣的“善”，因此爱的定义就必然是使弥漫于整个宇宙之中的美“得以实现的欲望”②。对于爱和欲的不同，莱昂·埃布罗说得非常清楚：

> 欲能产生爱，爱也能产生欲；在前一种情况下，爱是不完美的，

① I. Singer, *The Nature of Love*, vol. 2. pp. 21—22.

② J. W. Lever, *The Elizabethan Love Sonnet*, p. 141.

只有欲存在时，爱才存在，但在后一种情况下，爱则是完美的，它以理性为基础，首先能引起精神融合的欲望，其次是肉体的融合，但完美的爱和精神融合可以没有肉体的融合而存在，并在肉欲得到满足后仍能持续存在。①

斯宾塞在他的十四行组诗《爱情小诗》中明确地指出爱和欲之间的天壤之别，他认为欲是"卑劣"的，而真正的爱是坚贞不渝的，它蕴含着"巨大的热力"，具有与天国相联系的神圣性。他这样写道：

这种爱，与那卑劣的情欲不相同，
越是难得到，就越是坚贞不变。
坚硬的橡木，树液还没有晾干，
要很久才能点燃明亮的火苗：
而一旦燃烧起来，它就会发散
巨大的热力，使火焰直上九霄。

（第6首）。

但是，从《爱情小诗》的整体来看，诗人又力图向读者表明肉体之爱与精神之爱的联系。诗人一开头就用宇宙的意象来描绘他所爱慕的女郎：她灿如"星光"的明眸将阅读这些小诗，而这些小诗也将看见她"天使"般的目光（第1首）。在这种崇高的音调开始讲述对爱的追求之后，诗人又嘱咐他的"思想"冲破肉体的束缚，去寻找他的所爱。紧接着在第三首诗中，女郎便以"至高无上的美"出现在他的"思想"之中（第2首）。随后，从这种理想化的高度，美的意象逐渐有了某种形体，成为人间春天的"美丽的花儿"（第3首），这就意味着进入尘世的领域。组诗中可以发现女郎的一些具体形象，如：头戴金色发网（第37首），面对镜子梳妆（第65首），全神贯注地绣花（第71首），焚毁诗人的书信（第48首）。但另一方面，她仍是一种理想的化身，如闪耀着"造物主"的光辉（第9首），"天国的仙灵停泊的圣港"（第76首），美的"理念"（第88首），等等。总的来说，诗人并没有把她过于具体化，也没有把她完全神化。她既是脚踏在尘世土地上的人物，又是一种崇高的精神品质。

莎士比亚在他的十四行诗中强调"两颗真心的结合"，颂扬这种结合具有不会因环境的变化而变化的永恒性，但同时也传达出精神之爱并非全

① 引自 Nigel Foxell, *Ten Poems Analysed* (Pergamon Press, 1966), p. 5. n12.

然超越人世之外：

爱是永远固定的标志，
它正视风暴，决不被风暴震撼；
爱是一颗星，它引导迷途的船只，
其高度可测，其价值却无可计算。

（第116首，屠岸译）

在这里，爱被看作是一颗“星”，即恒星天中的北极星，这就暗示爱超越了月亮天下面的世俗领域，因而它是不会变化的。月亮天下面的“风暴”代表月下世界中的四种元素之一，它表明物质性，而物质是变化无常的，不能持久，只有真正的精神之爱才“决不被风暴震撼”。不过，虽然精神之爱如同处于恒星天中的北极星，但是它也与人世紧紧相连，因为它虽具有“无可计算”的价值，但其“高度”却是“可测”的，尤其是它可以直接“引导”月下世界颠簸在大海波涛之上的“迷途的船只”。对于肉体之爱和精神之爱的区别和联系，多恩在《告别辞：莫伤悲》一诗中表达得更为直截了当：

世俗的恋人之爱
　　（它的本质是肉感）不允许
离别，因为离别意味着破坏
　　凡俗之爱的基本根据。
但我们经过提炼的爱情，
　　它是什么连我们自己也一无所知，
我们既然彼此信赖，心心相印，
　　对眼、唇、手就漠然视之。

（第13—20行）

“世俗的恋人”原文是sublunary，即“月下世界的”“尘世的”。月亮下面是地球，这里的一切（按基督教观念，除灵魂之外）都是可变化的。因此，对世俗情侣来说，肉体的分离是绝对的，他们不能忍受分离，一旦分离了，也就失去了爱的基本根据。最后，“对眼、唇、手就漠然视之”一行尤其表明了诗人强调精神之爱，但并不否定肉欲。在上引的第二节诗中，多恩还采用了中世纪炼金术中“提炼”的意象，暗示一种精神化的过程：犹如炼金术士从污泥中提炼出不含杂质的纯金，精神情侣也从卑贱的肉欲中净化出纯洁无瑕的爱情。这一点同样说明，精神之爱不同于“欲”，但两者仍是相互联系的。总之，他强调精神之爱，但并不否定欲。不过，文艺复兴晚期的弥尔顿更加强调爱的精神性，并在爱中增添了基督教成分。他认为爱是一种“纯洁的，更为内在的（天生的）欢乐，是由于把自己和一个相配的、交流的灵魂相结合（的产物），这种欲望才称得起是爱，它比死亡还强有力，像基督的妻（教会）所想的那样；多少水也扑灭不了它，洪水也不能淹没它”（《论离婚的学说和纪律》第四章）。

文艺复兴时期英国诗人都在不同程度上接受了新柏拉图主义的影响。新柏拉图主义者认为宇宙是以清纯的形式（即理念）和物质相结合而构成的，因此宇宙的本质就充满了把精神注入实体的美。神出于爱而创造了宇宙，因此无所不包的神爱则成为宇宙的动力：物质奋力地向上运动，渴望达到越来越清纯的形式。人渴望飞升，期望与上帝联合，就必然与上帝之爱相遇，达到更为清纯的形式，而另一方面，上帝之爱则不断寻求在物质上有新的体现。这样就形成了一种有力的循环运动。帕诺夫斯基指出，根据新柏拉图主义的观点，宇宙不同于最高的神，却又与最高的神不可分离。宇宙按照完美的程度分为四个等级：

> 一、宇宙心灵（The Cosmic Mind），这是纯理性的超神性领域；与神一样，它是不朽腐的，稳定的，但又与神不同，它是多元的，包含理念和神灵（天使），他们是在较低级领域中所存在的一切事物的原型。
>
> 二、宇宙灵魂（The Cosmic Soul），这仍是不朽腐的，但却不再是稳定的。它以自我的运动运转，不再是纯形式而是纯原因的领域。因此，与分成九重天的天体世界一致；九重天是：神的寓所，恒星天和七颗行星。
>
> 三、自然领域（The Realm of Nature），即月下世界，这是可朽的世界，它由形式和物质构成，因此当那些构成物分裂时，它也随之分解。它随天体世界而运动，天体世界与有时被含糊地称为中介的世界精神相联系。
>
> 四、物质领域（The Realm of Matter），这一领域是无形式的，无生命的。只有它停止自身并进入与形式的联合时，它才被赋予形状、运动和存在，从而为自然领域作出贡献。[①]

---

① E. Panofsky, *Studies in Iconology*, p. 132.

这种观念把整个宇宙看作是一个神圣的生物。它具有生命，它的各个等级通过一种“从神那里发射出来、穿过天体、降到四种元素、结束于物质的神圣影响”而相互联系。一种毫不间断的超自然能量的溪流自上而下地流溢、又反过来自下而上地流溢。宇宙心灵持续不断地沉思神，热爱神，同时又关注下一级的宇宙灵魂。宇宙灵魂把宇宙心灵中静止的理念和神灵转化为使月下世界不断运动和得以丰富的巨大动力，从而刺激自然产生可见事物——宇宙心灵一方面与神相联系，另一方面又与宇宙灵魂相联系。因此，月下世界的一切虽然是可朽的，却都参与由“神圣影响”传给它的神圣生命和美。[①]这种“神圣影响”的溪流形成一种从神流到世界、从世界又流到神的循环，而爱者就是把自己插入这种神秘的循环之中。

肉体之爱和精神之爱在传统上可以分别由古典神话中的两个维纳斯来象征。一个是尘世的维纳斯，另一个是天堂的维纳斯。天堂的维纳斯是巨人族主神乌拉诺斯的女儿，但没有母亲。“母亲”一词的拉丁文是 *mater* (mother)，与拉丁文中的“物质”一词 *materia* (matter) 相联系。[②]因此，没有“母亲”就暗示这个维纳斯属于非物质领域。她居住在最高天，或宇宙心灵的领域。她所代表的美乃是弥漫于整个宇宙之中的神性光辉。尘世的维纳斯是宙斯和狄俄涅的女儿，她居住在宇宙心灵和月下世界之间的领域，即宇宙灵魂的领域。她是至高无上之美的具体象征，这种美不是超然于有形世界之上，而是体现于有形世界之中。每个维纳斯都伴有一个情趣相投的、被认为是她儿子的小爱神，这就使人们所渴望的各种美和形式都产生相应的爱。天堂的爱占有人的最高官能，即心灵或理性，并促使心灵或理性去沉思神圣之美的理性光辉。另一个维纳斯的儿子掌握人的中间官能，即想象和感觉，并促使他产生与有形世界中的神圣之美相像的尘世之美。[③]在文艺复兴时期英国诗歌中，典型的例子当推斯宾塞的《四首赞歌》，这组诗歌首先描绘了《尘世之爱》，由于这种爱是由尘世之美引起的，所以接着的第二首就是《尘世之美》。尘世之爱和尘世之美乃是天堂之爱和

---

① E. Panofsky, *Studies in Iconology*, p. 133.

② Ibid., p. 142.

③ Ibid., pp. 142—143. 关于人的“官能”问题，C. S. Lewis 在 *The Discarded Image* 中有比较详细的说明。他认为，人的灵魂由五种官能构成，分成两组：一是 anima prima，即较高级灵魂，另一是 anima secunda，即较低级灵魂。较低级灵魂与肉体密切联系，由三种官能构成，都既依靠又指导人的心理作用：滋养和生长官能；外部感觉，即五官，接受和传递外部世界的信号；内部感觉或想象，把分散的信号融会成一致的心理意象。较高级灵魂只有两种官能，即理性和心灵。理性是接近较低级灵魂的，它根据逻辑规则同想象提供的意象合作。但心灵可以按照由直接沉思神圣的理念把握真理。

天堂之美的摹本，因此第三首和第四首就是《天堂之爱》和《天堂之美》。丘比特是第一首诗中尘世之爱的象征，维纳斯是第二首诗中尘世之美的象征，基督是第三首诗中天堂之爱的象征，上帝是第四首诗中神圣之美的象征。反过来说就是：在天堂中，上帝代表至高无上的神圣之美，他引起基督的神圣之爱；在人世间，维纳斯代表尘世之美，他引起丘比特的尘世之爱。

上面已经提到，世俗之爱不仅被理想化、精神化，而且也往往被宗教化。换言之，世俗之爱被导向上帝。世俗之爱是对感官美的一种反应，并被看作是通向最高的上帝之爱的第一步。美是神圣的形式（理念）在物质对象上的表现，因而爱也就是观察到了那种神圣的形式。意大利作家卡斯蒂廖内认为，对求爱者来说，对美的爱就是“上升到另一种更高境界的第一步”，因而爱美者“看到的不再是一个女子的形体的美，而是看到装饰一切物体的宇宙”。[①]世俗之爱是上帝之爱的摹本。上帝对人类之爱表现在许多方面。但是，基督教传统认为，上帝之爱首先表现在他以自己的形象为人类创造了美丽、和谐、井然有序的宇宙，其次他又以自己的形象创造了世界的主宰——人。不仅如此，在人类堕落之后，他又牺牲自己的儿子为人类赎罪。费奇诺（1433—1499）这样写道：“我们不仅全心地爱上帝，而且仅爱上帝。如果说我们爱肉体，爱心灵，爱精神，那么我们并不是真爱这些东西，而是爱它们里面的上帝；我们现在爱一切之中的上帝，以便在未来爱上帝之中的一切；爱上帝，也就是爱我们自己。”[②]

按照这种观点，由于上帝对人类的爱，人就应同样充满对上帝的爱，而且也应充满对“我们自己”的爱，即人间之爱。《圣经》上说，“你们要彼此相爱，像我爱你们一样，这是我的命令”（《新约·约翰福音》第15章第12节）。斯宾塞在《爱情小诗》中通过对基督教传说中的基督复活事件的描绘把上帝之爱与人间之爱的关系表述得十分清楚：

> 光辉灿烂的生命之主啊，在今天，
> 你凯旋高升，战胜了罪恶与死亡：
> 在洗劫地府之后，赢得了我们的解放：
> 这欢乐的日子，主呵，以欢乐开场，
> 你为我们而死，把生命献出，

---

① H. Shire, *A Preface to Spenser*, p. 83.

② I. Singer, *The Nature of Love*, vol. 1, p. 365.

我们用你的鲜血把罪恶涤荡，
请允许我们永远生活得幸福。
我们崇敬地把你的爱来掂估，
我们将同样爱你，像你爱我们：
你以昂贵的代价把人类救赎，
为你的缘故，我们将相爱相亲。
相爱吧，亲爱的，我们应当做到，
爱是主给予我们的谆谆教导。

（第68首）

在这首诗中，诗人不仅歌颂了上帝对人类的爱，而且说明人类必须同样爱上帝，同时也应当以上帝之爱为楷模，大家彼此相爱。

赫伯特在给他母亲的一首十四行诗中说，他要把自己全部的爱献给上帝，用他的诗使神坛兴旺。他把炽烈的爱转向上帝：“你就是我的美人，我的生命，我的光明。”（《阴郁》）他以全部的热忱追求着，渴望与“爱人”相聚（《探求》）。他还常把对上帝的爱描绘为新娘（灵魂）和新郎（基督）之间的关系。他相信上帝是“不朽的爱”，并力图把颂扬凡人之爱的颂歌变成颂扬上帝的情歌（《爱》一）。有时他因受到拒绝而痛苦：“当我的祈祷不能穿透你沉默的耳朵，我的心碎了，如同我的诗句：……因此我的灵魂不见了，没有了音调，没有了琴弦。”（《否定》）有时，他精疲力竭，屈膝下跪，泪如泉涌地呼唤着他“心中的爱”和“灵魂的主”，仿佛成了一个肝胆俱裂的求爱者：

我屈膝下跪，精疲力竭，以患病的、饥渴的眼，
对你哭泣，
对你呻吟，
对你叹息，
泪如泉涌：……
怜悯的杯子呀，听！
我灵魂的主，我心中的爱，
……
我的爱，我的甜爱，听：

（《渴望》）

在基督徒看来，对上帝的爱首先要在宇宙万物之中观察和认识上帝的

属性。譬如，罗伯特·博伊尔认为，人人都应成为伊索，把世上一切事物，无论有无生命，都变成“伦理教师”或“神学博士”，从而把整个世界变成一座“神坛”，把每件事物变成一位不断对人进行教导或规劝的“牧师”①。加尔文的观点更加重要，因为在清教占统治地位的17世纪英国，即使国教徒也受清教传统的影响。加尔文认为，宇宙是一面“镜子”，从中可以窥见上帝。他说，通过这些造物，上帝“离我们更近了，更为我们所熟悉，他以某种方式与我们交流”②。总之，对自然的沉思，认为万物都是瞻见上帝的一面镜子，这是许多宗教诗人的普遍看法。这种看法促进了17世纪上半叶宗教抒怀诗的繁荣。

根据传统宇宙论，宇宙各重天的运动是由于原动天发出的推动力。柏拉图认为，一切运动的根源是灵魂，因此星体运行的根源也是灵魂，每一颗星体都有灵魂。推动整个宇宙的灵魂是最高灵魂，它给整个宇宙注入理性的秩序和运动。最高灵魂又称“世界灵魂”。但是，亚里士多德认为，凡物都在运动，运动是永恒的。永恒运动的根源在于“第一推动者”或“不动的推动者”。第一推动者推动第一重天（恒星天或原动天），后者又带动里面的各重天运转。亚里士多德在《论哲学》的一个残篇中说道：

> 当人们突然看到大地、海洋和天空；当人们知道云的壮丽和风的力量；当人们看见太阳，并懂得它的绚丽多姿，以及它把光辉洒向天空而造成白昼的力量；当夜色遮暗大地，人们看到整个天空灿烂的星光；当人们看到月亮由于圆缺而光度变化，所有这些天体的升降，它们的轨道不变，亘古永恒——当人们看见这一切事物，他们会非常肯定地判断说，不仅存在着神，而且这些惊人的运行也都是神的技艺。③

显然，亚里士多德的“第一推动者”最终等同于神。到了中世纪，柏拉图所说的“世界灵魂”和亚里士多德所说的“第一推动者”很容易就被基督教神学家转变为“上帝”的形象了。阿奎那遵循亚里士多德的理论，认为有些事物处于变化之中，将变化为另一种事物，而这另一种事物也同样处于变化之中，也是由于另一事物而发生变化的。因另一事物而发生变化的一连串事物不可能无穷无尽，所以最终必然有一个本身毫不变化、却引起其他事物变化的“第一根源”——这就是神，是上帝。阿奎那把宇宙

---

① 见 B. Lewalski, *Protestant Poetics and Seventeenth – Century Religious Lyric*, p. 163.

② Ibid., p. 164.

③ 引自 W. L. Craig, *The Cosmological Argument from Plato to Leibniz*, p. 41.

看作是根据其获得完美程度安排的各种生物的等级。万物都源自上帝，上帝不仅是它们存在的根据，也是万物寻求与之重新联合的至善。上帝创造了世界，以便更能充分地传达自己的信息。就像第一推动者那样，上帝驱动一切造物对他的渴望。上帝不仅创造了世界，而且维系着世界，并通过直接和间接的方式来加以管理。他通过永恒的法则来直接管理，又通过天使、通过对尘世的运动产生影响的天体来间接管理。他赐予一切造物以一种“本性”或“形式”，据此使它们寻求适合于它们的事物。因此，土元素和重物向下倾斜；火元素与轻物向上倾斜。一切运动都是万物对其潜能的实现。人按其本性就要朝着超然的世界努力。人是为了善而被创造的，因此他具有超然的神恩来支持他达到他所渴望达到的终极目的。①

总之，在基督教神学家看来，宇宙的原动天是上帝推动的。上帝用什么力量来推动原动天而带动整个宇宙的运转呢？是上帝之爱的力量。按照柏拉图的观点，爱是一种宇宙原则，它不仅统治人间的一切，也是支持宇宙存在的力量，是超越时空和永恒的。按照亚里士多德的观点，神“作为被爱者而运动”②。他使其他的事物运动，或作为被渴望的事物使那些渴望他的事物运动。原动天就是出于对神的爱而运动的，在运动时又把它的运动传送到宇宙之中的其他物体。中世纪基督教神学家阿奎那则说，上帝就是第一推动者，他驱使一切造物充满对他的渴望。因此，爱是“一切因果关系的最深的源泉”③。乔叟在《坎特伯雷故事集》中描写女修道院院长时说：她的“臂膀上套着一串珊瑚念珠，夹着绿色的大颗珠子，串珠上挂有一只金质的饰针；针上刻的是第一个大写字母 A，后面接着一句拉丁成语”（“总引”）。那句拉丁成语就是 *Amor vincit omnia*，即“爱征服一切”。这是出自公元前 1 世纪罗马诗人维吉尔《牧歌》第十首的名句。④英国文艺复兴初期诗人沃尔特·雷利（1552—1618）甚至狂喜般地宣称：

爱是不灭的火焰，
　　永世燃烧在心间，
永不患病，永不衰老，永不死亡，

① E. Gilson, *The Philosophy of St Thomas Aquinas*, 引自 B. Willey, *The Seventeenth Background*, pp. 13—14.

② 参见 C. S. Lewis, *The Discarded Image*, p. 113.

③ E. Gilson, *The Philosophy of St Thomas Aquinas*, 引自 B. Willey, *The Seventeenth Century Background*, p. 13.

④ 杨同翰《攻玉集》，第 39 页。

海枯石烂永不改变。[1]

在前面谈到中世纪的典雅爱情模式时，我们已经发现这样一点，即爱是能够使求爱者更为崇高的力量。但在那时，爱和理性是无法相互适应的，因为典雅爱情往往导向难以得到的已婚女子。这就有陷入罪恶的危险。到了文艺复兴时期，婚姻和生育被看作是满足肉欲的最佳途径。爱被认为是具有创造力的，这一说法包括不同方面。首先，上帝按照自己的美在宇宙之中再现了它。一个求爱者可以看到被爱者的美、并怀着对美的深爱与渴望而生下美的孩子。这就是第一层阶梯——物质向上迎接更为清纯的形式（理念）。其次，当新柏拉图主义与基督教观念融合时，爱的目的就是与被爱者通过基督教婚礼和以生儿育女为目的的联合——把美的形式刻印在物质上。斯宾塞的《爱情小诗》和《祝婚曲》都强调把纯洁的爱引向神圣的婚姻。他认为人类通过婚姻可以创造一种永恒。这种永恒有两层含义。首先，通过婚姻繁衍的后代，可以永远维系小宇宙的生命，或人类的存在。因此，诗人先采用一个“婚床”的意象——“快替她卸去盛装，让她躺在婚床上”（第 17 节）——随后又祝愿新娘“增添众多的后裔”（第 22 节）。其次，婚姻还能创造另一种永恒，即人类后代不仅可以维持受到时间制约的生命，而且可以获得超越时间的真正的永恒；尽管他们的肉体终会腐朽，他们的灵魂却可能在天国获得永生：

他们可能从尘世这个久居的住处，
怀着永恒的幸福，
登上你们那傲然高耸的圣殿；
并且为酬报他们光荣的业绩，
他们还可能把天国的圣龛承继，
使天上诸圣的数目不断增添。

（第 23 节）

因此，结婚本身虽是一个短暂的现实，但它也是永恒的象征。它既是肉眼可见的表象，又是一种内在的精神。正如约翰·利弗所说，婚姻“成为现实和理想之间的桥梁，它把肉体和精神结合在一起，它既是现实，又是象征”[2]。在这个意义上，婚姻乃是灵与肉的神圣结合，也是文艺复兴时期人

---

① 引自伊丽莎白·朱《当代英美诗歌鉴赏指南》，第 253 页。

② J. W. Lever, *The Elizabethan Love Sonnet*, p. 95.

们追求的理想。这也可以说明莎士比亚为什么一再鼓励他的友人结婚生子，因为他的美可以在他的子孙身上得到永恒。因此，莎士比亚在他的十四行组诗的第1首就开宗明义地宣称："我们要美丽的生命不断繁滋，能这样，美的玫瑰才永不消亡，既然成熟的东西都不免谢世，优美的子孙就应当来承继芬芳。"弥尔顿在《失乐园》中同样颂扬婚姻之爱：

善哉，结婚的爱，
神奇的法律，人类繁衍的真源，
……
由于你，淫欲从人间被逐出，
而彷徨于兽群之间；由于你，
得以理性、高尚、正直、纯洁
为基础，开始知道伦常关系，
开始知道父、子、兄、弟之爱。

（第四卷，第750—757行，朱维之译）

按照传统宇宙论，人类社会也是一个小宇宙。在这个小宇宙中，推动社会运行的是君王。作为原动天的君王以正义和仁爱作为推动力，使整个社会能够和谐地正常运转。莎士比亚通过鲍西娅之口表现了一个理想君主应有的品质：

仁爱不是出于勉强，它是像甘霖一样从天上降下尘世；它不但给幸福于受施的人，也同样给幸福于施与的人；它有超乎一切的无上威力，比皇冠更足以显出一个帝王的高贵：御杖不过象征着俗世的威权，使人民对于君上的尊严凛然生畏；仁爱的力量却高于权力之上，它深藏在帝王的内心，是一种属于上帝的德性，执法的人倘能把仁爱调剂着公道，人间的权力就和上帝的神力没有差别。

（《威尼斯商人》第四幕第一场，朱生豪译）

斯宾塞与莎士比亚的看法毫无二致。他在《仙后》里，在众多富有寓意的情节之中还纳入了英国的历史，因而他的这部长诗也被看作是一部充满爱国热情的赞歌，颂扬伊丽莎白女王和在她统治期间英国的繁荣强盛。他把女王颂扬为正义和仁爱的君主。在16世纪的英国，伊丽莎白女王有时被描绘为推动社会运动的原动天。对此，海伦·夏尔选用了约翰·凯斯的《政体天》（1588?）中的一幅宇宙图来加以说明。这幅宇宙图就把伊丽莎白女王置于第九重天，即原动天。她伸出双臂推动整个宇宙。原动天里面的恒星天内标明英国的星法院、法官和王室法律顾问等，而在地球的中心标明坚定不移的“正义”（见图8）。

总之，传统宇宙论告诉我们，爱是促使人向崇高境界升腾的巨大力量，也是增进社会和谐的巨大力量，更是推动整个宇宙运动的巨大力量。正像但丁在《天堂篇》的结尾处所说的那样：

是爱也，动太阳而移群星。

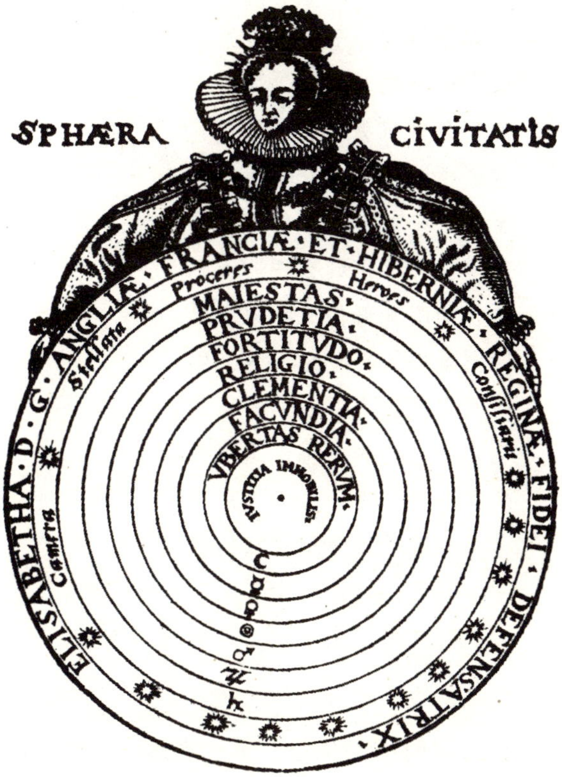

图8　作为原动天的伊丽莎白女王。伊丽莎白女王位于第九重天，即原动天，她伸出双手推动整个宇宙，象征她是推动一切的原动力；第八重天是恒星天，这里有星法院、法官、英雄和王室法律顾问；随后是土星天、木星天、火星天、太阳天、金星天、水星天，而月亮天则是繁滋万物的区域。在地球的中心，是坚定不动的正义。本图同时表明大宇宙与小宇宙的对应；每一重天都与适当的政府品质相应。（John Case，*Sphaera Civitatis*［1588］，in Shire，1978：34）

（五）时间：镰刀、沙漏与龙蛇

莎士比亚在他的十四行诗中一再提及“时间的镰刀”。譬如：没人敌得过“时间的镰刀”（第12首）；什么都逃不过时间那“横扫的镰刀”（第60首）；红颜到头来总不被“时间的镰刀”遗漏（第116首）。但是，对拟人化的“时间”及其“镰刀”的描绘似乎比较集中地见于他的第60首十四行诗。全诗如下：

正像海涛向卵石滩头奔涌，
我们的光阴匆匆地奔向灭亡；
后一分钟挤去了前一分钟，
接连不断地向前竞争得匆忙。
生命，一朝在光芒的海洋里诞生，
就慢慢爬上达到极峰的成熟，
不祥的晦食偏偏来和他争胜，
时间就捣毁自己送出的礼物。
时间会刺破青春表面的彩饰，
会在美人的额上掘深沟浅槽；
会吃掉稀世之珍：天生丽质，
什么都逃不过他那横扫的镰刀。
　　可是，去他的毒手吧！我这诗章
　　将屹立在未来，永远地把你颂扬。

（屠岸译）

在这首诗中，诗人对时间的描绘，至少表达了这样几层含义：首先，时间犹如奔涌不息的“海涛”，“后一分钟挤去了前一分钟”。这种意象既表明时间的直线发展，又暗示时间的循环往复。其次，这种含义也体现在人的生命之中，人的一生从婴孩出生时开始，匆匆地经过成熟的壮年，很快就进入暮年和死亡。人生的进程显然表现为直线发展的时间，但另一方面，犹如一浪接一浪的“海涛”，前面的退下，后面的接着涌上来，一个生命的结束意味着另一个生命的开始，即生命一代接一代，生生不息，这又暗示一种循环的时间。最后，诗歌是不朽的，它可以传世，因此能够战胜时间，不怕那“时间的镰刀”，而在不朽的诗篇中被歌颂的人也同样能够逃过时间的“毒手”。不过，值得注意的是，莎士比亚采用“镰刀”这个意象，旨在强调时间对人的制约力和摧毁力：时间既创造一切，又“捣毁自己送出的礼物”。

但是，为什么用镰刀来作为时间的象征？原来“时间”在希腊文中是Kairos，而这个字与希腊神话中提坦巨神族的克罗诺斯的名字Kronos相近。因此，克罗诺斯就往往与“时间”等同。根据希腊神话，克罗诺斯曾用镰刀击毙他的父亲乌拉诺斯而登上宇宙统治者的宝座。但是，人们把镰刀作为克罗诺斯的象征，却并不是因为这个缘故，而是因为他相当于罗马神话中的萨图恩（Saturn）：萨图恩是农神，镰刀是他的农具或阉割牲畜的工具。农业是人类所从事的最古老的职业，因此由克罗诺斯代表的“时间”还常被描绘为一个“老人”，即人们所熟悉的“时间老人”或“时间父亲”。后来，当古典神话的神祇与托勒密宇宙的七颗行星联系在一起时，克罗诺斯便成为主管行星中距离地球最远、运行速度最慢的土星（Saturn）的神祇，因此就出现了“克罗诺斯—萨图恩”的形象。公元4—5世纪的作家又给“克罗诺斯—萨图恩”的形象增添了某些暗示其时间含义的属性，如咬着自己尾巴的蛇或龙。此外，根据希腊神话，克罗诺斯曾经听到有一个神谕说，他将被自己的某个孩子所推翻，于是便吞噬了自己所有的孩子。这个故事后来就用来暗喻“利齿的”时间吞噬了自己所创造的一切。①奥维德就曾经说过：“伟大的时间啊，你吞噬了一切；你和妒忌成性的老年，你们把一切都毁灭了，你们用牙齿慢慢地咀嚼，消耗着一切，使它们慢慢地死亡。”（《变形记》第十五章）②由此可见，莎士比亚为什么在诗中不仅提及“时间的镰刀”，而且还说到时间要“捣毁自己送出的礼物”。

其实，在西方的古老传统中，拟人化的时间并没有携带镰刀。时间只有两种概念和意象。一方面，“时间”主要指人生旅程中的某个转折点，因而常与“时机”（Opportunity）相联系。“时机”常被描绘为一个飞奔疾跑、永远年轻而不衰老的裸体男子。他的肩头和脚踵都生着翅膀，有时还

---

① E. Panofsky, *Studies in Iconology*, p. 74.

② 英国诗人安德鲁·马维尔在《致他的娇羞的女友》一诗中也曾借用过“利齿的”时间形象：

> 让我们趁此可能的时机戏耍吧，
> 像一食肉的猛禽一样嬉狎，
> 与其受时间慢慢吞吞地咀嚼而枯凋，
> 不如把我们的时间立刻吞掉。（杨周翰译）

带着一付放在刀尖上的天平。传说时间的脑袋是秃顶的，但他的额头长着一簇卷发，人们凭这簇卷发可以抓住秃头的时间。后来到了11世纪，“时机”又与“命运”（Fortune）的形象融合在一起。另一方面，“时间”又意味着无穷无尽的永恒创造的原则。在这个意义上，时间的形象与波斯的太阳神米特拉（Mithra）颇为相似，即背上生有一双翅膀，长着狮头、狮爪，身上紧紧缠着一条巨蛇，双手各持一把钥匙；但有时也与俄耳甫斯式的神祇法恩斯（Phanes）相似，即一个生有羽翼的美少年，四周绕着一圈暗示宇宙无穷力量的黄道带，身上也是被一条巨蛇紧紧缠住的。[①]不难看出，时间的这些古老形象要么象征飞快的速度和安危不定的平衡状态，要么暗含宇宙的巨大力量和无限富饶的特征。但是，不管怎么说，在各种古老的时间形象中都没有毁灭一切的象征。

到了文艺复兴时期，时间一般都被描绘为生有双翼，几乎赤身露体。除了镰刀之外，有时还加上一个沙漏，或一条咬着自己尾巴的蛇或龙，或一圈黄道带，有时还杵着一根象征老年的拐杖。据说在15世纪初的艺术家们为彼特拉克（1304—1374）诗歌所作的各种插图中，有一幅法国的小画像把时间描绘为长着翅膀、年迈体衰的老人，他长着三颗头，分别象征过去、现在和未来；生有四只翅膀，分别象征一年四季；还有十二根羽毛，分别象征十二个月。[②]但是，这种仅仅隐含着理论阐述意味的形象远远不足以表现彼特拉克诗中作为强大而无情的破坏者“时间”的本质。彼特拉克诗中所描绘的时间并不是抽象的哲学概念，而是一种惊人力量的体现。于是艺术家们就把无害的拟人化时间与凶恶的萨图恩形象融为一体。他们从前者借来翅膀，从后者借来衰老的外貌以及象征衰老的拐杖，最后便带有萨图恩的特征，如镰刀和吞噬一切的主旨。时间的这一新的拟人形象有时突出“镰刀”，有时突出“沙漏”，有时强调“咬着自己尾巴的蛇”，或绕在四周的一圈“黄道带”。

显而易见，时间的这一新的拟人形象实际上是多种象征的综合，其中至少有两个新的意象是值得特别注意的。

首先是沙漏的意象。这个意象表明，任何人都在时间中出生和死亡，也就是说，人仿佛生活在时间之内。可以想象，人体如同沙漏，人体内呼出的每一气息都像沙漏中落下的一颗沙粒，而那些沙粒是早在人的生命结

---

① E. Panofsky, *Studies in Iconology*, pp. 71—73.

② Ibid., p. 79.

束之前就似乎一粒一粒数好了放在沙漏里的。人生不过是无可奈何地等待着最后一颗沙粒从沙漏中落下的那个时刻。这种沙漏的意象显然表明人生的短暂，它有始有终，有生有死，受到时间的无情制约。

有始有终的时间是一种直线时间，因为其运行呈现为直线的发展。这种直线时间与无始无终的时间相对，而无始无终的时间就是无限和永恒。按照柏拉图所说，神除了给宇宙以有形的扩展或空间的三维延伸之外，还给他的造物以时间的维度：

> 神计划创造出一个活动的"永恒"形象，并且就像他使天空井然有序那样，他还使寓于一中的永恒成为一种按数运行的永恒形象，这就是我们所说的时间。在建构天空的同时，他也建构了昼夜与年月，这些都不曾在天空出现以前存在过。这就是时间的全部。①

因此，直线时间是可以测量的，宇宙不仅是纵向与横向意义上扩展的空间，也是按时间顺序向前与向后的运动。柏拉图所说的"昼夜与年月"是时间单位，是按数来运行的"永恒"的摹本。柏拉图还说，"在感知世界运行的事物"是"时间的生成形式"，它"按数运行，模仿永恒"。②也就是说，时间是按预定的、不断重复的模式进行的。为了使时间有条不紊地运行，神在天空放置了可见的天体：神"考虑到要创造时间，于是就出现了太阳、月亮和其他五颗行星，以确定和维持时间的数"。③关于神创造时间的目的，柏拉图的上述解释与《圣经》中的描述不无相似之处："神说，'天空要有光体来作记号，分昼夜，定节令，算日子，计年历；并要发光，照耀全地。'神就造了两个光体，大的管昼，小的管夜；又造了众星。神把日、月、星辰罗布天空，普照大地，管理昼夜，分别明暗。"（《旧约·创世纪》第1章第14—18节）这样，宇宙就按小时、日子、月份、季节、年度等单位开始运动，既向前做直线运动，又做周而复始的循环运动，这些都表明神的律法。

人生与宇宙的节奏密切联系，人生的进程与一年四季的进程相应。这种看法源自毕达哥拉斯。奥维德在《变形记》中记述了一篇"毕达哥拉斯的演说"，这篇演说生动地描绘了与一年四季对应的人生四个时期：

> 你们不见一年有四季的变化么？岁月效法人生分为四段。春天是

---

① Plato, *Timaeus* 37D—E.

② Plato, *Timaeus* 38A.

③ Ibid., 38C.

新生，一切娇嫩，就像婴孩。这时候，绿草生芽，使农夫见了充满喜悦和希望，但是仍然荏弱无力。随后，百花竞放，开遍沃野，宛如锦绣，但是此时绿叶也仍然不很茁壮。春天过去，气候转入夏令，万物日渐结实，就如强健的青年。这一季节最为健壮，最为炽热。然后秋天到来，青春的红润逐渐消失，进入成熟境界，这时的情景介乎青年与老年之间，额角上渐渐露出华发。最后是残冬老年，步履蹒跚，形容瑟缩，头发不是雪白，便是脱落干净了。（第十五章，杨周翰译）

公元3世纪希腊传记作家拉尔修也记述过毕达哥拉斯的观点，他写道，毕达哥拉斯“把人的生命作了这样的划分：童年占二十年，青年占二十年，壮年占二十年，老年占二十年。他还把这些年龄段与一年四季相比，把童年比作春天，把青年比作夏天，把壮年比作秋天，把老年比作冬天。”[①]据此来看，莎士比亚用夏日来比喻爱友的永恒青春：“能不能让我来把你比作夏日”（第18首十四行诗），又把暮年比作残冬：“你从我身上能看到这个时令：黄叶落光了，或者还剩下几片没脱离那乱打冷颤的一簇簇枝梗”（第73首十四行诗）等等，就不足为奇了。也许更具代表性的例子是斯宾塞的《牧人月历》，诗中的主要人物柯林·克劳特在第一首诗里把自己的生命比作一年四季，他的“新春”曾经开出了花朵，接着是水仙装饰的“骄傲的夏日”，一直到最后出现“冬天的风暴”（《一月牧歌》）；他在末尾一首诗里又一次咏唱了这个主题，正如E. K. 在“提纲”中所说，柯林“使自己的生命与一年四季形成比例。他把青年时期比作春天，这时他新鲜娇嫩，没有爱的蠢行。他把成年比作夏天，由于彗星引起的酷热和过度的干燥而消瘦下去，他的意思说的是爱情，这种情感一般被喻为火焰和过度的热。他把更成熟的岁月比作不及时的收获，果实还没成熟就已落地。他把暮年比作冬天，比作那严寒霜冻的季节，临近死亡”（《十二月牧歌》）。

托勒密继承了毕达哥拉斯的上述观点。他在《四书》中说：“一切生物的最早年代，像春天，有较大量的潮湿度，幼嫩，还很纤弱。第二阶段，直到生命的盛年，热量最大，像夏天；第三阶段，已过了盛年，到了衰落的边缘，过度干燥，像秋天；最后的时期接近消亡，过度寒冷，像冬天。”[②]但是，在《四书》的稍后部分，托勒密又按七颗行星把人生分成七

---

① 见 S. K. Heninger, Jr., *Touches of Sweet Harmony*, p. 224.

② Ptolemy, *Tetrapiblos* I. 10.

个时期，第一时期与月亮天对应，最后时期与土星天对应，同时又与各行星的特质有关。他所说的主要内容如下：

第一时期：4岁前的婴孩期，与月亮天对应，形体不定，长得快，食物带湿性。

第二时期：5—14岁，与水星天对应，幼年。

第三时期：随后8年，15—22岁，与金星天对应，青年，青春，爱恋。

第四时期：19年，23—41岁，与太阳天对应，青壮年；光荣，地位，严肃。

第五时期：15年，42—56岁，与火星天对应；忧郁.

第六时期：12年，57—68岁，与木星天对应，老年，不好活动。

第七时期：直到最后死亡，与土星天对应；暮年。①

文艺复兴时期英国诗人沃尔特·雷利在他的《世界史》一书中有关人生七个时期的阐述基本上是托勒密观点的重复：

> 人的七个时期与七颗行星相像。完满的婴孩期可比作月亮，对我们来说只是生长，犹如植物；第二时期可比作水星，这时我们受教育，受训导；第三时期可比作金星，这是爱情、欲望和虚荣的时期；第四时期可比作太阳，这是人生的身强力壮、繁盛和美丽的时期；第五时期可比作火星，这时我们寻求荣誉和胜利，思想驰向野心勃勃的目标；第六时期属于木星，这时我们开始考虑自己的时代，评价我们自己，逐渐发展了我们理解力的完美性；最后的第七时期可比作土星，我们的时日阴郁忧伤，根据可贵和悲伤的经历，由于无可挽回的损失，我们发现在我们所有的虚无的热情和情感消失之后，只有悲伤留了下来；我们的伴随物是疾病和各种不同的虚弱。（第一卷第二章）

莎士比亚在《皆大欢喜》一剧中，通过杰奎斯之口，一方面把整个世界喻为一座“舞台”，人人都是这座舞台上的“演员”，另一方面也描绘了人生的七个时期：

> 全世界是一个舞台，所有的男男女女不过是一些演员；他们都有下场的时候，也都有上场的时候。一个人的一生扮演着好几个角色，他的表演可分为七个时期。最初是婴孩，在保姆的怀中啼哭呕吐。然

---

① Prolemy, *Tetrapiblos* IV. 10.

后是背着书包，满脸红光的书童，像蜗牛一样慢吞吞地拖着脚步，不情不愿地呜咽着上学堂。然后是情人，像炉灶一样叹着气，写了一首悲哀的歌篇咏着他恋人的眉毛。然后是一个军人，满口发着古怪的誓，胡须长得像豹子一样，爱惜着名誉，动不动就要打架儿，在炮口上寻求着泡沫一样的荣名。然后是法官，胖胖圆圆的肚子塞满了阉鸡，凛然的眼光，整洁的胡须，满嘴都是些格言和老生常谈；他也扮了他的一个角色。第六个时期变成精瘦的趿着拖鞋的龙钟老叟，鼻子上架着眼镜，腰边悬着钱袋；他那小小心心省下来的年轻时候的长袜子套在他皱瘪的小腿上宽大异常；他那朗朗的男子的口音又变成了孩子似的尖声，像是吹着风笛和哨子。终结着这段古怪的多事的历史的最后一场，是孩提时代的再现，全然的遗忘，没有牙齿，没有眼睛，没有口味，没有一切。（第二幕第七场，朱生豪译）

此外，人的一生也有按一年十二个月份被喻为十二个阶段的。总之，不管人生如何分期，它都有始有终，属于直线时间，其运行呈现为直线的发展。

按照基督传统，时间从创世时起，向前一直推移到世界的末日，同样呈现为直线的运行。这被视为一种宏伟的设计。在基督徒看来，最初的“历史”就是上帝与尘世人类交往的故事。宇宙的时间虽在创世时就已开始，但伊甸园里却没有时间。在某种意义上，尘世的时间从人类的堕落开始。后来经过《旧约》中的黑暗时期到大洪水，人类在诺亚身上获得了第二次机会，得到了上帝的许诺；随后又向前推移，经过旧律法的古代世界，但是先知的声音预言基督的降临，并以基督在尘世的子孙通过选民、最终以他在尘世的母亲玛利亚结束。按照基督教传统，时间从基督诞生起重新开始，这就是公元。基督在尘世的三十年生活具有特殊意义，他生活中的事件在早期是“预示”出来的：亚伯拉罕向神祭献自己的儿子以撒的模式，预示着上帝将牺牲自己的儿子耶稣基督。前一个模式是不完整的，而这不完整的模式在耶稣被钉十字架的牺牲模式中得到完整的体现。后者是真正的类型；以撒被祭献不过是所谓“对应的人物或事件”，也就是一种先兆。自耶稣基督被钉死在十字架以后，罪人救赎的新的模式就适用于所有的基督徒。圣徒和殉教者的牺牲都是这种模式的再现。

上述的直线时间可以分为过去、现在和将来。罗伯特·格林（1558—1592）在《僧人倍根和僧人班盖》中描写了一个“黄铜的头”，这个“黄铜的头”说：“现有的时间，已往的时间，时间是过去了。”① 对文艺复兴时期的人来说，他可以根据自己某个特定的时刻来看待时间：他可以追溯到创世时的时间，也可以把时间一直延伸到世界末日，而他所处的“此时此刻”的时间则是极其短暂的，转瞬即逝的。

时间的另一个重要象征是口中咬着自己尾巴的龙或蛇。我们已经说过，这样一个“似乎要把自己吞掉”的魔怪可以与伊朗的太阳神米特拉相联系，而如果确实如此，那么按照后人的解释，它的原义就是“无穷无尽”或“永恒”②。但是也有人认为，这个意象源自古埃及。在古埃及人看来，“嘴里咬着自己尾巴的蛇”是一种暗示“永恒”的象形文字。③英国诗人富尔克·格雷维尔（1554—1628）说：“蛇把自己的尾巴咬在口中”，犹如“把过去和未来的时代联结在一起”（《永恒》）。过去和未来时间的相互联结暗示一个圆形，这就意味着与直线时间相对的循环时间。

根据柏拉图的观点，时间是按数运行的，即按“昼夜与年月”等时间单位运行的，但时间又是“永恒”的摹本。按年代顺序运行的有限时间意味着直线的运行轨迹，而直线运动又包含着不断的变化。亚里士多德认为，直线运动意味着变化，而变化又意味着“产生和腐朽”的过程。奥维德记述了毕达哥拉斯的有关看法。毕达哥拉斯指出，首先，每天有昼夜：“黑夜消陨，黎明到来；白日的光芒继黑夜而升起。”其次，一年有四季，春、夏、秋、冬；人生有四个时期；四种元素也在不断变化，土和水因为有重量，所以沉落到下面，气和火因为没有重量，所以升到上面。但是，基本的模式不变，即“万物都处于不断变化之中，四种元素、七颗行星以及日、月、年和四季都在变化；因此变化是最高法则，是统治现象世界的唯一法则。但是，主神宙斯却作出决断，判定“永恒”为世界的统治者，因为变化的最高法则是永恒的。“永恒”的法则也解释了直线时间和循环

---

① 僧人倍根带着一个神秘的“黄铜的头”，如果他听到那个头说话，他会成功；如果不，他会失败。迈尔斯被放在那里守望，当倍根睡着的时候，那头说了三次话：“现在的时间。”半小时后，它说：“已往的时间。”又过了半小时，它说：“时间是过去了。”随后，倒下去而变成粉碎。拜伦在《唐璜》（第一歌第 217 节）中曾引证过这个“黄铜的头”的故事，有关部分如下：

现在，像倍根修道士的“黄铜的头”，我已说过，
　　“现在的时间，已往的时间，时间是过去了：”——
我早已耗尽了的辉煌的“青春”是化炼的黄金——
我的心儿消耗于热情，我的头脑消耗于韵文。

（拜伦：《唐璜》，朱维基译，上海译文出版社，1978 年，第 113—114 页）

② E. Panofsky, *Studies in Iconology*, p. 74.

③ M. H. Nicolson, *The Breaking of the Circle*, p. 74.

时间的关系。一段直线时间的终止意味着另一段直线时间的开始，这样周而复始，形成了不断重复的循环时间——永恒。譬如，人的生与死：死意味着生。人在尘世生命的结束换得了天堂的永恒生命。因此，多恩说："死神，你应当死"（《神圣十四行诗》第10首），因为永恒消除了时间的维度。这表明按年代顺序的时间和终极时间两者之间的关系，也是部分与整体的关系。世间万物是神创造的，都源于一，因此在潜在的意义上都具有神的完美性。它们不断变化而最终达到神当初创造它们时就打算让它们达到的那种完美性，从而也就是最终战胜了变化。由于神是这一运动的源泉和归宿，即最终根源，这种运动就成为圆形运动。

在现实生活中，时间是按月历来测量的。①月历既是直线时间的象征，又是循环时间的象征。斯宾塞的《牧人月历》就是这两种概念的融合。《牧人月历》中的十二首牧歌与一年十二个月对应，一年的进程按月份的进行而进行；但一年的结束，又是另一年的开始，从而形成年复一年的循环运动。正是在这个意义上，斯宾塞才能在《牧人月历》的"尾声"中这样向世人宣告：

> 看啊，我编了一份月历，适合每一年，
> 其强度将胜过钢铁，持久性将超过时间，
> 假如我把星辰的运转清晰地标出，
> 那么它就会一直延续到世界的结束。

在斯宾塞的同时代人看来，月历形式由于隐含着按月份进行的直线运动和年复一年的循环运动而成为一种公认的宇宙象征。

作为宇宙的象征，时间的拟人化形象有时还被描绘为一个长着翅膀、全身披着羽毛的老人，左手拿钟，右手持"燃烧时间的"火，腰间持剑。他的右翼是太阳，左翼是水星，身上有五颗行星：头上是土星，额上是木星，嘴上是火星，胸上是金星，腰间是月亮。②这也是整个宇宙的形象，因为这种形象不仅具有时间本身的含义，而且也包括空间的含义。然而，时间和空间是如何联系在一起的？这个问题似乎可以从相互关联的两个方面来看。一方面，宇宙中的太阳象征神圣的一，它调节冷、热、干、湿四种

---

① 文艺复兴时期，根据儒略历（Julian）计算，一年有365另1/2日。这种差异集聚了若干世纪。到了1572年，春分距它原来的日子已有10天。这影响了复活节的时日。格里高利教皇当年入选，支持改革倡议。但可以发现由于"失去"了10天的顺序而感到普遍的不安。斯宾塞计划他的牧歌是按1579年的日历，触发了对时间计算问题的兴趣。

② E. Panofsky, *Studies in Iconology*, p. 91.

素质，这些素质两两组合，又产生四种元素，从而扩展了物质世界。另一方面，时间的运行模式，如昼夜、四季、黄道十二宫等，都以宇宙中的太阳为标志。当四种元素失去阳光的时候，它们就组合不当，从而导致宇宙的朽败。但是，当太阳正常运行时，四种元素就能确保“腐朽—生成”的循环模式，通过新旧更替，形成“年复一年”地循环往复的时间模式。

中世纪神学家继承柏拉图的观点，认为时间与空间一样，都是神创造的，是上帝的赐予。到了文艺复兴时期，这一认识更为人们所强调。约翰·斯万概述了文艺复兴时期人们对时间的正统观念：

> 时间，我们按其运行来测量时、日、周、月、年的时间，不是别的，而是一种从永恒中借来的或分出来的空间；它最终将返回永恒：如同河流，首先从海中流来；奔腾向前，到达那最后的源流：在时间开始之前就有永恒，也就是上帝；它过去存在、现仍存在、将来也永远存在：无始无终，却又是万物的始与终。①

斯万把时间纳入永恒的范围，永恒等同于上帝。上帝不受空间限制，也不受时间限制。他包括所有的时间，处于时间之外。造物主在造物之前就存在着，在他的造物毁坏之后仍然存在。因此神就是“永恒”。“永恒”是无限的、无穷无尽的时间。相对而言，限定的时间是可以测量的。正如空间来自无限，按年代顺序计算的有限时间来自永恒。丁尼生（1809—1892）在描写年迈的尤利西斯时说道，人不安于闲卧家中，仍然壮心不已，毅然决定再度出海，继续他对世界的探索，并要“从那永恒静寂之中争得分秒时光”（《尤利西斯》）。

在文艺复兴时期的人们看来，人的意志虽然受到人类堕落的影响，但人的智力却是崇高的，他的理性是他神性的一部分，并能够起作用。人具有认识善和美德的能力，但是缺乏追求美德的意志。人的生命是上帝“赐予”的，上帝允许他利用生命来修正生活。他的死期也是派定的，只是没有泄露给他而已。他沿着尘世时间前进的轨迹应当是凭借自己的美德同罪恶战斗、走向拯救之路的轨迹。他可以获得拯救，这必须通过他的善行，但根本上必须通过他对神恩的接受。这种时间模式在斯宾塞诗中起着重要的作用。《仙后》第一卷表明红十字骑士（乔治）的学习，他通过战斗和冒险，通过错误和失败，通过神恩的降临，最终得到了上帝的甲胄，从而

---

① 引自 S. K. Heninger, Jr. , *Touches of Sweet Harmony*, p. 217.

成为英国的守护神圣乔治。在这个意义上，时间就是人在尘世生活中向前推进的时间。红十字骑士学习神圣的品质，他知道自己将是维护那种品质的战士；他热爱象征真理的乌娜，因此他的行动被描绘为处于太阳天之下，而太阳的意象代表正义，这正是《仙后》第一卷中的支配力量。

如果说古典艺术只把时间描绘为飞跑的“时机”或富于创造性的“永恒”，那么到了中世纪，由于希腊神话中的某些神祇与七颗行星一一对应，在星占学中或在对古典神话的阐述中便出现了新的意象。萨图恩既是具有凶恶本性的神祇，又是“土星”。土星是最冷、最干、最慢的行星，因此与暮年、赤贫和死亡相联系，在土星下出生的人注定是忧郁的。就农神萨图恩而言，他常带来水灾、饥荒和其他各种灾害。因此，在土星下出生的人也是最可怜、最令人不快的，如瘸子、吝啬鬼、乞丐、罪犯、穷农夫、掘墓人，等等。文艺复兴时期的人们普遍认为，土星是对人充满敌意的行星。萨图恩大多被描绘为患病的乖僻老人，外貌粗俗。他的镰刀也常被一把鹤嘴锄或铁锨所代替。不久，他的铁锨又变为暗示年老衰朽的拐杖。最终，萨图恩甚至变成了装着一只木腿的瘸子。[①]文艺复兴时期诗人们把时间与萨图恩的可怕形象融合在一起，强调时间的破坏作用，经常把他描绘为破坏者。在这方面，甚至法国著名画家普桑（1594—1665）对时间的描绘也与古典绘画不同。他不是单纯地抑制时间的破坏力量，也不是单纯地赞赏时间的创造力量，而是把这两种相对的功能铸于一炉。在他的笔下，时间的形象仍然是古典艺术中的“永恒”与中世纪艺术中的“萨图恩”两种形象的融合。

诚然，在文艺复兴时期英国诗歌中，时间的意象有时仅仅暗示岁月的流逝，如莎士比亚在《冬天的故事》中把第五幕之前的“合唱”当作时间的化身。但是，在较多情况下，时间具有更为深刻的含义：时间可以是“破坏者”，也可以是“启示者”，或者是一种无穷无尽的宇宙力量的象征，他通过不断的毁灭和再生，创造了宇宙的连续性。正如莎士比亚对“畸形的时间”所说的，“你养育一切又统统杀死”（《鲁克丽斯受辱记》，第929行）。

作为破坏者的时间由于具有挥舞镰刀、致人死命的萨图恩的特征而往往与死神相联系。在15世纪末，死神的形象中也有借自萨图恩的沙漏，甚至还长着翅膀。反之亦然，时间的形象中有时也有死神的某些特征，如时

---

① E. Panofsky, *Studies in Iconology*, pp. 77—78.

间被描绘为向死神提供牺牲品的妖孽，或站在废墟上的一个长着铁牙的魔鬼。斯宾塞在《仙后》第三卷中有一节对时间意象的具体描绘：

美丽花朵和其他一切的敌人，
　　出现在这座阿多尼斯花园里，
　　他就是邪恶的“时间”，镰刀带在身，
　　将繁花茂草和美好的事物铲刈，
　　它们的全部光彩给扔掷在地，
　　在那里凋枯，受到严重的损毁：
　　“时间”四处飞行，用垂下的羽翼
　　毫不考虑地拍打下叶子和花蕾，
怜悯不能把他冥顽的敌意减弱些微。

（第六章，第39节）

在这节诗中，可以清楚地看到，时间犹如一个魔影，仿佛是吞噬一切、铲除一切、破坏一切的魔鬼。他手持“镰刀”，长着“羽翼”，在花园中四处飞行，充满敌意，无情地摧毁着一切美丽芬芳的花草。根据《圣经》上所说，花草常被看作是人的肉体的象征：“一切肉体和花草一样，一切人的光荣和草开的花一样。草要枯萎，草开的花要凋谢。”（《新约・彼得前书》第1章第24—25节）。因此，时间挥镰“割草”的意象实际上暗示夺取人的生命。奥里利安・唐申德在他的一首诗中讲述了一位老香客的故事，这位香各在穿过一片早春的田野时，看到正在割草的“时间”。他问“时间”这是何处。“时间”告诉他，他到了爱的住所。香客似乎不太明白，以为“时间”指的是主的寓所，于是说道：“主在天上。”“时间”说，主不仅在天上，也在地下，而且就在这周围，在这片显示爱与生命无所不在的春花烂漫的田野。然而即使在这里，“时间”也忙着“割草”。“时间”还暗暗警告香客说，他的镰刀在砍倒某些荆棘或花草的嫩叶之前就可能会殃及那位香客的“花梗”（《时间和香客的对话》）。①

时间挥镰割草的意象大多离不开田野或花园的场景。在文艺复兴时期，花园形式所暗示的短暂性，尤其是竖立在花园中的日晷，往往使人想到死亡。譬如，马尔茨在《沉思的诗歌》一书中引用了下面一首诗：

---

① S. Stewart, *The Enclosed Garden*, p. 101.

读读这个日晷吧，那影子怎样吞噬
我短命的冬日；小时吃着小时；
唉，总数不过是从八到四。

看这些百合（你的手把它们制成我
生命的美丽的摹本，展开来让眼睛
张望）它们多么快就低垂，凋落！[①]

在 17 世纪时，英国的有些花园就是按照大日晷，或按照种植的黄杨和紫杉制成的数字和铭文来设计的。班伯里的布劳顿城堡中有一个巨大的花形日晷，用精细种植的花朵构成了罗马数字和铭文。那铭文实际上是一篇简短的祈祷文："把光赐予那些坐在黑暗中的人吧，引导我们的脚步走向和平之路。"约翰·弥尔恩在德拉蒙德城堡竖起的宏伟的"1630 年日晷"耸立在一座花园的中心，其布局就像圣安德鲁的十字。在布劳顿城堡那围起来的玫瑰园的中央也竖立着一个日晷，日晷下面有两个圆形的、草皮铺就的台阶。日晷上的铭文颇具典型意义：

我每时都告诉人们影子如何飞驰，
人人都是影子，我也是一个影子。

日晷上的铭文几乎都千篇一律地向人们传达着这样的信息：时间短暂，生命不长，死亡却不可避免：

这些影子在飞去。
　　一日又一日：
所以这个生命
　　也总在流逝。

这些日晷上的铭文都在不断提醒人们，人类的生存不过是穿过日晷表面的虚无的影子。[②]

文艺复兴时期英国诗歌中常见的主题之一"及时行乐"（*Carpe Diem*）[③]就是对生命短暂的一种反应。斯宾塞《仙后》中著名的"玫瑰之歌"是表现这类主题的上乘之作：

---

① L. L. Martz, *The Poetry of Meditation* (rev. ed. New Haven, 1962) ch. 3.

② 参见 S. Stewart, *The Enclosed Garden*, pp. 100—101.

③ *Carpe diem* 这个词组最早见于贺拉斯的《颂歌》I. xi.，后来为文艺复兴时期诗人广泛采用。

随着一天的流逝，人生的叶蕾
　　和花朵，就这样匆匆凋落消亡，
　　今后再不会盛开，重吐芳菲，
　　而往昔，曾有过多少情女和情郎，
　　把它们采来装饰床榻和卧房：
　　因此，快采摘玫瑰吧，趁青春尚在，
　　暮年将至，会把她美色剥光：
　　趁时间不晚，把爱的玫瑰采摘，
你去爱，你就能获得同样炽烈的爱。

（第二卷第十二章，75 节）

后来，这一主题在赫里克的名诗《摘花需及时》中得到发展，描写得更为简洁、浅露，成为表现这类主题的代表作。赫里克的诗是这样写的：

趁你有可能，快采摘含苞的玫瑰，
时间老人总在飞跑；
今天还在向你微笑的蓓蕾，
明天就会死掉。

太阳这盏天上的明灯
它升得越是高
就越快地走完它的路程，
越接近夕照。

青春是最美妙的年华，
那时候血气热烈；
一旦血气枯竭，只怕
时光一天天恶劣。

因此，抛去娇羞，抓住时间，
趁此可能时刻，欢乐吧；
因此一旦丧失了你的鲜艳，
你将永远蹉跎。

（杨周翰译）

这与我国的“花开堪折直须折，莫待无花空折枝”意境相同。

对时间短暂的反应也构成另一个常见的主题，即“人生无常”（*Ubi Sunt*）。[①]诗人们常以此主题表达对生命短暂的感慨。譬如，莎士比亚在《特罗伊洛斯与克瑞西达》中发出的哀音：“啊！……美貌、智慧、门第、膂力、功业、爱情、友谊、慈善，这些都要受到无情的时间的侵蚀。”（第三幕第三场）又如莎士比亚笔下的李尔王因他的女儿科迪丽娅之死而狂呼：“不，不，没有命了！为什么一条狗，一匹马，一头耗子，都有它们的生命，你却没有一丝呼吸？你是永不回来了，永不，永不，永不，永不，永不！”（《李尔王》第五幕第三场）

应当看到，对于及时行乐主题的过分强调和渲染可能使人沉溺于感官享乐，甚至玩世不恭，并导致对生活的悲观态度。但是，这个主题在当时是有其积极一面的。中世纪教会强调禁欲主义，认为人只有终生受苦才能得救，才能在来世获得幸福，而文艺复兴时期诗人则强调人的尊严，认为人的价值在今生，而不在来世，因此人在今生应当享有幸福，不必等到来世。这种态度表现了对中世纪教会禁欲主义的抵制和反抗。在人生无常的主题中，诗人们除了表达对人生短暂的感慨之外，也往往强调时间的摧毁力量。他们之所以强调时间的摧毁力量，是因为他们认为只有破坏虚假的价值，时间才能完成揭示真理的功能，也只有作为一种变化的原则，时间才能显示它真正的宇宙力量。他们发现时间对人是一种威胁，它威胁到人的尊严、人的行动，以及人类所获得的文明。他们感到时间摧毁着一切，使昔日的成就湮没无闻。对时间的摧毁力量的反应导致了战胜时间的渴望。这种渴望激励着人们在今生今世不断地力争获得光辉的成就，不断地追求在短暂的时间里获得永恒。

因此，要想战胜时间，首先就必须建功立业。时间的威胁在精神上激励人们争取做出英雄的业绩，去航海，去冒险，去为自己的国家进行卓越的服务，从而赢得“不朽的名声”，达到永恒。斯宾塞在《迎婚曲》中歌颂他的恩主莱斯特伯爵（约1532—1588）的家系，尤其歌颂莱斯特伯爵的继子埃塞克斯伯爵二世（1566—1601）的战功，他曾于1596年6月在直布罗陀海峡西北的加的斯附近击败一支西班牙舰队。斯宾塞称颂他为“英格兰的光荣”和“世界的惊讶”：

---

① Ubi sunt，拉丁文，意为“在哪里”；诗人们常以“在哪里”的提问表达他们对生命短暂、人生无常的感慨。最著名的例子是文艺复兴时期法国诗人维庸（1431—1463?）的一首歌谣，其中有这样一句：*Où sont les neiges d'antan*? 英国诗人 D. G. 罗塞蒂（1828—1882）将其译为 Where are the snows of yesteryear?（去年之雪今安在?）

他的威名曾响彻西班牙，
使耸立在附近的赫拉克勒斯之墩①
也吓得摇晃不稳：
荣誉的枝干，骑士精神的花朵，
英国响遍了你那胜利的名声，
……
由于你的勇武和胜利的甲铠，
你的国家将免受外敌的伤害。

（第9节）

最后，诗人坚信埃塞克斯伯爵二世通过他的赫赫战功而征服了时间，因为“勇敢的缪斯”将把他的丰功伟绩“唱给未来的时光”。

其次，通过爱情与婚姻，繁衍子孙，创造一个家系，一支后代，这被认为是对文明的贡献，在历史上留下印记，使生命绵延，获得永恒。斯宾塞在《祝婚曲》中清楚地表现了这个主题。莎士比亚也一再规劝他的爱友尽快结婚，以便将他的美传给他的子孙后代。多恩更明确地说爱情是不受时间和空间限制的：

爱情都一样，不知道季节，不知道气候，
也不知道小时、日子、月份这些时间的碎布。
……
她是所有的国家，我是所有的王子，
别无其他。

（《日出》）

复次，追求完美的品德，追求至善。文艺复兴时期人们认识到肉体以及肉体的美是一种善。美是内心善的外部反映，是灵魂发出的可见的神圣光辉。就像可以采摘玫瑰那样，诗人也可以捕捉美，欣赏美，这是对短暂时间的直接反应。作为追求者的诗人在被爱者那终将消亡的美中察觉到那种理想的善，渴望那种理想的善，并力图与之结合，这意味着对时间的无上权威的反抗。这也就是新柏拉图主义思想，它对文艺复兴时期诗人的作品具有重大的意义。

---

① 指直布罗陀海峡东端两岸的两个岬角——欧洲的直布罗托和穆塞山，相传由赫拉克勒斯置于此地。

对于文艺复兴时期的诗人们来说，诗人占有关键的地位，因为他所创作的诗歌可以传世，能够超越时间而永恒不朽，因此诗歌也能够给予诗人所歌颂之对象的美与善以“不朽的名声”。诗人可以在英雄诗中歌颂通过英勇奋斗而建立的丰功伟绩。他也可以歌颂理想的君王（《仙后》），或歌颂高贵的家系，如斯宾塞颂扬莱斯特伯爵的家系。作为求爱者的诗人则可以歌颂爱的神圣品质，歌颂至善，并使被爱者的美永恒不朽，就像莎士比亚所说的那样：“只要人类在呼吸，眼睛看得见，我这诗就活着，使你的生命绵延。”（第 18 首十四行诗）

在基督徒看来，信仰可以战胜时间。亨利·沃恩在《瞬间》一诗中谈到，眼前的“瞬间”可以清楚地展现永恒。诗中，一方面是人类的虚伪和欺骗，是“月亮般的罗网”“盲目自大的虚名”，以及“波涛和寒风间秘密的争斗”或“暴风雨般的辩论”，但另一方面，与此相反，生活中永恒的瞬间却闪烁着“固定的、透亮的明灯”“会心的欢乐”“闪光的微笑”，以及永远的“光明”。永远的“宁静”，而这种宁静最终升华为诗人与上帝交合的一吻那一瞬间：

> 但是，谁也说不出，生活本是
> 一瞬间，我的上帝俯吻的瞬间。

这结尾的两行诗清楚地表明，对神恩的渴望和对上帝的信仰可以战胜生活中的“瞬间”而达到神圣的“永恒”。多恩斥责死神，叫人不要骄傲：“死神，你莫骄傲，尽管有人说你如何强大，如何可怕，你并不是这样；你以为你把谁谁谁打倒了，其实，可怜的死神，他们没死；你现在也还杀不死我。”因此，诗人最后对死神说：“你何必趾高气扬呢？睡了一小觉之后，我们便永远觉醒了，再也不会死亡，你死神也将死过去。”（《神圣十四行诗》第 10 首）达到永恒，也就战胜了死亡，战胜了时间。同样，一生只写宗教诗歌的赫伯特在《时间》一诗中，也尽力贬低时间的强大威力和可怕形象，他蔑视地说：

> 我遇到“时间”那懒家伙，我说，
> 你的镰刀钝了；真丢丑，磨磨它吧。
> 他回答说，先生，这并不奇怪，
> 要是它最终应受一些羞辱的话。

托马斯·布朗曾经说过，“圆与直线限定了并包住了一切躯体，这代表死的圆加直线必然要结束一切，关闭一切”（《瓮葬》）。[①] “圆加直线”暗示：人的肉体做直线运动，而直线运动是有始有终的；人的灵魂做圆形运动，圆形无始无终，是永恒的象征。直线运动虽然必将终止，但圆形运动却无始无终。“圆加直线”必然要“结束一切，关闭一切”，因为肉体的死亡将换得灵魂的再生，进入永恒，而进入永恒便消除了一切时间。对文艺复兴时期诗人们来说，不朽的名声可以战胜死亡，纯真的爱情可以战胜死亡，歌颂不朽名声和纯真爱情的诗歌可以战胜死亡，时间也可以战胜死亡，而战胜时间的唯有永恒。如果人能够通过自身的奋斗而达到完美和永恒，那就必能像莎士比亚在他的第 123 首十四等诗中对“时间”所宣告的那样：“不怕你跟你的镰刀。”

（六） 数：凤凰与斑鸠

凤凰的意象源自阿拉伯民族，是东方人想象的产物。这一意象进入西方文学，可能最初始于罗马诗人奥维德的《变形记》。奥维德在这部作品中细致地描绘了凤凰的再生：“唯有一只鸟，它自己生自己，生出来就再不变样了。亚述人称它为凤凰。……这种鸟活到五百岁就在棕榈树梢用有脚爪和干净的嘴给自己筑个巢，在巢上堆起桂树皮、光润的甘松的穗子、碎肉桂和黄色的没药，它就在上面一坐，在香气缭绕之中结束生命。据说，从这父体生出一只小凤凰，也活五百岁。”（第十五章）这只传说中的神鸟后来似乎能够表达多重寓意，当然引起英国诗人的兴趣。弥尔顿在《失乐园》中，将拉斐尔喻为凤凰：这位大天使从天堂飞向人间的伊甸园，穿过广阔无垠的太空，挥动着巨大的双翼，在百鸟看来，他宛如一只美丽庄严的“凤凰”（第五卷，第 271—272 行），具有神圣的品质。在《力士参孙》中，弥尔顿又将与敌同归于尽、壮烈牺牲的参孙喻为“永生的凤凰，千载流芳”（第 1699—1700 行），以此象征参孙的精神再生。多恩在《成圣》中也描绘了“凤凰之谜”，两个情侣被喻为凤凰，他们“死而复生”，成为一个没有性别差异的或一个雌雄合体的新凤凰，说明这就是“爱情的神秘”。在这里，多恩利用凤凰意象包含复活和雌雄合体的寓意，表现了精神之爱的完美性。在 16 世纪，诗人们常用雌雄同体

---

① 布朗自注：“为死的符号”。希腊文 *avatos*，死的第一个字母，由圆加直线构成。参见杨周翰《十七世纪英国文学》，第 146 页。

（hermaphrodite）的意象来表现完美的爱情，而凤凰就是雌雄合体，它集两性于一身，并具有两性的特征。

莎士比亚也同样喜爱凤凰的意象。他说："教长命凤凰在自己的血中燃烧。"（第19首十四首诗）但尤其是他在《凤凰与斑鸠》中采用象征再生的凤凰和象征忠贞的斑鸠来歌颂纯真的爱情。其中有这样几行诗，描绘凤凰和斑鸠之间的爱已融合为一：

它们彼此相爱，
本质却是一体；
分明是二，又浑然为一，
数已为爱所摧。

（王佐良译）

但是，诗人在最后一行中为什么说"数已为爱所摧"？根据毕达哥拉斯的观点，一不是数，而是数的原则。他认为，数是独立于空间的一种抽象概念，它是纯形式，无实体，无时间，无变化。数存在于概念世界，是永恒的存在，或构成现实的终极因素。按照柏拉图的观点，数是创造神头脑中的理念，它在万物被创造之前就存在于神的头脑中，后来才被刻印在变化的自然领域。对柏拉图来说，数、形式和理念的基本含义相同。它们是天地万物的原则和源泉。柏拉图把这种数的理论用作理念的基础。总之，在抽象概念领域中的形式可以理解为数。终极现实存在于理念世界里，而不存在于物质世界里。亚里士多德则认为，有一个永恒的存在世界，还有一个短暂的生成世界。存在世界是只能用智力、思想、精神和灵魂才能了解的世界，而生成世界则是用感官或肉体就可感知的世界。亚里士多德在《形而上学》中进一步作了这样的说明：

所谓的毕达哥拉斯学派运用数学，于是首先发展了这门学科。他们通过研究数学，认为它的原则就是一切事物的原则。由于数在本质上是首要的原则，而且他们想象他们在数中所发现的存在物和生成物，远比他们在火、土、水中所发现的存在物和生成物具有更多的相似之处，……由于他们进一步看到音阶的特征和比率都以数为基础，还由于一切其他事物的全部性质都似乎很清楚地以数为范本，数是整个可见宇宙中的终极事物，所以他们认为数的成分就是一切事物的成

> 分，而整个宇宙就是一个音阶和一个数。[①]

这就是说，数是天地万物的原则，因此自然中的各种事物都相互关联，形成一个统一的体系。

在这个意义上，数确立了多元统一的宇宙的条件。一个数具有双重的性质，它既有形式，又有概念。它的终极现实处于可感世界之外的理念世界。柏拉图解释道："尽管他们使用可见的数，并加以论证，但他们所想的却不是这些数，而是这些数所代表的事物……当他们把事物加以模式化，或……把数用作意象时，他们力图看到那些只有通过心灵才能看到的绝对事物。"[②]这就意味着一个数不仅有概念，而且还有形式。或者说，数既存在于概念世界又存在于有形世界，成为两者的桥梁，并作用于这两个世界。在这个意义上，莎士比亚所说的"浑然为一"就意味着两个有形的数融合为一个概念的数，从而由有形世界进入了理性世界，表明凤凰和斑鸠之间的爱已化为永恒的、完美的精神之爱。因此，"浑然为一"也就是莎士比亚在第 116 首十四行诗中所说的"两颗真心的结合"。

不仅如此，数可以分为两种，即奇数和偶数。"一"和"二"原本也都不是数，而是奇数和偶数的原型。奇数是不能被平均分割的，因为若把一个奇数分为两个部分，中间就必然留下一个完整单位。奇数由于不能分割，就含有一种完美性，暗示它受到限制，不能组织起来产生秩序。偶数却不同，它可以分为两个相等部分，这种易于解体的特征就被视为缺乏完美性和喜好分裂性。偶数因具有通过分割而扩展的性质，所以被看作是物质的，无限的。[③]这样，"一"包含着一切数的潜力，而正是由于这种无所不包的性质，它就不能被视为一个数。"一"代表概念宇宙的统一性，而

---

① 引自 G. F. McLean and P. J. Aspell, eds., *Readings in Ancient Western Philosophy*, p. 23.

② Plato, *Republic* 510 D—E.

③ 对此，G. F. McLean 和 P. J. Aspell 曾用下列两个图来加以说明：

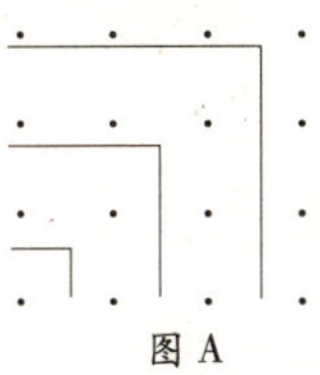

图 A

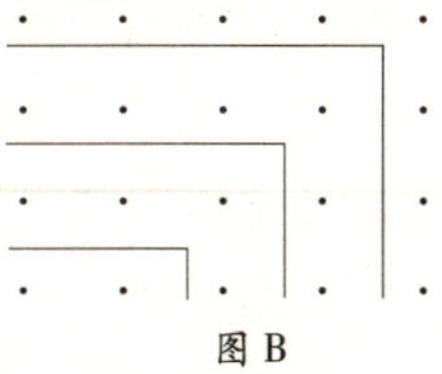

图 B

当奇数（由点表示）依次置于 1 的周围时，方形各边的比率始终相同（图 A）；但当偶数依次置于 2 的周围（图 B）时，长方形各边的比率始终不同，因为每加一点，其长与高的比率不同。图 A 表明奇数的有限性，而图 B 表明偶数是不确定的，或可无限地变化的。参见 George F. McLean and Patrick J. Aspell, eds., *Readings in Ancient Western Philosophy*, p. 24.

“二”则代表扩展的思想，象征物质世界的可分割性。显然，一和二都是抽象概念。奇数与完美和神性相联系，属于阳性，而偶数则表明缺陷和物质性，属于阴性。由于一是奇数的原型，它就被看作是数或超然存在背后的原动力。在这个意义上，莎士比亚所说的“浑然一体”，同样表明凤凰和斑鸠之间的爱已成为超然的存在，升华为精神之爱。

毕达哥拉斯从偶数和奇数中得到万物，前者构成物质，后者提供形式：“在最初产生事物的时候就存在着偶数和奇数：偶数主要是2，它意味着物质，而奇数则象征形式。”[①]普鲁塔克明确地表述了毕达哥拉斯的伦理观：“在两个首要原则中，一是神，是至善；这是一的本质，也是理智本身。但不确定的二是魔鬼和邪恶，这是多元的物质，即可见的世界。”普鲁塔克说，毕达哥拉斯把正直归于一，把腐败归于二。[②]德国人文主义者阿格里帕（1486—1535）强调，一是善，二是恶。[③]斯宾塞《仙后》第一卷中描绘了美丽纯洁的乌娜和变化无常的女巫杜埃莎，这两个人物本身就暗含数的意义：乌娜（Una）代表一，暗示统一和真理；杜埃莎（Duessa）代表二，暗示分裂、邪恶和魔鬼。在《四首赞歌》中，斯宾塞描绘了一种直线的上升运动，首先由“尘世之爱”上升到这种爱的泉源——“尘世之美”。从《四首赞歌》中分别描绘的神来看，首先是丘比特和维纳斯，随后是基督和上帝。最后，在《天堂之美》中，全能的上帝和他的配偶塞庇恩斯（Sapience，智慧）由于象征完美的极致而被置于诗的顶点，如同一和二。上帝是一，在他的无限性中包含着统一性。他的配偶塞庇恩斯是二，这不仅因为她是女性，而且也因为她在天国所负的责任使她位于自然领域之上：她“既管理运动不止的天空，又管理那些较低级的被造物”（《天堂之美》第194—195行）。她支配着天地万物，实际上就是亚里士多德所说的“多”（第197—200行）。如同从上帝流溢出形式，从她流溢出物质。这就解释了“万物的原则”，即第一因。从天堂的婚姻中发出了蕴涵着形式和物质的、象征宇宙和谐的天体音乐。德国人文主义者约翰·鲁希林（1455—1552）在分析荷马史诗时指出，荷马描绘了一和二的关系。他说，从永恒的自然的源泉流溢出毕达哥拉斯的数，即一和二，它们过去、将来或永远地从永恒的大海的源泉里大量流溢而出。一是朱庇特；二是朱庇特的妻子和姐姐朱诺。荷马写道：

---

① S. K. Heninger, Jr. *Touches of Sweet Harmony*, p. 87.

② Ibid., p. 89.

③ 见 D. Brooks - Davies, *Spenser's Faerie Queene*, p. 28.

黄金宝座上的朱诺，眼里充满了爱，
看着神圣的朱夫，她的配偶和兄弟，
他坐在丰饶的伊达山的泉水顶上。[①]

朱庇特和朱诺坐在伊达山巅，分别代表一和二，从他们那里源源不断地流溢出了柏拉图所说的原型理念。

毕达哥拉斯关于数的理论可以说明物质世界如何产生自概念世界。概念世界是无所不包的，永恒的，完美的。它是一个单位，由一表示。然而，一如何生出多？这里需要承认一种悖论：尽管一是无限的，永恒的，但却由于一个只是概念而无维度、实际并不存在的“点”来表示。然而，一个点如果放在一张图表中的各种关系之内，就得到有形的实体。同样，一个数如果印在空间，并有了确定的位置，它就获得了扩展；把数印在物质上，它就成为有形。因此，作为概念的“点”就与数字1发生了关系，有了实质，成为某个东西。譬如，图表中的一点，或一块石头，一棵树，甚或一个人。因此，一虽是无限的，永恒的，却与自然中某一事物有所关联。确定了一和数字1的关系后，就解决了概念世界和物质世界的联系，从而可以很容易地引出多样性来。1不可分，它表明自我一致，代表宇宙。但当1从概念世界转到物质世界时就得到了扩展，成为可分。1可分为2。再说，两点(本身无维度)确立一条线，这条线就有了维度。从这里开始，便可得到对于立体宇宙的解释。三点构成面，四点构成体。因此，4这个数是立体世界扩展的最后可能性，常被用作整个创造的表意符号。

数字2由于可分，就确立了对立面。毕达哥拉斯归纳了十组对立面，包括有限与无限，奇数与偶数，一与多，右与左，男与女，静与动，曲与真，光与暗，善与恶，方与圆。[②]但在事实上，对宇宙最简明的解释至少有三项才能构成各组成部分之间的有机联系。也就是说，2只能产生线，只有3才可以成为具有空间维度的第一个数。或者说，1即是一，它是数的原则而不是数；2即是二，它代表空间扩展的潜力，也不是数。

因此，第一个数字是3。奥古斯丁在解释3的物质扩展性时说：“在三中有一种完美性，因为它是一个整体：它有开端、中间和结束。”我们在前面还曾提及，[③]柏拉图认为，没有第三个事物，仅靠两个事物的结合是不

---

① 引自S. K. Heninger, Jr., *Touches of Sweet Harmony*, p. 371.

② Ibid., p. 149.

③ 参见本书89—90页。

可能的，“必须有某种使两者结合的联结物”。卡尔齐丢斯在柏拉图著述中发现3的模式反复出现。柏拉图在理想国中把进行指挥的哲学家置于城市中的最高部分，接着是执行命令的武士，最后是服从的普通人。在人身上，理性居于肉体的城堡——头部；激情如同武士，斗志昂扬，居于军营——胸部；欲望与普通人相应，居于上述两者之下的腹部。阿拉诺斯还把这种城市意象与宇宙加以对照，他说：中心城堡里坐着皇帝，如同皇天（神的寓所）；在较低的天空中住着天使般的武士，而尘世的普通人则住在“城墙外边”。[①]约翰·鲁希林也颂赞3的品质，“三通过自身增加的倾向，研究把自身的善传到所有的造物，从潜力出发进到操作，以持久的本能看到自身之中的多元丰富性”[②]。德国天文学家开普勒也提及数字3的象征，他说：“数字3由一个球体的面、中心和内容来代表；由静止宇宙中的恒星天、太阳和以太来代表；由圣父、圣子和圣灵来代表。如同太阳位于行星的中心，静止不动，但作为运动的源泉，它是造物主上帝的形象；上帝和他的造物的关系就是太阳和运动的关系。如同上帝是三位一体中的造物主那样，太阳也是星体中运动的源泉。”[③]在算术领域中有特殊的方式来安排三个数，即对立物达到调谐。譬如，上帝和人之间的中介是天使；天使分成三等，中间一等构成第一和第三等之间的中介，三等天使分成九级，每一等有三级，中间的一级是第一和第二级之间的中介。在灵魂与肉体之间的中介则是精气（spirits）。多恩说，精气是一种“使我们成为人的那种微妙的结”（《狂喜》）。弥尔顿也说，精气“像从纯净的河流中发出的轻柔的气息”（《失乐园》第四卷，第806行）。因此，3是一个常用的数，如三重灵魂（植物灵魂、动物灵魂、理性灵魂）；美惠三女神，命运三女神。

数字3由于可使两端得到谐调，或者说可使对立面得到和谐，所以成为宇宙的表意符号。但是，宇宙的概念不仅可用数字3来表示，也可用数字4来象征。4是产生正立方体形象（各边由三角形的面构成的金字塔）的第一个数。或者说，4是产生三维空间形式的第一个数，由此出现了物质世界的有形扩展的可能性。4是宇宙的数，世界上有四种素质，四种元素，四种体液、四大风向，四颗主星，一年四季，人生四个时期，以及按“三星一体”构成四组的黄道十二宫，等等。不仅如此，4是10的基础。

---

① C. S. Lewis, *The Discarded Image*, p. 58

② S. K. Heninger, Jr., *Touches of Sweet Harmony*, p. 87.

③ M. H. Nicolson, *The Breaking of the Circle*, pp. 151—152.

有形宇宙受时间制约，因而是有限的，它必然有一个界限。这个界限就是数字 10。因为 1 是点，2 是线，3 是面，4 是体，所以宇宙就是由这些数字构成的，此外再无其他由数扩展为空间的可能性。换言之，宇宙界限的确定在于这些数字相加的总和，即 1 +2 +3 +4 =10。毕达哥拉斯的 10 是用一个每边由四点组成的等边三角形来表现的：

·
· ·
· · ·
· · · ·

这个图形尤其揭示了一、四和十的特殊关系，表明其中之一是如何融入其他的。由于这个等边三角形的每边都有四个点，毕达哥拉斯学派就称之为“四组物”（*tetractys*）。据说大多数毕达哥拉斯学派都是凭这种“四组物”来发誓的。本·琼生笔下的人物沃尔蓬涅一登上舞台就说：他的出场不是来谈“毕达哥拉斯的一、二、三”，也不是来谈“他的音乐、三角形、金臀”，更不是来谈他“凭四组物”发的大誓（《沃尔蓬涅》第二幕第二场）。斯迈纳的特昂列举了十种存在，都是根据 4 的体系组织起来的，而且还表明 10 与 4 两者之间的联系：

> 数：1，2，3，4。
> 量质：点，线，面（三角），体（金字塔）。
> 简单物体：火，气，水，土。
> 简单物体的形：金字塔，十面体，二十面体，立方体。
> 生物：种子，长度，宽度和厚度的发展。
> 社会：人，村庄，城市，国家。
> 能力：理性，知识，意见，感觉。
> 生物的部分：肉体和三重灵魂。
> 一年四季：春，夏，秋，冬。
> 年龄：幼年，青春，壮年，老年。①

自此之后，列举由 4 支配的一组事物就风靡一时了。

由于 10 穷尽了有形扩展的可能性，而且没有留下任何可以增添的东西，它就被视为完美的象征。亚里士多德说，“十被认为是一种完善的东

① 引自 S. K. Heninger, Jr. , *Touches of Sweet Harmony*, pp. 152—153.

西，是组成数字体系的全部本质”①。因此，10是有形世界中完美的数。英国作家托马斯·斯坦利翻译过一段希腊新柏拉图主义哲学家普罗克洛（约410—485）的著名诗句：

——神圣的数源出于
永不朽腐的一，接着又进展到
神圣的四，而四则滋生出
万物；并为万物确定适当的界限，
我们称之为纯洁的、不朽的十。②

按此推理，4和10便获得了特殊的涵义：4代表扩展的宇宙，10代表宇宙的极限。但这些数字不过是作为万物之概念的一的变化而已。一不可分割，但它存在于世界万物之中。一和多具有同时性：10与4相互等同，也与1相互等同。一和多可以互换，彼此都由对方产生。杜巴塔对于多如何源自一作了如下解释：

请注意，什么形象代表一，
那一切数的根源，无限的根源：
爱的幸福，和谐的赞歌，
万物的保育园，多的终结。
不是数，但却多于一个数；
它在万物之中，万物在它之中，
注意二的性质，一的继承者，
像一的头一胎；第一个数，是阴性
之母。这里，再请注意三，
奇数的长子，上帝的恰当的数；
其中既有数，又没有数：
天堂最可爱的数，它围起的中心
均等地向两端延伸：
是具有开端、中间和结尾的每一个数。
四是完满而至善的数，
它相加的各部分达到十——
上帝的伟大名字、季节、面容、

①② 引自 S. K. Heninger, Jr., *Touches of Sweet Harmony*, p. 84.

风、元素、主要美德的数。

……

十结合了一切数的力量；

十产生线，如同一产生点。[①]

杜巴塔强调说：一"不是数，但却多于一个数"，"它在万物之中，万物在它之中"。它是一个概念，没有实体，但又无穷地繁衍。它潜在于万物之中，从而把宇宙联结在一个单一的连续体内。

除了上述构成宇宙的基本数字之外，还应提及有关的重要数字。5是柏拉图五个正方体的数。[②]天文学家开普勒发现柏拉图的五种正方体提供了各行星之间关系的线索。[③]布朗不仅精细地描绘了天地之间的梅花形，而且还认为，"五在每一个圆中都是明显可见的。……天体是由五来推动的"（《医生的宗教》）。5是一个神秘的数。5由第一个奇数和第一个偶数构成（一不是数），分别象征阳和阴；而且处于宇宙之数10的正中间，常被认为是象征正义和婚姻的数。本·琼生在《婚姻神的假面剧》中就用5来象征婚姻。在剧中，拟人化的"理性"说道：

　　五是一个特殊的数，
从那里神圣的一要求幸福。
由于是一切的总和，它发展自
联合的力量，其中有些
我们称之为阳性和阴性的
数，首先就是二和三。
如此联结，人们不能将它们分割成
相等部分，而一将永远
保持其一般性；所以我们看见

① 引自 S. K. Heninger, Jr., *Touches of Sweet Harmony*, p. 85.

② 柏拉图的五个正方体：正四面体（代表火），正六面体（代表土），正八面体（代表气），正二十面体（代表水），正十二面体（代表以太）。柏拉图把"数学型相论"和恩培多克勒的"四根说"结合起来，解释造物主如何把原初的混沌变成四种元素。造物主依据的原型是两个，一个是正方形一半的型相，另一个是等边三角形一半的型相。他的道理是：这两个直角三角形三边平方比是1：1：2和1：2：3，这是最简单、最基本的比例。造物主用4个第一种三角形构成一正方形，再用6个这样的正方形构成立方体（正六面体），这是土元素的形状。他还用6个第二种三角形构成一等边三角形，这种三角形可构成正四面体、正八面体和正二十面体，分别为火、气和水元素的形状。此外，造物主还创造了正十二面体的第五种元素以太。参见赵敦华《西方哲学通史》（第一卷），第143页。

③ M. H. Nicolson, *The Breaking of the Circle*, p. 6.

一的联结一切的力量：
仅由于这一点，平和的众神
在数的方面，总是爱奇数
并蔑视偶数的部分，
因为从它们中产生所有的不和谐。

由于10是宇宙的数，它包含一切，既是完美的数，也是阳性的数。阳性是完美的，而阴性只有与阳性结合才能达到完美。在多恩的《樱草花》中，诗人描写他去数花瓣，探查自己将会钟情于哪一类女子。全诗共三节，下面是第2—3节：

但我不知道，哪种花
　　为我所期望；是六瓣还是四瓣；
如果我的真爱少于阴性，
她就什么也不是；而如果她
多于阴性，她就会超越
　　一切性的思想，并想要激励
　　我的心去对她研究，而不是爱；
这两者都是怪物；既然在女子身上
必然有虚伪，我就能依靠，
虚伪的自然，如同她依靠矫作。

活吧樱草，茂盛地生长
　　靠你真正的数字，五；
而此花代表的女子，
满足于这神圣的数字；
十是最远的数；如果十的一半
　　属于每一个女子，那么
　　每一个女子就能获取我们男子的一半；
或者，若这不适合她们的目的，因为所有
数字都是奇数，或偶数，于是所有的数
首先落入五，女子就获取我们全部。

诗人无法确定究竟该找六瓣还是四瓣的花，据说六瓣和四瓣的花与象征忠贞爱情的“同心结”形状相似。然而，他却认为长着“五瓣”的樱草花最为适合。为什么？首先，我们已经知道，一不是数，因此3是第一个奇数，奇数属于阳性；2 是第一个偶数，偶数属于阴性。其次，5 是第一个奇数加第一个偶数，即 5 =3 +2，象征阴阳结合。此外，5 又是宇宙之数 10 的一半，是一个正中的数，而 10 是正义和婚姻的象征。复次，由于 10 是宇宙的数，它包含一切，是完美的数，也是男子的数。因此，男子本身臻于完美，而女子则只有与男子结合才能达到完美。这样来看，如果一个女子是 5，男子是 10，那么每个女子就可以通过获取男子的一半而达到 10，从而也使自己达到完美。①

前面已经述及，柏拉图认为数是创造神头脑中的模式。他还描述了创造神如何先把世界形体创造成几何学上的一个完美的圆，接着又按算术和音乐的比例创造了世界灵魂。②在这方面，马克罗比乌斯曾阐述了数字 7 如何包含世界灵魂的神秘公式：

1

2　　3

2 =4　　9 =3

2 =8　　27 =3

这个图表说明世界灵魂是由一扩展为 7 而产生的。从图表左侧的扩展来看，1 变成 2，即第一个偶数，它可以用一条直线加两点来表示，即 · —— · 。随后，2 这个数字通过自乘产生 4，可以用一个平面来表示。4 放在几何级数中（即乘以 2）产生 8，这是一个立方数和一个体积。从图表右侧的扩展来看，一变成 3，即第一个奇数。3 通过自乘又产生 9，这是一个平方数。9 放在几何级数中（即乘以 3）产生 27，这是一个立方数。马克罗比乌斯把解释这种公式的图表称为“柏拉图希腊语字母”（the Platonic Lambda），因为它与希腊语原第 12 个字母 Λ 形状相似。它表明一如何通过偶数的几何级数而进展，直至达到立方数 27，即在这个系列中扩展的极限。最后，马克罗比乌斯作出结论说：“由于奇数被看作是阳性，偶数被看作是阴性，上帝便规定，产生宇宙的灵魂应产生自偶数和奇数，即产生于阴性和阳性；而且，由于灵魂注定要渗透于立体的宇宙，它就应获得那些在两个系列中都代表立体的数字。”世界灵魂是统一而又无限的一，而一可与

---

① 对于“可以获得我们男子的一半”和“可以获得我们全部”之间的不同，有各种解释。譬如，H. J. C. Grierson 认为，一个女子和男子结合，就是完美生活的一半；或一个女子可以包括并吸收一个男子，以剥夺他的意志。Helen Gardener 认为，一个女子没有男子就不完美；或男女尽管不同，却是平等和相互补充。参见 A. J. Smith, ed. *John Donne: the Complete English Poems*, pp. 395—396. n25 & n30.

② Plato, *Timaeus* 31—36.

物质相互作用，由此它就被看作是一种中介性的实体，“处于不可分割的、永存不泯的存在和短暂的、可分的存在之间的中途”①。由于柏拉图字母是由7个数组成的，7便被广泛使用，譬如：七大行星，一周七天，天体音乐有七个音调，七大美德，头脑分七部分；人生分七个年龄段；七位贤人，②世界七大奇迹，底比斯的七座城门，甚至中世纪大学课程中的“七艺”等等，不一而足。

数字9是象征宇宙的完满的九。譬如，托勒密宇宙有九重天；历史上或传说中有九名士。③ 12也是有用的数，如亚里士多德提出的十二种基本品德；④黄道十二宫；12这个数也常被用来构成一部诗作的结构，如荷马的两部史诗《伊利昂记》和《奥德修记》都分十二卷，维吉尔的史诗《埃涅阿斯记》也分十二卷。弥尔顿摹仿古典诗人，把他的《失乐园》同样写成十二卷。12这个数可以分为几个成分：1，2，3，4，6。因此，人们就可以对12这个数的各个成分做出错综复杂、变化多端的安排。斯宾塞利用这种机会给予他的《仙后》以广阔的范围和纷繁多样的变化，在英国文学中几乎是无与伦比的。

到了中世纪，数又与基督教神学联系起来。数被认为是神秘的，是神圣真理的启示。《旧约》中的某些数具有丰富的内涵，如：7（上帝创世后的休息日），10（十诫），12（以色列的部族数），40（以色列人在荒漠中度过的年数），70（族长数）。《新约》中有些数与此对应，以色列人在荒漠中度过的40年预示基督40天的斋戒，70位族长预示基督指派去帮助12个使徒（又象征12个部族）的70个门徒。“神秘的”数的本质在奥古斯

---

① S. K. Heninger, Jr., *Touches of Sweet Harmony*, p. 211.

② 七位贤人（简称七贤）指古希腊的七位名人，从传统上说，他们每一位都代表世俗智慧的一个方面。七贤的名字有时虽有变化，但通常都包括下列名字：林多斯的克勒俄布鲁（Cleobulus of Lindos，约公元前600）、雅典的梭伦（Solon of Athens，约公元前638—前558）、斯巴达的奇伦（Chilon of Sparta，公元前6世纪）、普里恩的毕亚斯（Bias of Priene）、米利都的泰尔斯（Thales of Miletus，约公元前624—前546）、米蒂利尼的庇塔库斯（Pittacus of Mytilene，约公元前640—前568）、科林斯的珀里安德（Periander of Corinth，公元前627及以后）。

③ “九名士”（The nine worthies）中三个源自《圣经》：约书亚（Joshua）、大卫（David）、马加比（Judas Maccabaceus）；三个源自异教：特洛亚的海克特（Hector）、亚里山大（Alexander）、凯撒（Julius Caesar）；三个源自基督教传奇：亚瑟（Arthur）、查里曼（Charlemagne）、第一次十字军东征的领导者布容的戈弗里（Godfrey of Bouillon）。

④ 亚里士多德将品德分为两类：一类是道德上的品德，即良好的性格；另一类是理智上的品德，即卓越的智力。前者包括高尚、自制、正义、友爱、勇敢、优雅自在和欢乐等，后者包括理论智慧、良好的判断力和实践智慧等。参见赵敦华《西方哲学通史》（第一卷），第240—243页。

丁的《论基督教教义》中得到详尽的阐述。譬如，他在《上帝之城》一书中用数字来解释有关创世的问题：

> 创世的工程被描绘为在6天内完成的，每一天的同样公式重复了6次。其理由是，6是完美的数：不是说上帝不得不受制于时间的间隔，似乎他同时创造所有的事物，而是后来创造它们，按适当的运动的时间进程。不，理由是工程的完满是由数字6来表示的。因为6是第一个数，它是个部分的总和，第六，第三，一半，因为1+2+3=6……因此，数的理论不能等闲视之，因为它清楚地表明，在《圣经》的许多章节里，它受到怎样高度的评价。人们赞扬上帝时说，“你以衡量、数与重量使万物井然有序”。这不是没有意义的。①

此外，奥古斯丁在《基督教教导》一书中又用数字来说明有关40天斋戒的问题：

> 它由4×10构成；可以说，对于被时间联结在一起的万物的知识。日、年的进程通过4得到完成；日子是以小时的间隔前行的：早晨，中午，傍晚，夜；年是按春、夏、秋、冬的月份前行的。但是，我们虽然生活在时间里，但由于我们希望生活在永恒之中而必须戒绝时间中的一切愉快。不过，由于时间的消逝，向我们推荐的是蔑视时间限制的事物、争取永恒之善的理论。而且，数字10象征对造物主和造物的认识。造物主中有三位一体，而数字7意味着造物，根据它的生活与肉体。在其生命方面，有三个诫律要我们全心全意地爱上帝；至于肉体，有四个可见的构成元素。因此，数字10是在时间的意义上印在我们身上的，就是说，用4来乘，我们被教导要有德地、暂时地生活，没有时间的乐趣——换言之，斋戒40天。②

上述的例子说明，一个数按照不同的分割可以有众多不同的解释。

在文艺复兴时期，人们一方面恢复了与古代文化和传说的联系，而另一方面，带有宗教神秘色彩的象征数字的含义也得到进一步阐释和发挥。譬如，多恩在《论神性》中的观点或许是新颖独特的，但他似乎由于过分地把毕达哥拉斯派关于数字的象征意义用于《圣经》的阐释而感到困惑。③不管怎么说，在基督教神学家看来，数是上帝创造的，在宇宙秩序中，它

---

①② 转引自 I. Rivers, *Classical and Christian Ideas in English Renaissance Poetry*, p. 177.

③ Ibid. , p. 173.

是最基本的因素。所有的数都源于一，即上帝或灵魂。

采用数字来表达某种寓意是一个极为复杂的、往往令人困惑的问题。从传统宇宙论的角度来看，文艺复兴时期人们常用的一些数字所包含的寓意可以简要地归纳如下：①

1　代表概念世界的一，即数的原则，是自我一致、不可分割的，因而是宇宙的象征。与真理、光、宇宙心灵和人的心灵的指导原则相联系。一产生多。一不是数，没有性的特征。属于太阳的领域。

2　第一个偶数，属于阴性。这是与立体空间有关的第一个数。2是可分的，代表对立物。它不能象征灵魂或精神，只能象征肉体或物质。属于自然的秩序，也属于世俗存在和价值的秩序。它同其在天国的对应物相对，因而不能代表超然的或天国的价值。2属于月亮的领域。

3　= 一 + 多，一和多是相互冲突的，而三可使它们恢复和谐。三有开头、中间和结尾，并使开头和结尾两端得以谐调，因而象征对立面之间的和谐。三既具有古老传说中的魔力特征，又与基督教的三位一体相联系。3是第一个奇数，属于阳性，象征生殖繁衍能力。3属于火星的领域。

4　= 2 + 2，或 2 × 2，这是象征宇宙和谐的数。它是产生立体形式的第一个数，因此它穷尽了宇宙空间有形扩展的一切可能性。物质世界由四种元素构成。世界有四等分，乐园有四条河流。4代表正方形，象征稳定性。4属于水星的领域。

5　= 3 + 2，即奇数（阳性）+偶数（阴性），这也是相似和相异的总和。阴阳结合象征婚姻，暗示男女之间的正当关系，其中男是较高的数（3），女是较低的数（2）。此外，相似与相异的总和是正义的象征，因此五暗示至高无上的权力。《旧约》开头有五卷。5属于木星的领域。

6　= 2 × 3，与性爱和繁衍相联系。它象征爱、生殖力，以及和平与丰饶。6属于金星的领域。

7　具有“未生成、或未被生成”的特征。它是一个质数，其倍数产生不了数字10之前的任何一个数。在古代传说中它是“打开宇宙的钥匙”。它是尘世间一周七天的天数，属于变化世界。在基督教国家中，它是上帝创世的天数。7属于土星的领域。土星由萨图恩司

---

① 参见 H. Shire, *A Preface to Spenser*, pp. 76—78.

掌，而萨图恩是老年之神，时间之神，也是变化之神。

8　象征再生的数，复活的数，永恒的数。它是创世后的第八天，也是复活节前那一周后的第八天，基督在这一天复活。在传统上，洗礼盘的形状呈八边形。

9　象征美德的数，是圆满的3的圆满形式。托勒密天文学上有九重天，《圣经》里有九级天使。9也是有德之人的灵魂之数。多恩的《告别辞：莫伤悲》一诗包括九个诗节。

10　象征圆满的整数。人体上有十个手指和十个脚趾。《圣经》中有"十诫"。但丁的《神曲》有十重天。

11　象征罪恶的数，它是"违反"《圣经》中"十诫"的数，也是耶稣的十二门徒中除去罪人犹大之后的数。

12　象征完美、秩序和稳定性的数。它是2、3、4、6的倍数。根据亚里士多德学说，人应有十二种基本品德。托勒密天文学中有黄道十二宫。《圣经》中耶稣有十二门徒。

对文艺复兴时期英国诗人来说，诗歌应反映宇宙的秩序。数乃属于被反映的事物，因此也属于反映它的诗歌。数是和谐与平衡的因素，是安排和推动一切事物的原则，也是按宇宙的运动有节奏地跳动的调节者。诗歌中对数的运用可以表现在诗歌形式方面，加强诗歌的总体意义。从数的方面考虑，在一首诗中占据中心位置的诗行可能表明诗的要旨。斯宾塞的《柯林·克劳特重返家园》一诗共有955行，其中心诗行（第477—479行）表明了该诗的核心意义，与它邻近的诗行、甚至全诗都依它而定：

> 我永远属于她一人，属于她一人：
> 永远属于她一人，我对天发誓，
> 我永远属于她一人，决非别人。

全诗由于依它而定，便显得非常精巧，非常匀称。弥尔顿《失乐园》的中心诗行是第六卷第760—762行，即描绘基督登上胜利战车的地方：

> 圣子升车，身穿天上的全副武装，
> 是灿烂的"乌陵"①所制的神器；

① "乌陵"（Urim）为"光亮"之意，是犹太教祭司放在"胸牌"内的神圣宝物，可能以钻石或其他宝石做成，是为了接受耶和华的批示而用的。见《出埃及记》28:30。

"胜利"在他右边，……

（朱维之译）

在这中心诗行的前后，各有两段基督的讲话（第 723—745 行；第 801—823 行），其长度相同，各有 23 行，显得精巧而对称。①

一首诗里的诗节数，以及诗节里的诗行数，也可能用来增强诗歌的主旨。譬如，在《神曲》中 3 和 9 都是重要的数。《神曲》有 3 篇（《地狱篇》、《炼狱篇》和《天堂篇》），象征三位一体；有 100 章，除去其中作为序曲的一章，余下的数字是 99。数字 9 与贝雅丽齐相联系，9 可由 3 除，9 和 3 都暗示她的神圣性。在英国文学中，斯宾塞堪称运用数的名家。他的名作《迎婚曲》共有 10 个诗节，第一诗节包括 18 行：10 是圆满的象征，也是 5×2，5 又象征婚姻，因此 10（5×2）便暗示诗中喜庆的两个订婚礼；②此外，18 是 6×3，是象征爱神维纳斯的数。《仙后》中的诗节称为"斯宾塞诗节"，每节 9 行，而 9 是象征美德的数。《仙后》由七卷组成，而 7 象征宇宙的行星周。《仙后》的主题是描述人的十二种基本品德，每卷有十二章，这些都与数字 12 的内涵有广泛的联系。在每一卷的第八章里，亚瑟王子都进入诗的情节之中，对各卷所描绘的面临危险的骑士予以救助，而 8 象征再生的灵魂。每一卷的第六章都与 6 相联系，6 属于金星的领域，金星在英语中的名称是 Venus，即爱神维纳斯，暗示与性爱和生殖力的联系。数字 3 属于阳性，象征生殖繁衍能力，因此《仙后》在第三卷描写贞节和爱情，而该卷第三章第 3 节则特别将女主人公布里特玛与爱情和生殖繁衍能力联系在一起，预示她将通过神圣的婚姻产生伟大的家系，并带来永恒的名声。多恩的《告别辞：莫伤悲》一开头就描绘一个"有德之人"，全诗共 9 节诗，9 是象征美德的数。在弥尔顿《失乐园》中心诗行的前后，各有两段基督的讲话，在这两段讲话之间是对基督登上战车、将反叛天使逐出天堂的描绘。每段 23 行暗示：23 = 3（对三位一体的信念）+ 10（十诫）+10（新的圣约），因此，23 既象征基督对不信教者的报复，又象征基督完成拯救人类的使命。③总之，数的形式在任何时候都可能被诗人用来增强或突出诗的内涵。

数还可以用在诗的其他方面。弥尔顿在《失乐园》中，描写地狱"离

---

① J. Carey and A. Fowler, eds., *The Poems of John Milton*, p. 441.

② 斯宾塞的《迎婚曲》是为庆祝伍斯特伯爵爱德华·萨默塞特的两个女儿伊丽莎白和卡瑟琳的订婚礼而写的，因此诗中喜庆"两个订婚礼"。

③ J. Carey and A. Fowler, eds., *The Poems of John Milton*, p. 441.

开天神和天界的亮光，相当于天极到中心的三倍那么远”（第一卷，第73—74行）。这就是说，天堂到地球的距离与地球到地狱的比例是1：2，即地球把天堂和地狱之间的空间分成1：2。新柏拉图主义认为这个比例表现了理智和感情之间的和谐关系。[①]弥尔顿在《失乐园》中描写夏娃依依不舍地向亚当告别，采用了三个明喻：她像“奥丽亚德，或德莱亚德，或德丽亚的从者”，走向树林，她的装饰活像是佩丽斯或波莫娜，或像色列斯：

> 她这样说着，把手从丈夫
> 手中轻柔地抽回；好像奥丽亚德、
> 或德莱亚德，或德丽亚的从者，
> 森林的仙女一样轻轻走入丛林，
> 她那步行的姿态，女神似的
> 身段，比德丽亚还要优美，
> 虽没像她那样佩着箭菔等武装，
> 却携带了粗陋的园艺用具，
> 不是火锻成，可能是天使给的。
> 这样装束的她像是佩丽斯，
> 或逃离筏图姆努斯的波莫娜，
> 或未为朱夫生普洛萨匹娜之前，
> 年华正茂的处女色列斯。
>
> （第九卷，第385—396行，朱维之译）

奥丽亚德是高山仙女，德莱亚德是树林仙女，这类山林仙女都侍奉不朽的月亮女神或狩猎女神德丽亚（即狄安娜）。佩丽斯是放牧女神，波莫娜是果树女神，色列斯是农耕女神，即一个大神和两个小神。这就形成了1∶2的比例，暗示灵魂中理智与感情的正常比例。数的意义还表现在《失乐园》的时序方面。全诗情节发生时间共33天。第1—13天描写天使的堕落；第14—20天描写上帝的创世，第21—33天描写人类的堕落。按此可以列出下表：

天使的堕落	创世	人类的堕落
13天	7天	13天

7是创世那一周的天数。诗的直叙情节（人类的堕落）发生在第23—33

① J. Carey and A. Fowler, eds., *The Poems of John Milton*, p. 445.

天，即11天，而11则意味着罪恶——它是违反十诫的数，也是犹大背叛基督之后所剩下的使徒的数。直叙的情节占11天，倒叙的情节（天使的堕落和创世等）共占22天，这就形成11∶22 =1∶2。这又是理智和感情之间的正常比例。表明某些天的顺序数也是富有意义的，如：第一天是未堕落之前的、“未划分的”一天，因此由一来表示。在一天发生的唯一事件是神子的产生，在上帝统治下天使是“作为单一的灵魂联为一体的”。由于二在传统上象征罪恶和反叛，在第二天便爆发了天堂战争。在第32天发生了人类的堕落和对人类的审判，而32是毕达哥拉斯称之为“正义”的数。在第32天，亚当看到堕落的后果和人类赎罪的历史，他离开乐园进入那段历史之中。33是人类世俗痛苦的数，也是基督生命的数。①

作为一种安排原则，数常常构成某些固定的“数组”。有些数组是从西方古典文学传统中流传下来的，譬如：美慧三女神，复仇三女神，文艺九女神，赫拉克勒斯的十二种劳役，埃涅阿斯在地狱度过的三天，等等。此外，“三合而为一”（即扩展为三个方面）的模式在诗歌中也被广泛运用，如斯宾塞《仙后》中有黑夜之神的三个儿子（无信、无法、无乐），莎士比亚《麦克白》中有三女巫，弥尔顿《失乐园》中有地狱里的“三位一体”（撒旦、罪恶、死亡）。有些数组是从基督教传统中流传下来的，譬如：三位一体、创世七天、七件圣事（或七圣礼）、②七大罪恶，③以及与之相对的七大美德或七善德。④此外，《圣经》上还有七大天使之说，七福之说，以及基督复活之前在地狱度过三天等等，不一而足。

在古典传统和基督教传统这两种不同的思想领域里，可以在上述现象之间发现某些相似之处，两个传统中共有的数确证了这种类比。诗人可以扩大这些作用。《仙后》第一卷第七章中描绘了红十字骑士堕入“骄傲之宫”的故事。他在那里看见“七大罪恶”，逃出之后，又被巨人俘获，关进地牢，随后遇见女巫杜埃莎，她骑着一个长着七颗头的怪兽等等，遭遇到一系列的危险，直到被亚瑟王子和乌娜救出。这个故事无疑具有众多的

---

① 参见 J. Carey and A. Fowler, eds. , *The Poems of John Milton*, pp. 445—446.

② 一般指洗礼、坚信礼、赎罪、圣餐、临终涂油礼、结婚仪式、授予神职仪式。但东正教的“七圣礼”有所不同，它的具体内容包括洗礼、敷圣油、圣体血、告解、神品、婚配、终传。

③ 指骄傲、懒惰、贪食、纵欲、贪婪、嫉妒和愤怒。许多英国诗人都曾以拟人手法描绘过七大罪恶，譬如，中世纪英国诗人威廉·朗格兰（William Langland，约1332—约1400）在《农民皮尔斯》中，斯宾塞在《仙后》中，约翰·班扬在《天路历程》中对七大罪恶的描绘都是十分著名的。

④ 指审慎、坚毅、克制、正义、信、望、爱。

内涵，但仅从数字的寓意上观察就至少可以看到：一方面，按照古典传统，借用马克罗比乌斯的话来说，人的一生由七颗行星管理，分成七个时期，人生实际上受七的调节，因此七是肉体的数，变化的数。[①]这种七的含义被用来暗示红十字骑士尚未成熟之前的脆弱。另一方面，按照基督教传统，七与“七大罪恶”相联系。这种七的含义被用来暗示红十字骑士因骄矜的弱点而一时堕落。显而易见，古典传统中有关七的寓意可以说明基督教传统中有关七的寓意，两者相辅相成，从而加强了第“七”章故事的主旨。

数组是一种十分简易的模式，它也可以显示自身的变化，并对形式和意义产生影响。譬如，人的五种官能进入《仙后》第二卷，但到第十一章（第9—13节）才公开说出它们的名称（视觉、听觉、嗅觉、味觉、触觉）。在第十二章中，它们又再度出现，但不是明确地一一列出来的，而是在“福乡”中对五种官能的各种引诱的场景里被奥妙地暗示出来的。这样，读者就和该恩一样默默地受到告诫，而且必须同样“小心、明智”地提防各种诱惑。一个在自身模式中可以表现变化的数组成为诗人和读者之间交流的工具。通过它默默无声的作用，读者可以思考诗的意义及其表达的道德内涵。

总之，数的运用是极其复杂的。在文艺复兴时期，数一般可以用于《圣经》的阐释，也可用于文学的解读，更可以用于宇宙的分析。其实，这三方面都是互相联系的。按照毕达哥拉斯的观点，宇宙是数的构成。如果说文艺复兴时期的诗人遵循摹仿自然的诗学，主张诗歌应当反映宇宙的模式，那么在诗的结构和形式方面对数的运用就理所当然了。

（七）天人对应：“人是万物的尺度”

斯宾塞《仙后》第二卷中，“节制”品德的化身该恩爵士来到“阿尔玛城堡”（第九章），看到这座城堡的建构十分奇特：

它的构架似乎部分是圆形的，
　　部分是三角形，哦，神圣的作品；
　　最前和最后的部分就是这两个，
　　……

① D. Brooks – Davies, *Spenser's Faerie Queene*, p. 69.

作为基础的正方形，处于中间，
按七和九的比例，分配均匀；
九是设置在天空上面的圆，
一切汇成了一个音域，美妙而婉转。

（第22节）

实际上，这座城堡的设计是人体的象征。首先，这里有几何图形：圆形、正方形和三角形，分别代表头颅、身躯和叉开的双腿。但这些图形也都具有象征意义。传统上，圆形具有元始无终、无所不包的特征，代表完美和永恒，象征灵魂；三角形是“最不完美、空间最小的意象”，代表肉体。[①]正方形由四点构成，象征四种元素和四种体液，是肉体的“物质”基础。如果说圆形包括最大空间、三角形包含最小空间，那么正方形就自然处在它们的中间了。其次，这里也有数和天文学成分：七是肉体的数，与七颗行星对应，而七颗行星不仅影响人的一生，也支配人生的七个时期。九是灵魂的数，既与九级天使对应，又与托勒密宇宙中的九重天对应，而第九重天是围起圆形宇宙的恒星天，属于精神领域，因此“九是设置在天空上面的圆”。正方形构成七和九的比例，因为这两数相乘等于63，暗示人生的大关口。[②]最后，这里还有音乐成分：整个和谐的人体汇成了一个“美妙而婉转”的“音域”。尽管这节诗中包含复杂的概念，但不难发现，斯宾塞是从中世纪和文艺复兴初期大学教育中算术、几何、音乐、天文学“四大学科”（quadrivium）的角度来分析人体的。和他的同时代人一样，斯宾塞已不再单纯按照中世纪神学、而是力图运用当时的科学来对“人”加以解释了。他根据传统宇宙论，从体液、灵魂和人体音乐三方面描绘肉体和灵魂、物质和精神之间的和谐，热情地歌颂了人的完美和尊严。

值得注意的是，对“阿尔玛城堡”的描绘中显然包含着小宇宙与大宇宙的类比，表现了天人对应的观念。这种观念在文艺复兴时期英国诗歌中占有主导的地位。雷利曾经详细阐述过“作为小宇宙的人”（《世界史》第一卷第二章）。勃顿哀悼人类的堕落，因为人被创造成“小宇宙”，原是

---

① 关于圆形具有“无始无终、无所不包”的特征，参见本书第一章（一）。至于三角形包含“最小空间”的特征，这个问题比较复杂。17世纪时，凯内尔姆·迪格比（Kenelm Digby）在他的《斯宾塞〈仙后〉第二卷第九章第22节的评论》中指出，这是曾为阿基米德用一个直角三角形的论证所证明的问题；见D. Brooks - Davies, *Spenser's Faerie Queene*, pp. 163—164.

② 63岁被称为the grand climacteric，意为人生旅程中的一个大关，指人生的转折期、更年期。参见A. C. Hamilton, *Spenser*: *The Faerie Queene*, p. 251.

"世界的典范，大地的君主，世界的总督，万物的唯一统帅和管理者"（《忧郁的解剖》第一部分）。菲利普·斯塔布写道：神说，"让我们创造人吧"，那是一个"奇妙的生物"，在希腊文中就叫作"小宇宙"（《弊病的解剖》）。多恩把他自身说成是"小宇宙"："我是一个制作精巧的小宇宙，由四种元素和天使般的精神构成"（《神圣十四行诗》第5首）。他又说，人的心灵是上帝伟大的造物之书的缩影，因为人是"大宇宙的缩影"（《挽歌，1613年12月26日》）。赫伯特热情地赞颂人的美丽和崇高：人体是极其"匀称"的，充满了分寸感，不仅一肢与另一肢形成比例，而且整个人体还"与宇宙形成比例"，是"整个天体的缩影"（《人》）。托马斯·布朗则说：他所看到的整个世界就是他自身那个"小宇宙"（《医生的宗教》）。

据公元9世纪拜占庭辞典编纂家福提乌斯记述，天人对应的观点可以追溯到毕达哥拉斯。他在毕达哥拉斯条目下这样写道，

> 人被说成是大宇宙的缩影，这并不是因为人和其他动物、甚至最低级的动物一样，由四种元素构成；而是因为人体现了大宇宙的全部特质。大宇宙有神，有四种元素，有植物和动物，人则具有所有这些事物的全部潜能。人通过与神相似的物质而有理性；人又通过四种元素的自然功能而有行动、生长和繁衍的能力。①

这种把小宇宙和大宇宙进行类比的观点经过中世纪一直流传到文艺复兴时期。瑞士著名医生帕拉塞尔斯（1493—1541）尤其热衷于这种理论。他高度概括地说，"天即是人，人即是天。所有的人只构成一个天，而天仅仅是一个人。"②可以说，这种观点已不单单是"天人对应"的问题，它几乎无异于"天人合一"了。

然而，在文艺复兴时期，人们对于大宇宙的定义并不十分严格。从广义上说，它可以指包括地球在内的整个宇宙；但从狭义上说，它仅指人类居住其中的世界。因此，"天人对应"往往形成天、地、人之间的类比，正如多恩所说，"天包含地，地包含城，城包含人"（《给国王的布道文，1628年4月》）不过，从当时的哲学角度来看，宇宙则分为概念宇宙和可感宇宙，后者又包括星体世界和人世。法国哲学家拉普里莫达耶阐述了宇宙三重结构的传统观点：第一重是神学家所说的"天使世界"或哲学家所

---

① 引自 S. K. Heninger, Jr., *Touches of Sweet Harmony*, p. 191.

② 江晓原《历史上的星占学》，第172页。

说的“理念世界”；第二重是天体世界；第三重是月下的基本世界。换言之，宇宙的顶端是超然的概念领域，中间是由第五种元素以太构成而又可见的天体领域，底端是由四种元素构成的全然可感的领域。其实，上述两种看法并无多大区别，因为理念世界和天体世界都是“天”，月下的基本世界就是“地”。无论在什么意义上，人和大宇宙都十分相似。

有一位15世纪作家曾作过这样的描述：人有与土对应的肉体，与水对应的血液，与气对应的气息，与火对应的体温。宇宙有两盏明灯，即太阳和月亮，人头上也有两盏明灯，即两只眼睛。天空有七颗行星，人的头颅里分七个部分。宇宙有石头、人有坚硬的骨骼和指甲。大宇宙有草，人有毛发。宇宙有树，人有与树层层对应的各种器官。①沃尔特·雷利（1552—1618）在《世界史》中的有关描述几乎是这些类比的重复：

> 人的血液沿着血管流遍全身，犹如河川流贯大地，人的气息如同空气，人的体温像大地内部的热量……装饰或覆盖人体的毛发，如同覆盖地面的青草。……我们的两只眼睛如同天上发光的日月，我们的青春之美如同春天的鲜花，它们转瞬之间就因太阳的热力而枯萎凋谢，或被阵阵的疾风从花茎上吹落。②

根据民间医疗传统，人体各部位还与黄道十二宫对应。帕拉塞尔斯发展了一整套“体内星群”理论：原动天中的黄道带有十二宫，人体分十二部分，与黄道十二宫一一对应。据说这种对应方式最早见于公元5世纪一份被认为是从希腊文本转译而来的拉丁文抄本。16世纪英国的罗伯特·怀尔在他的《托勒密历书》（约1532）中对此也作过详尽描述。③按照这种理论，白羊宫与头、脸对应；金牛宫与颈脖对应；狮子宫与心、胃、背对应；巨蟹宫与胸、腰、脾、眼对应；人马宫与股对应；宝瓶宫与小腿对应等等，如下表：

白羊宫：头、脸
金牛宫：颈脖
狮子宫：心、胃、背
巨蟹宫：胸、腰、脾、眼
人马宫：股

---

① S. K. Heninger, Jr., *Touches of Sweet Harmony*, p. 191.
② 引自 E. M. W. Tillyard, *The Elizabethan World Picture*, p. 85.
③ S. K. Heninger, Jr., *Touches of Sweet Harmony*, p. 192.

摩羯宫：膝

宝瓶宫：小腿（至踝）

在古代欧洲表现这种对应的“人体黄道带”图画是十分常见的，画中的人体往往从头到脚都盘踞着各种神像，表明黄道十二宫与人体各部位的对应。[1]莎士比亚显然是熟悉这一民间传统的。在《第十二夜》中，托比和安德鲁两人有一段关于人体究竟哪一部分与金牛宫对应的有趣的对话：

托　比：照你那双出色的好腿看来，我想它们是在一个跳舞的星光底下生出来的。

安德鲁：噢，我这双腿很有力气，穿了火黄色的袜子倒也十分漂亮。我们喝酒去吧？

托　比：除了喝酒，咱们还有什么事好做？咱们的命宫不是金牛星吗？

安德鲁：金牛宫，那是腰和心。

托　比：不，老兄，是腿和股。[2]

（第一幕第三场，朱生豪译）

安德鲁说金牛宫与“腰和心”对应，托比则纠正安德鲁，说金牛宫与“腿和股”对应。其实两人都讲得不对，因为与金牛宫对应的是“颈脖”。但就具体的戏剧情境而言，他们并未完全离谱，也可以说是歪打正着，因为他们要饮酒当然与“颈脖”有关了。

对于这种民间传统，17 世纪有一部署名为马库斯·马尼留斯的五卷本著作被译成英语，其中的有关部分有助于理解人体与黄道十二宫的对应关系：

在人体这由神圣之手创造的作品中，
每一肢都配给黄道带中的一宫；
由于人体为黄道十二宫所共同
关心，因此每一肢都享有一宫：
（白羊宫保护头颅，金牛宫保护颈项，
臂上那光辉的双子宫受你司掌；

---

① 见江晓原《历史上的星占学》第 172—174 页插图。

② M. H. Nicolson 在 *The Breaking of the Circle* 中、E. W. M. Tillyard 在 *The Elizabethan World Picture* 中都曾引证过此例。

狮子宫在肩膀、巨蟹宫在胸脯
服从指挥，谦逊的室女宫在腹部、
天秤宫在臀部听命，天蝎宫在阴部
激起欲望，把难以控制的欲火散布：
人马宫支配大腿，摩羯宫统帅
膝盖，用双重的带子将其捆起来。
叉开的两腿在寒冷的宝瓶宫相遇，
双鱼宫保护双足。)①

这些对应与人体和行星的对应有所不同，是牵强附会的，往往以局部的形体对应为基础。白羊宫看上去特别像头颅，因此放在头上；双鱼宫置于脚上，仅仅因为它们有两个；金牛是脖子硬挺的动物，置于颈部；双子宫由于有两个，置于臂膀和肩膀上；巨蟹宫由于具有坚硬的壳，置于胸口；天秤宫置于胸部或臀部，使身体得到平衡，等等。这种对应本来是无足轻重的，但却影响极广，因为这种对应体系可以使黄道十二宫与人体各个主要部位相互对应起来。由于人体不是圆形，不能与圆形的宇宙等同，所以黄道带就变成了一种似乎可以套住人体的圆形框架，这种框架传统上常被称为“人体黄道带”。“人体黄道带”不过是一种比较原始的隐喻。按照这种隐喻，人体并不是被看作一系列被肢解的部分，而是被视为一个整体，与天体世界同形。星占学家把人体嵌入宇宙的圆形之中，从而使宇宙的多样性仿佛合乎逻辑地包容在人体结构里面。如果说人体与行星的对应体系曾把某些神祇带入人体的话，那么人体与黄道十二宫的对应体系就使人变成了圆形的宇宙，成为外部世界的完美的再现。②

此外，人体各部位不仅同黄道十二宫对应，也与四种元素相联系。如：白羊宫、狮子宫、人马宫与火对应；双子宫、天称宫、宝瓶宫与气对应；巨蟹宫、天蝎宫、双鱼宫与水对应；金牛宫、室女宫、摩羯宫与土对应。

人与大宇宙的对应首先是以四种元素为基础的。四种元素相互联系而又相互排斥。这种观点源于公元前 5 世纪的恩培多克勒，他认为爱使四种元素联结在一起，恨使它们互相争斗。斯宾塞写道：四种元素“相互变换”，火变气，气变水，水变土；同时水又“抗击火”，气与水也“互不相

① L. Barkan, *Nature's Work of Art*, p. 24.

② Ibid. , pp. 24—25.

让”，但最终却“融为一体”（《仙后》第七卷第七章）。菲尼亚斯·弗莱彻（1582—1650）也有类似描绘：四种元素“互相争斗”，但神将它们拴在一起，“在他们的仇恨之中融入坚贞的爱”（《紫岛》）。诗人们大多以人体内四种元素的相互冲突来描绘纷繁复杂的内心情感。威廉·哈蒙德说，“筑成人体屋宇的元素，都是人的主要敌人；土、水、气、火在相互争论，哪个将占统治地位”（《悼念我亲爱的兄弟之死》）。多恩似乎更喜借用四种元素的隐喻来抒发自己的各种情感，如：“我烈火般的热情，大气般的叹息，水流般的眼泪，泥土般的阴郁的绝望，这些就是构成我的材料”（《融化》）；又如，他在远行前还力图劝说妻子不要“泪流如洪水，叹息似风暴”（《告别辞：莫伤悲》）。他认为大宇宙中的一切在人身上都能找到其“对应物”，并举例说：人身上有“那些突然摇撼的地震；那些突然放光的闪电；那些突然轰响的雷霆；那些突然的日食，突然的感觉模糊；那些突然喷出火焰的闪耀的群星；那些河流般的血液，突然的红色水流”（《突然引起的诚信》TV，i.）。马维尔这样哀悼一个溺死的“情人”：“大海借给他的痛苦泪水，他永远含在眼睛里。他曾借自狂风的叹息，在他激荡的胸中怒吼”，大自然正在上演他出生时曾上演过的那出“相互争吵的元素的假面剧”（《不幸的情人》）。最为动人的是莎士比亚笔下的李尔王在荒野中呼号：

> 吹吧，风啊！吹破了你的脸颊，猛烈地吹吧！你瀑布一样的倾盆大雨，尽管倒泻下来，浸没了我们的尖塔，淹沉了屋顶上的风标吧！你思想一样迅速的硫黄的电火，劈碎橡树的巨雷的先驱，烧焦了我的白发的头颅吧！你，震撼一切的霹雳啊，把这生殖繁密的饱满的地球击平了吧！打碎造物的模型，不要让一颗忘恩负义的人类的种子遗留在世上！
>
> （《李尔王》第三幕第二场，朱生豪译）

从气（风）、水（瀑布、倾盆大雨）、土（地球）、火（硫磺的电火）四种元素的互相争斗中，李尔王察觉到自己内心里强烈的情感冲突。他的疯狂影响着外部世界，外部世界的疯狂也对他内心产生影响。他失去了理智，大宇宙也失去了理智。小宇宙反映出大宇宙的狂乱，大宇宙也反映出小宇宙的狂乱。

就人体而言，四种元素与四种体液通常并无区别。“四种体液”说源于公元前5世纪末希腊医生波利布斯。按照亚里士多德的观点，物质世界由四种元素构成，每种元素又各具冷、热、干、湿四种素质中的两种，如土具冷干素质，水具冷湿素质，气具热湿素质，火具热干素质。据此，波利布斯也认为，人体同样由四种素质按可能的四种组合，形成四种体液，即血液、粘液、黑胆液、黄胆液。在四种体液中，血液与气对应，粘液与水对应，黑胆液与土对应，黄胆液与火对应。因此，四种体液各具不同素质，对人的性情起着不同的作用，如血液具热湿素质，主激情；黄胆液具热干素质，主暴烈、易怒；黑胆液具冷干素质，主忧郁、愁闷；粘液具冷湿素质，主麻痹、冷漠。[①]列表如下：

体液	元素	素质	气质
血液	气	热湿	主激情
粘液	水	冷湿	主麻痹、冷漠、冷淡
黑胆液	土	冷干	主忧郁、愁闷
黄胆液	火	热干	主暴烈、易怒

体液既可构成人的不同性情，又可形成各不相同的面容。但是，对此往往有不尽相同的具体解释。譬如，托马斯·爱略特在《健康的城堡》中说，血液多的人面色红润白皙，嗜睡，爱发脾气等。[②]在皮查姆的寓意画[③]中，“血红”被描绘为头戴花冠的年轻人，脸颊上有“玫瑰”和“百合”争艳；他本性善良，爱音乐，好交友，喜欢酒和女性，身边有羊群吃着葡萄藤（暗示淫欲）；他热情慷慨，但有脾气。不过，这种人虽发脾气，却也很快怒气全消。乔叟描绘的自由农就属此类型，他“脸色红润，为人热情”，爱吃“酒泡面包”，“一生寻乐”，是“伊璧鸠鲁的信徒”；他心地善良，但时而也给厨师一顿臭骂（“总引”）。黄胆液多的人“身材细长，常梦见雷霆和箭与火之类的危险事物”（《健康的城堡》）。在《坎特伯雷故事集》中，管家就是“瘦小而有脾气的人”，他的“长腿瘦成两根棍”（“总引”），而另一故事里的坡德洛特又说，这种人“怕箭伤，怕红的火焰，怕红色的兽来咬，怕打架，以及大小的狗熊之类”（《女尼的教士的故事》）。但这种人又最易大发雷霆。在寓意画中，“黄胆液”形貌似火，愤怒地手持利剑，身旁有一头狮子，既暗示他不能自制，也表明他的勇敢和

① 杨周翰《十七世纪英国文学》，第 51 页。另参较本书第 35 页。

② 关于爱略特《健康的城堡》中的详细分析，参见 C. S. Lewis, *The Discarded Image*, p. 170.

③ 见 H. Peacham, *Minerva Britana* (1612), in John Hollander and Frank Kermode, ed., *The Literature of Renaissance England*, 插图 19—21.

慷慨。黑胆液多的人“瘦弱，睡不安稳，做噩梦，长期恼怒不止”（《健康的城堡》）。坡德洛特说：“黑胆液多的人在睡梦中惊呼着黑熊、黑野牛或黑鬼在追赶他们”（《女尼的教士的故事》）。哈姆雷特则心情“忧郁”，做“噩梦”，“垂头丧气，一天到晚都像在做梦似的”（《哈姆雷特》第二幕第二场），的确“长期恼怒不止”。但在16、17世纪，Melancholy（黑胆液）一词除“忧郁”外，还有“沉思”之意。在勃顿《忧郁的解剖》的“序诗”中，这个词的含义只是“沉思”或“孤寂”。弥尔顿就把“忧郁”描绘为“沉思的女尼”（《幽思的人》）。寓意画中的“忧郁”面容苍白，独坐林中沉思，只有猫和猫头鹰同他做伴。粘液是最糟的体液。粘液多的人“肥胖，苍白，睡眠过度，梦见水或鱼，迟钝，胆小”（《健康的城堡》）。寓意画中的“粘液”则坐在石凳上，阵阵咳嗽，袖着的双手懒懒地放在胸前，饮酒，吐痰，昏昏欲睡；他厌恶劳动，衣着不整，既不懂科学，又缺乏修养；脚下慢慢地爬着一只乌龟。此外，体液不仅因人而异，即便在同一人身上，一天之内也是不断变化的：从午夜到清晨6点，血液占支配地位；从清晨6点到中午，黄胆液占支配地位；从中午到下午6点，黑胆液占支配地位；从下午6点，粘液占支配地位。[①]譬如，乔叟笔下的睡神亲吻那些通宵饮酒的人，告诉他们“睡眠的时间已到”，因为“从午夜到黎明时分，血液是主要成分”，并说：“保存你的血液，它是自然之友。”（《侍从的故事》）

如果说体液由于具有四种素质而对人的性情产生影响的话，那么，正像我们已经说过的那样，根据托勒密星占学，七颗行星同样具有冷、热、干、湿四种素质，而且与人体部位一一对应，它们对人的性情自然也产生相应的影响。譬如，土星具冷干素质，主忧郁；火星、太阳具热干素质，主暴烈、易怒；木星具热湿素质，主激情；金星、月亮具冷湿素质，主麻痹、冷淡，等等。不少英国诗人似乎对土星、火星的影响表现出较大的兴趣。乔叟在《坎特伯雷故事集》中，让主忧郁的萨图恩（土星）讲了一大通话，说他的“辖区极广”，权威极大，诸如在海中淹没的、茅舍里囚禁的、脖子伸进绞索的人，等等，都在他管辖之下（《武士的故事》）。莎士比亚相信，在人生“这座大舞台上的全部演出，没有不受到星象的默化潜移”（第15首十四行诗）。他说：在春天，他因没有跟爱友在一起而忧伤，但见到缤纷的四月在每样东西的心头点燃起春意时，也叫那“悲哀的土

① C. S. Lewis, *The Discarded Image*, pp. 170—173.

星”同他一起欢跳，笑嚷（第98首十四行诗）。罗伯特·勃顿也说过类似的话：“我出生在土星高照的时辰，以致火星——这个预示一个人品行的星宿——和我的司命星正好相交；两星恰巧都运行到各自的宫内。”（《忧郁的解剖》第三部分）在这里，勃顿暗示他本人的性情不仅忧郁、冷淡（土星），而且暴烈、易怒（火星）。

回到四种体液的问题。如果它们之中的每一种都有助于构成人的某种相应的性情，那么它们在人身上不同程度的混合也必然对人产生极大的影响。体液混合不好，就会损害人体。《坎特伯雷故事集》中的医生是精于此道的：“各种疾病的起因他都知道，例如是由于热，还是冷，是由于干，还是湿，是从哪里产生的，是属于哪种体液。”（“总引”）多恩在悼念一位少女之死的诗中说，她是混合均匀的体液失去了平衡，因其中一种超过其余三种而导致她的夭亡（《论灵魂的进程：第二周年》）。他描写尼俄柏①因其子女的死亡而长期悲泣，最后她“变得这样枯干”，竟成了“自己的坟墓”（《尼俄柏》）。这里的“枯干”，除暗示“哭干眼泪”外，还表明“体液的枯干”与长期悲痛和年老体衰有关。多恩在另一首诗中似乎带有总结性的意味说道：“凡是消亡的东西都因混合得不均匀。”（《早安》）但是，体液如果配合得均匀就可使人在肉体、灵魂和行为上获得平衡，成为完美的人。斯宾塞歌颂他心目中理想的女郎说，在她身上“体液混合得最为适度”（《爱情小诗》第13首）。莎士比亚笔下的安东尼在布鲁图斯死后，赞扬他为“最崇高的罗马人”，因为他身上的元素混合得如此完美，以致大自然可以站起来对全世界说，“这是一个人！”（《尤利乌斯·凯撒》第五幕第五场）显然，体液混合的均匀与否，不仅影响人的肉体，而且最终关系到人的品德与灵魂。

应当提及的是，按照柏拉图的看法，四种元素到了月上世界便呈现为更加清纯的形式。亚里士多德不赞同这种观点，他认为月上世界的星体是由第五种元素“以太”（ether）构成的，以太既不是四种元素中的任何一种，也不是它们之中的任何一种组合。文艺复兴时期英国诗人大多遵循以太说。虽然斯宾塞在《天堂之美》中描绘他由地球（土）升腾，穿过海洋（水）、大气，来到处于大气和月亮天之间火的区域时，并没有明确区分这

---

① 尼俄柏，希腊神话中底比斯王安菲翁的妻子，生有七个儿子和七个女儿。她为此而骄傲，对女神勒托和她的孪生子女阿波罗和阿耳忒弥斯进行嘲讽和诽谤，并阻止底比斯城的妇女祭拜勒托和她的孪生子女，从而激怒了勒托。勒托令阿波罗兄妹前去复仇，射杀了她的全部子女。尼俄柏因悲痛过度，最终化成了石头，但眼睛还在不停地流泪。

个区域的火同月上世界的以太之间的界限，但在多恩和弥尔顿等人的诗中，ethereal 则是个使用频率很高的词。不过，斯多亚学派还提出了与以太不同的另一种能把四种元素结合在一起的第五种元素，即精气（pneuma 或 spirit），认为它渗透一切事物，把宇宙结为一个整体。据公元 2 世纪著名医生迦伦说，这种理论源于公元 1 世纪上半叶医学界精气学派创始人阿特纳奥斯。阿特纳奥斯认为，人体的成分不是土、水、气、火四种元素，而是“它们的素质，即热、冷、干、湿”，因此提出了不同于以太的第五种元素，即“渗透一切的精气，它把一切事物结合在一起，并加以控制”①。公元2 世纪希腊基督教神学家亚历山大里亚的克莱芒（约150—约215）赞同这种精气的想法，并称之为“渗透宇宙、把宇宙结为一体的精气”，但又认为这种精气其实与恩培多克勒所说的以太相同。②不管怎么说，在谈到人体时，人们常用这种精气的理论。关于精气及其在人体中所起的作用，罗伯特·勃顿在《忧郁的解剖》一书中做过比较明确的解释。勃顿说，精气是一种神秘体，是体内的蒸气，具有调节肉体和灵魂的作用。他把精气分为三种，一是自然精气（natural spirits），出自肝脏，通过静脉在周身循环；二是活气（vital spirits），出自心脏，通过动脉在周身循环；三是血气（animal spirits），从第二种活气中蒸馏而出，通过如同导管的神经到达大脑。进一步说，人的肉体生活是以四种元素构成的食物开始的。食物通过胃到达肝脏（人体头、胸、腹三大部分中最低部分的首领），肝脏把食物化为四种体液，并沿着静脉把体液从肝脏输送到心脏。体液可以产生热量。热量通过三种精气来调节肉体：第一种是肝脏中形成的自然精气，与体液一起沿静脉传送全身，由肝脏支配，与人的生长有关。第二种是在心脏中通过体内热量与肺部空气的作用而产生的活气。活气在心脏中经过提炼之后，便沿着动脉传送全身，给人体以生命和热量。心脏是人体三大部分里中间部分的首领，这是人的感知部分。第三种是某些活气由动脉传送到大脑之后变成的血气。大脑在人体的上部，是理性和不朽的部分。血气是大脑的执行者，它通过神经支配肉体和灵魂。③多恩在他的诗文中多处提到渗透在血液之中的精气，认为是它建立了灵魂和肉体之间的联系。他说，心脏那“繁忙的锻炉”传送着“生命的精气”（《灵魂的进程》）；又说，“我们的血液努力生产着精气”，正是精气“使我们成为人”（《狂

---

①② P. M. Gregorios, *Cosmic Man: the Presence*, p. 7.

③ R. Burton, *Anatomy of Melancholy* (Part I. Section II). 另，Tillyard 对此也有较详细的说明。参见 E. M. W. Tillyard, *The Elizabethan World Picture*, pp. 63—65.

喜》)。这和他在布道文中的阐述是一致的，他说，肉体并不是人，灵魂也不是人，只有这两者的结合才构成人，人体内的精气是“血液中稀薄和活跃的部分”，因此具有一种处于灵魂和肉体之间的“中间性质”，它把灵魂与人体器官结合在一起，“这才有了人”(《布道文》第2篇)。赫尔福德的戴维斯有数行诗对人体如何从物质上升到精神的过程做了明晰的描述：

> 人体封闭在四种元素中；
> 血液封闭在人体里；
> 精气封闭在血液中；灵魂封闭
> 在精气中，又把精气包进心灵里。
> 理性歇息在心灵中，
> 并发现理性中歇息着上帝：
> 　　所以这世界为人而创，人为灵魂而创，
> 　　灵魂为心灵而创，心灵为上帝而创。①

在这几行诗里，可以清楚地发现人体中的这一上升等级和顺序：四种元素—肉体—血液—精气—灵魂—心灵—理性—上帝；肉体和灵魂通过血液中的精气而结合，并得到调节，因此血液在本质上被认为是具有神性的。

人体内这种物质（肉体）到精神（灵魂）的上升过程也清楚地反映在《失乐园》第五卷中。不过，与赫尔福德的戴维斯不同，弥尔顿是采用“树”的意象来加以表现的：根生“茎”，茎生“叶”，最后“开花”，吐出“香气”(第479—482行)，由重到轻，由有形到无形，暗示由物质到精神、由肉到灵的上升过程。弥尔顿接着又说，人体对食物的消化可以产生精神，“花和果”，也“沿着阶梯”逐步地上升到动物，“到万物的灵长，给以生命的感觉，想象和理解，灵魂从中接受理性”(第482—487行)。由植物（花和果）上升到人（万物的灵长），反映出人体内与大宇宙对应的等级，人与植物共有“生长”的特质，与动物共有“感觉”的特质，但人却有植物和动物所没有的“理性”，因而接近于纯理性的天使。理性就是人的潜在神性，它引导人去服从上帝：“时常日久，会使你们的五体变得轻灵起来，终于全部化灵，同我们一样长了翅膀，飞升天上，随心所欲地住在这里或天上乐园，只要你们终于顺从，完全保持那创生你们的上帝的爱，永不改变。”(第497—503行)

---

① 引自 M. Y. Hughes, ed., *John Milton: Complete Poems and Major Prose*, p. 194.

文艺复兴时期所崇尚的亚里士多德的“三重灵魂”说，实际上也是以人与大宇宙的对应为基础的。宇宙中的植物有生长功能，动物有生长和感觉功能，人不仅有生长、感觉功能，更有天使般的理性。因此，人的灵魂按这三种性质也有三重：与天使对应的理性灵魂、与动物对应的感觉灵魂、与植物对应的植物（或生长）灵魂。但是，这三重灵魂之间有何内在联系？首先，理性灵魂包含理性和意志。理性使人理解自然法则或神意；意志使人在理性指导下按自然法则或神意行事。其次，感觉灵魂包含两种力量，一种是“易怒”力量，与愤怒或恐惧情感相联系，另一种是“情欲”力量，与欲望和悲喜情感相联系。在健康者身上，这些力量可为意志服务，使意志能够抵制恶而追求善；在不健康者身上，则削弱理性和意志，甚至摧毁理性的人。植物灵魂包含生殖繁衍的力量和具有维持肉体的作用。它最重要的产物就是四种体液。每种体液都有重要的生理作用，但也与情感、从而也与道德有关。当四种体液比例均匀时，感觉灵魂的两种力量就可相互协调，并与理性灵魂协调；四种体液配合若不和谐，就可以导致各种情感的不和谐，从而影响理性灵魂，使人易受恶的引诱。因此，体液调和均匀的健康者可能为繁衍后代而产生正当的情欲；体液不协调者则会引起情欲的过度或不足。愤怒在某些情况下是必要的，因为它们可以推动意志去抵制恶。但是，过度的愤怒会使人无法分辨善恶，甚至不分青红皂白地反对一切；而愤怒不足也就不能强烈地反对恶。就恐惧的情感而言，它在某些情况下是好的，但过度或不足的恐惧在任何情况下都是不好的。总之，植物灵魂受制于、并服务于感觉灵魂，感觉灵魂受制于、并服务于理性灵魂。[①]也就是说，理性和意志必须支配各种情感，避免各种情感的过度或不足这两个极端。如果理性支配不了情欲，就无法遵循善而抵制恶，于是就会使人堕落。正如弥尔顿在《失乐园》中分析夏娃堕落的原因时所说：

因为理性
不能治理，意志不听她的命令，
二者都屈服于肉欲，肉欲由卑微
上升、夺位而君临至高的理性，
自居于优胜的地位。

（第九卷，第 1127—1131 行，朱维之译）

---

① R. Kellogg and O. Steele, eds., *Books I and II of The Faerie Queene*, “Preface”, pp. 50—51.

在英国文学中，理性与情感的对立与冲突构成永恒的主题之一。

文艺复兴时期诗歌中常说的“人的音乐”同样是把人和大宇宙加以类比的。人的音乐是天体音乐的摹本。天体音乐象征宇宙的普遍和谐，人的音乐象征人的肉体与灵魂之间的和谐。公元前4世纪希腊哲学家阿里斯托克西认为，灵魂是人的音乐的“调谐”。伽伦也持此观点，他认为灵魂是人体中“四种元素的和谐”①。多恩在《世界的解剖》中反复赞颂由“和谐的音乐”构成的灵魂。本文开头提及的“阿尔玛城堡”也充分说明，正是由于肉体与灵魂之间的和谐，整个人体才汇成了一个“美妙而婉转”的“音域”。音乐的意象在莎士比亚作品中是屡见不鲜的。我们已经举过一些例子，这里还可以补充几句。在《威尼斯商人》中，洛伦佐对杰西卡说：

> 月光多么恬静地睡在山坡上！我们就在这儿坐下来，让音乐的声音悄悄送进我们的耳边；柔和的寂静和夜色，是最足以衬托出音乐的甜美的。……瞧，天宇中嵌满了多少灿烂的金钹；你所看见的每一颗微小的天体，在转动的时候都会发出天使般的歌声，永远应和着嫩眼的天婴的妙唱。在永生的灵魂里也有这一种音乐，可是当它套上了这一具泥土制成的俗恶易朽的皮囊以后，我们便再也听不见了。
>
> （第五幕第一场，朱生豪译）

这段话中既有天体音乐，又有人的音乐。随后，洛伦佐又对杰西卡说，凡是灵魂中“没有音乐”的人，不能被“美妙的音乐的和声”打动的人，就必然会干诸如背叛、暴动、掠夺之类的罪恶勾当，其精神活动像黑夜一样迟钝，其情感像地狱一样阴暗，因此“千万不可信任这种人”（第五幕第一场）。

波埃修说，天体音乐是听不见的，只有通过理性的沉思才能理解。人的音乐也是如此，它是听不见的，必须通过理性的沉思“对自己本性的审视”才能理解。在《威尼斯商人》中，鲍西娅在求婚者选择匣子的时候似乎对礼仪音乐做了解释。她提及两种类型的礼仪音乐：

> 在他选择的时候，把音乐奏起来，要是他失败了，好让他向天鹅一样在音乐声中死去；把这譬喻说得更确当一些，我的眼睛就是他葬身的清流。也许会胜利的；那么那音乐又像什么呢？那时候音乐就像

---

① A. J. Smith, ed., *John Donne: The Complete English Poems*, p. 602nn. 此外，还说，阿里斯托克西（Aristoxenus）认为灵魂是“肉体音调的一种调谐”（a ‘tuning’ of the body）；毕达哥拉斯则以音乐的术语解释一切形而上的现象。

忠心的臣子俯伏迎迓新加冕的君王的时候所吹奏的号角，又像是黎明时分送进正在做着好梦的新郎的耳中，催他起来举行婚礼的甜柔的琴韵。

（第三幕第二场，朱生豪译）

鲍西娅的这番话说明，同一支乐曲可以起很多作用。她选择了两种音乐：一种音乐是号角；另一种音乐是天鹅临终前哀婉的歌唱。前者与传统的理性音乐几乎毫无关联，后者虽是整个16世纪抒情诗中常用的意象，但也与理性音乐相距甚远。鲍西娅后来在夜间听到她自己家里演奏的音乐时，说她觉得“它比在白天好听得多”。尼莉莎回答说：“那是因为夜晚比白天寂静的缘故。”（第五幕第一场）这与洛伦佐所说的“柔和的寂静和夜色”最能“衬托出音乐的甜美”的意思相同。实际上，“寂静”暗示出天体音乐和人的音乐“寂静无声”的特征，而且它们也都是需要在“寂静”的时刻去“理解”或“沉思”的，因为“沉思”需要“寂静”。正如波埃修所说，一个音乐家必须沉思，而且“在沉思的时候，应当专心致志地研究歌唱的知识，不要成为作品的奴隶，而要依靠沉思的规则”。[①]人的音乐和天体音乐也需要依靠理性的思考去理解，只有这样才能达到心灵的和谐，而心灵的和谐则意味着人的完美。失去心灵的和谐，就会成为洛伦佐所说的“灵魂中没有音乐的人”那样可怕和悲惨。

在《理查二世》中，理查二世被波林布罗克推翻之后给囚禁在庞弗雷特城堡。他把世界和他自己的身体都喻为监狱。他听到音乐时，说道：

Music do I hear?
Ha, ha! keep time. —How sour sweet music is,
When time is broke, and no proportion kept!
So is it in the music of men's lives.
And here have I the daintiness of ear,
To check time broke in a disorder'd string;
But, for the concord of my state and time,
Had not an ear to hear my true time broke. [②]

我听到的是音乐吗？嘿，嘿！不要错了拍子。美妙的音乐失去了

---

① 引自J. Hollander, *The Untuning of the Sky*, p. 25.

② 引自 *The Complete Illustrated Works of William Shakespeare*, p. 385.

合度的节奏，听上去是多么可厌！人们生命中的音乐也正是这样。我的耳朵能够辨别一根琴弦上的错乱的节奏，却听不出我的地位和时间已经整个失去了谐和。

（第五幕第五场，朱生豪译）

这一番话翻译起来是相当困难的。因为时间（time）的符号是“节奏”，而“琴弦上的错乱的节奏”指理查王听到的音乐。但是，“错乱的节奏”也指他本人，因为他已经成为一个处于难以自我驾驭状态的象征。在这里，state一字既有“状态”之意，也有“地位”之意，而节奏又意味着“时间”。因此，“我的地位和时间”实际上指“我的状态和节奏”，从而传达出音乐中“谐和”（concord）的暗示。“谐和”一词历来都是一种双关语：它既指“琴弦”（string），又指“心灵”（heart）。然而，理查王在已经倒台的状态下再也不能听到他心灵中那“琴弦”的和谐“节奏”了。在这一段描绘中，人的音乐和世俗音乐融合在一起。最后，理查王在独白中又说：“这音乐使我发疯；不要再奏下去吧，因为虽然它可以帮助疯人恢复理智，对于我却似乎能够使头脑清醒的人变成疯狂。”（第五幕第五场）乐器奏出的音乐使人疯狂，这是因为人的音乐没有与天体音乐取得谐调的缘故。一个国王内心的和谐与否同国家秩序的和谐与否是一致的。理查王由于未能和谐地调节国家的秩序而被推翻，随之也就失去了心灵中“人的音乐”的和谐音调。波林布罗克夺得王位，取而代之，成为国家中和谐音乐的调节者。这是在文艺复兴时期常用的一种“音乐—政治”隐喻。[①]这些描绘都说明，尽管人的音乐是天体音乐的摹本，但在诗人们的笔下，天体音乐和世俗音乐都是用来说明人的音乐的重要性的。归根到底，人间的和谐，国家的和谐，都首先取决于人的音乐的和谐。

在基督教神学家看来，人的伟大并不仅仅在于他和大宇宙相似，而在于他“具有造物主本质的形象”。大宇宙是上帝创造的，体现了和谐、秩序和美，而这就是上帝的形象。上帝又以自己的形象创造了人，人同样体现了和谐、秩序和美。如果说大宇宙是上帝的荣耀，那么小宇宙就是这种荣耀的更为鲜明的例证。阿格里帕认为，“有视觉的人是上帝最美丽、最完美的作品，是上帝的形象，也是一个小宇宙；因此，通过更完美的构成，更美妙的和谐，更崇高的威严，人本身就具有一切数、尺寸、重量、

---

① 参较莎士比亚《亨利五世》（第一幕第二场）：“一个国家，虽然可以区分高等、低等、更低等的人，但要靠大家协力同心，才能保持，才能具有完满而自然的节奏，像音乐一样。”

运动、四种元素和其他构成物；在人身上，就像采用了最高超的技艺，一切都达到了某种崇高的状态。”①他还根据古希腊哲学家普罗泰戈拉（约公元前490—前421）的名言“人是万物的尺度”来说明人体的完善比例。他认为古代建筑家们都力图在建筑中再现人体的完美，并按此设计“庙堂、宫殿、房屋、剧院，以及船只和各种人工制品”，这类建筑中的各个组成部分，如“梁柱、房基、柱头、柱脚、扶壁”等，都以人体为原型。②西班牙哲学家斐微斯（1492—1540）在《论建筑》中以神殿为例，生动地说明古人在建筑设计方面如何模仿美丽匀称的人体：

> 神殿的设计依靠对称：建筑师必须尽力领悟这种方法。它源出于比例（希腊文是 *analogia*）。比例在于采用一种确定的模式，在任何一种情况下，都既要考虑到建筑物的各个部分，也要考虑到整体。对称的方法就是按此付诸实施的。没有对称和比例，任何神殿都不可能有整齐匀称的设计；也就是说，它必须具有精确的比例，这种比例是模仿优美匀称的人体的肢体算出来的……肚脐自然是人体的中心。如果一个人仰面躺卧，手脚向外伸展，那么圆心就将放在他的肚脐上，而他的手指和脚趾就会碰到圆周线。也可以看到，在这个图形中还画出一个正方形。……如果我们从脚底测量到头顶，并把这测量方法运用到向外伸展的双手，那就会发现宽与高相等，就像用界尺把地基弄成方形那样。因此，如果自然是这样设计了人体，使各个肢体在比例上都与整个形状相应，那么古人似乎就有理由决定，他们在制作自己的作品时应当遵照整体的设计模式来精确无误地调整各个部分。③

值得注意的是，在斐微斯对人体形象的描述中，专门提到两个图形，一是圆形，一是正方形；而且，这个正方形是套在圆形里面的。这就构成一种圆形内接正方形的图案。据 S. K. 亨宁格的记载，英国波德利图书馆现藏有一部作者为迈克尔·梅尔的著作《方与圆》（1616），在该书的扉页上就印着这种图案（见图9；正方形中央是波德利图书馆加盖的公章）。

在文艺复兴时期，圆形内接方形的图案是人人皆知的。正方形由四点构成，象征肉体或物质，可以代表四种元素、四种体液、人生四个时期等；圆形无始无终，象征完美和永恒，代表精神和灵魂。两者合为一个图

---

① S. K. Heninger, Jr., *Touches of Sweet Harmony*, p. 191.

② Ibid., p. 193.

③ 引自 I. Rivers, *Classical and Christian Ideas in English Renaissance Poetry*, pp. 176—177.

图9 圆形内接方形图。方形的四角上按顺时针方向依次标明四种基本素质：干（右上角）、冷（右下角）、湿（左下角）、热（左上角），因此从对角线来看是两两相对的素质。方形的四边标明四种元素：火（上），土（右），气（下），水（左），因此每种元素都由邻近的两种素质构成，如热与干产生火，干与冷产生土。由于四种元素构成大宇宙（也构成小宇宙）而成为一体，它们便由一个圆形围起，表明这种设计的完满性。据此来看，圆形和方形是可以相互转化的。（Michael Maier，*Decirculo physico*，*quadrato*：*hoc est auro*［1616］，in Heninger，1974：115）

案，既是大宇宙的象征，又是小宇宙的象征。据此而言，在文艺复兴时期英国诗歌中，马维尔的《阿普尔顿庄园》应该是最具代表性的一首。他按照圆形内接方形的模式来描绘这座美丽的庄园。在他看来，这座美丽的庄园的结构是对大自然的摹仿，秩序井然，庄重古朴，是那种“更为严肃的年代和心灵所考虑的维度”，那时身材高大的人们必须“俯身低头从狭窄的圆洞中”进出，而通过窄门就像练习如何卷缩身子去“穿过那天国的大门”。诗人认为：

> 只有谦卑才能够设计
> 那低矮的轮廓，令人赞叹不已，
> 宽松自由，无拘无束，
> 微贱的东西包含伟大的事物。
> 让别人徒然去力争把圆
> 禁闭在方形里面！

这些神圣的算术确能
在每个形象中等同于人。

（第6节）

马维尔的《阿普尔顿庄园》全诗都是对复杂人生的描述。诗人似乎有意识地竭力寻找人在大宇宙中的位置。他所说的“神圣的算术”贯穿于全诗。我们已经知道，方形象征肉体和物质，圆形象征完美和永恒。圆形内接方形的图案不过是一种想象，想象不完美的人或小宇宙怎样和谐地处于完美的大宇宙之中。诗人认为，这种图案带有人性的特征。对一般人来说，想把圆形“禁闭在方形里面”是徒然的，不可能的。但是，马维尔却别出心裁，颠倒圆形内接方形的图案，把圆形套进了方形里面。方形指阿普尔顿庄园，暗示庄园虽美却受到制约。圆形指居住在庄园里的品德完美的主人。因此，把“微贱的东西”（庄园）和其中包含的“伟大的事物”（品德完美的主人）加以类比，就意味着庄园和人之间的对应。由于两者相互对应，方形和圆形都“等同于人”。不仅如此，“微贱的东西包含伟大的事物”本身也是肉体（“微贱的东西”）之中包含灵魂（“伟大的事物”）的小宇宙（人）的意象。因此，“伟大的事物”又一次“等同于人”。总之，按照天人对应的观点，诗人就可以说：“神圣的算术”确能“在每个形象中等同于人”。

或许应当补充一句。斐微斯说，“如果从脚底测量到头顶，并把这测量方法运用到向外伸展的双手”，那么“宽”就与“高”相等。这也意味着（虽然他没有提及）他所说圆形之中实际上还包含着由笔直的身躯加向外伸展的双臂构成的十字形。欧洲各地有些基督教堂在外形的整体布局上也呈现为十字架，这种形状不仅是对人体的一种模仿，也是耶稣被钉十字架的象征。这类模仿其实并不奇怪。多恩在大自然中处处都可以看到“十字架”，他说：他把双手向左右伸展时，本身就是一个十字架；游泳者双臂每次击水都可构成十字架；船的桅杆和帆桁的交叉也构成十字架；朝下看可以发现十字形的小东西，朝上看可以发现按照十字架鼓翅翱翔的小鸟。一切圆球体的框架也都呈现为由子午线穿过平行线而构成的十字形（《十字架》）。根据斐微斯的描述，我们可以想象，十字形实际上也是暗含在圆形之内的。十字套在圆形之内的图像或许可以理解为被钉十字架的基督复活的象征。

总之，众多建筑物都以人体的结构为原型。因此，诗歌中把人体喻为“城堡”之类的建筑物实则是一种逆转的描绘。《仙后》中除了阿尔玛城堡之外，其他如“骄傲之宫”和“维纳斯神殿”等也都是人体的隐喻。此外，这种隐喻还见于斯宾塞著名的《爱情小诗》和《祝婚曲》之中。现以后一首诗为例。斯宾塞把诗中的新娘说成是一个“可爱、温柔、甜蜜的丽人”，具有“众多的品德”和“天赐的秀美”。他这样描绘新娘的美貌：

她的眼睛像蓝宝石晶莹闪亮，
前额像苹果被太阳染红、映照，
嘴唇有如樱桃诱人去品尝，
胸脯像一碗尚未凝固的奶酪，
乳房像百合含苞，
雪白的颈项像大理石高塔一座，
整个身躯像庄严巍峨的宫阙，
它那一层层雄伟堂皇的玉阶，
升向贞洁的香闺，荣耀的宝座。

（第10节）

这一节诗使人想到《雅歌》中的新娘形象。[①] 诗人对《雅歌》的摹仿无疑旨在暗示他描绘的新娘的美丽和圣洁。但是，我们不仅看到人体的各个部分都被分别地喻为“百合”“苹果”“樱桃”，以及“宝石”“大理石”等，明显地把人和大宇宙加以类比。而且，我们还可看到人和各种建筑物之间的类比：整个身躯如同“庄严巍峨的宫阙”，自下而上的身体各部分如同“一层层雄伟堂皇的玉阶”，经过“大理石高塔”般的颈项，升登到“贞洁的香闺”，坐上“荣耀的宝座”。香闺代表头颅，宝座代表理性或灵魂。斯宾塞从“玉阶”一直描绘到“香闺”和“宝座”，表明从肉体到灵魂的上升，最后是理性和灵魂高踞其上的神圣宝座——头颅。正如斐微斯所说：人有“高傲的头颅”，那是“神圣心灵的城堡与殿堂”[②]。

将人体与城堡或神殿等建筑物加以类比的手法乃是继承西方的古老传

① 参较《雅歌》中分别描写新娘和新郎的两个名段：“你园内所种的结了石榴，有佳美的果子，还有凤仙花与哪哒树，有哪哒和番红花，菖蒲和桂树，还有各种乳香木，没药、沉香与一切上等的果品”（4：13—14），以及“我的爱人容光焕发，光可鉴人，超乎万人之上；……他的眼如溪水旁的鸽子，用奶洗净，安得合适；他的两腮如香花畦，如香草台；他的嘴唇像百合花，滴下没药汁。”（6：10；12—13）斯宾塞从上述第一段中借来“芳香”的暗示，从第二段中借来一系列意象。参见 J. W. Lever, *The Elizabethan Love Sonnet*, pp. 123—124.

② 见赵敦华《西方哲学通史》（第一卷），第595—596页。

统。在希腊文化中，这种传统可以追溯到柏拉图。柏拉图说，在每个人身上，理性住在人体的"城堡"（头部）里，激情住在兵营（胸部）里，欲望住在腹部。①在基督教传统中，它可以追溯到《圣经》："你们里面有神所赐的灵居住，你们的身体是他的殿堂。"（《新约·哥林多前书》第6章第19节）这种传统说明，人工建筑物的设计是对美丽匀称的人体的摹仿，而人体又是大宇宙的缩影。"人是万物的尺度"，人的伟大和尊严由此可见一斑。

毫无疑问，正是在这个意义上，布朗才能在《医生的宗教》（第二部分）一书中高傲地歌颂"超过了大宇宙"的"我"的形象：

> 我看到的世界就是我自己；我正是向我自己身躯的小宇宙注视的……看见我外表的人们，考虑的只是我的境遇和财富，他们弄错了我的高度；因为我是站在阿特拉斯的肩膀上的。大地不仅是从我们头上的天空来看的一个点，也是从我们体内那天国的神圣部分来看的一个点；包住我的大片肉体限制不了我的思想。那种标明我们天空的表面有一个终点，并不能让我相信我也有一个终点。我认为我的圆超过了360度；尽管弧形的度数可以测量我的身体，却不理解我的思想：在我探究着想发现我怎样成为一个小宇宙或小世界时，我发现自己稍稍地超过了大宇宙。当然在我们身内有一片神性，某种高于元素的东西，因而不必去尊崇太阳。大自然和《圣经》都告诉我：我是上帝的形象。

人在宇宙"存在之链"上的位置表明，人是物质世界和精神世界、或有形世界和无形世界的联结环：人通过诸如金石、植物、动物之类较低级的特质与物质世界相接，又通过理性与神相接。正如阿格里帕所说，人体的构造是"天界与地界的缩影"，人的站立姿态不像其他动物只能盯着地面，他可以"仰望上天"，因而"能以上天的精神世界为自己的归宿"②。这一点是极其重要的，因为它使人凌驾于同样由四种元素混合而成的动物和植物，否则就不过是用"虫豸和老鼠的特质"来"提高人的尊严"了。③

综上所述，文艺复兴时期盛行的诸如"天人对应"的各种比喻，以及

---

① Plato, *Timaeus* 69d.

② 赵敦华《西方哲学通史》（第一卷），第595页。

③ P. Gregorios, *Cosmic Man: the Divine Presence*, p. 7.

各种建筑物以人体为原型等等，都旨在提高人的尊严和地位。当然，这些理论不过反映了文艺复兴时期诗人们理想的一面罢了。实际上，尽管他们强调人的灵魂应不断向更高境界升腾，直至最后达到理性灵魂与之相通的神明，成为“设置在天空上面的圆”，但他们也不断发出灵魂可能下降到兽格的警告。《仙后》第二卷第九章一开头就谈到这种可能性。一方面，只要人能对人体“保持冷静的管理”，那么在神用来装饰这个世界的所有作品里，就没有任何事物更美丽，更卓越，在力量和形式上能“胜过人体”；但是，另一方面，如果理性不能管理情欲，那么

> 就没有什么比人体更丑陋，更污秽：
> 它变成了怪物，由于不节制的缘故
> 而失去它的威严和自然的优美。
>
> （第1节）

随后，斯宾塞在同一卷里描绘了一幅耽于情欲的人变成各种兽类、尤其是猪的可憎景象（第七章）。莎士比亚也表达了同样观点：对一个人来说，如果他生活的主要目的和耗费时间所做的事，只是“睡眠和吃喝”，那他就不过是一只“野兽”罢了（《哈姆雷特》第四幕第四场）。勃顿在写《忧郁的解剖》一书时虽然声称，由于他的主题是“人和人类”，读者在他这本书里“休想找到人首马身、蛇发女身、女面鸟身种种怪物”，但实际上，他却反复警告那些只知享乐、荒淫、迷信、争斗、压迫之类的人，如果他们执迷不悟，就会“像猪一样在自己的粪堆里翻滚”，并且“如同尤利西斯的伙伴”，心甘情愿地“被女妖喀耳刻变成猪”（第三部分）。多恩也常用兽类的意象来描写人，如用牛马的隐喻，说人生是个沉重的负担，但谁都不准呻吟，不准“踹脚”，如若哭泣，“鞭子就抽过来”（《布道文》第66篇）。弥尔顿《失乐园》中亚当和夏娃的堕落，都说明人若失去理性，必将成为蛇的帮凶，并降格为兽。按照文艺复兴时期宇宙观，这或许就是体液不和、理性灵魂遭到摧毁、人的音乐下降到物质音域的后果吧。正是在这层意义上，杨周翰先生结合当时的社会现实，鞭辟入里地指出：“四种体液的混合，不论如何搭配，恐怕都配不出一件‘了不起的作品’。这类理论的复兴，实质上是为批判服务的，而不是为歌颂服务的。它指出的是人类的病而不是人类的健康和美。”①

---

① 杨周翰《十七世纪英国文学》，第51页。

尽管如此，在这些早已被人遗忘的理论之中，那种对理性的强调，对精神向更高境界升腾的渴望，对灵魂和肉体之间和谐关系的理想，在一定程度上，毕竟富有哲理的魅力和教育的功用。由此可见，“天人对应”的观念归根结底反映了人的一种自我探索，它以对人的本体认识为出发点和终极目的。这也就是蒲柏所说的“人类的恰当研究是人”（《论人》第二部分）。在文艺复兴时期英国诗人对人的本体研究中，斯宾塞的“阿尔玛城堡”不过是一个小小的诗歌隐喻而已。

（八）宇宙：“玻璃球镜”

斯宾塞在《仙后》第三卷中提到一面“维纳斯的镜子”（第一章，第8节），接着又说它是一个“玻璃球”（第二章，第21节）。这个玻璃球是魔术师墨林赠给南威尔士国王莱恩斯的礼物。它具有魔力，能让其拥有者从中看清敌友，并“事前得知确凿的消息”，预先阻止敌国的行动（第二章，第17—25节）。此外，它还有探测情人的功能。莱恩斯国王之女布里托玛偷看玻璃球，她的眼前就立即显现一位“全身披挂的英俊骑士”，他的面庞如同东方升起的“太阳”（第二章，第24节）。布里托玛在玻璃球中看见的不是自己，而是仙国骑士阿提戈尔。[1]她的爱慕之情油然而生，便设法找到墨林，探询阿提戈尔住在“天下何处”（第三章，第6节）。墨林暗示说，那位骑士将从远方返回“故土”（第三章，第27节）。于是布里托玛便化装为骑士，出门远游，前去寻找阿提戈尔，引起了一连串的冒险故事。

这个玻璃球具有镜子功能，实则是一面“玻璃球镜”。它与乔叟笔下的“玻璃宝镜”颇为相似。乔叟在《坎特伯雷故事集》中讲述了鞑靼国王康巴汗及其子女的故事。康巴汗的客人送来了一匹铜马、一枚戒指和一面“玻璃宝镜”，并说明宝镜的功能：“它能显示袭击你国境或个人的任何敌人，简言之，它能为你分清敌友。尤其是，如有漂亮的女子将她的心交给了一个情郎，她能看见他的行动，他若有异心，就能看见他如何变心，如

---

① 本文旨在从宇宙论的角度对“镜子”意象加以探讨。但应当提及的是，布里托玛在镜中窥见异性形象，也与奥维德《变形记》中那耳刻索斯的自恋故事相联系。布里托玛后来就自比为“刻菲索斯的愚蠢的孩子”，即“那耳刻索斯”（《仙后》第三卷第二章，第44节）。关于斯宾塞对那耳刻索斯神话的运用，可参阅耶鲁大学C. R. 爱德华兹的博士论文《斯宾塞和奥维德传统》(1958)；该论文虽未正式发表，但被视为具有代表性的专论之一。

何求取新欢，以及他的一切诡计，镜中显得十分清楚，任何事也遮掩不了。”（《侍从的故事》）关于宝镜的奇特功能，故事里有人说是由于“反照”的原理，有人说它原本就像罗马的“奇镜”——暗指罗马诗人维吉尔的魔镜；在中世纪，维吉尔被视为著名的魔术师，传说他在罗马城里放置了一面魔镜，从中可以窥见三十英里以外的敌人。[①]显然，斯宾塞借鉴了《坎特伯雷故事集》中“玻璃宝镜”的故事。后来，弥尔顿也对乔叟故事中的“宝镜”表现出了浓厚的兴趣（《幽思的人》）。

然而，斯宾塞的球镜与乔叟的宝镜形状不同，而且明显地侧重于和宇宙的联系：

它按照空心圆球的形状制作，
就像这世界，就像玻璃的世界一个。

（第三卷第二章，第19节）

球镜如同这个“世界”，而在斯宾塞时代，人们所了解的“世界”就是托勒密天文学所构想的宇宙：宇宙以静止的地球为中心，地球外层有七大行星，再往外有恒星天和水晶天，最外层就是宇宙的外壳或原动天，原动天牵动里面各重天围着地球旋转。整个宇宙呈现为圆球形，正如一面大型的“玻璃球镜”。非但如此，球镜的“魔力”也远远超过上述两种功能：它不仅能照出“最低的地层和高天之间”所包容的一切（第三卷第二章，第19节），还能对整个可感世界产生巨大影响：用这球镜可以

从天空呼出
太阳和月亮，叫它们向他俯首：
他能使大地变海洋，海洋变大陆，
也能把阴郁的黑夜变成白昼。

（第三卷第三章，第12节）

“大地变海洋，海洋变大陆”暗示空间的变化。根据法国哲学家拉普里莫达耶的观点，宇宙分三个部分：一是哲学家的理念世界或神学家的天使世界；二是星体世界，三是月下人类居住的基本世界。[②]换句话说，第一部分是概念世界，后两部分就是玻璃球镜能够对之产生影响的可感世界。

---

① 乔叟《坎特伯雷故事集》，外语教学与研究出版社·牛津大学出版社，1995年，第477页注350。

② 参见本书第48页。

HEARE what's the reaſon why a man we call
A little world? and what the wiſer ment
By this new name? two lights Cœleſtiall
Are in his head, as in the Element:
Eke as the wearied Sunne at night is ſpent,
    So ſeemeth but the life of man a day,
    At morne hee's borne, at night he flits away.

Of heate and cold as is the Aire compoſed,
So likewiſe man we ſee breath's whot and cold,
His bodie's earthy: in his lunges incloſed,
Remaines the Aire: his braine doth moiſture hold,
His heart and liver, doe the heate infold:
    Of Earth, Fire, Water, Man thus framed is,
    Of Elements the threefold Qualities.

图 10　人——小宇宙。此图下方的两个诗节是图解。试译如下：

请听我们有什么理由把人
称为小宇宙？智者用这新名字
是什么意思？两盏神圣的明灯
在人的头部，与在空中的相似：
又像疲惫的太阳到夜晚耗尽精力，
　　人生也仿佛只是一日，
　　早晨出生，入夜便迅即消逝。

犹如大气由冷、热构成，
我们也看到人的冷、热气息，
内体犹如土：肺中密封
剩余的气：脑中围住湿，
心和肝又把热圈起：
　　人这样由土、水、火构成，
　　四种元素中的素质三重。

(Henry Peachan, *Minerva Brittana* [1610], in Hollander, 1973)

另一方面，“黑夜”的“白昼”暗示时间的变化。宇宙的概念不仅包含空间，也包含时间。正如柏拉图所说，神在建构天空的同时也建构了昼夜和年月。而且“时间按预定的、不断重复的模式运行，为了使时间运行有序，神在天空放置了可见的天体，即日月和其他五颗行星”[①]。因此，玻璃球镜可以呼之即出的“太阳和月亮”既暗示空间又表明时间。尤其是，时间按“不断重复的模式运行”意味着年复一年、循环往复的圆形运动。在这个意义上，时间也呈现为像玻璃球镜那样的圆形。

16世纪宇宙志学者经常论及圆镜的特征，认为它形同宇宙的圆形，而且可以映照出世间万物。与斯宾塞同时代的英国宇宙志学者威廉·库宁汉写了一部著作献给莱斯特伯爵，书名就是《宇宙之镜》。他说，他发明了一面“宇宙之镜”，旨在反映“天空以及行星和其他的星群，大地及其美丽的区域，还有大海及其奇异的扩展”。随后他补充说，人们在他的镜子里看到的不只是一两个人物，而是“各重天”和“整个宇宙”。不仅如此，他还可用这镜子辨别世界各地的奇异事物，如：巨龙和鳄鱼；非洲的怪人；亚洲的奇特居民，包括俾格米侏儒[②]、精灵鬼怪和食人生番；以及新大陆的印第安人。他还说，假如看到大海不断扩展，吞噬陆地和海岸，那么利用他的“镜子”就能阻止大海的漫溢。书中指出，“从万物的至高无上的统治者直到地球中心的一切都称为世界，而且世界被喻为一个圆球”[③]。对照来看，斯宾塞的“玻璃球”最近似于库宁汉的“宇宙之镜”了，但是，“玻璃球”却先被称为“维纳斯的镜子”。一般来说，女子随身携带镜子是斯宾塞那个时代的时尚，而镜子也是爱神维纳斯的传统象征。[④]不过，根据文艺复兴时期某些插画来看，“维纳斯的镜子”往往是含有贬义的，因为它暗示“骄傲”。骄傲者由于目中无人，只见自身值得称羡的东西，所以常被描绘为高大的美人，身着红装，头戴金冠，右手捧孔雀，左手持“明镜”[⑤]。《仙后》中“骄傲之宫”的女主人就是如此：她手持“明镜”，不时观看她映在镜中的面庞（第一卷第四章，第10节）。本·琼生也这样描绘过火神沃尔坎在人间的妻子查丽丝：她束着腰带，腰侧挂着一面“镜子”（《查丽丝赞歌》第5首）。这面镜子把查丽丝与沃坎在天上的妻子维纳斯联系在一起，暗示她的高傲。那么，斯宾塞采用“维纳斯的镜子”是否也想表达同样的内涵？诗中表明绝非如此。首先，“布里托玛”（Britomart）这个名字借自奥维德《变形记》（第八章）中的人物名字“布

---

① Plato, *Timaeus* 38C.

② 俾格米（pygmies）这一名称源于古希腊人对非洲中部侏儒的称法，他们是非洲中部热带森林地区的民族，其成年人平均身高约为1.30米至1.40米。

③ J. G. Demaray, *Cosmos and Epic Representation*, p. 111.

④ I. Donaldson, ed., *Ben Jonson*, p. 683n.

⑤ D. Brooks - Davies, *Spenser's Faerie Queene*, p. 46.

里托玛蒂斯”（Britomartis）。布里托玛蒂斯与狄安娜女神相联系，而狄安娜既是贞洁的象征，又是全副武装的狩猎女神。因此，斯宾塞通过“维纳斯的镜子”暗示布里托玛是一种“狄安娜—维纳斯”或“武装的维纳斯”形象。[①]这一形象与代表“贞洁”品德的、“全副武装的女骑士”布里托玛相吻合。其次，《仙后》中的维纳斯并非傲慢的化身，而是掌管婚姻和生殖繁衍的女神。墨林预言，布里托玛和镜中显身的阿提戈尔最终在仙国首府举行婚礼，而且她还将成为一个伟大民族（英格兰）的母亲（第三卷第三章，第22节）。阿提戈尔映在镜中的面庞如同太阳，构成了“镜子+太阳”的模式，而这种模式正是阿提戈尔所代表的“正义”品质的体现。[②]因此，布里托玛和阿提戈尔的婚礼表明“贞洁”和“正义”的联姻，或“光荣”和“威严”的结合。斯宾塞后来把“维纳斯的镜子”转而称为“玻璃球”更表明他的匠心独运，因为“圆球”的意象正是“婚姻和谐的象征”[③]。随后，斯宾塞又由“圆球”切入，进而把它和宇宙联系起来，并把它的魔力转变为宇宙的支配一切的神秘力量。

显而易见，《仙后》中的玻璃球镜借鉴了多种源泉，它涉及柏拉图宇宙论和托勒密天文学，本土和希腊的神话传统，甚至当时的社会风尚，等等。但是，不言而喻，“圆形”构成了上述多重类比的共同基础。

文艺复兴时期人们认为，宇宙是神按自身的形象创造的，因此圆形的宇宙就是神自身的体现，正如约翰·海登所指出的，有些哲学家把神界定为“一个光球，一个圆，它的中心无所不在，而任何地方也没有它的圆周线”。这种描述无非是想说明神的属性：神无始无终，无所不包，无所不在，他是一个完美和永恒的“圆”。因此，神无异于一面“镜子”。13世纪巴黎主教奥维尼的威廉（约1180—1249）在用“光照”与“反射”的关系解释人的理智活动时就做了这样的比喻：造物主是“反映一切事物的毫无瑕疵的最纯净的镜子，这面镜子自然地搁置在人的理智之前，我们可以不假中介从它上面读到原则和规则”。这就意味着上帝是一面“镜子”，他反映着事物的本质，刻写着事物的原型，人的理智可以从中直接看到事物的真理。[④]约翰·多恩在他的布道文中则把基督喻为一面“镜子”。多恩

---

① A. C. Hamilton, ed., *Spenser: The Faerie Queene*, III. i. 8. n6.

② D. Brooks - Davies, *Spenser's Faerie Queene*, p. 46.

③ A. C. Hamilton, ed., *Spenser: The Faerie Queene*, III, ii. 18. n8；另参见E. Panofsky, *Studies in Iconology*, p. 162.

④ 赵敦华《西方哲学通史》（第一卷），第467页。

说：《雅歌》中的“基督”告诉他的配偶，“如果你不认识自我，就不能沉思天国。”但是，自我认识需要一面镜子来反映灵魂的状况。接着多恩又说：“不要寻找别人的镜子而只要基督作为观察自我的镜子，也不要在那镜子里看别的东西，而只要看他的卑微”（《第6篇布道文》）。

根据《圣经》，神用“圆规”创造了秩序井然、完美和谐的宇宙（《旧约·箴言》第8章第27节）。因此，宇宙呈圆形。而且，神创世时还赐予他的所有造物以完美性，所以世间万物也都隐含着神的完美或“圆”的影像。这或许在一定程度上说明了文艺复兴时期的诗人们为什么常把神称作“伟大的几何学家”，并常用几何图形的意象入诗。但在各种图形中，他们最喜爱的莫过于圆形了。不过，在希腊传统中，据说圆形意象最初是毕达哥拉斯等人借自埃及人的隐喻。在埃及人看来，“嘴里咬着自己尾巴的蛇”是一种暗示“永恒”的象形文字。[①]英国诗人富尔克·格雷维尔说：蛇“把尾巴咬在口中”，犹如“把过去和未来的时代联结在一起”（《永恒》）。约翰·马斯顿描绘一个教师怎样向学生解释时间：时间的象形文字是蛇形，蛇咬着自己的尾巴，弯曲成一个“圆”（《历史教师》）。在古希腊时代，柏拉图曾论及五个等面等角立体，而新柏拉图主义者又把它们与四种元素联系起来：立方体（正六面体）代表土，正四面体代表火，正八面体代表气，正二十面体代表水，正十二面体代表宇宙。然而，欧几里得却从纯几何学的角度加以演算，证明每个立体都能嵌入一个球形。文艺复兴时期的诗人们继承了这一传统。尽管在大千世界中，万物的形状纷繁多样，但他们总以圆形思考一切。理查德·洛夫莱斯（1618—1657）认为，蜗牛是“欧几里得的缩影”，它在每张图表中都被从点抛向圆；它的形体变化多端，时而三角，时而椭圆，时而正方，时而蛇形，时而直线，时而曲线，最后都化为“整圆”。这就意味着世间万物的形状虽然千变万化，但最终都归结于圆，或都由圆变化而来。因此，他认为蜗牛是宇宙的“神秘之谜”（《蜗牛》）。有些诗人喜爱从几何学领域汲取意象来描绘爱情，如多恩最负盛名的“圆规”意象（《告别辞：莫伤悲》）即属此类。这种倾向被戏称为“欧几里得之爱”（Love à la Euclid）。约翰·克里夫兰（1613—1658）在《马克·安东尼》一诗中曾用“七艺”的名称诙谐地摹仿这类作品：

暗送秋波，神秘的语法；

---

① M. H. Nicolson, *The Breaking of the Circle*, p. 47.

爱的物理，脉搏的诊断；
修辞的求爱和配乐的舞蹈；
亲吻的计数，算术的演算；
眼睛似天文；
笔直的四肢像几何；
对她那艺术的精湛
我们有洞察的锐眼。
马克·安东尼
和娇艳的埃及女王
从未如此地调情放荡。

然而，这种嘲讽恰恰证明当时运用算术、几何、天文等意象的风靡一时。在这方面，我们已经举了一些典型的例子，如斯宾塞用“阿尔玛城堡”的建筑模式来隐喻人体结构：它由三角形、正方形和圆形构成；三角形代表不完美的肉体，正方形暗示四种体液，圆形象征完美的灵魂（《仙后》第二卷第九章，第22节）。托马斯·布朗认为，柏拉图用圆形阐明了世界灵魂和人的灵魂的运行。布朗还说，神把整个联合体按希腊字母X的形状切开，然后把它旋转一周变成圆形；圆形暗示第一重天的和谐运行，直线表明第一重天里面各颗行星的多种运行。他用圆来阐述一切呈现为梅花五形状的事物，说明每个梅花五都像柏拉图的五个立体那样可以嵌入一个球形。他说，“五”在每个圆中都十分明显，它“不仅是第一个天体的数，而且是衡量天体运动的尺度”，因为天体都“按五运行”（《居鲁士花园》）。在布朗看来，圆象征事物的开始，也预示事物的结束。他说，“圆和直线限定了并包住了一切躯体，这代表死的圆加直线必然要结束一切，关闭一切”（《瓮葬》）。在这里，圆是上帝的象征，直线是人的象征。毋庸置疑，自然界中原本就呈现为圆形的物体更受诗人的青睐。这类例子在诗歌中俯拾即是。譬如，马维尔不仅在《百慕大群岛》一诗中描绘了岛屿、橙子、石榴、无花果和宝石，而且在《阿普尔顿庄园》中也描绘兽穴、鸟窝和龟甲，以及在《花园》中描绘葡萄、仙桃、玉桃、瓜和苹果等等。总之，既然世间万物都隐含“圆”的影像，也就都可以视为反映宇宙的“自然之镜”。如果说“自然”在广义上指整个宇宙，那么“自然之镜”也就是“宇宙之镜”了。加尔文说：神在他的“造物的镜子”中既映照出他自己，也映照出他永恒的王国，但人因堕落而异常迟钝，对一切熟视无睹。但只要人戴上《圣经》这副眼镜，通过对各种“造物”的沉思，他就能像在“镜子”里那样看到神的智慧、正义、善和力量。[①]显然，在加尔文看来，自然界的一切造物都是镜子。

镜子原本是用来照人的，它最能反映人的真实面貌。莎剧中哈姆雷特赞扬莱蒂斯的品性时说：“除了在他的镜子里，再也找不到第二个跟他同样的人。纷纷追踪希迹之辈，不过是他的影子而已”（《哈姆雷特》第五幕第二场）。但在《特洛伊罗斯与克瑞西达》中又有一种寓意不同的“镜子”：尤利西斯说，“要一个骄傲的人看清他自己的嘴脸，只有用别人的骄傲给他做镜子；倘若向他卑躬屈膝，不过添长了他的气焰，徒然自取其辱”（第三幕第三场）。这类“镜子”还见于《尤利乌斯·凯撒》：卡修斯问布鲁图斯，他能否瞧见自己的脸。后者说不能，因为“眼睛是看不见它自己的，必须凭借反射，凭借其他的事物”。于是他告诉布鲁图斯说，他卡修斯可以做他的镜子（第一幕第二场）。不言而喻，这是把周围的人当作审视自己的镜子。在这种寓意上，斯宾塞常把镜子意象用于描绘爱情。他遵循柏拉图的观点：“情人是一面从中可以看见自己的镜子。”[②]在《爱情小诗》中，斯宾塞请求女郎不要去看“水晶明镜”里她那美丽的自我，而要在他的心底细瞻她的映像。因为诗人是她的“镜子”，她从中可以看到自己的天国形体（第45首）。在《十月牧歌》中，斯宾塞描述牧人卡狄和皮尔斯关于诗歌的探讨。卡狄说，歌手柯林为爱而苦恼，难以写出崇高的诗歌；但皮尔斯认为，正是柯林纯真的爱才使他的心灵超越尘泥而升腾：

> 他所钦慕的如此不朽的镜子，
> 使人的心灵升腾到星空上面。

皮尔斯把女郎喻为“不朽的镜子”，因为女郎之美是天国之美的反映，情郎看见女郎的美，就可以超越世俗之念，更接近神圣的美和神圣的爱。也就是说，从形体的美看到心灵的美，而心灵的美则反映出理念世界的最高的美，这种美是“永恒的，无始无终，不生不灭，不增不减的”[③]。把理想化的女郎看作“天堂代理人”的观点早已见于但丁和彼特拉克的诗歌，也见于意大利新柏拉图主义者的著述。但值得注意的是，“不朽的镜子”以整个宇宙为背景，映照出尘世、灵魂和天国，因此也是一种“宇宙之镜”。

---

① B. Lewalski, *Protestant Poetics and the Seventeenth – Century Religious Lyric*, p. 164.

② Plato, *Phaedrus* 225d，见伊迪丝·汉密尔顿和亨廷顿·凯恩斯编 *The Dialogues* (New York, 1961).

③ 朱光潜《西方美学史》（上卷），第45页。

在《一月牧歌》中，斯宾塞还让诗中的主人公柯林这样抒发失恋的痛苦：

大地啊，冬天的愤怒使你荒凉，
你成了镜子，可照见我的苦境：
你的青春开了花，接着又赶忙
用水仙把骄傲的夏日装饰一新。
如今出现了你冬天的风暴状态，
你新近披着跳舞的罩衣被损坏。

柯林把“大地”喻为“镜子”，其中包含着空间和时间的双重类比。一方面，大地的面貌首先是百花绽蕾，接着是绿肥红瘦，最后是冰雪风暴，柯林则把自己的心境比作大地的最后状况。另一方面，人生与一年四季相应，也有四个年龄段：幼年、青春、中年和暮年，而柯林又把自己的悲伤比作垂暮的凄凉。正如 E. K. 在“提纲”中所说：柯林“把他的悲惨境况喻为一年中阴郁的季节、霜冻的大地”。关于人与时间的类比，莎士比亚十四行诗中说得更为明确。诗人送给他的爱友两个礼物：装在记事手册封面内的一面镜子，以及一个日晷。诗人说：

镜子会告诉你，你的美貌在凋零，
日晷会告诉你，你的光阴在偷移。

（第 77 首，屠岸译）

诗人还劝告爱友说：“你是你母亲的镜子，她在你身上唤回了自己可爱的青春四月天。”（第 3 首）这面“镜子”不仅能照出人生的变化，还能把“现在”和“过去”的时间联结在一起。对于镜子暗示时间流逝的描绘早已见于奥维德的《变形记》：“海伦在镜子里看到自己皱纹满面，老态龙钟，也曾伤心哭泣”（第十五章）；甚至还见于《圣经》：“当我是个幼童的时候，我的思想、言语和推理都像幼童；我长大成人了，就脱去稚气”，而到那时，童年的回忆就不过是一个“模糊的镜影”（《新约·哥林多前书》第 13 章第 11—12 节）。

包含时空概念的“镜子”暗示人是一个四维宇宙，这种隐喻是与小宇宙（人）和大宇宙对应的理论密切相关的。这一理论可以追溯到毕达哥拉斯，他认为“人是大宇宙的缩影”。这种观点经过中世纪一直流传下来，到了文艺复兴时期更是盛行一时。英国最早的印刷业者威廉·卡克斯顿（约 1422—约 1491）在《世界的镜子》中将人喻为大宇宙的镜子，并处处将人和大宇宙加以类比。多恩说自己是“一个由四种元素和天使般的精神精巧构造的小世界”（《神圣十四行诗》第5首）。17世纪英国诗人威廉·哈蒙德发现自己头上长出了白发，于是写道：他将成为一个“完美的小宇宙”，头上顶着白雪，如阿尔卑斯山，他相信这片白雪是一条“银河”，将引导他走进“五月的天庭”（《欢迎呵，白发》）。理查德·克拉肖（约1613—1649）则把初生的圣婴喻为宇宙：那“光辉的婴儿”既是“球体”般的广阔宇宙中“万物环绕的中心”，又是“包罗万物的小宇宙”，他是“这个世界”的象征（《我们的主上帝是光辉显现》）。当时的神学家也与此呼应，认为大宇宙和小宇宙都是上帝按自己的形象创造的，而造人就是为了让他成为大宇宙的主宰。因此，人是“宇宙之镜”。譬如，德国库萨的尼古拉（1401—1464）说，人是极大与极小这两个对立面统一的体现者。人类有一个极大的个体，即耶稣基督，同时人体构造又集宇宙的各种元素和精微力量于一身。因为人是极大与极小的统一，所以他是宇宙的“镜子”。他又说：人是小宇宙，或是某种人形世界，因此人性中潜在地包含着“上帝、宇宙和世界”①。

在文艺复兴时期诗人们看来，人体某些重要部位也同样是“宇宙之镜”。“圆”不仅存在于行星和地球的圆形之中，也存在于人的圆形头部，与七重天对应，居于头内的理性是推动“各重天”不断运行的原动力。菲尼亚斯·弗莱彻对人的头部的描写颇具有代表性：两只眼睛是“这个小世界的两颗小星”；人体其他部分都向下倾斜，唯有眼睛仰望天空，渴望“熟悉那里的星星弟兄”；头内的“各颗行星（可感世界）沿着天体的圆周（脑壳）不断运行，而理性则是推动那些行星运行的神灵”（《埃克塞斯特男爵的沉思有感》）。17世纪时，英国有一个名叫赫尔卡纳·克鲁克的理发师兼医生写了一本题为《小宇宙》的书，书中有这样一段简练而精辟的描述：

> 头是灵魂的城堡和塔楼，理性的宝座，智慧的庄园，记忆、判断和谈话的宝库，在这方面人类最相似于天使或神灵，获得人体中最崇高和最显著的位置；它难道不是与整个人体中崇高的、天使般的部分极为相似？②

诗人们显然更喜爱描绘人的脸部。布朗写道：“我们的脸上带有某种神秘的特征，它们显示出灵魂的题句，不认识ABC的人也可以阅读我们的本

---

① 赵敦华《西方哲学通史》（第一卷），第607页。

② L. Barkan, *Nature's Work of Art*, p. 46.

性。”（《医生的宗教》）彻伯里的赫伯特（1583—1648）把一位伯爵夫人的脸喻为星体，“在你的脸上，宛如在一颗美丽的星体上”，甜美地融合着“欢乐”与“端庄”（《致登比伯爵夫人》）。莎剧中埃及女王形容安东尼的光辉形象时，把他的脸喻为小宇宙：“他的脸就像青天一样，上面有两轮循环运转的日月，照耀着这一个小小的地球。”（《安东尼和克勒奥佩特拉》第五幕第二场）安东尼战败后，她的这个小宇宙破碎了，与之相应，她的大宇宙也必然支离破碎。理查王在被迫退位之前，突然叫人去拿一面镜子来，他要借着镜子看看在“失去君主的威严”以后，他“还有一张怎样的面孔”。他对着镜子说：“这就是像太阳一般使人不敢仰视的那张脸吗？这就是曾经‘赏脸’给许多荒唐的愚行、最后却在波林布罗克之前黯然失色的那张脸吗？”他脸上那“太阳一般”的荣光熄灭了。他痛恨镜中那张“黯然失色”的脸，把镜子猛掷地上，说道：“瞧我的悲哀怎样在片刻之间毁灭了我的容颜。”（《理查二世》第四幕第一场）他把自己的那张脸随同镜子一道摧毁。镜子的破碎和面孔的毁灭象征他的小宇宙、他的王国、他的整个世界都已土崩瓦解。斯宾塞直截了当地把脸喻为镜子。他在描绘克罗许塞涅的女儿贝尔福柏的美丽容貌时，说她的脸是“反映天国神恩的一面光辉的镜子”（《仙后》第二卷第二章，第 25 节）。这面反映神恩的镜子使人想到圣保罗说过的话：基督徒“脸上没有面纱，所以能够反映主的荣光，就像镜子那样”（《新约·哥林多后书》第 3 章第 18 节）。圣保罗所说的镜子指的是基督，尤其是“基督的脸”，因为基督是主的“本相”（《新约·希伯来书》第 1 章第 3 节），他的肉身形象自然能反映主的荣光。①

同样为诗人们所喜爱描绘的还有人的眼睛、甚至眼泪。多恩在《封圣》中把一对情侣的眼睛比作“镜子”和“小望远镜”，从中可以看到包括所有国家、城镇和宫廷的整个世界：

爱对你们曾是宁静，现在是狂热；
你们缩小了整个世界灵魂，
　　把国家，城镇，宫廷
　　收进你们眼睛的晶体
（它们成了镜子和小望远镜，
对你把一切变为缩影）……

① H. L. Weatherby, *Mirrors of Celestial Grace*, p. 76.

多恩也常把泪珠比作宇宙。他在《圣露西节之夜》中描写情侣的哭泣，他们的眼泪像“洪水”流淌，要“淹没”由一对情侣的两个小宇宙构成的“整个世界”。在《告别辞：哭泣》中，两个情侣相对而泣，他们的每颗泪珠都因带有对方的映像而被看作是地球的摹本。他们的眼泪汇合一处，犹如大洪水“流溢这个世界”。托马斯·加莱（1595—1639）把女友的眼睛比作“太阳天”：一只飞蛾扑进她的眼睛，因那里的炽热而化成泪水，泪水滴下，像太阳神的儿子法厄同从“太阳天”坠落，凝结为“一颗包住飞蛾骨灰的珍珠”（《飞进我女友眼睛的蛾》）。马维尔则把眼睛比作“水晶天”：一位女郎哀悼逝去的情人，她的眼睛模糊，泪珠悬挂着尚未流下，因为它仰面朝上，想重返它所来自的天堂；但颗颗泪珠已在“水晶天”形成，并慢慢滴落，仿佛她要把珍贵的泪珠撒遍她的情人僵卧的大地（《哀悼》）。

最能反映宇宙神秘的是人的灵魂。罗伯特·弗拉德认为，人的灵魂与大宇宙一样，也有三个区域：一是物质区，由土以外的其他三种元素（水、气、火）构成；二是中间区，与九重天对应；三是精神区，与九级天使对应。精神区的纯精神是神灵，理性是灵魂中原动天的推动力。[①]加布里埃尔·哈维（约1550—1630）认为，灵魂是“生命的开端”，它是“小宇宙的太阳”，犹如太阳是“世界的灵魂”（《心脏的运动和动物的血液》）。灵魂是不朽的，不朽的事物因其完美而必然呈现为圆形。多恩明确地把灵魂说成是圆形：“哦，灵魂，哦，圆啊，你为何结束得这么快，你的生与死，在你里面闭合?”（《致哈林顿勋爵》）他又说：“让人的灵魂成为圆形吧”，像天体为神灵所推动那样，他的灵魂将为神圣的“虔诚”所推动（《骑马西行，一六一三年灰星期五》）。马维尔采用自然界的圆形露珠比喻灵魂：晨露落在玫瑰花瓣上，形成晶莹的球体，它“仰望上天，由于久别星空而像泪珠一样闪耀着忧伤的光”（《一滴露珠》）。这些隐喻实质上都可追溯到柏拉图的观点，即人的灵魂是“世界灵魂”的摹本。因此，人的灵魂最能像镜子那样反映世界的本质。总之，“镜子”意象表明，人的肉体和灵魂都可以再现宇宙的结构。

上述各种类比反映出文艺复兴时期人们试图通过对人的本体研究进一步探索宇宙奥秘的努力。毫无疑问，人的自我认识不能不涉及人类居住其中的世界。对英国人来说，他们相信英国本土是最为典型的小宇宙，它位

---

① S. K. Heninger, Jr., *Touches of Sweet Harmony*, p. 189.

于世界的中心，像镜子那样反映出周围的整个世界。尼克尔森指出，作为岛民，英国人认为自己居住的岛屿呈圆形，它是海水环绕的欧洲大陆的摹本，而欧洲大陆又是海水环绕的世界的摹本。[①]莎士比亚借龚特之口颂扬英格兰是“地上的天堂”：“这一个小小的世界，这一个镶嵌在银色海水之中的宝石”——“这一个英格兰”（《理查二世》第二幕第一场）。菲尼亚斯·弗莱彻的长诗《紫岛》以描绘创世开始，在创世的第三天，海洋中出现了一个大岛；在创世的最后一天，上帝在大岛上又创造了一个小岛，称为“紫岛”。岛的根基坚固，岛上“肥沃的土地”像人的骨髓；岛的周边有圆形栅栏，像人的皮肤。弗莱彻似乎在把人和世界加以对照：人体有三个部分，即腹部、胸部和头部，分别由肝脏、心脏和大脑支配；世界则有三个岛屿，各由一个中心都市管理。和人一样，每个城市或国家都是小宇宙。[②]虽然弗莱彻并未明说“紫岛”究竟指什么，但它有时指人，有时指大地，有时就是指“这个福岛，这个英格兰”。埃德蒙·沃勒（1606—1687）称英格兰为世界的缩影。他劝告一位画家应当“先画海洋”，从而可以看到大世界和“我们这个小世界”之间的比例（《给一位画家的指导》）。他还说：“我们的小世界是大世界的形象”，她镶嵌在广阔无垠的海洋之中，“既拥有整个大自然所渴望的一切，又拥有海浪所奉献的一切奇珍异宝”（《致我的护国公的赞歌》）。克拉肖也写道：他看见英格兰“这块福地是天堂的灿烂缩影，周围闪耀着明净的光圈”，红日从他们的“这重天”升起，在黑夜里“敢于放射欢乐的光芒”（《国王的加冕式》）。总之，在英国诗人心目中，英格兰是宇宙的一面光辉的明镜。

不仅如此，他们把英国史上的某些君王也喻为象征人间楷模的镜子。托马斯·萨克维尔（1536—1608）的《君主的镜子》记述了一系列作为统治者榜样的历史人物，当时颇受欢迎，多次再版。莎士比亚也反复采用镜子意象描写王公贵族。潘西夫人称颂她的儿子说，他“是高贵的青年们的一面立身的明镜”，全英国的骑士都受到他的鼓舞（《亨利四世下篇》第二幕第三场）。亨利五世被誉为“一切基督教国王的镜子”（《亨利五世》第二幕“开场白”）。众叛亲离的麦克白到三女巫那里占卜吉凶。女巫施展魔法，在他眼前出现了幻象：一群头戴王冠的国王列队走过，最后一位手持镜子，在镜子里又可看见一连串头戴王冠的人，有的还手拿“两重的宝

① M. H. Nicolson, *The Breaking of the Circle*, p. 58.

② Ibid., pp. 41—42.

球”“三头的御杖”，这就是在镜中显身、即将君临苏格兰和英格兰的詹姆斯一世（《麦克白》第四幕第一场）。作为楷模的君王必须严正执法，而法律又“像一个先知一样”，在“镜子”里可以看到“许多未来的罪恶”（《一报还一报》第二幕第二场），从而在它们尚未萌芽之前就及时制止。在16世纪，伊丽莎白女王被誉为英国伟大的君主。斯宾塞的《仙后》就是一部理想化地歌颂她的政绩的史诗。有一幅肖像描绘她高贵威严的仪态：一手执权杖，一手握天球。[①]这一画面反映了圆镜一般的宇宙图景，典型地表明了当时英国人的观点：英国是宇宙的中心，伊丽莎白女王犹如原动天，是宇宙的主宰。

科林伍德指出，古希腊自然科学以大宇宙和小宇宙之间的类比为基础，文艺复兴时期自然科学以神的创造和人的创造之间的类比为基础。[②]这一观点阐明了当时崇尚“摹仿自然”说的主旨：上帝创造了大宇宙，诗人则摹仿上帝创造了诗歌小宇宙；诗歌小宇宙应当像镜子那样再现大宇宙的模式。达·芬奇借助镜子意象说明画家的心灵与自然的关系。他说，画家的心灵应“像一面镜子，它的颜色应同它所反映的事物的颜色一致，并且，它面前有多少东西，它就应该反映出多少形象”[③]。莎士比亚简练地说：“举起镜子照自然。”（《哈姆莱特》第三幕第二场）本·琼生借戏剧行家考大图斯之口说出了公认是古罗马雄辩家西塞罗（公元前106—前43）的观点，即喜剧是“生活的摹本，习俗的镜子，真理的反映”（《人各有其癖》）。归根结底，“摹仿自然”就是《宇宙之镜》的作者库宁汉所说的“艺术应当再现宇宙”[④]。诗歌作品是诗人的“宇宙之镜”，它应当反映诗人自己所观察到的宇宙。意大利哲学家康帕内拉（1568—1639）在《太阳城》中描绘了一座乌托邦城市，将其设计为圆形，分成七圈，以七大行星命名，城内的大街构成圆形的四个半径，通向圆周上的四个点。处于圆心的一个小圈是神殿，神殿四周又有别的圆圈，其中一个球形代表天体，另一个球形代表地球。马维尔在《花园》一诗中把花园喻为用鲜花和碧草勾画出来的新的“日晷”，太阳从上空沿着芬芳的黄道十二宫飞奔。“日晷”的意象暗示花园的圆形，同时也说明花园虽是理想境界，但仍受到时

① 爱·麦·伯恩斯菲、李·拉尔夫《世界文明史》第二卷，商务印书馆，1987年，第260页。

② R. G. Collingwood, *The Idea of Nature*, pp. 3—9.

③ 艾布拉姆斯《镜与灯》，第44页。

④ J. G. Demaray, *Cosmos and Epic Representation*, p. 112.

间的制约，是有限宇宙的象征，不过是永恒的“大宇宙的缩影”罢了。弥尔顿的《失乐园》仿效但丁的《神曲》，以托勒密宇宙作为全诗的空间构架。或许更具代表性的是斯宾塞的《仙后》，该诗采用隐喻手法，处处暗含着圆形模式：业已完成的六卷都以仙国首府为中心，六位骑士相继外出远游，各自经历了一系列冒险活动，最后都仿佛绕了一圈，又返回原地。但除此之外，诗中还充满了圆形意象。仅以《仙后》中的玻璃球镜为例，它不过是诗中一个小小的核心象征而已。在它的周围布满了越来越大的“镜子”。譬如，第三卷中魔术师墨林制作球镜的场所是在地下的圆形“铜墙”里面（第三章，第10节）。同一卷中还有象征天国之爱的“阿多尼斯花园”（第六章）。往前是第二卷的“阿尔玛之宫”（第十章）和第一卷的“神圣之宫”（第十章）。往后是第四卷的坐落在一座圆形岛屿中央的“维纳斯神殿”（第七章），神殿中象征肉体之爱和生殖繁衍的爱神维纳斯站在水晶玻璃的神坛上，周围是“一百根大理石圆柱”和“一百座神坛”（第37—38节）。再往后有第五卷的“伊西斯神殿”（第七章）。最后是第六卷的仙国都城克勒俄波利斯城中心那座象征精神之爱、状如“玫瑰轮形”的“阿西代尔山”（第十章）。诗人在这里进行了象征性的细节描绘：这座神圣的青山坐落在一片“开阔的平原”上，平原的边缘由一圈树林围起（第6节），山顶上是一群姑娘们，她们整齐地排列成一圈套一圈的圆形队伍，正围绕着一个处于中心位置的姑娘翩翩起舞。在外面一圈舞蹈的姑娘们都是维纳斯的侍女（第21节），在中央舞蹈的姑娘则象征仙后格罗丽亚娜（第28节）。在山顶上，一个牧人正在为欢快地舞蹈的“一百位裸体的百合花般白皙的少女”吹奏牧笛（第11节）。她们在外圈“排列成一个圆形，跳着圆舞”，形成一个“圆规”意象，如同一顶花冠围拢着内圈由三个女郎构成的移动的圆形（第12节）。在那内圈的中心，有一位头戴玫瑰花冠、像宝石指环一样的姑娘（第12节）。在这里，宇宙的对应模式突然显示了出来，因为舞蹈者不仅被比作花冠和“宝石指环”，而且也比作天体的圆形运动。诗人说道：“阿里阿德涅曾戴过的花冠”①已被送上天空，当作星星的“装饰”，而那些星星也都“围绕着她”秩序井然地运行（第13节）。但是，这种奇异的幻景转瞬即逝，只剩下了牧人（第18节）。但在此之前，牧人已经解释说，在外圈的“维纳斯的侍女”代表较普遍的肉

① 这个故事引自奥维德《变形记》第八章。雅典王子特修斯曾借弥诺斯女儿阿里阿德涅一轴线的帮助，进入迷宫杀死半牛半人的怪物，并将阿里阿德涅拐走，最后将她遗弃，酒神巴克斯见怜，把她曾经戴过的新娘花冠放到天空，变成星座。

体之爱（第15节），内圈的美惠三女神则象征那种通过优雅的社会艺术表现出来的精神之爱。然而，最有意义的就是那个处于中心位置、暗示仙后的少女形象，她在某种程度上象征产生真正艺术的女神。只有她才使牧人“如此欢快地吹奏牧笛”（第15节），而牧人也由于仅仅为她演奏而完成了自己的艺术。

正是在这座处于仙国都城中心的阿西代尔山上，牧人歌手柯林（暗示斯宾塞本人）凝视着那头戴“玫瑰花冠”的核心女性形象，凝望着以群星运行的方式围绕她旋转的百合花般白皙的仙女们，满怀激情地咏唱起颂扬仙后格罗丽亚娜的赞歌：

> 世界的太阳啊，天空的巨大荣光，
> 用你的灿烂光辉普照大地吧，
> 伟大的格罗丽亚娜，伟大的女王！
>
> （第十章，第28节）

纵观全诗，仙后位于一切中心的中心，犹如“世界的太阳”，她不仅向四面八方、也向“未来的时代”放射着光芒。犹如“世界的太阳”，她既是空间的主宰，又是时间的永恒形象。如果说仙国首府是伦敦的隐喻，那么仙后就是伊丽莎白女王的化身。从这个角度来看，斯宾塞通过对宇宙的“摹仿”充分表现了他的主题。诗中的圆柱、神坛、寺庙、花园、宫殿、岛屿、城镇、山岭以及千姿百态的圆舞等数不胜数的意象中所隐含的“圆”，在某种意义上，都聚拢在一面小小的“玻璃球镜”里。可以说，诗中的各种圆形意象都是玻璃球镜的不同程度的扩展；或者说，玻璃球镜是诗中各种圆形意象乃至整个《仙后》这一“诗歌小宇宙”的缩影。

柏拉图记述了苏格拉底的观点。苏格拉底认为，诗歌、绘画、音乐、舞蹈、雕塑都是对宇宙的摹仿，而且指出艺术家的创造有一个简易的办法：

> 只需旋转镜子将四周一照——在镜子里，你会很快得到太阳和天空，大地和你自己，以及其他动物和植物。①

文艺复兴时期诗人们看来大多是照此行事的。他们似乎人人手持一面小小的“镜子”，并按照天人对应的观点，以各自独特的方式来反映宇宙，观察世界，审视自我。其中或许最为神奇的莫过于斯宾塞笔下的“玻璃球镜”了。

---

① 艾布拉姆斯《镜与灯》，第42页。

第三章　文艺复兴时期诗学

（一）摹仿与创造：宇宙对应体系

莎士比亚在第116首十四行诗中歌颂了“两颗真心”相互“结合”的精神之爱。对于这首诗，人们有各种不同的解释。但是，如果从托勒密宇宙论来剖析，也许有助于深入的理解。诗人写道：

让我承认，两颗真心的结合
是阻止不了的。爱算不得爱，
要是人家变心了，它也变得，
或者人家改道了，它也快改：
不呵！爱是永远固定的标志，
它正视风暴，决不被风暴震撼；
爱是一颗星，它指引迷途的船只，
其高度可测，其价值却无可计算。
爱不是时间的玩偶，虽然红颜
到头来总不被时间的镰刀遗漏；
爱决不跟随短促的韶光改变，
就到灭亡的边缘，也不低头。
　　假如我这话真错了，真不可信赖，
　　算我没写过，算爱从来不存在！

（屠岸译）

这首诗一上来就使人联想到在庄严的婚仪上牧师所说的话：“假如你

们有谁知道这两人不应结合的原因或正当合理的障碍……”在说此话时，如果真有“告发者”，他要么立即开口讲话，要么就永远保持缄默。在这种情况下，他的反对是不会被阻止的。“正当合理的障碍”指客观环境的变化或双方中的一方在爱情上的不忠。然而诗人说，他的爱毫无变化：相反，比以往更为深沉了，它超越了一切客观环境的影响，而且始终不渝。这一考虑引出了下面数行诗中一系列的思绪，其中出现了两个极为突出的意象。关于这两个意象，诗人或许借鉴了托勒密宇宙的理论。彼得·德·梅狄纳在《航海的艺术》一书里对托勒密宇宙的解释中，对于各行星做了如下的描述：

> 七颗行星被称为是可以移动的星辰，并不是因为它们逸出正轨，而是因为它们的运行不一致，不调和，它们使四种元素运动，使可朽的事物腐朽，它们带来阴霾的天气，掀起大海的波涛，导致狂风暴雨，促使花儿生长……在人中间，人们更加倾向于一个人，而不是其他人：但是，他们虽有如此的倾向和行动，却并不通过强力来遏制或束缚一切，而是像托勒密所说的那样：智者是凌驾于众星之上的主人，智者不是追随情感，而是追随理性……①

这段话告诉我们，七颗行星的运转促使月亮天下面的四种元素不断运动，从而引起可朽事物的腐朽，或导致狂风暴雨等各种变化；在人当中，大家则倾向于一个“智者”，而智者是凌驾于众星之上的主人，因为他的“智”表明他不是追随情感，而是追随理性。这就是说，智者追随的是理性，而不是脆弱易变的情感，因此他超越了变化的世界，成为“凌驾于众星之上的主人”。在某种意义上，两颗真心结合在一起的恋人就处于这种智者的地位。世间的任何力量，无论是人的力量，还是自然的力量，甚至移动群星的、使“可朽的事物”腐朽的超然力量，都不能动摇他的爱：“爱算不得爱，要是人家变心了，它也变得，或者人家改道了，它也快改。”因此，爱高耸于大海的波涛之上，高耸于由行星造成的月下世界的风暴之上。爱就像一个“永远固定的标志”，或一座光芒万丈的灯塔，宁静地照耀着海岸和汹涌的波涛。不仅如此，由于智者是行星的主人，他的爱便高耸于诸天之上，它本身就如同恒星天中的北极星，超越了受乌云、日食和月食影响的日月。然而，爱并未游离于它所超越的现实生活。对人

---

① 引自 J. W. Lever, *The Elizabethan Love Sonnet*, p. 265. 有关莎士比亚这首十四行诗的详细分析，见该书第 264—266 页。

类来说，北极星是具有现实意义的；这一点实际上构成了《航海的艺术》的序言的主题：

> 谁能谈到一种如此伟大的奥秘，用一个类似人的手掌大小的、称为星盘的圆形工具，就可以测量天的圆形。它是如此伟大的奥秘，人的理解力不可能达到的伟大的奥秘……同样，还可以测量星辰的高度，据此我们可以得到丝毫无误的指导。①

在文艺复兴时期诗歌中，北极星是爱的传统象征。这实际上是个谜，因为北极星所具有的内在品质是不得而知的。但是，它却可以为所有受到客观现实环境的波涛冲击、无法看到地平线的“迷途的船只”指明航向。接着，诗人又说道，虽然暗示人类之美的“红颜”迟早都要被时间的镰刀收割而去，但爱却必将存活下来。爱不受短暂“韶光”的限制，它将一直持续到世界的“灭亡”。最后的两行诗则确认，这一切构成了一种信仰的宣言。不管托勒密曾经发过什么关于智者的议论，但把托勒密的议论直接运用于人类的爱，这在哲学上是没有任何权威依据的，它不过是诗人内心的一种信念罢了。一切都不曾被证明过，一切都只是信念。然而，不管怎么说，诗人的理性就是如此教导他的，而他也确信这种教导是正确的。要是这种理性的认识不能得到证明的话，那就根本不可能存在什么诗歌或爱情。

在这首诗中，诗人充分利用了托勒密宇宙中的意象，把人的情感或肉体之爱比作月下世界的海涛和风暴，把人的理性或精神之爱比作坚定不移的恒性，有力地说明了精神之爱的本质。这些类比显然是建立在人与宇宙对应的基础上的。这是诗人独具匠心的“创造”。

锡德尼在《为诗辩护》（1595）一文中，一开头就给诗歌下了恰当的定义，并阐明诗人的“创造”作用。他写道：

> 希腊人称诗人为普爱丁（ποιητηυ），而这名字，因为是最优美的，已经流行于别的语言中了。这是从普德恩（ποιειυ）这字来的，他的意思是“创造”。在这里，我不知道是由于幸运，还是由于聪明，我们英国人也称他为创造者，这是和希腊人一致了。②

按照锡德尼的观点，诗人是“创造者”。与锡德尼同时代的诗人们一

---

① 引自 J. W. Lever, *The Elizabethan Love Sonnet*, pp. 265—266.

② 引自伍蠡甫、胡经之主编《西方文艺理论名著选编》（上卷），第 171 页。

再重复他给诗人所下的这种定义。譬如，威廉·韦布在《英国诗歌谈话》(1586）的开头说：“诗歌，在希腊文中称为 ποετρια，源自动词 ποιειν，它在拉丁文中的意思是 facere，在英语中是‘创造’。可以适当地界定为创造的艺术。”乔治·普顿南在《英国诗歌艺术》（1589）中也同样写道：“诗人意为创造者。我们的英语名称符合希腊字：因为 ποιειν 意为创造，他们就称创造者为诗人。”斯宾塞正规地使用“创造”这个动词来指“写诗”。为斯宾塞的《牧人月历》撰写提纲和加注的 E. K. 在对《四月牧歌》第 19 行诗所作的解释中指出，乔叟早先就曾在这种意义上使用过“创造”这个动词，并试图给“诗人”做出新的界定：

> 创造：使押韵，作诗。在创造这个字中，我们英国的老诗人习惯于根据希腊字 ποιειν 来理解一切诗歌的技巧，这个希腊字意为“创造”，由此便产生了诗人的称谓。

甚至新古典主义的先驱本·琼生在他的批评文集《木材》（1640）中仍然宣称：诗人是希腊人所称的，即创造者，或虚构 ποιειν，源自 ποιειν 一词，意思是创造或虚构。总之，一般来说，诗人始终都是与创造相联系的。

莎士比亚在《仲夏夜之梦》中，通过特修斯之口提及某些古代寓言和传说故事，但他同时也对作为创造者的诗人做了如下的说明：

> 诗人的眼睛有神奇的狂放的一转中，便能从天上看到地下，地下看到天上。想象会把不知名的事物用一种形式呈现出来，诗人的笔再使它们具有如实的形象，空虚的无物也会有了居处和名字。
>
> （第五幕第一场，朱生豪译）

这就表明，诗人按照柏拉图理论所给予的启示，从天上到人间，又从人间到天上，不停地审视着神的多元的创造。他的经验使他的想象得以具体化，把柏拉图所说的原型理念化为具体的形象，从而使抽象的理念变成可感的事物。有的批评家把诗人的创造与宗教沉思的传统联系在一起。譬如，12 世纪就有一种沉思理论认为，从自我转向上帝、转向神秘的三位一体包括六个发展阶段，其中前三个阶段对文学创作来说具有十分重要的意义，因为这些阶段包含对客观世界中现实事物的沉思：首先，通过感官直接观察现实的事物；其次，运用理性来确定科学的结构、原则和事物的根源；第三，运用想象力来赋予那些事物以各种寓意。[①]这就是说，诗人必须首先观察客观的事物，接着沉思事物的理念，最后赋予事物以精神含义。但是，诗人的创造似乎与此有所不同，他根据自己的经验和观察，运用自己的妙笔通过对具体人物、情节和背景的描绘，把抽象的形式转变为具体的形状，把他自己预先的构思有形地扩展为一个“有形宇宙”。

锡德尼指出，诗有三种，居于首位的是“摹仿上帝的不可思议的美德”的诗，第二种是传输知识的诗，第三种是为了教育和怡情而从事摹仿的诗。只有这第三种诗人才是创造的诗人。同时，他也对上述三种诗人逐一进行了分析和比较。

锡德尼认为，首先必须把创造者诗人与预言家诗人区别开来。创造者诗人或许也同样充满神圣的激情，但他却是自己诗歌的真正创造者，他是在自己的头脑中寻找理念，而不是依赖神启的。按照锡德尼的看法，预言家诗人只是在神启的直接影响下进行写作的。他主要是作为一个受到神启的角色来把神圣的启示传达给世人。这样就产生了“摹仿上帝的不可思议的美德”的诗歌。锡德尼把大卫的《诗篇》、所罗门的《雅歌》和《箴言》等视为预言诗歌的原型。在他所列举的各类诗歌中，他给予这种诗歌以头等重要的地位，认为它们“在古和美方面都是居于首位的”。预言性的诗歌由于被认为具有神圣性，无论其真伪都受到人们的尊崇和称颂，但却难以分析。

其次，传输知识的诗人产生了第二种诗歌，即说教的诗歌。说教的诗人把诗歌看作是客观自然的记录者。虽然这类诗人具有敏感性，他们也对美进行观察，并通过普通的抽象把事物加以理想化，但他们所摹仿的素材无疑是有形世界的事物。柏拉图在《理想国》第十卷中认为，艺术是可感事物，而这些事物本身又是理念世界的不完美的摹本，于是艺术便与真和美隔着两层。根据柏拉图的观点，艺术必然低于自然，因为自然是终极现实的摹本。但在亚里士多德看来，终极现实并不存在于柏拉图所说的理念世界，而存在于可感的现实世界。因此，他把艺术与现实直接联系在一起，认为艺术是客观真理的直接表现。在亚里士多德传统中，艺术被视为自然的再现，是自然的摹本。它或许是被普遍化的、甚至被理想化的自然，但却是可见的自然。把艺术看作是对自然的描绘，是对自然形态、色彩和安排的忠实的再现，这一点是十分重要的。英国人文学者罗杰·阿夏

① L. Barkan, *Nature's Work of Art*, p. 118.

姆（1515—1568）说明了摹仿的含义："摹仿是一种能力，可以生动地、完美地表现你们到处遵循的范例。就其本身而言，它庞大而广阔：自然的所有作品在某种意义上都是艺术所遵循的榜样。"[①]这就意味着艺术必须"忠实于生活"，忠实于为感官经验所证实的生活。诗歌艺术使用语言作为媒介，因此就成为"一种说着话的图画"。对此，S. K. 亨宁格曾经引用莎士比亚的《维纳斯和阿多尼斯》一诗来加以说明。[②]在这首诗中，诗人在描绘一匹母马奔出树丛时，自认为承担着画家的任务，也就是说，他要把这匹马描绘得比自然更加完美：

画家画马比买马还费心，
只为画无可挑剔的坐骑，
他的艺术敢向自然挑衅，
仿佛死的比活的有朝气，
　　这匹雄马非寻常马能比，
　　形美体健色亮骨壮步奇。

（第289—294行，文心译[③]，下同）

艺术之所以高于自然，是因为艺术能够消除那些使自然不完美的事物和事件。莎士比亚旨在创造一种人工制作的马，它虽无生命，却可以超越真实的活马。为此，他便紧接着对马进行了生动具体的描绘，仿佛每一个形容词都是画中的一笔：

蹄子圆骨节灵距毛奇巧，
胸宽眼大头小鼻孔方阔，
脖颈弯耳朵短腿直善跑，
鬃稀尾密丰臀毛发显赫。

（第295—298行）

可以看到，莎士比亚力图尽可能地把他的诗行变成"一种说着话的图画"。他从画家的角度运用语言意象来摹仿画家的视觉意象，而这种视觉意象又是对一匹马的摹仿。在这里，语言意象摹仿视觉意象，而视觉意象又摹仿具体意象。莎士比亚是在有意识地进行摹仿的。但这种摹仿实际上带有很

---

① 见 S. K. Heninger, Jr. , *Touches of Sweet Harmony*, p. 299.

② Ibid. , pp. 299—300.

③ 本节诗歌译文中的个别词句有改动。

大的局限性，因为他似乎在柏拉图的那种一系列“摹本的摹本”之上又增添了一种“摹本”：诗歌是图画的摹本，图画是自然的摹本，自然是原型理念的摹本。据此看来，如果仅仅把诗歌看作是摹仿的话，那么这种摹仿实质上只是意味着一种十分有限的、极为不足的模式，这种模式几乎无异于愚笨的依葫芦画瓢了。

在锡德尼看来，只有“为了教育和怡情而从事摹仿”的那第三种诗歌才是最佳的诗歌，它来自创造的诗人。锡德尼对这种诗人给予最高的赞誉。他说：

> 这第三种人确是真正为了教育和怡情而从事摹仿的；而摹仿却不是搬借过去、现在或将来实际存在的东西，而是在渊博见识的控制之下进入那神明的思考，思考那可然的和当然的事物。[①]

这段文字带有明显的调和色彩，其中把柏拉图、亚里士多德和贺拉斯（公元前65—前8）的观点融合在一起：首先，“摹仿”意味着亚里士多德诗学的基础；其次，“教育和怡情”强调了贺拉斯所倡导的诗歌具有双重功用的理论。最后，“思考那可然的和当然的事物”把上述亚里士多德和贺拉斯的观点都嵌进了柏拉图理论的框架：让思想飞越短暂的变化世界，而翱翔于理念世界的原型理念之间。

正如锡德尼所指出的，诗人“不是搬借过去、现在或将来实际存在的东西”。如果抛开这些实际存在的东西，诗人就无疑可以借鉴比有形世界中的事物更多的事物。整个概念世界和有形世界对诗人都是敞开的，而且也都是诗人的想象翱翔的适当领域。但是，在诗人的领域内，在他飞升到概念世界的过程中，他思想却受到“渊博知识的控制”。这就是说，诗人向概念世界的飞升是受到控制的，而不是受到无理性的神秘幻想的驱动。诗人作为创造者，可以获得最大可能范围之内的主题，包括概念世界和有形世界的主题，内心世界和外在世界的主题，以及潜意识和有意识的主题。他不像仅仅从事摹仿的诗人那样局限于自然界的事物。但是，在寻找他的主题时，他必须使自己保持在理性的范围之内。他可以不使用所谓“先知”（vates）的那种幻象般的技艺。

将诗歌视为“创造”的理论必然导致这样的结果，即诗人需要运用隐喻来作为他的表达方式。隐喻是形象比喻的语言。隐喻使用的词语表述不

---

① 引自伍蠡甫、胡经之主编《西方文艺理论名著选编》（上卷），第175—176页。

同于字面意义的事物，即一件事用表示另一件事的词语来描述，以便使人想到两者之间的相似之处。在隐喻中，本体和喻体融合在一起，两者的意义既相互联系，又相互转化。诗人与宇宙的创造神竞争，他也从空间的角度来扩展概念世界中的原型理念。他通过隐喻把不可言喻的事物变成可知的具体事物，这种隐喻把意义从一个层次转化到另一个层次上，从而把概念变为有形，把抽象变为具体，把精神变为物质。创造者诗人的运作方式就是创造隐喻，其目的在于把宇宙中不同等级的存在和不同层次的意义联系在一起。在这个意义上，创造的本质就是创造隐喻。锡德尼认为，诗人的地位高于哲学家和历史学家，因为哲学抽象，而诗具体；历史局限于特殊性，而诗具有普遍性。由于诗人把普遍性和特殊性融为一体，他就成为哲学家和历史学家之间的“调节者”。

隐喻的基本原则在西方传统宇宙论中是十分明确的，在基督教传统中也是同样明确的。两者都认为，宇宙本身是神发明的一个隐喻，或者是神的思想从抽象到具体的延伸。按照中世纪柏拉图主义者对《蒂迈欧篇》的解释，宇宙是创造神头脑中原型理念的可见的投影。与此类似，《诗篇》上也说，“天体表明上帝的荣耀，苍穹显示上帝的手工作品”。加尔文也曾说过，宇宙是一面镜子，人们从中可以窥见上帝。他规劝人们去沉思冥想隐匿在万物之间的上帝影像。

按照西方的传统说法，上帝写了两本书，一本是可读的书——《圣经》，另一本是“自然之书”——宇宙。自然之书被看作是神的艺术作品，或神的诗歌。人们阅读神的诗歌时就可以觉察到神的属性。斯宾塞在《天堂之美》中表达了这一思想：

我们借以观察上帝的途径，
就是对他的作品凝神瞻看，
他极其优美地写出了他的作品，
在那作品中，就像在铜书里那般，
阅读每个隐蔽的角落里面
为他的美所宣扬的他的善。

（第127—132行）

莎士比亚也说，“我们的这种生活，虽然与世间相遗弃，却可以听树木的谈话，溪中的流水便是大好的文章，一石之微，也暗寓着教训；每一件事物中间，都可以找到些益处来（《皆大欢喜》，第二幕第一场）。17世纪英国牧师巴克斯特（1615—1691）所说的一段话也与此雷同：“世界是上帝之书，是上帝让人首先来阅读的；每一造物都是一个字母，或音节，或单词，或短语，或句子，多少都宣扬着上帝的名字和意志。”[①]这又与西尔维斯特的著名诗句一样：“世界是一部对开本的书，上面印着伟大的作品，用大写字母书写：每一造物都是一页，每一笔划都是优美的字，完美无缺。”这就把人与上帝联系起来，说明人可以像上帝那样进行创造，从而解释了“创造”的隐喻。在文艺复兴时期，科学还是宗教的女仆，不是宗教的竞争对手。因此，甚至科学家们也认为，学习自然是学习上帝的第一步，他们把上帝看作是客观自然的终极现实。[②]

这种推论又引出这样的观点：宇宙万物不仅是神发明的一种隐喻，而且也是神自身的一种隐喻。宇宙的丰富性和多样性暗喻神的无所不包，宇宙的秩序暗喻神的无所不在，宇宙的无限性暗喻神的亘古长在和永恒不朽。总之，宇宙的丰富性揭示出神的无限性，神秘性，不可知性；但有形宇宙却是有限的，可知的。于是就产生了一个极其有效的隐喻，它可以把不可言喻的事物转变为可感的事物，把抽象的事物转变为具体的事物。当然，它也可以把这一过程逆转过来，即把可感的事物转变为不可言喻的事物，把具体的事物转变为抽象的事物。简言之，这就是从抽象到具体、又从具体到抽象的转化。

这个隐喻包含着两个层次的作用：首先，上帝创造的隐喻意味着把抽象事物转变为可感事物，或相反地把可感事物转变为抽象事物；其次，这个隐喻又是上帝自身的隐喻。因此，宇宙是上帝创造的一个隐喻，它把上帝的原型理念转变为可见的形式，同时，宇宙也是上帝自身的隐喻，它提供了一条认识上帝的途径。对照来看，一首诗歌也是诗人创造的一个隐喻，它把诗人的“原型理念”转变为可见的形式，而且它也是诗人自身的隐喻，因此它提供了一条认识诗人的途径。不过，就文艺复兴时期的诗人们而言，如果诗歌在第一个作用方面获得成功就已足够了，换言之，他只要把一个比喻转化为一个有效的说法。但对当时的大多数诗人来说，他们对于自我的揭示并不感兴趣。

在西方传统宇宙论中，把宇宙看作是上帝的隐喻这种观点解决了一个悖论：上帝既是一又是多。宇宙具有丰富性和多样性，但却不是混乱不堪

---

① 见 B. Lewalsdi, *Protestant Poetics and Seventeenth – Century Religious Lyric*, p. 165.

② S. K. Heninger, Jr., *Touches of Sweet Harmony*, p. 326.

而是井然有序的，是一个和谐的有机整体。在这个原型的隐喻中，多缩减为一。

在文艺复兴时期，以宇宙对应体系为基础的宇宙艺术得到发展和繁荣，这至少部分地是由于重新对“创造者上帝”和“创造者诗人”之间的类比感到兴趣的缘故。[1]约瑟夫·马齐奥提出这样的美学观点，他认为这个世界是

> 一个充满隐喻、类比和奇思妙喻的世界，远非只是一种装饰，它们是按之可以进行创造的规则。上帝按隐喻的方式写了自然之书，它就应当按隐喻来解读……宇宙是一个广阔的对应体系，它把整个多种多样的存在联系在一起。诗人通过一系列精致微妙的对应，接近他的现实，并创造他的现实。[2]

为了表明宇宙的多样性，柏拉图笔下的蒂迈欧的设计实际上发展了不同存在的等级。正如我们已经说过的那样，这种不同存在的等级提供了垂直方向的宇宙图景：存在之链表明从最低级存在到最高级存在的天地万物。但是，同样重要的是，它也提供了水平方向的宇宙图景：存在之链上的每一级存在也都是具有多样性的。这就说明为什么在同一级存在中也有不同，如不同的砂石、植物、动物，以及不同等级的天使。这一链条表现了宇宙的秩序、等级与和谐，也体现了宇宙的多元性和连续性。因此，每一级存在与另一级存在都是相互联系的。这是因为每一级都有多样性的同样模式。每一级存在的多样性重复另一级存在的多样性：砂石的多样性重复植物的多样性，植物的多样性重复动物的多样性，直到沿着存在之链上升，达到神明。神是无所不包、无所不在、渗透一切的，也是永恒的和无限的。但是，每一级存在又直接地与任何另一级存在相联系，因为它分享各级存在所共有的模式。即使最低级的砂石也可以毫无障碍地与神相联系。这样，天地万物都通过神而联为一体。这就意味着宇宙既具有多元的等级体系，又具有整体的统一性。多恩在他的一篇布道文中说，“上帝使整个世界拥有如此的一致性，如此的对应性，如此的各部分之间的和谐性，以致它成为一个音调完美的乐器”（《四旬斋布道文；1628 年 12 月于白厅》）。多恩所说的这种各个部分之间的一致性就是宇宙和谐的源泉。

毋庸置疑，按照存在之链的这种设计，宇宙万物必然形成一种精妙复

---

① L. Barkan, *Nature's Work of Art*, pp. 49—50.

② 引自 L. Barkan, *Nature's Work of Art*, p. 50.

杂的相互对应的体系。某一级存在中的某一事物必然与另一级存在中相应位置上的某一事物对应，否则存在之链就被破坏。据此，在宇宙各级存在的对应体系中，不仅包括四种元素、一年四季、四种体液之间的对应，而且也包括人生四大年龄段、黄道十二宫之间的相互对应等等，乃至无穷。①

在宇宙这个无所不包的隐喻里，还有着无数的部分的隐喻，这些隐喻把各部分联结在一起，暗示一个整体。斯宾塞的《牧人月历》是最典型的例子。诗人把人的一生系于十二个月，也系于一年四季，用诗的语言表现了空间的安排，揭示出各种对应关系。在《二月牧歌》中，诗人精确地表现了这种对应的模式。E. K. 在为这首牧歌所写的“提纲”中说：本诗描写一个“弯腰曲背、暮气沉沉”的“老牧人”，而且“包含着一个有关暮年的谈话”；又说：“这个主题与季节月份全然一致”，因为“一年好像临近岁末，仿佛临近他的最后时期”。这些显然都构成一个隐喻，暗示人和整个宇宙的关系，也就是部分与整体的关系。显然，这个隐喻的基础是大宇宙和小宇宙之间的类比。这种类比在西方具有悠久的传统。譬如，有一本古老的历书就在这方面做过详细的描述：

> 有些牧羊人说，人是个小宇宙，他同大宇宙有着相像和近似之处，大宇宙有九重天，四种元素，以及包含万物。首先人相似于原动天中的最高天和大宇宙的主要部分，如同在原动天中黄道十二宫分十二部分，人也分十二部分……其中三个属于火的性质……三个属于气的性质……三个属于水的性质。三个属于土的性质。②

虽然把概念转化为有形事物相当困难，却并没有严重影响对这种隐喻的表述。在西方传统宇宙论中，由于宇宙是一个隐喻体系，包括小宇宙与大宇宙的相互对应，认识这种对应的途径就在于凭借这些隐喻把意义从一个层次直接转化到另一个层次上。赫伯特的名诗《人》以细致的笔触描绘了这一点：

> 人是非常地匀称，
> 一肢与另一肢充满比例，
> 　而且又都对称于整个世界；
> 　各个部分可称兄道弟，

---

① 见本书第二章（二）对“存在之链”的阐述。

② 引自 S. K. Heninger, Jr. , *Touches of Sweet Harmony*, pp. 332—334.

头和脚相处得亲密万分，
　　也都与月亮和潮水关系密切。

　　只有人，任什么也不曾
达到如此遥远的地方，并保住捕获物；
　　他的目光登上最高的星辰；
　　他是各重天的缩影。

（第13—22行）

如同赫伯特的描绘，人是大宇宙的整齐划一的总结。人体每一部分都有其内在的和谐，同时又与外部世界的比例对应，如同星辰和海潮。人体反映了宇宙的模式，体现了宇宙的有条不紊的秩序。从主观上说，人是世界的综合，因此可能不考虑过于遥远的事物。人对空间现象的观察既包括对大宇宙、也包括对自己这个小宇宙的观察。人可以通过沉思达到神的寓所。与直接穿越宇宙的升腾相辅相成，这是一种内在的升腾途径。对弥尔顿来说，诗人是站在世人和天国伟大幻象之间的传译者，他必须通过神圣的沉思来观察和传译“伟大的幻象”。沃恩在《规则和教导》中说：

每一株草，每一棵树，每一朵花
都是神的智慧和力量的影子。

他又说：“在这些面罩和影像中，我可以看见你神圣的道路，并沿着那隐秘的阶梯，攀登到露出你曙光的那一天，你存在于一切事物中，虽然看不见。”（《数日前的散步》）这就表明小宇宙和大宇宙之间不仅是相互对应的，而且也表明两者之间的联系。人可以通过沉思而超越大宇宙，直接抵达神的寓所。对于这一点，后来的18世纪晚期诗人威廉·布莱克表达得非常明确：“从一粒沙子看世界，从一朵小花看天堂。”

根据这种视宇宙为隐喻的理论，就不难确定诗人的作用。在某种意义上，诗人的任务由于宇宙间有着几乎无所不在的隐喻而似乎变得容易多了。他不必煞费苦心地编造隐喻，因为隐喻俯拾即是。正如杜巴塔所说：“在海洋、大地或空气中，没有任何珍贵的事物不在天堂上有着它的某种美丽的相似物。……那至高无上者把适于一切时代的神圣模式都刻印在天上的广阔舞台之上了。”①诗人的“创造”任务与其说是创造新的东西，不如说是在上帝的自然之书中发现某些已被描述的东西。创造的行为在于以

---

① 见S. K. Heninger, Jr., *Touches of Sweet Harmony*, p. 338.

新颖独特的方式加以表述。对诗人来说，构筑隐喻乃是发现和选择的行为。然而，在另一层意义上，诗人的任务实际上变得更为困难了，因为他的行为是在与上帝竞争。他必须坚持神圣的真理。正如锡德尼所说，诗歌“不是说谎的艺术，而是真理的艺术”。犹如上帝的自然之书，诗人的作品必须在形式和思想两个方面严格地进行构筑。他的隐喻必须满足真理的标准，符合上帝渗透于宇宙之中的设计。为了保持他的隐喻的真实性，诗人必须严格遵循有形宇宙和概念宇宙之间的关系，以确保他的诗作是真正想象的产物，而不是胡思乱想的产物。柏拉图观念中的变化世界是存在世界的摹本。正如创造神把他头脑中的原型理念转化为可感宇宙那样，诗人也必须确保他的描述符合他打算阐述的基本现实。

在好的诗歌中，部分的隐喻都应该是获得了无限的多样性的，这在真实地再现宇宙的诗歌中是明显可见的。卓越的诗歌的确成为神圣的作品，或至少起到神圣的作用，因为它充分地、毫无歪曲地揭示了神自己的宏伟设计的意图。诗人在自己的作品中成功地解释了自然之书中的主题。于是诗歌变成了预言，预言着一种理想的、完美的世界，一个可以信赖的美的投影，而这一点只有在艺术领域中才可能为人们所了解。出于这样的理由，锡德尼在《为诗辩护》一文中高度地赞扬大卫的“预言”：大卫

> 唤醒他的乐器，经常随意地变换人物，明显地把事物拟人化，使你好像看见上帝正威严地到来，还讲述兽类的欢乐，山岭的欢跃，这些都不是为了别的，而是为了吟诵天国的诗篇，他在其中几乎显示出自己是一个对那种不可言喻、却可被心灵的眼睛看到的永恒之美的热恋者。

诗人可以通过构筑自己的隐喻把不可言喻的事物转变为可知的事物，这就使诗人高于历史学家和哲学家。

在文艺复兴时期，事实上很少有诗人试图再现上帝创世的隐喻，但就大多数诗人来说，他们在一切适当的情况下都在原则上认为这一理论是有效的。运用这种理论的例子在文艺复兴时期诗歌作品中比比皆是。即使在偶尔使用的情况下，这一理论在诗歌方面也明显地构成一种依靠宇宙对应的隐喻。一种存在等级中的事物被喻为读者所知晓的另一种存在等级中的另一事物。诗人通过这种转换来传达信息，用已知的事物解释未知的事物，从而达到了隐喻的目的。诗人们常常采用在宇宙的整体隐喻框架之内的一种部分的隐喻。这种部分的隐喻往往暗示整体，以致通过单一的隐

喻，诗人激活了整个的宇宙对应体系。譬如，莎士比亚在他的家喻户晓的第 18 首十四行诗中写道：

能不能让我来把你比作夏日？
你可是更加可爱，更加温婉；
狂风会吹落五月里开的好花儿，
夏季租出的日子又未免太短暂：
有时候苍天的巨眼照得太灼热，
他那金彩的脸色也会被遮暗；
每一样美呀，总会离开美而凋落，
被时机或者自然的代谢所摧残；
但是你永久的夏天决不会凋枯，
你永远不会失去你美的形相；
死神夸不着你在他影子里踯躅，
你将在不朽的诗中与时间同长；
　　只要人类在呼吸，眼睛看得见，
　　我这诗就活着，使你的生命绵延。

（屠岸译）

在这首诗中，可以明显地察觉到天人对应的观念。从时间的角度看，大宇宙有春夏秋冬四季，人有童年、青年、壮年、暮年四个时期。诗人把他的爱友喻为“夏日”，显然指他的青春年华。大宇宙中的夏日“未免太短暂”，而他的爱友的“夏天”则“永不会枯凋”。从空间的角度来看，大宇宙有两只眼睛，即太阳和月亮，人也有两只眼睛。两者相比，“苍天的巨眼”有时“太灼热”，其“金彩的脸色”还会被乌云“遮暗”，而诗人的爱友的目光则更加温柔，并永远明亮。就物质世界而言，大宇宙有四种元素，人有与土对应的肉体，与水对应的血液，与火对应的体温，与风对应的气息。夏日有时会刮起狂风，暗示诗人的爱友的呼吸“更加可爱，更加温婉”。“五月里开的好花儿”有时会被狂风吹落，又暗示他的爱友这朵人间的“好花儿”永不会“凋落”，永不会失去“美的形相”。这些隐喻都说明，诗人的爱友之美胜过大自然，而且永恒不朽，“死神”对他无可奈何。其实，这首诗不仅是对一个具体的美人的赞扬，更是对人的歌颂。正如格里帕所说，小宇宙是“神的最美丽、最完满的作品”，体现了“神的最高工艺”①。神创造的大宇宙虽美，但神创造的小宇宙却更美，更伟大，更崇高。不仅如此，人还可以摹仿神的创造行动，创造出诗歌小宇宙。他的诗歌小宇宙将与世长存，而在其中受到歌颂的人也同样“与时间同长”。总之，通过天人的类比，诗人充分表现了人的伟大和诗歌不朽这两个在文艺复兴时期盛行的主题。

由于人是小宇宙，人就能够对局部的隐喻做出反应。不仅如此，他是以上帝的形象被造的，所以也能够把他对于各种等级的存在的一些反应归纳成一个连续体，就像上帝把伟大的存在这链上所有的联结环归纳到自身那样。因此，拉普里莫达耶认为，人从观察到他所能观察到的一个部分隐喻那里推论到无所不包的“宇宙世界”的隐喻，这个宇宙世界是“一和三重”，就和上帝一样。因此，人按神隐喻理解为宇宙的对应，就可以解决多元一体的悖论，这在一首诗中和在宇宙中都是明显可见的。总之，诗人的责任在于努力提供具有永恒意义的真实性，在尘世的读者心目中注入天国的价值。他承担着创造的任务，即运用语言的创造来体现一种如果不这样“创造”就会失去的真理。就像莎士比亚所说，诗人会给“空虚的无物”以某种“居处和名字”（《仲夏夜之梦》），或像弥尔顿所说，诗人“向世人证明天道的公正”（《失乐园》）。诗人所负的责任，就是要让最高级的存在为较低级的存在所理解。

但是，在诗歌的具体写作过程中，诗人却往往按相反的方向行事。他不是自上而下、而是自下而上地传达信息。锡德尼在《为诗辩护》中以庄严的语气提出这样的论点，即诗歌在所有的艺术中最容易传达“使心灵从肉体的地牢上升到享有他自己神圣本质的知识”。因此，在具体写作过程中，诗人常常是由相反的方向开始的。他不是从上天下凡，而是由地界上升。他必须解释某一具体事物，并赋予它以永恒的意义。

譬如，要说明人世间国王的责任是维护社会秩序，诗人只需要说国王是天上的太阳就行了。这种“国王—太阳”的隐喻使读者的思想自然地由人间上升到苍穹，又由苍穹返回到人间。正如太阳保持着天体的秩序，国王也保持着人类社会的秩序。莎士比亚经常带着这种具有双重寓意的暗示来运用宇宙对应的隐喻或其他传统的隐喻。在《特洛伊罗斯和克瑞西达》中，尤利西斯发表了长篇的演讲，谈到宇宙的和谐：

> 诸天的星辰，在运行的时候，谁都恪守着自身的等级和地位，遵

---

① 见 S. K. Heninger, Jr. , *Touches of Sweet Harmony*, p. 192.

循着各自的不变的轨道，依照着一定的范围、季候和方式，履行它们经常的职责；所以灿烂的太阳才能高拱中天，炯查寰宇，纠正星辰的过失，揭恶扬善，发挥它的无上威权。可是众星如果出了常轨，陷入了混乱的状态，那么多少的灾祸、变异、叛乱、海啸、地震、风暴、惊骇、恐怖，将要震撼、摧残、破坏、毁灭这宇宙间的和谐！

（第一幕第三场，朱生豪译，下同）

紧接着，他便从宇宙的和谐转到了人间的和谐、社会的和谐：

只要把纪律的琴弦拆去，听吧！多少刺耳的噪音就会发了出来；一切都是互相抵触；江河里的水会泛滥得高过堤岸，淹没了整个世界；强壮的要欺凌老弱，不孝的儿子要打死他的父亲；威力代替了公理，没有了是非之分，也没有正义存在。那时候权力便是一切，而凭仗着权力，便可以逞着自己的意志，放纵他的无厌的贪欲；欲望，这一头贪心不足的饿狼，得到了意志和权力的两重辅佐，势必会把全世界供它的馋吻，然后把自己也吃去了。

这里所谈的乃是"统治的特质"，暗示社会中的权威是绝对必要的。剧中的其余部分检查了实际的事实，由于领导者不是神而是人，因此是不完美的。尤利西斯的演说表达了人们所熟悉的隐喻，即"自然秩序"的概念。同样，莎士比亚在《亨利五世》和《科里奥拉纳斯》两出剧中也都谈到有关社会组织的问题。《亨利五世》中的坎特伯雷主教采用"蜂窝"的意象来隐喻国家的秩序。他认为蜜蜂

这种生灵按天规把臣民拥挤的王国管理得井然有序。它们有蜂王，有各种各样的蜂臣，其中一些像管理人员，专在家里司职。另一些则像商人，在海外贸易经商，还有一些像士兵，以蜂刺为武器，在夏季的绒绒花蕊里忙着采集，满载而归，嗡嗡嘤嘤地把战利品带回它们的君王的皇帐中；运筹帷幄的君主又正在忙着视察，哼着曲儿的石匠在修建黄金屋顶，文明的市民们在装载着蜂蜜，可怜而忙碌的搬运工肩扛背负地拥挤在门前，眼色无奈的法官阴森森地哼了一声，便把懒洋洋的雄蜂交给脸色阴沉的刽子手。（第一幕第二场）

在《科里奥拉纳斯》中，美尼涅斯则采用人体的意象来隐喻国家的秩序（第一幕第一场）。他对一群暴民们说，从前有一个时候，身体上的各部器官联合向肚子反抗；它们称它像一个溪壑似的占据在身体的中央，无所事事，其余的器官有的管看，有的管听，有的管思想，有的管教训，有的管

步行，有的管感觉，分工合作，共同应付着全身的需要，唯有它只知容纳食物，不知分担劳苦。庄严的肚子却从容不迫地回答：“不错，我的同体的朋友们，你们全体赖以生活的食物，是由我最先收纳下来的；这是理所当然的事，因为我是整个身体的仓库和工场：可是你们应该记得，那些食物就是我把它们从你们的血液的河流里一路运输过去，一直传达到心的宫廷和脑的宝座；经过人身的五官百窍，最强韧的神经和最微细的血管，都从我得到保持他们活力的食粮。”肚子接着又对那些作乱的器官说：“虽然在一时之间，不能看见我怎样把食物分送到各部分去，可是我可以清算我的收入，大家都从我领回食物的精华，剩下给我自己的只是一些糟粕。”讲完上述的故事，美尼涅斯便把话题径直转向罗马的统治者，他对暴民们说：“罗马的元老们就是这一个好肚子，你们就是那一群作乱的器官；因为你们要是把他们所讨论、所关切的问题仔细检讨一下，把有关大众幸福的事情彻底想一想，你们就会知道你们所享受的一切公共的利益，都是从他们手里得到，完全不是靠着你们自己的力量。”他把那个领头作乱的人称为“大拇脚趾头”，因为在这一场叛乱里，他是“一个最低微卑鄙的人，却跑在众人的前面”，为了妄图非分的利益，竟敢“自居于领导的地位”。美尼涅斯的寓意是不言自明的：统治罗马的元老们占据着国家的显赫地位，犹如位于人体中央的“肚子”，它向身体的各部器官输送着食物的精华，只给自己留下糟粕。而那些地位低下的暴民则犹如作乱的“各部器官”，它们反抗肚子，竟然自居于中心的领导位置。两者相斗，必有一伤。因此，只有各自保持应有的位置，遵守严格的等级秩序，大家“分工合作”，国家才能得到和谐。

基督教象征体系当然也像宇宙对应体系一样十分传统。诗人往往把基督教象征转化为宇宙对应体系的意义。譬如，沃恩的诗集《燧石的火花》中，第一首诗歌《再生》主要采用了源于《圣经》的自然意象，如花园、花儿、香料、泉水、阵风等等。诗人告诉我们：有一天，他走在山路崎岖的原野上，冒着冬天的寒雨，登上一座高山。山顶上有一个“天平”向他显示，他登山的“艰苦”远远轻于他那罪恶而愚蠢的“烟雾和愉快”。这时，有一个声音对他高喊：“走开！”于是他便逃离那座高山，来到一片“清鲜美丽的田野”，进入春天的丛林，看到蔚蓝的天空，香料般“芬芳的空气”，金色的阳光，潺潺的“泉水”，充满活石的池塘，以及岸上开放的花儿，还有一阵风要把他吹送到他“乐意去的地方”。他最后的呼喊“主啊……向我吹一口气，让我在死亡之前死去！”乃是请求主把他列入选民之中，以求在基督中获得再生，从而避免精神的死亡。这里包括土（清鲜美丽的田野）、水（泉水、池塘）、气（空气、天空、阵风），以及活石、花草、树木、阳光等存在之链上各级存在。正是采用这些宇宙的存在之链，诗人表现了再生的主题。

但是，不管怎么说，任何诗歌隐喻都依赖于将抽象的概念与现实融为一体，以便诗歌的描述既与有形世界又与概念世界相联系。譬如，上面所说的用人体来形容国家的隐喻就不仅与小宇宙有关，也与人类社会的小宇宙有关，而这一切又都离不开大宇宙。总之，隐喻作为宇宙对应的理论依靠一种传统的观点，即我们的世界由互不相同而又相互联系的部分所组成，也就是宇宙。而且，它也依靠这样的推断，即这些各部分的每一部分在其内在的组织上都与其他部分的每一部分相似，从而使一个单一的秩序模式贯穿于所有等级的造物。可以说，善于利用宇宙对应体系是文艺复兴时期诗人成功地进行“创造”的秘诀。

（二）诗人的“小宇宙”

上文已经提到，锡德尼在《为诗辩护》中指出，希腊人称诗人为普爱丁（*ποιητηυ*），它源自普德恩（*ποιειυ*），意思是“创造”。英国人和希腊人一致，也称诗人为“创造者”。天国的创造者按自己的形象创造了人，把他放在“第二自然”①的一切作品之外和之上。人则摹仿天上的创造者，也按自己的形象在较小规模上创造了一个小宇宙。因此，锡德尼说，“诗，是个摹仿的艺术”，它是“一种再现，一种仿造，或者一种用形象的表现；用比喻来说，就是一种说着话的画图”②。

文艺复兴时期诗人们普遍认为，在一首诗歌中可以捕捉到整个宇宙。这种观念反映在16世纪意大利众多的诗歌理论之中。意大利诗人们提出一种美学，这种美学本身就可以被看作是一种宇宙论。譬如，意大利诗人瓜里尼在《悲喜剧诗概论》中就曾这样说道：

> 在这个世界上，没有任何可以观察到的和易变的事物不是分享这种罕见的摹仿能力的。从创世的时候开始，那神圣的工匠在创造它时不就仿佛希望有某种意义的摹仿？这不只是因为他按照亘古就存在于

① 锡德尼称人为第一自然，上帝创造的其他东西为第二自然。

② 引自伍蠡甫、胡经之主编《西方文艺理论名著选编》（上卷），第174页。

他胸中的神圣理念创造了它，而且也因为在这神圣的作品中，他按照永恒的形象创造了它，使它不受损害，不会变化……然后在把人塑造成一个小宇宙时，同一位神圣艺术家的神圣声音暗示，他为这摹仿的工程而感到高兴，并说，让我们按我们自己的形象造人吧，按我们的自己的形象。①

将诗人和上帝进行类比，这是为文艺复兴时期诗人们所熟悉的。这一类比表明，诗人的抱负是能够实现的。这种抱负虽然看起来可能就像上帝创世的设计那样宏伟，但也受到宇宙对应体系的限制，也就是说，受到摹仿的限制。克里斯托弗·马洛笔下的帖木耳野心勃勃，妄想控制整个宇宙，但他的野心是无法实现的。然而，创造帖木耳这个人物的诗人马洛却按照摹仿宇宙的原则，成功地刻画了这个雄伟的形象。这就充分地证明诗人的抱负是可以实现的。在宇宙的对应体系中，文艺复兴时期诗人们发展了他们对于无限性的把握能力，但是反过来说，他们又必须按照摹仿宇宙的原则行事。意大利诗人塔索（1544—1595）在《论英雄诗的谈话》（1594）中也许最清楚不过地描述了这种美学，他说：

人在思想中是一个包含纷繁多样的事物的世界，一个包含形式和本质的世界，一个按照由不和谐而达到和谐的方式把各部分连接在一起的结；他本身不缺少任何东西，他包含着一切既可当作必然又可当作装饰的东西。同样，我认为，卓越的诗人（他之所以被视为神圣，不是由于别的原因，而只是由于他在自己的作品中相似于那位至高无上的艺术家，分享那位艺术家的神性）能够创造这样一首诗，在这首诗中，犹如在一个小宇宙中，可以看到这儿有田野上的军队，那儿有陆战、海战、攻城、小规模冲突和决斗、比武，以及对于饥渴、风暴、烈火、奇迹的描绘。……然而，包含着如此纷繁多样的材料的诗歌是一，一是它的形式和灵魂。所有这些事物都应当以这种方式来写作，即每一事物都与其他事物相关联，每一事物都与其他事物相对应，每一事物既是必然地又是显然地依赖于所有其他的事物；因此，如果一个部分被取消或被改变，那么整体就会遭到破坏。如果这是正确无误的话，那么创作诗歌的艺术就如同宇宙中的自然法则，即宇宙由对立物构成（就像我们在音乐的规则中所看到的那样）。正如普罗

① 引自 L. Barkan, *Nature's Work of Art*, p. 278.

提诺所说，要是没有多元性，就不会有整体性，也不会有法则。①

一和多，或整体性和多元性，这就是宇宙的内涵。按照柏拉图的理论，创造神把自己头脑中的理念刻印在物质上，把一扩展为多，创造了多元一体的宇宙。因此，诗人摹仿宇宙，就意味着他在自己的创造行动中，通过人物、情节和背景之类的描绘把他的某个理念加以有形的扩展。在这个意义上，诗人的创造行动是在与神竞争。在这种竞争中，诗人也创造了一个宇宙，这个宇宙能够体现他预先的构思。正如大宇宙既是创造神发明的隐喻、又是他本身的隐喻，诗歌同样既是诗人发明的隐喻、又是他本身的隐喻。诗人是他的隐喻的创造者，就像神是大宇宙的创造者那样。神存在于他的隐喻之中，因此大宇宙就是神的存在的有力表现。同样，诗人存在于他的隐喻之中，因此诗歌就是诗人存在的有力表现。对照来看，诗人自身也就是创造神的隐喻，他在存在之链的等级上占有一个仅仅稍低于神的位置。而且，诗人的隐喻（诗歌）与神的隐喻（大宇宙）之间有着密切的关系，因为神和诗人都是创造者。也就是说，在存在之链的等级上，诗歌也占有一个仅仅稍低于宇宙的位置。与大宇宙的多元性相比，在存在之链上，从垂直的方向来看，诗歌的多元性是附属性的，但从水平方向来看，却与大宇宙的多元性是相似的。因此，诗歌与大宇宙一样，可以体现展示其创造者的多元性和丰富性，以及无所不包的特征。由于诗人起到创造神的作用，他的诗歌也就是大宇宙的真实再现。这种强调“创造”的诗学中，诗歌无疑应当成为一个小宇宙。

认为创造的诗人把大宇宙当作创作模式的理论，与柏拉图把艺术家看作摹仿的摹仿者的观点是针锋相对的。在视诗人为创造者的诗学中，艺术家不再像柏拉图所说的那样，只是对理念世界进行不完美的摹仿。相反，艺术家直接地反映宇宙的神圣理念。因此，诗歌艺术比现实生活更为真实，它成为一种超然的现实，一个黄金的世界，一座阿卡狄亚式的乐园。当然，这种完美的意象既可用来从正面作为一种表现理想世界的途径，又可用来从负面作为反映现实世界的缺陷的途径。如果说诗人的作品是一面“镜子”，那么从这面镜子中就可以同时看到两个映象：一个是现实的存在，另一个是可然的存在。

如果说诗歌是大宇宙的缩影，而诗人在再现大宇宙的过程中又全然遵循创造神的榜样，那么人一开头就必定在思想中有一种预先的设计，也就

① 引自 L. Barkan, *Nature's Work of Art*, pp. 278—279.

是说，他的头脑中事先早已充满了他那个即将转化为小型的“有形宇宙”的种种意象，譬如：圆形、金链、宇宙之舞、天体音乐，以及时间和数的概念，等等。根据毕达哥拉斯派的观点，诗人开始创作时头脑中应预先有一个数，即一个没有实体的形式，而按照柏拉图的观点，诗人开始创作时头脑中则应有一个先存的理念。诗人的创造行动就在于把他的原型理念刻印在先存的物质上，或把他先存的形式刻印在他所经验的原始材料上。这就意味着重复神创造世界的行动，其结果就产生了一个“小宇宙”，即一部艺术作品，这部作品由于创造了有效的隐喻而表现了神圣的真理。不仅如此，正如自然是上帝的艺术，诗歌是诗人的自然，也是诗人的艺术。事实上，凭人的感觉说，由于诗人可以在他的创造中消除现实世界的不完美之处和时间所带来的偶然事件，诗人所创造的小宇宙必然超过大自然的美。因此，诗人的自然就十分近似于神的艺术之美。他的诗歌作品就是他创造的一个小宇宙。锡德尼在《为诗辩护》中说道：

> 自然从未以如此华丽的挂毯来装饰大地，如种种诗人所曾作过的；也未曾以那种悦人的河流、果实累累的树木、香气四溢的花朵以及别的促使这为人爱得够厉害的大地更为可爱的东西；它的世界是铜的，而只有诗人才给予我们金的。①

按照锡德尼的观点，诗人的世界是一个黄金世界。上帝按自己的形象创造了诗人，而诗人又以自己的形象创造了他的小宇宙，其中充满了大宇宙的各种形象。换言之，上帝创造了大宇宙，而人则在较小的规模上摹仿上帝的创造，创造出了高于自然的作品——诗歌。

实际上，锡德尼的这一理论是对柏拉图和亚里士多德美学观的综合。根据锡德尼的看法，诗的形式源于柏拉图的终极现实，即理念世界，而诗的主题则源于亚里士多德的终极现实，即客观自然的材料。在形式上，诗人把深奥难解的神秘事物置于我们可以感觉得到的范围之内，而在主题上，诗人又对纷繁杂乱的经验进行筛选和安排，并赋予它们以永恒的意义。诗人的写作是推论性的，因为他把天国的价值带到凡间。他的写作也是归纳性的，因为他超越尘世的一切俗物，最后把万物都导向具有宇宙神圣含义的结论。这种能力高于通常意义上的摹仿，实际上，这也就是锡德尼给诗人下的定义。诚然，锡德尼赞同亚里士多德的观点，认为诗人应当

① 引自伍蠡甫、胡经之主编《西方文艺理论名著选编》（上卷），第172页。

以他对有形自然的感知进行创作："没有任何赋予人类的艺术不是以自然的作品作为他的主要目的。"但是，他又指出，在艺术家当中，只有诗人才能够冲破这种藩篱。他说：

> 只有诗人，不屑为这种服从所束缚，为自己的创新气魄所鼓舞，在其造出比自然所产生的更好的事物中，或者完全崭新的、自然中所从来没有的形象中，如那些英雄、半神、独眼巨人、怪兽、复仇神等等，实际上，升入了另一种自然，因而他与自然携手并进，不局限于它的赐予所许可的狭窄范围，而自由地在自己才智的黄道带中游行。①

这一段文字清楚地说明了锡德尼诗学的中心思想。按照他的观点，诗人的创造几乎无异于发明，这与柏拉图所说的理念似乎并无二致。一方面，诗人运用自己的想象力和创造力，可以飞向原型理念的穹苍。但是，另一方面，即使在"才智的黄道带中游行"的时候，诗人仍必须"与自然携手并进"，即保持与有形世界的接触。这样，诗人就能像斯宾塞在《祝婚曲》结尾时所说的那样，通过自己的创造而建立起一座"短暂时光的永恒纪念碑"。

斯宾塞的《祝婚曲》本身就常被喻为一座名副其实的"短暂时光的纪念碑"。诗中以新娘和新郎为中心，周围是城镇街衢，即社会环境。城外是自然环境。在这外围又呈现出神话世界。神话世界之上，则是基督教天国。这样，社会与自然、现实与想象、异教与基督教等众多因素融为一体，创造了一个无限浩淼的宇宙空间。正是从宇宙间那黎明前的阴郁和沉寂开始，诗中首先出现了神话人物。在这种氛围之中，新娘从娘家出发；随着旭日东升，人类社会看见庆婚队列穿过城镇街衢，来到教堂，举行神圣的婚礼；接着是喜庆活动；夜色降临后，众人散去，只把一对新婚夫妇留在洞房，这时又再次出现神话人物与广阔宇宙。全诗以广阔的宇宙开始，又以广阔的宇宙结束。第12—13节以描绘教堂婚礼为中心，构成了一曲"宇宙欢乐"的颂歌。

不仅如此，诗中描述了婚日从黎明到夜晚一昼夜的活动，同时也暗示出一年的进程。海厄特指出，诗中隐含着一种精妙复杂的数的象征结构；全诗24个诗节与人格化的"时辰"密切相关，暗示一昼夜24小时；在第17节，迭句开始变化，而此节第5行又提及"夜幕低垂"，从而将全诗分

---

① 引自伍蠡甫、胡经之主编《西方文艺理论名著选编》（上卷），第172页。

为两部分，前一部分16节，叙述白昼活动，后一部分8节，描写夜晚情景。这与爱尔兰南部夏至那天白昼约16小时、夜晚约8小时相应。但是，24个诗节不仅代表婚日当天的“时辰”，也象征“划分”各个季节的恒星时间。因此，海厄特进一步指出，前16节暗示夏至，后8节暗示冬至；第1—12节和第13—24节则分别代表春分和秋分。此外，365个长诗行又与一年365天相应。[①]显而易见，这种数的象征结构增强了时间的主旨。时间的主旨是具有深刻内涵的。斯宾塞认为，人的一生在某种意义上反映了整个创造活动。大宇宙有春夏秋冬四季，而与此相应，小宇宙则有出生和青春、成熟、中年，以及暮年与死亡各个时期。正如星移斗转带来季节的变化、并使这种变化成为一种永恒那样，人类通过婚姻也创造了一种永恒。这种永恒有两重含义：首先，通过婚姻繁衍的后代可以永远维系小宇宙的生命，或人类的生存。其次，婚姻还能创造另一种永恒，即人类后代不仅可以维系受时间制约的生命，而且可以获得超越时间的真正的永恒；尽管他们的肉体终会腐朽，他们的灵魂却可能在天国获得永生。因此，结婚本身虽是一个短暂的现实，但也是一种内在的精神，就像J. W. 利弗所说的那样，它“把肉体和精神结合在一起”，“成为现实和理想之间的桥梁”。在这个意义上，婚姻乃是灵与肉的神圣的结合，也是文艺复兴时期人们所追求的最高的理想境界。总之，诗人在形式上反映了大宇宙的结构，在主题上则赋予客观现实以永恒的意义。这种把有形宇宙和概念宇宙融为一体的方式，体现了物质与精神、肉体与灵魂、现实与理想之间的结合。尽管本诗仅仅描写了短暂一天的具体活动，但它却通过对时间的循环和具有精神内涵的事件的描绘，象征性地反映了宇宙的模式，使这首诗歌完成了一个整圆，从而构成一个完美的小宇宙。

《牧人月历》的十二首牧歌或许是阐明诗歌小宇宙的典型例子。这十二首牧歌与一年十二个月对应，诗中既通过各个月份气候的不同，又通过牧人们在不同月份进行的极为不同的活动，充分表现了大宇宙的多样性。从整体上看，这些牧歌展示出上帝手工作品的完整性，穷尽了人类活动的可能性，从而达到了只有无限性才可能具有的一致性。这部诗作的无所不包的特征还由于十二个月完成了“年”这个时间的基本单位而得到论证。不仅如此，作为创造者的诗人的影像渗透于整个诗歌，犹如上帝的影像渗透于整个宇宙。因此《牧人月历》由于具有这种完美性而成为一个小宇

---

① A. K. Hieatt, *Short Time's Endless Monument*, 见 note on 98—102.

宙。它表明大宇宙的多样性和丰富性。我们至少可以区分三重世界的存在：理性世界、天体世界和基本世界。我们可以看到，诗中暗示出上帝头脑中的原型理念，这种理念不仅在星体运行的模式中可以察觉，而且在人的日常生活中也可以察觉。这部诗歌作为一种有效的隐喻，把理性世界中神的寓所的含义传送到天体世界，随后又传送到基本世界。这一顺序当然也是逆向的，即把基本世界的含义传送到天体世界，随后又传送到理性世界。诗中采用了象征性的月历形式，它不仅暗示存在之链在水平方向上所体现的多样性，也暗示在垂直方向上所体现的多样性。存在之链从天堂悬垂下来，把人联结在适当的位置，成为概念宇宙和有形宇宙的联结环。

后来，在《四首赞歌》中，斯宾塞使用了另一种原型理念来构筑他的诗歌小宇宙。《四首赞歌》的第一首描写以丘比特为象征的尘世之爱，第二首描写以维纳斯为象征的尘世之美，第三首描写以基督为象征的天堂之爱，第四首描写以上帝为象征的天堂之美。显而易见，诗中以上升程序作为模式，即柏拉图式的从人世上升到天堂的模式。诗中描绘了直线的上升，即从世俗之爱升腾到天堂之爱，接着又从世俗之美升腾到天堂之美。此外，从对神明的描绘来看，这种升腾表现为从丘比特升腾到维纳斯，再升腾到基督，最后升腾到至高无上的上帝。总之，诗中可以清晰地看到从最低级的神到最高级的神的直线上升运动。第四首赞歌的末尾表明已抵达这种直线运动的终点，而上帝则使前几首赞歌中的神明逐步臻于完美。可以说，诗人穷尽了这一神明体系之内的一切可能性，再也不可能继续写出第五首赞歌来了。从有形世界上升到概念世界，从尘世上升到上帝的寓所，显然包括了整个宇宙的概念，从而使这组诗歌在整体上成为一个完美的小宇宙。

在文学中，这种超越一系列步骤的上升运动常常变化为横向的直线发展，变形为一系列的探求活动。譬如，就像我们已经说过的那样，《仙后》第一卷描绘了红十字骑士的冒险故事。他随乌娜从仙国的首府出发，进入“错误之林”，斩杀了半人半蛇的怪物。随后受到巫师阿奇马戈的诱骗，与乌娜分道扬镳，又被女巫杜埃莎引入“骄傲之宫”，由于思想堕落而体力不支，逃出后便被巨人击伤，送进地牢；接着由亚瑟王子和乌娜救出，经过“绝望之洞”，被带到“神圣之宫”，受到城堡女主人的治疗和教导，在肉体和精神上均得到完全的恢复，于是勇敢地前去击败恶龙，将乌娜的父母救出，最后返回仙国。不难看出，这卷诗歌在主题上遵循“堕落—再生”的循环模式，在形式上表现为从仙国首府出发又返回仙国首府的圆形结构，因此在主题和形式两个方面都反映了宇宙的模式。但是，仅就《仙后》第一卷而言，它不过是《仙后》全诗的一个组成部分而已。从总体上看，斯宾塞按照部分与整体的原则，构筑了斯宾塞原计划将《仙后》写成由十二个部分组成的宇宙模式。他的《仙后》十二卷，每一卷象征一种品德，每一种品德都是部分的品德，也是构成一个整体的一个部分。所有的品德合为一体就构成完整的善良的生活。十二种部分的品德融会成由亚瑟王子体现的无所不包的“宏伟”品质。这种品质体现了寓于由部分的品德所构成的多元性中的统一性，体现了部分和整体、或多和一之间的关系。亚瑟王子驱马驰过每一卷，把处于毁灭边缘的每一位骑士拯救出来，从而维护了该骑士所代表的品德，并将这种品德融进较大的整体之中。正如斯宾塞对雷利所说的那样：“宏伟”的品质“使其余的一切臻于完美，在它里面包含着它们的全部，因此在整个过程中，我所提及的亚瑟的各种行动都是适合于我在该卷中所描绘的该种品德的”。在这部鸿篇巨作中，十二种相似的部分，十二种相似的虚构，十二种相似的探求活动，都由于亚瑟王子在寻找仙后的过程中所经历的探求活动联结成一个整体。这种部分与整体的结合反映了大宇宙的构成原则，从而《仙后》本身也就成为一个完美的小宇宙。

对于文学作品中这种部分与整体的关系，吉拉尔蒂·辛西欧在他的《论传奇》（1549）中曾经采用小宇宙（人）的具体意象做了生动形象的说明：

> 当作家作出了从哪里开始其作品的计划时，他应当尽力注意到各种部分都要相互适合，就像人体的各个部分那样……在构筑框架时，他要力求填塞坑洼，并使各肢体的大小达到均衡。这是可以做到的，只要在适当的和必要的地方放进充填物，诸如爱、恨、悲叹、笑声、戏谑、严肃的主题、不和、调解、美和丑的事物，对地点、时间、人物的描绘，他自己虚构的和取自昔时的寓言、航海、漫游、奇异的景象、不可预见的事件、死亡、葬仪、哀悼、褒奖、可怕的和可怜的东西、婚礼、诞生、胜利、凯旋、单枪匹马的战斗、比武、竞赛、一个个将领的通名报姓、集结军队、以及其他类似的事物，对这些事物逐一加以详述或许是一项不小的任务。在天下或在天上，或在深渊的底层，没有任何事物不是由审慎的诗人加以支配和判断的，他能够用丰富多彩的装饰来美化其作品的躯干，使之成为卓越而又可爱的形象。他以此给予各个部分以恰当的尺度和得体的装饰，按照这样的比例，

结果产生了一个经过锻炼的、体格健壮的身躯。①

在文艺复兴时期诗歌中，有时甚至连一首短短的十四行诗也可以通过对大宇宙的直接摹仿而成为一个小宇宙。譬如，斯宾塞《爱情小诗》第60首十四行诗就是建立在大宇宙意象的基础之上的：

那些善于使天体运行的诸神
给每颗行星都定下不同的年，
在这周期完成它圆形的航程，
如火星六十年跑完它的那重天。
有翅的天使在我身上运转
他那颗明亮的行星，一年已度过：
这一年对于我似乎漫长无边，
长过我度过的全部四十年生活。
按情人簿子上发明的算法来说，
丘比特那重天就包括四十年时光，
这时光我在焦思烦恼中消磨，
它因为我的痛苦而更显漫长。
从今以后，让我爱人的行星
缩短路程吧，或缩短我的生命。

本诗开头的两行就提及天体的运行和运行的时间。据传说，七颗行星中每颗行星都由一个神灵掌管，如土星的神是萨图恩，木星的神是朱庇特，火星的神是马耳斯，等等。此外，根据托勒密天文体系，每颗行星绕地球旋转一周的时间不同，月亮需29天，太阳需365又1/4天，等等。斯宾塞巧妙地运用这些传说和理论来表现他的求爱过程。但他说“火星六十年跑完它的那重天”，却与托勒密所说的七十九年不同，②这大概是因为他在求爱过程中已写了六十首十四行诗的缘故。诗人把传统的宇宙加以一定的变化，使其适合他的意图。他把自己的身体比作一个宇宙，在这个宇宙中，他又戏谑地杜撰了为“有翅的天使”——小爱神丘比特——所掌管的一重天。爱神的那颗行星在他这个“宇宙”中已运转了一年，暗示诗人求爱已达一年之久。而这一年对于他似乎“漫长无边”，比他度过的四十年

---

① 引自 L. Barkan, *Nature's Work of Art*, p. 279.

② 此处指火星旋转79个太阳年。火星旋转79个太阳年相当于绕本轮旋转37圈，又相当于从至点到至点旋转42圈。如果按此计算，火星绕地球一圈约需2年左右。参见本书第29—30页。

还要漫长。诗人之所以说“四十年”，是因为他写这首诗时已四十岁左右，而他为追求伊丽莎白经受了巨大的痛苦和磨难。因此，他渴望

从今年往后，让我爱人的行星
缩短路程吧，或缩短我的生命。

显然，诗人所爱慕的女郎也主宰着一重天。诗人请她缩短她那重天的轨道，暗示恳求她赶快表态。这样，爱神在诗人身上的行星和女郎的行星将会尽快会合，即尽快结婚。否则，她将使他悲伤而死，缩短他的生命。这首诗完全是以托勒密宇宙为基础的，依照行星由神灵掌管以及行星运转的时间，诙谐地杜撰了为爱神掌管的一重天，并渴望爱神促使他们各自的“爱神星”加快速度，表达了诗人渴求与爱人喜结良缘的希望。综上所述，作为创造者的诗人按照严格的规则把他的诗歌构思为一个小宇宙。但是，在那较大的整体中，他有时却产生了一个微型宇宙。他在穷尽了一个有限体系内的可能性之后，又产生了一个象征完整性的缩影。他把所有可能的构成部分组织成为单一的整体，又达到摹仿宇宙的多元一体模式的一致性。也就是说，在较大的整体中，诗人有时却产生了一个微型宇宙，我们可称之为“小宇宙中的小宇宙”。

这种小宇宙中的小宇宙在古典传统和基督教传统中都是有例可寻的。我们曾经提及荷马《伊利昂记》（第十八卷）中的“阿喀琉斯之盾”。这面盾牌实质上是一个象征作为整体的《伊丽昂记》这个小宇宙的缩影。这面盾牌在二十个风箱吹出的火上由四种金属制成，有三重边、五层厚。上面装饰着“不倦的太阳和一轮满月”，以及“天上的各个星座”，这不仅构成了整个宇宙空间的意象，而且还包含时间的象征。毫无疑问，荷马试图在小小的盾牌上从时间的角度描绘出大宇宙的宏伟壮阔，而且通过全部的数字来反映大宇宙的比例，表现大宇宙的和谐。在这个意义上，荷马是在进行“摹仿”，在创造一种“说着话的图画”。他所反映的实际上并非是有形的自然世界，而是宇宙的理念。后来的罗马诗人奥维德似乎借鉴了阿喀琉斯之盾的隐喻，他在《变形记》第二章的开头描绘了两扇通往日神宫殿的大门。大门上绘着宇宙中心的那个“像圆盘一样的陆地”，陆地周围是大海，陆地上方悬挂着天穹，还有“黄道六宫”；此外，在大门的构造中也包含着四种材料和土、水、气、火四种元素：

日神的宫殿非常巍峨，柱高擎天，金彩辉煌，铜光如火，高处的屋檐上铺着洁白的象牙，两扇大门发出银色的光芒。材料好，匠心更

巧：穆尔奇柏在门上刻着海波把陆地围绕在中心，陆地像一只圆盘，陆地上面天穹高悬。……在这上面，刻着一幅雪亮的穹隆图，左右两扇门各刻着黄道六宫。（杨周翰译）

就整体来说，《变形记》可以被看作是一个小宇宙，因为它以创世的描绘开始，以对一个和平社会的憧憬结束："朱庇特统治天堂，统治三体合一的天界；奥古斯都统治大地。"（第十五章）在这开头和结尾之间的时空连续体内，作者通过各种各样的因果关系把无数事件联结在一起，表明了人类活动和情感的广阔范围。①

在圣经传统中也有这种小宇宙的例证。譬如，融会了柏拉图主义、希伯来神秘哲学和基督教理论的意大利信仰调和论者们认为《圣经》前五卷就是大宇宙的一种缩影，他们说："摩西五经是世界的精确意象。"②按他们的观点来看，摩西五经本身仿佛就是一个小宇宙。但是，作为摩西五经之一的《出埃及记》（第26章第1—3节）中又有一段关于神命令摩西为他建造圣幕的细节描绘：

你要用十幅长十二公尺、宽二公尺的大布来造幕。这些是用捻的细麻布和蓝、紫、鲜红三种颜色的毛线一起编成，还要精工绣上基路伯天使像。五幅连成一大幅，在相接处沿布边各钉上五十个钮扣，互相对称；然后你用五十个金钩，把两幅布幔的钮扣，扣在一起，成为一个帐幕。这就是我的圣所……

这种描绘实际上占据了很长的篇幅。但仅就上述这段文字来看，它显然包含着对数量的精确描述。此外，弗朗西斯科·乔治在谈到有关建筑的基础知识时也说及这一点：

当上帝想教导摩西有关所须建筑的会幕的形式和尺度时，他把世界的构造给他作为模型，并且（就像《出埃及记》第25章所写的）说道："会幕中的一切东西，都要完全依照我在山上所指示你的样式去做。"根据所有的阐述家，这个样式意味着世界的构造。的确如此，因为这是有必要的，即特殊的地方应与神的宇宙相似，这不是说规模大小——神无此需要——也不是说是否好看，而是说在尺度方面，神

---

① 也有人以同样的方式解读维吉尔的《埃涅阿斯记》，如马克罗比乌斯就把《埃涅阿斯记》看作是宇宙的形象，他的这一观点后来还由波利奇安利（Polizianli）进一步加以发挥，参见S. K. Heninger, Jr., *Touches of Sweet Harmony*, p. 381.

② S. K. Heninger, Jr., *Touches of Sweet Harmony*, pp. 381—382.

规定这种尺度不应只体现在他居住的物质的寓所中，而要特别体现在我们心中，就像保罗对哥林多人所写的那样：“你们是神的殿堂。”①

这些描述都给人以这样的印象，即：神以象征性的语言教导摩西如何根据特定的尺度来进行创造。在某种意义上，这种对特定尺度的细节描绘暗示“世界的模型”，其本身就构成了镶嵌在摩西五经这个小宇宙框架之内的一个小宇宙。

小宇宙中的小宇宙这种结构在文艺复兴时期英国文学作品中是常见的现象。莎士比亚有时也在一定程度上采用这种模式作为他的诗歌结构。譬如，在《爱的徒劳》的末尾（第五幕第二场），次要的人物分成两组，歌唱夜莺和猫头鹰之间的对话。阿马多担任指挥，他说：“这一边是冬天，这一边是春天。”接着他们便相继歌唱了著名的《春之歌》和《冬之歌》。这种“春天”和“冬天”的区分把一年压缩为最基本的形式，构成了两个对立物。然而，“春天”和“冬天”也暗示一年四季的循环。这种压缩了的年历形式可以视为先存于莎士比亚脑海之中的一种构思或理念。他在该剧的情节中把这种思想逐步地加以扩展。在剧中，一方面是充满青春之爱的春天世界，尤其是被纳瓦尔国王所理想化的世界，另一方面是由于法国公主的侍臣默凯德所带来的噩耗而导致的一个死亡和痛苦的冬天世界，两者形成鲜明的对照，构成了全剧的基本情节，暗示出一个反映大宇宙模式的小宇宙。不仅如此，大宇宙的模式也在人物的组合之中得到了小规模的重复。譬如，四个男子和四个女子恰当地相互配对。四这个数字代表构成世界万物的四种元素，而四种元素是既相互对立、又相互调谐的，表现了多元一体的概念，通常被看作是大宇宙的象征。同样，在《仲夏夜之梦》中，我们也可以看到成双成对的情侣们。剧中人物迫克说：“两男加两女，四个无错误。”（第三幕第二场）这就意味着剧中的两对人物将最终组成“四”。只有在对立物得到调和、所有的情侣配对成双时，仙女们才开始在婚礼上跳舞欢庆。②

同样，在某种意义上，《失乐园》中的金链意象也可视为全诗的一种缩影。弥尔顿讲得尤为明确，他用宙斯的金链来象征穿过整个宇宙的神圣设计：“荷马的宙斯从天上悬挂下来的金链”极其精当地表现了“宇宙的和谐”（《第二篇演说》）。他在《失乐园》第二卷中还直接采用了金链意

① 引自 L. Barkan, *Nature's Work of Art*, p. 138.

② Ibid., p. 382.

象：撒旦离开地狱前往新创的世界，穿过混沌，“混沌”告诉撒旦说，在天的另一边，“有金链系着另一世界，就悬挂在我的头上！”于是撒旦便舒展双翅，飞到天堂的最低一级，向上望见天堂，向下则看到被众星围起、用“金链”悬挂在空中的“这个世界”。显然，这条金链象征整个诗中根据托勒密天体结构描绘的广阔空间，即七颗行星以地球为中心旋转的宇宙。弥尔顿的这条金链就是存在之链的另一种说法，它在整个诗中可以看作是一个核心的象征，暗示整个宇宙的等级与秩序。譬如，三位一体的等级：上帝、神子和圣灵。按照狄奥尼修斯的分类，天使分为三等，每等又分为三级，共九级天使。最高等级的天使包括撒拉弗、基路伯和宝座，中间等级的天使包括治权、德性和权势，最低等级的天使包括王国、天使长和天使。分为三等九级的天使既与神圣的三位一体相应，又与托勒密宇宙的九重天相应，如撒拉弗主宰原动天，基路伯主宰恒星天，宝座主宰土星天，治权主宰木星天等等。不过，狄奥尼修斯的分类在文艺复兴时期已不再被严格遵守了。《失乐园》中虽按照传统的分类描绘了九级天使，但天使长却处于最高位置，高于撒拉弗和基路伯。

按照传统的观点，上帝一般是派遣较低等级的天使直接下到人间海陆各处执行使命的。然而，神学家还有一种说法，即上帝通过七大天使与人类联系，这七大天使被称为“神的眼睛”。《圣经》上说，“这七个是耶和华的眼睛，察遍全地”（《旧约·撒迦利亚》第4章第10节）；七大天使又被称为“七灵”（《新约·启示录》第1章第4节；第8章；第2章）。据说，上帝前面是尤烈尔，左面是加百列，右面是弥迦勒，后面是拉斐尔。弥尔顿在《失乐园》中说，“尤烈尔啊，你是上帝高高御座前侍立的光辉七灵中的第一位，是解释伟大圣旨，宣传到整个最高天的，全体天使都侧耳等候你的信息”（第三卷，第645行）。弥尔顿还说，七大天使“随时听候命令”，做神的耳目，前往各重天巡视，并下到人间海陆各处执行使命（第三卷648—653行）。在《失乐园》中，人中的男女（亚当和夏娃）分成两个等级。弥尔顿遵循《圣经》的观点，认为“基督是每一个男人的头，丈夫是妻子的头”（《新约·哥林多前书》第11章第3节）。夏娃自己就对亚当说：“啊，我是你的肉中之肉，为你，并从你而造，没有你，就没有目的，你是我的导引，我的头。”（第四卷，第441—443行）“头”象征理性。男人代表理性，女人代表情欲。因此，从等级上看，男人高于女人，亚当高于夏娃。夏娃由于离开了亚当，到乐园的另一地方去劳作，脱离了亚当的理性指导，结果受到蛇的引诱而堕落。在人之下的各个等级，顺次是动物、植物和砂石。在存在之链上，可以看到，神创造了宇宙，并用美丽的星体装饰宇宙，星体也都是严格地按照托勒密天文体系的顺序排列的。自上而下是神的寓所，接着是原动天、水晶天、七颗行星，最后是地球。地球上有四种元素，元素也有等级，即火、气、水、土，火与气高于水与土。从空间来看，整个宇宙分成四个领域：神的寓所、宇宙、混沌、地狱。善良天使和堕落天使可以在这四个领域来回飞行，虽然有所限制。这种空间结构加强了诗的主题。善良天使可以来到地球上，执行上帝的指令；撒旦也可以来到地球上，引诱人类堕落。这就说明，在人间同时存在着善和恶，人类处于善、恶之间，随时都有堕落的可能，但随时也有获得拯救的可能，从而使人类的堕落与再生成为一种永恒的主题。总之，我们可以看到，一条金链可以扩展为整个诗中的一切等级，而一切等级的概念也都可以缩小为一个小宇宙。总而言之，等级的概念渗透于《失乐园》全诗之中，亚当和夏娃的堕落，正是因为他们的骄矜和野心勃勃，妄图超越自己的等级，破坏了宇宙的秩序，终至堕落。

最后，让我们再以一首篇幅较短的诗歌为例。正如我们前面所说过的那样，斯宾塞《牧人月历》中的十二首牧歌整体上构成了一个小宇宙。但在这个小宇宙中，每一首牧歌本身也是一个小宇宙。这一方面说明部分与整体的关系，另一方面也可把它看作是《牧人月历》这个小宇宙中的小宇宙。现以歌颂伊丽莎白女王的《四月牧歌》为例。在这首牧歌中，花的主旨是将全诗联为一体的因素。这一意义不断扩展，逐步融进古典牧歌的概念，直到丰富了整体。

海伦·夏尔强调指出，“四月牧歌”是对自然的摹仿。[①]而且，它也像亚里士多德所说的那样，是对一个情节的摹仿。诗歌遵循着春天仪式的模式。它以奔腾的河流开始，这条河流由一眼泉水涌出，变成了“跌落的溪水”。随后向陪伴的贞女们发出吁请，于是仙女、精灵、缪斯、美惠三女神和牧羊女接踵而至。她们奏起音乐，翩翩起舞，赞扬春天的女神，并讲述她的身世和贞女状态。她们还携带来春天的绿叶青枝，用鲜花把她装饰一新。然后便一一离去。

柯林在他的歌谣中作为这场五朔节嬉戏中的司仪。他一个诗节又一个诗节地通过吁请、劝诫、祝福、表演、叙述和欢呼的诗行，将我们带入诗

---

① 以下对《四月牧歌》的阐释主要借鉴 H. Shire 鞭辟入里的分析，见 *A Preface to Spenser*, pp. 135—141.

的情节之中。他不断地变换着形式，通过所有那些自然而又直接的“修辞手段”表现了诗的主题。诗人把众多的内涵交织在一起，采用不同的比喻手段加以表现，譬如：明喻（“像贞洁的女王”），隐喻（“贞女的花朵”），寓言（“绪壬克斯的女儿”）；提喻（“红玫瑰与那白玫瑰”）；拟人化（“福玻斯羞红了脸，铿提亚丢了丑”），以及鲜花的寓意和象征，等等。

按照牧歌传统，柯林作为乡村牧人向“女神”献上一只羊羔。随后仙女们又按照宇宙的节奏呈上春季的鲜花。她们还把一顶暗示家族纹章的玫瑰和百合花冠献给身穿深红衣和白貂皮的伊丽莎白女王。她们捎来的橄榄和月桂枝叶适合于装饰君王，绿色枝条则适合于装饰五朔节的仪式。如果我们顺着这种向五月女王赠礼的思路，就可以欣赏这首诗的复杂结构，或许还会喜欢这种汇合，其中每一部分都与其他部分相联系，而且各个部分又都与诗的整体相联系。

值得注意的是，本诗中花的主旨是极其重要的，尤其是下列一节诗：

Bring hether the Pincke and purple Cullambine,
　　With Gelliflowres:
Bring Coronations, and Sops in wine,
　　Worne of Paramoures.
Strowe me the ground with Daffadowndillies,
And Cowslips, and Kingcups, and loued Lillies:
　　The pretie Pawnce,
　　And the Cheuisaunce,
Shall match with the fayre flower Delice.①

(II. 136—144)

请带来石竹，带来紫色的耧斗菜，
　　还有桂竹香：
麝香石竹的粉红花，适合情人戴，
　　也务必捎上。
请为我把这片土地上撒满水仙，
把立金花、驴蹄草、可爱的百合撒遍：
　　美丽的三色堇，

---

① 引自 J. C. Smith and E. De Selincourt, eds., *The Poetical Works of Edmund Spenser*, p. 443.

墙上的花草茎，

要与好看的鸢尾花相伴。

有些（未受精的）鲜花作为贞女和春天的象征，被仙女们带来装饰女王，或撒在女王经过的路上。除了绿色的樱草和“百合”之外，还有象征圣母玛利亚的鸢尾花。伊丽莎（暗喻伊丽莎白女王）本人则是“贞女之花”。据说，伊丽莎白女王把代表圣母玛利亚的鸢尾花作为她的象征。

女王被设计为春天的王后，也是描绘这场五朔节嬉戏的辞藻华丽的象征性语言所歌颂的对象。献给伊丽莎的鲜花具有一系列的含义，譬如：粉红色的石竹花、康乃馨（或麝香石竹）和粉红的丁香花直到今天仍然是英国暗示真正爱情的象征，也是情人们在婚礼上佩戴的香花。但是，康乃馨在英语中应是 carnations，却似乎被有意地拼成 coronations，意为“加冕礼”。紫色的耧斗菜暗示朝臣们谦卑的忠诚，而桂竹香（或紫罗兰）则是“女王之花”。英国的其他各种春花也都被撒在地上：立金花是象征精神权威之花，而驴蹄草（直译是“王杯”）则与可爱的百合相配。三色堇是引人沉思的花草，因此常被安排成花束，以表达深有寓意的内涵。但 chevisaunce（暂译为“花草茎”）的意思却至今难以找到准确的答案。E. K. 的有关注释十分笼统，他说：“所有这些都是花名。”学者们曾考察过草药书中的 chrisance 一字，但只是发现了 chevisance，相当于桂竹香或女王之花。其实，chevisaunce 这个字在《牧人月历》和《仙后》中也曾使用过。根据 E. K. 对《五月牧歌》的注释，乔叟有时用这种花儿指“获利，掠夺物，战利品，事业，有时指首领的地位”。其实，所有这些含义都可以从 chevisaunce 一字得出。紧接着，我们的思想又被“花草茎”引向鸢尾花所暗示的抽象内涵：

美丽的三色堇，

墙上的花草茎，

要与好看的鸢尾花相伴。

不仅如此，象征圣母玛利亚的鸢尾花也是法国的象征之花。这里与法国相联系的暗示无疑也和当时盛传的有关伊丽莎白女王要与法国王子缔结婚约的说法有关。

这一暗示在本诗其他部分也可以得到证实。譬如，开头的仙女们被称为“湖上夫人”。按照 E. K. 的注释，“仙女”在希腊文中意为“井水”或“新娘”；对于春天仪式，“新娘”是一个非常重要的概念；在本诗节第 2

节，诗人曾祝愿“贞女的花朵欣欣向荣，在皇家境地”，而“境地”一字plight原有“境况”之意：但若从动词来看，plight的意思则是“与某人订婚，保证”。因此，根据该年曾有一两个关于女王婚姻的提议，这一祝愿似乎可以从两方面来解释：一方面，祝愿伊丽莎立誓“保证”（忠于她的人民），祝愿她在童贞女王的状况中欣欣向荣；另一方面，祝愿她在皇家的婚姻得到促进时，则“以王子的风采订婚”！

总之，这首诗以五朔节王后为中心，围绕着她逐步展开了对好的出身、状态、五朔节仪式、守护神、季节节奏，以及牧歌的形式和诗人自己等等的描绘。在此基础，诗人突出花的主旨，描绘了芬芳的花、鸢尾花、百合花、驴蹄草，五朔节的嬉戏和泉水，用来装饰王后的鲜红色和绿色，以及象征王后——伊丽莎白女王——所属之王室的“纹章之花”——红玫瑰、白玫瑰，[①]最后还有诗人的“修辞之花”，如三色堇、花草茎和梅子。随后诗人又围绕第二层意象，把诗的含义扩展到古典牧歌传统，描绘了各类仙女、美惠三女神、象征季节节奏的春天的月亮女神和太阳神等，而美惠三女神则帮助诗人完成了他的修辞之花。在牧歌传统中，潘神是牧羊神，在中世纪以后的诗歌中，潘神又象征基督或教会首领。我们可以发现，王后是中心，诗人处于下方，潘神和基督处于上方，诗人通过五朔节王后的形象，把各种有关的意象，在摹仿宇宙节奏的基础上，以牧歌的形式将王后神化，从而达到他颂扬的目的。所有这些意象和各种相互关系形成了一个错综复杂的对应网络（见图11）。其中，每一部分都与另一部分相联系，同时又是这首牧歌整体的一个组成部分，从而微妙地传达出宇宙的基本概念：表明了部分和整体的关系，多元性和统一性的关系，或一和多的关系。一言蔽之，即宇宙的多元统一。因此，这首牧歌无疑可以被看作是《牧人月历》这个小宇宙中的小宇宙。

上述的模式也适用与锡德尼、莎士比亚、多恩、弥尔顿。这样的模式在很大程度上有助于我们对文艺复兴时期英国乃至欧洲诗人的阅读和理解。

---

① 紧接上引一节诗的下一节诗有这样两行：“红玫瑰和白玫瑰相结相联，在她的双颊绘出了生动的容颜。”红、白玫瑰分别是英国玫瑰战争（1455—1485）中的双方兰卡斯特王室和约克王室的徽记或纹章。红、白玫瑰的结合暗示两个王室的联合。兰卡斯特王室的亨利七世娶了约克王室的伊丽莎白公主（即伊丽莎白女王的祖母），生了亨利八世，从而象征红、白玫瑰的结合，两个王室的统一，玫瑰战争的结束。后来，红、白玫瑰也就成了伊丽莎白女王的王室徽记。

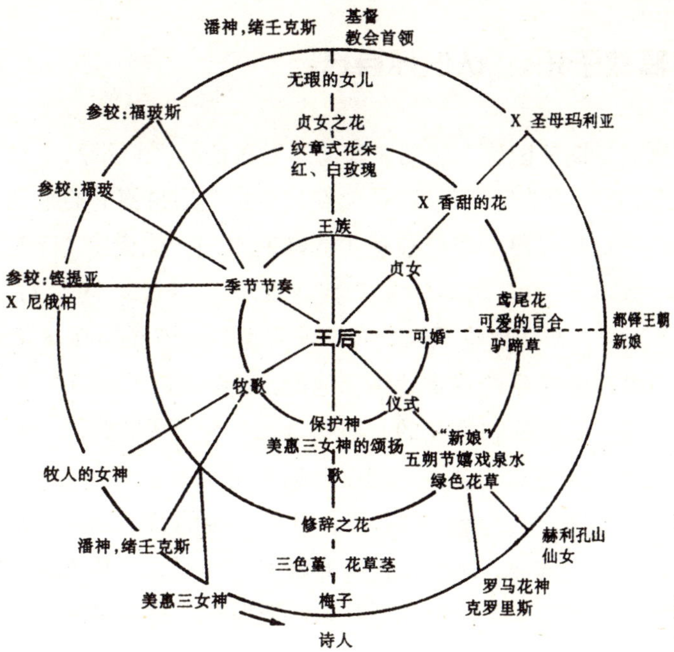

图 11 《四月牧歌》的小宇宙。全诗以五朔节王后为中心。在王后的四周由里往外共有三圈，把相关的意义联系在一起。第一圈表明作为中心的王朔节王后：1. 出身：王族；2. 状态：贞女；3. 五朔节仪式；4. 五朔节守护神：美惠三女神；5. 季节节奏：春；6. 诗的形式：牧歌。接着，由第一圈扩展为第二圈，表明花的主旨：1. 由王族扩展到纹章之花：红、白玫瑰；2. 由贞女暗示香甜的花；3. 由五朔节仪式扩展到“新娘”的庆婚仪式，包括五朔节嬉戏、绿色花草和泉水等；4. 由描绘美惠三女神扩展到修辞之花。最后，由第二圈扩展为第三圈，表明古典牧歌传统中的意义：1. 圣母玛利亚；2. 经由绿色扩展到赫利孔山仙女和象征绿色的罗马花神克罗里斯；3. 通过牧歌形式扩展到潘神和绪壬克斯、美惠三女神、牧人的女神；4. 通过季节节奏直接扩展到月亮女神铿提亚、福玻与太阳神福玻斯。从中心向下，5. 通过修辞之花，经由三色堇、花草茎和梅子扩展到诗人本身；这又与美惠三女神联系，她们向诗人歌唱。从中心向上，6. 通过纹章之花，经由贞女之花与毫无瑕疵的女儿扩展到潘神和绪壬克斯。在牧歌传统中，潘神代表主神，象征基督——教会的首领。不难发现，图中的三圈中的每一圈，都说明该圈所描绘的事物之间的相互联系；而三圈之间又相互联系，从而形成一个错综复杂的网络。有些方面可能暗示相互联系的意义，但诗人并未说出，图中用 X 表示。所有这些都说明诗中每一部分都与任何其他部分相联系，同时各部分又都与整体相联系。本图表明这首牧歌本身是一个小宇宙。由于《牧人月历》包含了十二首牧歌，每首牧歌都与其他各首牧歌相联系，同时又与《牧人月历》的整体相联系，因此它便成为一个完整的“小宇宙”。由于《四月牧歌》本身也是一个小宇宙，它也就成为“小宇宙中的小宇宙”。（根据 Shire，1987：136）

（三）寓教于乐：“认识你自己”

文艺复兴时期英国诗人兼批评家锡德尼在他的《诗辩》中指出，诗的“目的在于教育和怡情悦性”。这种论点其实并不是锡德尼的独创。罗马作家朗吉弩斯（213—273）早已表达了同样的看法，他说：“诗人的愿望应该是给人益处和乐趣，他写的东西应该给人以快感，同时对生活有帮助。”①不过，朗吉弩斯也是承继贺拉斯的观点的。贺拉斯在《论诗艺》中就认为诗有教益和娱乐的双重功用，他说：“诗人的目的在给人教益，或供人娱乐，或把愉快的和有益的东西结合在一起。”②当然，这种观点还可以上溯到亚里士多德和柏拉图。但是，锡德尼似乎对此阐述得更为清晰。他认为，诗歌的摹仿不过是一种手段，其最直接的目的是使人愉快，而其最终目的是给人以教导。对于“正确的诗人”来说，“摹仿的目的是给人以愉悦的教导，而给人以愉悦就是要人们把握善。没有愉悦，人们就会像躲避陌路人那样离善而去”。

锡德尼的《为诗辩护》对文艺复兴时期的英国诗人产生了极大的影响。斯宾塞显然赞同这种诗学，并且身体力行。③他的《仙后》继承了中世纪传奇和寓言的手法，通过传奇的形式，描绘了仙国骑士们曲折离奇的冒险探求活动，又通过寓言手法，描绘了人应该具备的各种基本品德。斯宾塞在致沃尔特·雷利爵士的献函中说，他写作《仙后》的目的就是“用美德和善行来塑造和锻炼高贵和纯洁的人”。弥尔顿对斯宾塞推崇备至，他还专门提到《仙后》第二卷对节制品德的化身该恩爵士的描绘。他认为斯宾塞让该恩爵士穿过“玛门之洞”（第七章），抵达“福乡”（第十二章），使他看见恶，认识恶，却又抵制恶，从而通过一系列生动具体的实例的描绘达到了趋善避恶的教育目的。在弥尔顿看来，斯宾塞在《仙后》中以生

---

① 伍蠡甫、胡经之主编《西方文艺理论名著选编》，第108页。

② 朱光潜《西方美学史》（上卷），第102—103页。

③ 斯宾塞在伦敦（1578—1580）时曾认识了伊丽莎白女王的宠臣莱斯特伯爵。此外还有莱斯特伯爵的外甥锡德尼，以及锡德尼的朋友戴尔（Edward Dyer，约1545—1607）。锡德尼是深受意大利文学影响的著名诗人，戴尔也是诗人，比锡德尼年长。在锡德尼、他的姐姐彭布罗克伯爵夫人和他的友人周围形成了一个诗歌团体。这个团体中的第三位诗人是格雷维尔（Fulke Greville，1554—1628）．这三位诗人经常交换诗作，或选一主题共同来写。这个诗歌团体现已无从稽考，但它显然称为“诗法社”（Areopagus）。斯宾塞与他们的关系很好，虽然在这个贵族团体的诗歌活动中并未把斯宾塞的创作包括在内。他不过处于那些显赫人物的外围而已。但是，锡德尼的诗学观点肯定对他产生了重要影响。

动的拟人形象表现人的各种基本品德，充分体现了诗歌的双重功用。正是在这个意义上，他才高度赞扬斯宾塞为“聪慧而严肃的诗人”，并认为他较之中世纪伟大的神学家司各脱和阿奎那是“更好的导师”（《论出版自由》）。弥尔顿还曾经从主题和艺术两个方面来阐明诗歌的目的，他指出：诗歌是教导神圣美德的作品，其目的在于通过一切实例来教育“温文尔雅”的人们；但是，那些人只有在真理穿上“华丽的服装”时才愿意向她谛视。一旦她穿上“华丽的服装”，“真理的道路”在“实则舒适平坦而看上去却很艰难崎岖”的时候，就会变得“实则艰难崎岖而看上去却舒适平坦”了（《反教会管理的主教制》）。因此，在《复乐园》中，弥尔顿严厉地指责异教把古典诗歌降为“空洞无物”的东西，因为那些诗歌“没有任何教益或愉快”（第四卷，第345行）。

显而易见，在论及诗歌的教育功用时，诗人们一致强调人的品德培养。毕达哥拉斯说过一句至理名言：“德行就是和谐。”①这就意味着品德被置于传统宇宙论的范畴之内，因为传统宇宙论的核心思想就是由天体音乐的隐喻所暗示的宇宙的普遍和谐。任何道德规范的根本目的都在于维护宇宙的秩序与和谐。宇宙是神以自身的形象创造的，因而也是神的体现。如果说神是真、善、美的象征，那么宇宙就不仅体现了至善、至美，也体现了最高的真理。宇宙是井然有序的，是完美和谐的。因此人首先应该了解宇宙，认识宇宙的本质。“认识你自己”（Know thyself）——这句话醒目地刻写在得尔菲神庙的门前。由于毕达哥拉斯曾经做过阿波罗神的祭司，于是它就被认为是出自毕达哥拉斯之口。追根究底，这句名言原本包含着天人对应的观点，即大宇宙和小宇宙的类比：人是小宇宙，因此只有充分认识自我，才能认识大宇宙，并最终使自己适应大宇宙的神圣设计。福提乌斯评论说，这句话看来容易，实则很难，因为认识自我就意味着首先必须认识整个宇宙的本质。②另一方面，认识了整个宇宙，也就更能清楚地认识自我了。正如法国诗人杜巴塔所说，在太阳下面，没有任何知识能胜过对我们自己的认识，也没有任何比美丽光辉的人这个主题更为丰富多彩的，因为人是“大宇宙的缩影”③。由此可见，“天人对应”的观念归根结底反映了人的一种自我探索，它以对人的本体认识为出发点和终极目的。宇宙

① 拉尔修认为这句名言出自毕达哥拉斯。见 S. K. Heninger, Jr., *Touches of Sweet Harmony*, p. 256.

② S. K. Heninger, Jr, *Touches of Sweet Harmony*, p. 263.

③ Ibid., p. 264.

的原型体现了自然的秩序与和谐。人也应达到像自然那样的秩序与和谐，而且必须遵循永恒的自然法则。莎士比亚《李尔王》中的爱德蒙说得多么精辟：

> 大自然，你是我的女神，我愿意在你的法律之前俯首听命。
>
> （第一幕第二场，朱生豪译）

但是，如果要遵循永恒的自然法则，首先就必须认识这种法则。认识这种法则实质上也就是认识真理，追求真理。莎士比亚在他的十四行诗中宣称："真、善、美，就是我全部的主题，真，善，美，变化成不同的辞章；我的创造力就用在这种变化里，三题合一，产生瑰丽的景象。"（第105首十四行诗）培根也劝导人们探究真理、认识真理和相信真理，他在《论真理》一文中形象地描述了追求真理的过程：

> 只受自身评判的真理教导人们，探求真理就是向真理求爱求婚，认识真理就是面见真理，而相信真理就是享有真理，这是人性中最高的善。

弥尔顿则告诉人们：不要让思想"仅仅局限在大地范围以内"，而"要冲出世界的樊笼，最后登上人类智慧的顶峰，臻于对思想本身之了解，并因而领会何谓神圣的思想，何谓神明，因为人的思想是终需与之聚合的"。在弥尔顿看来，人的最高智慧在于认识上帝，而上帝就是最高真理（《第三篇演说》）。无论是莎士比亚所说的"三题合一"的"真、善、美"，或是弥尔顿所说的"人的思想是终需与之聚合的"上帝，实质上都意味着自然的永恒法则。根据传统宇宙论，在某种意义上，这种法则体现在宇宙的形象和概念之中：宇宙既是多元一体又是对立统一的，它既是一又是多。这一悖论有力地说明部分和整体之间的关系。宇宙各部分之间必须相互和谐，而各部分又必须与整体取得和谐。宇宙为我们提供的这一原型对于人具有深刻的教育意义，因为它能够引导我们认识整个社会中人与人之间应有的关系，以及个人与整个社会应有的关系。只有认识到这一点，才可能达到人与人之间的和谐，达到个人与整个社会之间的和谐，从而使社会成为一个完美的小宇宙。其实，社会的普遍和谐也就是毕达哥拉斯心目中的"天体音乐"所给予人们的一种启示。

为了认识真理，就必须掌握关于真理的知识。然而，知识与品德又是密不可分的。苏格拉底认为，心灵的内在原则是德行。他把德行与知识等同，提出了"德行就是知识"的观点。他认为，"德行就是知识"和"认识你自己”实际上是两个相互联系的概念，因为一个人对他自己的认识，也就是关于德行的知识。[1]弥尔顿则把知识和品德说成是一对“孪生姐妹”（《为斯梅克廷努斯声辩》）。[2]弥尔顿认为，智慧（即知识）决定品德，而品德则意味着人的最高幸福。他还指出，没有学问的品德较之没有品德的学问，更能增添生活的欢乐。但是，如果两者结为一体，那么学问就会发出更加耀目的光辉。他遵循阿奎那的观点，把人的头脑说成是智慧之宫，意志受智慧的支配，即一个人做善事或恶事这一品德问题，乃取决于智慧，即知识（《第三篇演说》）。

然而，锡德尼精辟地指出：“一切人间的学问的目的之目的就是德行。”我们已经提及，苏格拉底认为“德行就是知识”。亚里士多德把德行分成十二种基本品德，这些品德也就是斯宾塞在《仙后》中所着力描绘的对象。但是，奥古斯丁给德行下了一个简明的定义：“德行最简单、最真实的定义是爱的秩序。”（《上帝之城》第十五卷）[3]“爱的秩序”意味着和谐。因此，奥古斯丁的观点与毕达哥拉斯所说的“德行就是和谐”并无二致。这又再次把我们带到传统宇宙论的范围之内。根据传统宇宙论，和谐就是由天体音乐的意象所暗示的宇宙的普遍和谐，或由存在之链的意象所暗示的等级和秩序。乔叟笔下的牛津学者说，“每个人在逆境中都应该保持自己的位置”，即不能超越等级。只有这样，一个社会才能生活幸福，也只有这样，社会才能在整体上得到繁荣昌盛。因此那位牛津学者得出的结论是，“让我们保持品德，坚忍地生活”。犹如天地万物必须遵守等级秩序，人类社会也必须遵守等级秩序，只有这样才能达到社会的普遍和谐。否则，就会像莎士比亚笔下的尤利西斯所描绘的那样，天上的星辰不按轨道运行，就是“越轨”，就会引起瘟疫、地震、风暴；人间的越轨则表现为秩序的破坏、城市中的不和、破坏国与国之间的和平、颠倒长幼之序。“只消把秩序取消，让这根琴弦走了调，听吧！多少刺耳的噪音就会发出来；一切事物都将互相抵牾。”（《特洛伊罗斯与史瑞西达》第一幕第三场）

为此，一个人必须做到两个方面：在个人生活方面，做到节制；在社

① 赵敦华《西方哲学通史》（第一卷），第84—89页。

② 弥尔顿的这篇文章是在1642年匿名发表的，是为了回答一篇题为 *A Modest Confutation of a Slanderous and Scurrilous Libell, Entituled, Animadversions etc.* 的。该文的作者可能是约瑟夫·霍尔之子爱德华。斯梅克廷努斯，SMECTYMNUUS，是五个长老派牧师名字首字母的混合，成为《对题为〈谦卑的劝戒〉一书的回答》的作者名字《为斯梅克廷努斯声辩》。见 M. Y. Hughes, ed., *John Milton*, p. 690.

③ 赵敦华《西方哲学通史》（第一卷），第398页。

会生活方面，做到正义。

一方面，一个人必须具有“节制”的品德。“节制”意味着人的三重灵魂中构成动物灵魂的易怒与情欲两种力量之间的和谐，只有这两种力量达到和谐，才能导致理性灵魂的和谐。[①]易怒与情欲之间的和谐往往用“马耳斯+维纳斯”的模式来表述。马耳斯是战神，代表易怒的力量；维纳斯是爱神，代表情欲的力量。正如普鲁塔克所说，“在希腊寓言中，和谐产生于维纳斯与马耳斯的结合：后者凶猛暴烈，喜好争斗，而前者则宽宏大量、令人喜爱”[②]。斯宾塞在《仙后》第二卷中集中描写了“节制”的化身该恩爵士的冒险经历。该恩的主要敌人首先是疯子福罗尔（愤怒）。其次是皮罗克勒斯（过度）和他的兄弟库摩克勒斯（不足），前者代表因体液不和而引起的病态的愤怒，后者主要代表因情欲过度而造成愤怒不足的倾向。这两兄弟说明一种极端情感与另一种极端情感的密切关系。该恩必须克服这些敌人，才能成功地追求“节制”。本卷第九章中描绘的阿尔玛城堡代表与理性灵魂相和谐的肉体。它在内部是和谐的，因此只受外部敌人马利加的攻击。马利加既代表肉体疾病，又象征一切通过感官破坏理性的力量。具有完美品德的亚瑟王子击败他，保护了理性灵魂以及与之和谐的肉体。在亚瑟王子消灭了“节制”的内在敌人皮罗克勒斯（过度）和库摩克勒斯（不足）之后，接着又击败外在的敌人马利加，从而使该恩有可能去战胜福乡的妖女阿克拉霞。她既代表“过度”和“不足”这两种情感的不相和谐，又代表理性灵魂对情感的无力控制。该恩摧毁福乡、俘获阿克拉霞，表明“节制”的胜利。显而易见，按照斯宾塞的描述，植物灵魂中四种体液的和谐导致动物灵魂中易怒与情欲两种力量之间的和谐，从而可以维护理性灵魂，确保三重灵魂之间的和谐，最终形成以理性支配情欲的完美的人。

另一方面，一个人也必须具有正义的品德，即在公众事务中坚持正义。按照柏拉图的观点，理想国的理想是正义，所谓“正义”就是城邦里各个阶级都站在他们所应站的岗位，应统治的统治，应服从的服从，形成一种和谐的有机整体。[③]按照亚里士多德的观点，在政治概念上，正义指所有的人都必须能服从同样的法律，但作为个人品德的正义，则包含公正地

---

① 关于“三种灵魂”说，参见本书第二章（七）。

② R. Kellogg and O. Steele, eds., *Books I and II of The Faerie Queene*, “*Preface*”, p. 50—51.

③ 朱光潜《西方美学史》（上卷），第52页。

处理人与人之间的关系。①人们经常引用毕达哥拉斯的另一句名言，即：“我们必须尽最大努力，用火与剑，用一切手段，切除城邦中的煽动；切除家庭中的不和，切除一切事物中的过度”②。这句名言具有深刻的内涵，但至少包括我们现在所说的两层意义，即个人的“节制”和在公众事物中的“正义”。在莎士比亚的《李尔王》中，老葛罗斯特哀叹李尔王的王国陷于道德沦丧的混乱局面时，或许想到的就是这种正义品德的沦丧，他说：

> 亲爱的人互相疏远，朋友变为陌路，兄弟化成仇敌；父不父，子不子，纲常伦纪无情破灭。
>
> （第一幕第二场，朱生豪译）

该剧中另一个人物爱德蒙也同样地哀叹这种不幸的状况：“父子的乖戾，死亡，饥荒，友谊的毁灭，国家的分裂，对于国王和贵族的恫吓和咒诅，无谓的猜疑，朋友的放逐，军队的瓦解，婚姻的破坏。”（第一幕第二场）这些诗句都说明如果没有节制和正义将会产生什么样的后果。

人是一个小宇宙，人生活在其中的社会也是一个小宇宙，同样是大宇宙的摹本。在文艺复兴时期诗人们的笔下，君主常被喻为社会小宇宙中的原动天，他以正义和仁慈作为推动力，推动整个社会的正常运转。在《威尼斯商人》中，鲍西娅描绘了一个理想君主应有的品质：

> 仁慈不是出于勉强，它是像甘霖一样从天上降下尘世；它不但给幸福于受施的人，也同样给幸福于施予的人；它有超乎一切的无上威力，比皇冠更足以显出一个帝王的高贵：御杖不过象征着俗世的威权，使人民对于君主的尊严凛然生畏；仁慈的力量却高于权力之上，它深藏在帝王的内心，是一种属于上帝的德行，执法的人倘能把仁慈调剂着正义，人间的权力就和上帝的神力没有差别。
>
> （第四幕第一场，朱生豪译）

显而易见，在文艺复兴时期英国诗人的心目中，正义和仁慈的结合是理想的君主所应具有的品德。在某种意义上，仁慈也是节制的一种表现。斯宾塞在《仙后》中，就把伊丽莎白颂扬为正义和仁慈的君主。

---

① 作为个人的一种性格，正义是一种中道；分配的正义，包括荣誉、财富在内的社会福利；惩治的正义，公正处置人与人的关系；政治上的正义，即所有贫民都服从同样的法律。参见赵敦华《西方哲学通史》（第一卷），第240—241页。

② 见 S. K. Heninger, Jr., *Touches of Sweet Harmony*, p. 259.

节制和正义实际上是两种相应的品德。也就是说，个人方面的节制品德相应于公众事物中的正义品德。作为个人品德的正义就是一种节制。因此，可以说，这两种品德是同一种品德的两种不同的表现形式。从传统宇宙论的角度来看，一个品德完美的人是由于四种体液的和谐，四种体液的和谐导致动物灵魂中易怒和情欲两种力量之间的和谐，而这又进一步导致理性灵魂的和谐，从而成为一个理性支配情欲的完美的人。显然，品德与人的灵魂密切相关。毕达哥拉斯派哲学家认为，“灵魂是一种和谐”①。这句话或许可以从两方面来理解：一方面，灵魂的和谐既是灵魂和肉体之间的和谐，又是灵魂内部各种不同因素之间的和谐。取得灵魂的和谐必须通过净化，而净化灵魂的手段首先就是音乐。这又涉及传统宇宙论中象征宇宙普遍和谐的天体音乐，而天体音乐是人的音乐的原型。另一方面，按照柏拉图的观点，人的灵魂是世界灵魂的摹本。世界灵魂是和谐的，因此人的灵魂也应是和谐的。不管怎么说，“灵魂是一种和谐”的观点实质上意味着通过认识宇宙的本质来认识自我的灵魂。这就是苏格拉底为什么说“最高的智慧是自知”吧。托马斯·布朗似乎十分赞同这一观点，并坚信自知是人的最高智慧，他因人类缺乏自知而哀叹：“如果他（人类）在乐园时就读到了他在得尔菲神庙那里所读到的这样一课，那么我们就最好认识自己而不致害怕认识上帝了。”（《医生的宗教》）作为世界灵魂的摹本之灵魂居住在人的躯体里，而躯体被认为是一座监狱或坟墓。多恩说，“当肉体进入坟墓时，灵魂就脱离自己的坟墓”（《周年》）。当然，多恩的含义是肉体死亡，灵魂升天。但是，我们也可以认为，这句诗行意味着灵魂应当冲破躯体的束缚，向更高的境界升腾。

但是，这种向更高境界的升腾必须以自我认识为基础。只有这样，才能遵循自然的法则，在善与恶之间进行正确的选择。正如亚里士多德对德行所下的定义那样：“德行是一种选择的习惯。”② 传说毕达哥拉斯曾用字母Y来警示世人。对于Y字母的象征意义，塞尔维亚的伊西多这样解释说：

> 萨摩斯的毕达哥拉斯是第一个把Y字母变成人生横式的人。底端的笔直部分意味着最初的摇摆不定的时期，但到了那个分叉点，这个时期不是交给邪恶，就是交给品德。上端的分叉点表明青春时期的开

① 赵敦华《西方哲学通史》（第一卷），第20页。

② 同上书，第239页。

始。右边是艰难的路，但引向幸福的生活。左边是舒适的路，但引向毁灭与覆亡。珀修斯对此说道：

> 导向萨摩斯的Y形中那两个分岔的字母
> 向你表明右边是一条上升之路。①

显而易见，字母Y象征人生必须在品德和邪恶两种生活之间进行选择。字母Y下部的直线代表尚不成熟的幼年时期，中间的交叉点表示已经到达青年时期，这时就面临两条道路。可以想象，右手的路导向神圣的品德，这条路崎岖不平，甚至陡峭险峻，但最后必将获得幸福；左手的路宽阔平坦，但走到顶端就可能从山岩上翻滚下来。前一条路暗示克服一切艰难险阻，奋力向上，追求品德的完美，后一条路暗示眷恋安逸，贪图享乐，终致毁灭（见图12）。托马斯·布朗把Y字母上部的两个分叉称作"毕达哥拉斯的双角"，并喻之为"天堂狭窄的门和地狱宽广的门"（《流行的假知识》第五部分）。显然，布朗把Y字母的寓意与《圣经》联系在一起。《圣经》上说："进天国一定要经过窄门。但很多人贪容易，就拣宽阔的门，走平坦的道路，可不知道，那条路是通往灭亡的。但通往永生的门是窄小的，路是狭隘的，走的人也少。"（《新约·马太福音》第7章第13—14节）

实质上，毕达哥拉斯字母暗示人生旅途上的一个岔路口，而处于岔路口的人必须在两条道路之间进行选择。在希腊神话中，有一段关于赫拉克勒斯在岔路口的故事。故事说，赫拉克勒斯年满18岁时，已成为"希腊最漂亮最强壮的人"。在这步入成年的时刻，要看看他今后究竟"为善还是为恶"。有一天，正当赫拉克勒斯沉思他将怎样走自己生命的旅途时，有两个高大的妇人走来。一个艳丽动人，她的雪白的皮肤擦了香粉和香水。另一个美丽，高贵而有礼貌，穿着雪白的长袍。第一个妇人对他说：

> 假使你选择我作你的朋友，我将引导你走最平坦最安适的路。那里没有你尝不到的快乐，也没有你不能避免的不幸！你将不参加任何战争和艰难。你将不用心思，只是享受丰盛的饮食和美酒，极耳目视听之乐，极身体和肉感的满足，睡着柔软的床榻，凡这些享受都不要费事也不要费力。万一你缺少过这种生活的条件时，别担心我会强迫你去从事体力或脑力劳动。恰恰相反！你将收获别人的劳力的果实，

① 引自 S. K. Heninger, Jr., *Touches of Sweet Harmony*, p. 269.

并得到一切对你有利的东西。因为我给予我的朋友这样一种权力：利用任何人或任何物来满足自己的享受。(楚图南译，下同)

接着，那第二个妇人也对赫拉克勒斯说道：

如果你选择我指示给你的路，你将成为一切善良与伟大的事业中的卓越人物。但我没有怠惰的快乐来贿赂你。我将告诉你神祇对于人

图 12　赫拉克勒斯在 Y 字母的岔路口。身披狮皮、手持棍子的赫拉克勒斯负责引导面临抉择时刻的人们：Y 字母上方的两条是：道路中，右边是艰难崎岖的窄路，左边是平坦宽阔的大路。Y 字母上的题词 *Litera Pythagorae*，*crimine secta bicorni*（“分成两条路的毕达哥拉斯字母”）。有德行的英雄赫拉克勒斯伸出一只手，正在告诫两个走近岔路口的青年。（Joannes Christianus Knauthius, ed.，*Pythagorae carnen aurtum et al.*［1720］，in Heninger, 1974：270）

类的意愿。要明白，人类不经过努力和辛苦，神祇是不会使他们有所收获的。假使你愿意神祇慈善地待你，你必须敬奉他们。假使你愿意朋友们爱你，你必须援助他们。假使你愿意全城对你尊敬，你必须为它服务。假使你愿意收获，你必须耕种。假使你想战斗得胜，你必须学会战斗的技术。假使你能够支配你的身体，你必须工作和流汗使它坚强。

故事中的第一个妇人是“享受”，第二个妇人是“美德”。这个故事的寓意是显而易见的：赫拉克勒斯面临在品德和舒适两条道路之间的选择。这不仅与毕达哥拉斯的Y字母的寓意一致，而且也与“认识你自己”的名言涵义相符，因为认识自我意味着认识宇宙的神圣本质，并调节自我，尽力使自己适应宇宙设计的完美与崇高。这里既包含自我探索、自我调节、向往完美、追求理想的寓意，也包含在人生旅途上如何进行选择的寓意。

赫拉克勒斯处在岔路口的这个故事成为文学中的一个原型，常被用来描绘在善、恶之间进行选择的主题。这种例子是屡见不鲜的。譬如，斯宾塞《仙后》第一卷中的红十字骑士主要就是在两个女子之间进行选择的：一个是象征善与真理的乌娜，另一个是代表邪恶与虚伪的、美丽诱人的女巫杜埃莎。红十字骑士受到杜埃莎的诱惑，进入“骄傲之宫”，后来才被乌娜救出，把他引到“神圣之宫”，最终战胜了邪恶，与真理联合。弥尔顿的《失乐园》实质上描绘了亚当和夏娃如何在上帝和撒旦之间或善与恶之间进行选择的故事。人类由于骄矜自大、信仰不坚而终致堕落。约翰·班扬的《天路历程》也是如此。故事中作者梦见了香客克里斯蒂安（Christian，意为“基督徒”），他离开家乡“毁灭之城”，陷入“消沉泥沼”，穿过“名利场”，通过“怀疑城堡”，渡过“死亡之河”，一路上经历了种种危险和考验，但坚定不移地与妖魔和巨人战斗，最后成功地抵达“天国之城”。整个寓言讲述的同样是主人公在善、恶之间进行选择的故事。

综上所述，文艺复兴时期的作家们在其作品中都暗含着教育的目的。但是，诗人们知道，他们的责任是向人们显示神圣的真理和至善。而要做到这一点，诗人本身就必须具有崇高的品德。弥尔顿对自己提出：“如果我写过什么好诗的话，我将尽力达到在思想和言论上与所描述的美德相称：当我在自己所写的东西上增添威严时，我也将由于我的作品而获得更光荣的名声。”弥尔顿高度概括地说道：

> 一个人要想成功地写出好诗来，自己就必须是一首真正的诗；就是说，是最好的、最光荣的事物的组合与图案。①

这段名言实际上代表了文艺复兴时期诗人们的普遍观点。本·琼生就说过类似的话：假如人们公正地、而不是睥睨地看待诗人的职能和作用，那么他们就不难断言，任何人“只有首先成为好人，然后才能成为好诗人”。这种观点也许可以上溯到古希腊批评家朗吉弩斯等人。朗吉弩斯认为，思想和目标低贱的人不可能描述任何令人赞叹和富有价值的不朽品质，崇高乃是“伟大心灵的回声”②。斯特拉波（约公元前60—公元20）也说，一部诗作的优劣与诗人本身的品质是分不开的，一个人“除非原来就是好人，否则是绝不可能成为好诗人的”③。亚里士多德同样表达了对诗人崇高行为的理想。他指出，严肃的诗人在于摹仿“高尚的行动”④。只有这样，诗歌才能真正起到教育的作用，或借用弥尔顿的话来说，才能“在一个伟大民族中培育、滋养品德和公众文明的种子”。

---

① M. Y. Hughes, ed., *John Milton: Complete Poems and Major Prose*, p. 694.

② 朱光潜《西方美学史》（上卷），第110页。

③ 引自 L. Langdon, *Milton's Theory of Poetry and Fine Art*, p. 174.

④ 罗念生译《诗学》，第12页。

结　语

到了 17 世纪中叶，哥白尼天文学已稳稳地站住了脚跟，古老的亚里士多德—托勒密宇宙论便告寿终正寝。就像莎士比亚剧中埃及艳后克勒奥佩特拉形容安东尼的“脸上有两轮运转的日月”那样，当安东尼战死海上之后，她只得哀叹她的那个小宇宙破碎了，而她的大宇宙也随之土崩瓦解。新生事物战胜旧的事物，这是历史的必然。如同一件远古的文物被考古学家考察那样，西方的传统宇宙图景也成为学者们探讨的主题，诸如《魔镜》（哈丁·克莱格，1963）、《伟大的存在之链》（A. O. 洛夫乔伊，1936）、《伊丽莎白时代宇宙图景》（E. M. W. 蒂里亚德，1943）、《被抛弃的意象》（C. S. 刘易斯，1964）、《甜蜜的和谐：毕达哥拉斯宇宙论与文艺复兴时期诗学》（S. K. 亨宁格，1974）、《自然的艺术作品：作为世界意象的人体》（L. 巴坎，1975）和《被遗忘的天空》（J. C. 伊德，1984）等众多著述都是成功地描述这一主题的力作。

今天看来，往昔的宇宙图景是想象的产物，它建立在谬误的科学基础之上。然而，它也不全然是不正确的。从天文学家的发展来看，它对行星距地球的远近顺序的观察依然有效。难道从地球往外看，依次不仍然是月亮、水星、金星、太阳、火星、木星和土星？应该说，是人类文明的进步把它送进了历史博物馆。它是前人在人类文明史上奋力书写的不可磨灭的光辉的一章。西方传统宇宙论由于综合了古代天文学、哲学、神学、伦理学、神话传说和文学艺术等众多领域的成就而构成了一个光彩夺目的、博大精深的完整体系，它富有深刻的哲理，既是实践的产物，又是思辨的结晶，也是西方古人遗留下来的一笔宝贵的遗产，闪耀着人类智慧的光芒，成为西方文明的知识宝库。

在现代英国诗歌中，细心的读者仍可不时地发现这一传统宇宙论的影子。譬如，布莱克的著名诗句“从一粒砂子看世界，从一朵小花看天堂”就可以视为对传统宇宙论中“部分和整体”之间相互关系的最好注脚。

19 世纪浪漫派诗人华兹华斯（1770—1850）的《丁登寺》一诗是为人们所熟悉的。华兹华斯在诗中首先描述了他旧地重游的感受。他写道：

我看到这巍峨险峻的峭壁，
在一片野外幽静的景色上
印着更为幽静的思想；并使这
景色与苍穹的静谧融为一体。

（第 5—8 行）

犹如“巍峨险峻的峭壁”印在大自然中“野外幽静的景色”上，“更为幽静”的“思想”印在人的头脑里。因此，人的头脑也是一种相当于自然景色的景色。在这里，诗人明显地暗示人（小宇宙）和大自然（大宇宙）的对应。诗人接着写道：正是这些美景常常给他带来愉悦的心境，而这种愉悦的心情，

感受在血液里，溢满心田；
并流入我被净化的脑海中，
使我恢复恬静的心绪。

（第 29—30 行）

可以想象，“血液”暗喻河流，而“净化的脑海”显然指人的头脑犹如“海洋”。在这里，我们再次发现人和大宇宙的类比。

随后，在第二节诗中，诗人又引进与“呼吸”紧密相关的“流动”（motion，“运动”）的主旨：

……那些情感引领着我们，
直到我们这种肉体的框架
几乎都暂时停止了呼吸，
甚至血液悖逆再流动，肉体
陷入酣睡，变成了有灵的活人：
我们的眼光由于和谐的力量
与欢乐的深远力量而平静下来，
能够洞察万物的生命。

（第 43—50 行）

这种“呼吸—运动”的主旨在本诗中实际上多次得到重复。在这一节诗中，诗人提到“有灵的活人”，这使人联想到《圣经》上的文句：“神用地上的尘土造了一个人的身体，把生气吹进他的鼻孔，使他成为有灵的活人，”（《旧约·创世纪》第2章第7节）[①]“有灵的活人”与“万物的生命”进行交流，而“万物的生命”几乎无异于一种“宇宙灵魂”。据此来看，诗人再次将人和大宇宙加以类比。诗人之所以说“肉体的框架”，因为它更接近于他在《序曲》中所说的“万物的框架”，即“大地”。[②]最后，“呼吸”和“血液”都是小宇宙生命的象征，与大宇宙中的“风”和地球的运行相对应。

诗人在描绘自己生活中与第二个心理发展进程相应的第二时期时，首先提及具体的事物，如河流、岩石、树林等（第94—103行），这些事物都是由土、水两个元素构成的，因此与人的肉体相联系。随后，诗人又开始谈及抽象的品质，他在自然中感受到有一种“存在”（A presence），它以高尚思绪的喜悦“激荡他的心灵”，引起他“对某种深深交织在一起的事物的崇高感”：

> 它寓居在落日的余晖中，
> 在滚圆的海洋和流动的大气中，
> 在蔚蓝的天空和人的头脑中：
> 他是一种运动和精神，推动着
> 一切有思之物和一切思维的对象，
> 并在宇宙万汇中运行。
>
> （第98—103行，顾子欣译）

“落日的余晖”“流动的大气”“蔚蓝的天空”，则强调两个较高的元素，即气与火，而这两者都与人的精神相联系。总之，诗人在大自然中所感受到的那种“存在”把他的心灵与外部世界的所有元素联系起来。借鉴传统宇宙论中的这种意象也见于雪莱的诗中，如《致云雀》。在描绘精灵般的云雀边唱边飞、向高空升腾的情景时，诗人写道：

① 华兹华斯诗中“有灵的活人”原文是“a living soul”。这无疑源自《旧约·创世纪》（第2章第1节）中的“a living soul”。参见《圣经》原文：“And the Lord God formed man of the dust of the ground, and breathed into his nostrils the breath of life; and man became a living soul.”

② “this frame of things”见华兹华斯《序曲》第十四章，第450行。与华斯这首诗中的“this corporeal frame”相应。

向上，再向高处飞翔，
从地面一跃而上，
像一片烈火的轻云，
掠过蔚蓝的天心，
永远歌唱着飞翔，飞翔着歌唱。

（第 10—16 行，江枫译）

在这里，“地面”暗示土，“烈火的轻云”暗示火。土是最低级的元素，火是最高级的元素。云雀从地面向上穿过“天心”（气），由土上升为火，象征云雀本来源自天国，现又返回天国。显然，诗人仍将传统宇宙论中的四种元素用于诗歌。

传统宇宙论的影响也同样见于 20 世纪英国诗人的作品中。勃特勒·叶芝（1865—1939）在《在学童中间》一诗中似乎对古代哲人和哲学做了一个概括性很强的总结：

柏拉图认为自然不过是泡影
在幽灵般的事物变幻图上嬉戏；
坚实的亚里士多德把鞭子挥个不停，
抽打着那万王之王的下体，
金股骨的毕达哥拉斯，举世闻名，
拨弄着弓、弦，计算星星所唱出
和无心的诗神所听到的歌谣。

（裘小龙译）

诗中专门提到传统宇宙论的始祖毕达哥拉斯、柏拉图和亚里士多德。柏拉图认为自然是最高精神实质的表象，亚里士多德是“更为坚实的”，因为他相信形式存在于自然之中，他是亚历山大大帝的教师，故称“万王之王”，传说中他用鞭子抽过这位大帝；毕达哥拉斯发现了天体音乐，而且是唯一听见过天体音乐的人，他的学生们出于对他的崇敬，认为他是长着金股骨的神。

T. S. 艾略特（1888—1965）为《四个四重奏》建立的诗歌框架暗示，四个四重奏分别代表一年四季，又分别暗示气、土、水、火四种元素。不仅如此，四种元素、一年四季又与四个地区对应，包括与诗人有关的地区：英国考茨武尔德的一座花园，东柯克（诗人祖先居住地），美国密苏里和新英格兰（诗人出生和求学之地），以及小吉丁（历史上有名而诗人又在二战期间到过的村庄）。[①]将四个地区与四种元素对应，又将四种元素与一年四季对应，这种隐喻设计显然采用了传统宇宙论中关于对应体系的理论。在《第一个四重奏》的开头，诗人说明时间的主题：

现在时间与过去时间
也许都存在于将来时间，
而将来时间包含在过去时间。
如果所有时间永在，
所有时间也就不可赎回。
可能发生过的是一种抽象，
永远都有可能性，
但只在玄想的世界中。
可能发生的与已经发生的，
都指向一个终点，即是现在。

（王佐良译）

这种对时间的描述使人不禁联想到《僧人倍根和僧人班盖》中那个“黄铜的头”所说的话。这类例子在现当代诗歌中几乎俯拾即是，举不胜举。在这里，我们只不过东鳞西爪地举了若干例子而已，并不想全面系统地加以阐述，这在本书中既不可能，也无必要。不管怎么说，传统宇宙论在某种程度上仍然是现今某些诗人汲取营养的源泉，它本身可能也是个常谈常新的主题。

尽管我们今天已经进入高科技信息时代，但谁也不能说我们今天的科学已是绝对真理。它仍在继续不断地飞速发展。人类正在深入探索宇宙，甚至是宇宙之外的宇宙。未来的发现或许将证明“天外有天”。的确，我们很难预测和描绘未来宇宙的真实图景。正如丁尼生在《尤利西斯》一诗中所描绘的那样：

一切经验正像拱门
一道，远方未去过的世界
尽被映入其中，待细检时，
它的边缘又常随着前行
足步渐渐没入苍茫模糊。

（高健译）

---

① 王佐良《英国诗史》，第440页。

今天有未来，未来又有未来，无穷无尽。因此应当像尤利西斯一样“从那永恒寂静之中挣得分秒时光”，继续“奋斗，寻觅，探索，而不屈服”。然而，从另一方面来看，回头去观察往昔的古老宇宙，并追根溯源，试图再现往日的宇宙图景也绝非易事。它是如此博大精深，以致在探索人类文明所走过的这条道路时，同样会感到“待细检时，它的边缘又常随着前行足步渐渐没入苍茫模糊”。本书不过是在探索历史上这一极其广阔的思想领域方面前行的一小步而已。

本书插图

主要参考文献

Abrams, M. H. , gen. ed. *The Norton Anthology of English Literature*. 5th ed. Vol. 1. New York: Norton, 1986.

Ackerman, Robert, W. *Background to Medieval English Literature*. New York: Random House, 1966.

Adams, H. , ed. *Critical Theory Since Plato* (rev. ed.). New York: Harcourt Brace Jovanovich Inc. , 1992.

Augustine. *The City of God Against the Pagans*. ed. and trans. R. W. Dyson, Cambridge: Cambridge University Press, 1998.

Barkan, Leonard. *Nature's Work of Art: The Human Body as Image of the World*. New Haven and London: Yale University Press, 1975.

Brooks-Davies, Douglas. *Spenser's Faerie Queene: A Critical Commentary on Books I and II*. Manchester: Manchester University Press, 1977.

Browne, Thomas. *Religio Medici and Other Writings of Sir Thomas Browne*. ed. Ernest Rhys. London and Toronto: J. M. Dent & Sons, Limited, 1893.

Cassirer, Ernst, & P. O. Kristeller, J. H. Randall, Jr. *The Renaissance Philosophy of Man*. Chicago: University of Chicago Press, 1945.

Craig, Hardin. *The Enchanted Glass*. Oxford: Basil Blackwell & Mott, 1936.

Craig, William Lane. *The Cosmological Argument from Plato to Leibniz*. London: Macmillan, 1980.

Crosman, Robert. *Reading Paradise Lost*. Bloomington & London: Indiana University Press, 1980.

Daiches, David. *Milton*. New York: Norton, 1957.

Daiches, David. *Milton: Paradise Lost*. London: Edward Arnold, 1983.

Demaray, Jonh G. *Cosmos and Epic Representation: Dante, Spenser, Milton and the Transformation of Renaissance Heroic Poetry*. Pittsburgh: Duqesne University Press, 1991.

Donne, John. *John Donne: The Complete English Poems*. ed. A. J. Smith. Harmondsworth:

Penguin, 1984.

Eade, J. C. *The Forgotten Sky: A Guide to Astrology in English Literature.* Oxford: Clarendon, 1984.

Eliade, Micere. *The Myth of the Eternal Return or, Cosmos and History.* trans. Willard R. Trask. Princeton: Princeton University Press, 1974.

Grandgent, Charles H. *Discourses on Dante.* Cambridge: Harvard University Press, 1924.

Gregorios, Paulos Mar. *Cosmic Man: The Divine Presence.* New York: Paragon House, 1988.

Heninger, S. K., Jr. *Touches of Sweet Harmony: Pythagorean Cosmology and Renaissance Poetics.* San Marino: the Huntington Library, 1974.

Herbert, George. *The Poems of George Herbert.* Oxford, London, New York, Toronto and Melbourne: Henry Frowde, Oxford University Press, 1913.

Hieatte, A. Kent. *Short Time's Monument: The Symbolism of the Numbers in Edmund Spenser's Epithalamion.* New York: Columbia University Press, 1960.

Hollander, John. *The Untuning of the Sky: Ideas of Music in English Poetry, 1500—1700.* Princeton: Princeton University Press, 1961.

Hollander, John, and Frank Kermode. *The Literature of Renaissance England.* New York: Oxford University Press, 1973.

Hunt, Clay. *Donne's Poetry: Essays in Literary Analysis.* New Haven: Yale University Press, 1969.

Jonson, Ben. *Ben Jonson: A Critical Edition of the Major Works.* ed. Ian Donaldson. Oxford: Oxford University Press, 1985.

Keast, William R., ed. *Seventeenth Century English Poetry.* New York: Oxford University Press, 1962.

Kocher, Paul H. *Science and Religion in Elizabethan England.* San Marino: The Huntington Library, 1953.

Koyre, Alexander. *From the Closed World to the Infinite Cosmos.* Baltimore: Johns Hopkins University Press, 1957.

Kuhn, Thomas S. *The Copernican Revolution: Planetary Astronomy in the Development of Western Thought.* Cambridge: Harvard University Press, 1957.

Langdon, Ida. *Milton's Theory of Poetry and Fine Art.* New Haven: Yale University Press, 1924.

Lever, J. W. *The Elizabethan Love Sonnet.* London: Methuen, 1956.

Lewalski, Barbara Kiefer. *Protestant Poetics and the Seventeenth-Century Religious Lyric.* Princeton: Princeton University Press, 1979.

Lewis, C. S. *The Allegory of Love.* Oxford: Clarendon, 1958.

Lewis, C. S. *The Discarded Image: An Introduction to Medieval and Renaissance Literature.* Cambridge:

Cambridge University Press, 1964.

Lovejoy, Arthur O. *The Great Chain of Being: A Study of the History of and Idea.* Cambridge: Harvard University Press,1936. (twelfth printing, 1974)

McCabe, Richard A. *The Pillars of Eternity: Time and Providence in The Faerie Queene.* Dublin: Irish Academic Press, 1989.

Mclean, George F. & Patrick J. Aspell. *Readings in Ancient Western Philosophy*, New York: Meredith Corporation, 1970.

Magnusson, Magnus, ed. *Chambers Biographical Dictionary.* Edinburgh: W & R Chambers, 1996.

Marlowe, Christopher. *The Complete Poems and Translations.* ed. Stephen Orgel. Harmondsworth: Penguin Books Ltd. , 1971.

Milton, John. *John Milton: Paradise Lost.* ed. Alastair Fowler. London: Longman, 1977.

——. *John Milton: Complete Poems and Major Prose.* ed. Merritt Y. Hughes. New York: Macmillan Publishing Company, 1985.

——. *The Poems of John Milton.* eds. John Carey and Alastair Fowler. London and New York: Longman, 1986.

——. *Milton's English Poetry: Being Entries from A Milton Encyclopedia.* Lewisburg: Bucknell University Press, 1986.

Moxon, Sumptibus Joseph. *A Tutor to Astronomy and Geography* (*1674*). New York: Burt Franklin, 1968.

Nicolson, Marjorie Hope. *The Breaking of the Circle: Studies in the Effect of the "New Science" Upon Seventeenth – Century Poetry* (rev. ed.). New York: Columbia University Press, 1965.

Panofsky, Erwin. *Studies in Iconology: Humanistic Themes in the Art of the Renaissance.* New York : Harper & Row, 1962.

Plato. *The Republic.* trans. F. M. Cornford. Oxford: Clarendon, 1941.

Plato. *Timaeus.* trans. H. D. Lee. Harmondsworth: Penguin, 1961.

Preminger, Alex, ed. *Princeton Encyclopedia of Poetry and Poetics.* London: Macmillan,1975.

Ptolemy. *Tetrabiblos.* trans. F. E. Robbins. Cambridge: Harvard University Press, 1980.

Ptolemy. *The Almagest.* trans. G. J. Toomer. London: Duckworth, 1984.

Puttenham, George. *The Arte of English Poesie.* eds. Gladys Doidge Willock and Alice Walker. Cambridge: Cambridge University Press, 1936.

Rivers, Isabel. *Classical and Christian Ideas in English Renaissance Poetry: A Student's Guide.* New York: Rortledge, 1994.

Schultz, Howard. *Milton and Forbidden Knowledge.* New York: Modern Language Association of America, 1955.

Shakespeare, William. *The Complete Illustrated Works of William Shakespeare.* London: Chancellor Press, 1996.

Sherwood, Terry G. *Fulfilling the Circle: A Study of John Donne's Thought.* Toronto, Buffalo, London: University of Toronto Press, 1984.

Shire, Helena. *A Preface to Spenser.* London and New York: Longman, 1978.

Singer, Irving. *The Nature of Love.* Chicago: The University of Chicago Press, 1984.

Spenser, Edmund. *The Poetical Works of Edmund Spenser.* eds. J. C. Smith and E. De Selincourt. London: Oxford University Press, 1912.

——. *Edmund Spenser: The Faerie Queene.* ed. A. C. Hamilton. London and New York: Longman, 1977.

——. *Edmund Spenser: Books I and II of The Faerie Queene, The Mutabiliti Cantos and Selections from the Minor Poetry.* eds. Robert Kellogg and Oliver Steele. Indianapolis: Bobbs - Merril, 1965.

——. *Edmund Spenser's Poetry.* eds. Hugh Maclean and Anne Lake Prescott. New York and London: Norton, 1993.

Steadman, John M. "The 'Inharmonious Blacksmith': Spenser and the Pythagorean Legend." PMLA, 79(1964), 664—665.

Stewart, Stanley. *The Enclosed Garden: The Tradition and the Image in Seventeenth-Century Poetry.* Madison: University of Wisconsin Press, 1966.

Svendsen, Kester. *Milton and Science.* Cambridge: Harvard University Press, 1956.

Tyllyard, E. M. W. *The Elizabethan World Picture.* London: Chatto & Windus, 1943.

Tompkins, Jane P., ed. *Reader - Response Criticism: from Formalism to Post-structuralism.* Baltimo and London: Johns Hopkins University Press, 1980.

Wain, William, ed. *The Oxford Library of English Poetry.* Three Volumes. London: Book Club Associates, 1987.

Weatherby, Harold L. *Mirrors of Celestial Grace.* Toronto: University of Toronto Press, 1994.

Wheelwright, Philip. *The Presocratics.* Indianapolis: Bobbs - Merrill Education Publishing, 1966.

Willey, Basil. *The Seventeenth Century Background: Studies in the Thought of the Age in Relation to Poetry and Religion.* London: Chatto & Windus, 1934.

Winn, James Anderson. *Unsuspected Eloquence: A History of the Relations Between Poetry and Music.* New Haven and London: Yale University Press, 1981.

艾布拉姆斯,M. H:《镜与灯》,张照进、童庆生译,北京:北京大学出版社,1992 年。

奥维德:《变形记》,杨周翰译,北京:人民文学出版社,1984 年。

顾子欣编译:《英诗 300 首》,北京:国际文化出版公司,1996 年。

哈亚姆:《柔巴依集》,黄杲炘译,上海:上海译文出版社,1982 年。

胡家峦编:《英语诗歌精品》,北京:北京大学出版社,1995 年。

吉利斯比:《欧洲小说的演化》,胡家峦等译,北京:生活·读书·新知三联出版社,1987 年。

江晓原:《历史上的星占学》,上海:上海译文出版社,1984 年。

乔叟:《坎特伯雷故事集》,方重译,上海:上海译文出版社,1992 年。
帕尔格雷夫编:《英诗金库》,罗义蕴、曹明伦、陈朴编注,成都:四川人民出版社,1987 年。
桑德斯:《牛津简明英国文学史》,谷启楠等译,北京:人民文学出版社,2000 年。
莎士比亚:《十四行诗集》,屠岸译,上海:上海译文出版社,1992 年。
斯威布:《希腊神话传说》,楚图南译,北京:人民文学出版社,1978 年。
文庸:《圣经蠡测》,北京:今日中国出版社,1992 年。
伍蠡甫、胡经之主编:《西方文艺理论名著汇编》,北京:北京大学出版社,1985 年。
雪莱:《抒情诗选》,江枫译,长沙:湖南文艺出版社,1997 年。
伊丽莎白·朱:《当代英美诗歌鉴赏指南》,李力、余石屹译,成都:四川人民出版社,1987 年。
杨周翰:《攻玉集》,北京:北京大学出版社,1983 年。
杨周翰:《十七世纪英国文学》,北京:北京大学出版社,1985 年。
张隆溪:《二十世纪西方文论述评》,北京:生活·读书·新知三联出版社,1986 年。
赵敦华:《西方哲学通史》(第一卷),北京:北京大学出版社,1996 年。
朱光潜:《西方美学史》(上卷),北京:人民文学出版社,1981 年。

人名索引

L

M

N

O

P

Z